한국 기행가사의 새로운 조명

한국 기행가사의 새로운 조명

한국 기행가사의 새로운 조명

정기철 著

도서출판 **역락**

서 문

『기행가사연구』로 박사학위를 받은 지도 5년이라는 세월이 흘렀다. 그러나 논문 심사 위원님들께서 내게 해주신 말씀은 한 순간도 잊은 적이 없다. 논문 심사 위원님들은 학위 논문은 끝이 아니라 시작이라는 것을 일깨워 주셨고, 적어도 기행가사에 대해서는 최고의 권위자가 되어야 한다고 준엄하게 말씀하셨다.

심사 위원님들의 말씀을 따르려고 나름대로 많은 노력을 하였다. 27편의 작품을 더 찾아냈고, 교육 현장에서 가사 문학이 홀대받는 것을 보고 기행가사를 재미있고 효율적으로 가르칠 수 있는 교수·학습 방법을 고민하여 덧붙였다.

그러나 이러한 노력은 아직은 미진한 것임을 나 스스로도 알고 있다. 더 많은 노력과 시간을 투자하여 아직 햇빛을 보지 못하고 있는 작품들을 찾아내야 하고, 선조들의 생활과 사상을 통찰하여 작품 분석 이론도 확고히 다져야 함을 절감하고 있다.

하지만 채 익지 않은 논의를 이렇게 책으로 엮어내는 데에는 나름의 이유가 있다. 가사 문학은 이미 소멸된 갈래라는 주장이 국문학계에서 논의되고, 국적을 알 수 없는 노래들이 방송 매체를 점령하는 현상이 이 책을 펴내게 된 핵심 이유이다.

결론적으로 말한다면 가사 문학은 소멸된 갈래가 아니다. 모두가 알고 있듯이 가사는 시조와 더불어 조선시대 시가 문학의 양대 산맥을 이루어왔다. 그러나 일제 치하에서 우리의 전통 문학은 암흑기를 거쳐야 했고, 제 모습을 찾을 기회를 얻지 못했다. 특히, 해외(주로 일본) 유학자들에 의해 전통 문학은 무시되고 국적 불명의 문학이 우리 문학을 자처하고 있다.

　　다행스럽게도 시조는 '시조부흥운동'을 계기로 부활하였고 새로운 문화로 발전할 기회를 얻었다. 그러나 조선 후기와 개화기 때에 사회 변화에 따라 변모와 발전을 강렬하게 모색한 것은 시조보다 오히려 가사였다. 그럼에도 불구하고 가사는 부활과 발전의 기회를 갖지 못하고 말았다.

　　가사가 부활과 발전의 기회를 갖지 못한 것은 국문학에서 하나의 갈래가 소멸했다는 단순한 사실에서 그치지 않는다. 가사의 소멸은 곧 우리 노래, 우리 고유의 정서와 정서 표현 방법, 나아가 일상 생활의 의사 소통 구조와 방식의 소멸을 의미하는 것이다.

　　우리 고전 시가의 역사를 살펴보면 시가의 위기를 맞이하였을 때 그 위기에서 벗어나기 위한 방법을 전통적인 노래·시가에서 찾았다. 지금 우리는 다시 위기를 맞고 있다. 지금 우리가 겪고 있는 위기 역시 전통적인 노래와 시가에서 그 해결 방법을 찾아야 한다.

　　'시조부흥운동'을 통해 시조가 부활하고 발전의 기회를 가졌다고 하지만 진정한 부활과 발전의 기회를 얻었다고 하기에는 어려움이 있다. 부활한 시조 역시 노래(曲)과 결별함으로써 현대인의 노래와 시가가 되지 못하고 있다. 몇몇의 시조가 가곡의 형태로 불려지고 있지만, 가곡의 음조와 가락, 발성 방법 등은 우리 것이 아니기 때문이다.

　　이제 시조와 가사는 전통적인 향유 방식을 바탕으로 현대인의 구미와 현대 사조에 맞게 변화하고 발전해야 한다. 그러기 위해서는 전통적인 노래 방식에 대한 구체적인 연구와 섬세한 발전 방법을 연구해야 한다.

　이러한 연구 대상의 중심에 기행가사가 있다. 기행가사는 조선 초기부터 현대까지 꾸준히 창작되면서 다양한 방식과 폭넓은 향유층을 확보하고 있다. 기행가사는 조선 초기에는 노래(창)의 방식으로 향유되다가 조선 후기에는 음영의 방식으로 그리고 근대 이후에는 노래(창)와 음영, 율독의 방식을 공유하면서 사회 흐름에 맞는 표현 방식을 꾸준히 찾아내고 있었다.

　그러한 변화의 역사 속에서 현대·현대인의 정서와 표현 방식을 찾아 진정한 우리의 노래와 문학을 찾아내야 하고, 그를 통해 지금 유행하고 있는 국적 불명의 노래와 문학을 우리 것으로 교체하여야 한다.

　이러한 당위성과 이유들이 이 책을 발간하게 된 동기이자 목적이다. 물론 이 책이 그러한 역할을 다 할 것이라는 자신은 없다. 그러나 적어도 우리의 노래와 문학을 찾아가는 밑바탕이 될 수 있을 것이라고 기대해 본다.

　이 책이 나오기까지에는 많은 분들의 도움이 있었다. 특히, 김균태 교수님과 이상보 교수님, 박요순 교수님, 민영대 교수님, 성기옥 교수님의 은혜는 단 한 순간도 잊은 적이 없다. 소박한 소망이 있다면, 이 책이 그 분들께 누가 되지 않는 것이다. 그리고 역락 출판사의 이대현 사장님의 고마움도 잊지 않을 것이다.

목 차

제 1 장

기행가사의 개념과 유형

1.1 기행가사의 개념

기행가사는 '여행'을 내용 요소로, '가사'를 형식 요소로 한다. 즉 기행가사는 여행을 통해 얻은 그 모든 것을 내용으로 하여 가사의 형식을 빌어 형상화 한 작품을 의미한다고 할 수 있다.

그러나 기행가사의 개념을 확정하는 일은 그리 단순하지가 않다. 기행가사의 형식 요소인 '가사'는 선학들의 연구를 바탕으로 한다 하여도, 내용 요소인 '여행'에 대한 정의는 기행가사의 개념을 확정하기 위해 반드시 필요한 것이다.

그리고 기행가사의 개념을 확정하는 일과 대상 작품을 선정하는 일은 다르면서도 같다고 할 수 있다. 개념을 세우고 대상 작품을 선정하는 것이 일반적인 순서일 수 있으나, 때에 따라서는 대상 작품을 선별하고 대상 작품의 성격을 바탕으로 개념을 세우기도 한다.

본고에서는 기행가사의 개념을 확정하기 위해 먼저 '여행'의 개념을 살피고, 기존 연구에서 기행가사로 논의된 작품들 중에서 기행가사의 개념 안에 포함될 수 없는 작품들을 제외하는 방법을 사용하기로 하였다.

우선 '여행'의 개념을 넓은 뜻으로 해석하느냐 아니면 좁은 뜻으로 해석하느냐에 따라 기행가사의 기념과 연구 대상 작품도 그 범위를 결정할 수 있을 것이다. 여행을 넓은 뜻으로 해석하면 고전 문학 작품 속의 여행 종류는 크게 네 가지로 나눌 수 있을 것이다. ①일부 종교가사에서 볼 수 있는 종교적 노정을 가진 여행. ②몽유가사에 나타난 꿈 속 여행. ③역사계 가사에서 볼 수 있는 시간 여행. ④현실적인 시·공간적 이동을 노정으로 한 실제 여행이 그것이다.

①의 여행 노정이 제시된 대표적인 종교 가사로는 〈西往歌〉를 들 수 있다. 〈서왕가〉는 '往'을 하나의 동사로 보느냐, '西往'을 하나의 명사로 보느냐에 따라 다르게 해석될 수 있다. 전자로 보면 '西方淨土로 가는 노래'가 되고, 후자로 보면 '極樂世界를 묘사한' 노래가 된다. 그런데 이 작품은 극락세계만을 묘사하고 있지 않다. 심지어 후대의 활판본에는 극락세계에 대한 묘사가 생략된 것도 있다. 그렇다면 이 작품은 '극락세계를 노래'했다기보다는 '극락으로 가는 길'을 노래했다고 할 수 있다. 따라서 이 작품은 도달하고자 하는 공간으로서 '西'와 그곳에 도달하기 위한 과정으로서의 시간적 의미인 '往'의 의미로 된 종교적 여정을 기록한 가사라고 할 수 있다.[1]

이렇게 볼 때 〈서왕가〉는 '서방정토〔極樂〕'를 목적지로 한 종교적 여정을 갖는 가사이다. '〈서왕가〉의 자아는 凡人으로 구도의 길에 올라 극락까지 도달한 사람'이지만, 자아〔서술자〕의 목적지〔西方淨土〕 도달만을 설명하고자 지어진 작품은 아니다 유일한 여행이 목적지인 서방정토를 '仁을 쌓는다면 누구나 도달할 수 있는 공간'으로 제시한 점을 든다면 〈서왕가〉는 현실적 의미를 갖는다. 즉 〈서왕가〉에 나타난 求道의 여행은 하늘 위에서 부유하는 것이 아니라, 모든 보통 사람들의 삶 속으로 하강한 현실의 여행이 되는 것이다.

②의 여행 노정을 가진 대표적인 가사는 몽유가사(夢遊歌辭)를 들

---

1) 염은열, 「서왕가의 인식적 특성 연구」(청관문학회 발표 요지, 1995. 2. 24, 2쪽.)

수 있다. 몽유가사는 꿈속에서의 여행을 내용으로 한다. 따라서 몽유가사는 "시가 형식의 몽유록은 물론 몽유록의 형식과 내용적 특징을 담은 시가를 지칭한다"[2]라고 개념을 세울 수 있다. 그러나 몽유가사는 그 동안 독립적인 문학 양식으로 이해되지 못하고 '평민가사 중 서사가, 古事懷古의 가사, 도덕 교훈의 가사' 등으로 분류되었다. 이러한 분류는 몽유가사가 지니고 있는 강한 서사성과 교술성을 중시한 결과이다. 장덕순님[3]에 의해 소설 몽유록과 시가 형식의 몽유록은 '몽유문학' 또는 '꿈의 문학'이라 할 수 있는 하나의 양식으로 설정되기도 하였으나, "몽유가사는 몽유록의 일반적 구조[4]와 꿈속 여행을 통해 경험한 세계를 내용으로 담은 가사 형식의 문학 양식을 말한다"[5]는 독립적인 개념을 내리는 데에는 시간이 필요했다. 그런데 몽유가사가 꿈속의 여행이긴 하지만 여행의 노정을 가졌다는 측면에서 보면, 넓은 의미의 기행가사로 다룰 수도 있을 것이다.

③의 여행 노정을 갖는 대표적인 가사는 역사라는 시간적인 여행을 통해 이루어진 가사를 들 수 있다. 조선 후기 일련의 작품군을 형성하고 있는 〈한양오백년가〉[6]를 중심으로 한 역사계 가사들을 '시간 여행'이라는 용어를 내세워 역사기행가사로 분류하여 논의할 수 있다. 〈한양오백년가〉와 같은 역사계 가사를 역사기행가사로 다루기 위해서는 시간과 시간성에 대한 입론을 전제로 하여야 한다. 시간은 기행가사의 중요 요소라는 점과 사실적 서사성이 확대되는 조선 후기 기행가사의 변모 양상을 감안할 때, 역사기행가사에 대한 서사론적 입론과 논의는 가치

---

2) 李圭虎, 「夢遊歌詞의 形成過程試考」(金學成·權斗煥 編 『古典詩歌論』, 새문社, 1984, 48쪽.)
3) 張德順, 『韓國文學史』, 199-200쪽 참조.
4) 몽유록의 일반 구조는 '현실 세계 → (꿈꾸는 계기) 入夢 과정 → 몽중 세계 → (꿈을 깨는 계기) → 각몽과정 → 현실 세계'이다.
5) 이규호 앞의 논문, 486쪽.
6) 〈漢陽歌〉에는 당시 수도였던 漢陽의 風物과 모습을 다룬 가사와 李朝 오백년의 역사를 다룬 가사가 있다. 일반적으로 전자를 〈풍물한양가〉라 하고 후자를 〈왕조한양가〉라 하지만, 필자는 석사논문에서 現傳 작품들의 제목을 충분히 살린다는 취지로 전자를 〈한양가〉, 후자를 〈한양오백년가〉로 부르자고 제안한 적이 있다.

있는 것으로 여겨진다.

그러나 본고에서는 위에 논의한 가사들, 즉 종교적 여정을 가진 종교가사나 꿈 속의 여행을 다룬 몽유가사, 역사적 시간을 여행한 역사계 가사들은 가사 형식을 띠고 있고 어떤 의미에서는 여행의 노정도 갖고 있다고 할 수는 있지만 이를 기행가사에 포함시키는 것은 유보하기로 하였다.

그리하여 본고의 연구 범위를 ④의 여행, 즉 현실적인 시·공간적 이동을 구체적으로 드러낸, 실제 노정을 가진 가사 형식의 작품만으로 한정하고자 한다. 기행가사는 "한국 특유의 문학 양식인 가사 형식에 출발, 노정, 목적지, 귀로의 4단계를 포함한 시간적·공간적 과정에서 여행자가 보고, 듣고, 느끼고, 생각한 자기의 여행 경험을 담아 문학 작품화한 것"7)이라는 최강현님의 정의를 검토할 필요가 있다.

최강현님의 기행가사에 대한 정의는 크게 세 부분으로 제시되어 있다. ①가사 형식 ②출발, 노정, 목적지, 귀로의 4단계 ③여행 중의 견문과 느낌 등이다.

①은 기행가사가 가져야 할 필수적인 형식이다. 아무리 ②와 ③을 잘 갖추었다 하더라도 가사형식을 갖지 않으면 기행가사라 할 수 없기 때문이다.

③은 기행가사뿐만 아니라 기행문학이 갖는 내용적 성격이다. 산문 형식을 갖는 기행문도 여행을 통해 얻은 견문과 대상에 대한 느낌을 갖추는 것은 필수적이다. 노정만을 제시하거나 대상만을 나열했다면 그것은 기행문학 이전에 우선 문학이라고 할 수 없다. 작품에 따라서 여행에서 얻은 견문과 대상에 대한 느낌의 정도나 표현 방식에는 차이가 있을 수 있고, 그것은 작품의 문학성을 좌우하는 요소가 될 것이다.

②는 작품화 상황에서 매우 신축적일 수 있다. 실제 여행에서는 반드시 '㉮출발 - ㉯목적지까지의 노정 - ㉰목적지 - ㉱귀로 - ㉲도착'을 갖지만 작품에서는 어느 한두 부분이 생략될 수 있다. 작품에서 여행의 어느 한 부분이 생략되는 이유는 크게 두 가지로 파악할 수 있다. 첫

---

7) 崔康賢, 『韓國紀行文學硏究』, 一志社, 1982. 11쪽.

째, 작자나 시대 상황에 의해 어느 한 부분이 생략된다. 작자가 죽는다든지, 사화나 전쟁으로 말미암아 작품을 완결시키지 못하는 경우가 있다. 이 때는 일반적으로 '㉣귀로'와 '㉤도착' 부분이 생략된다. 둘째로는 목적지에 대한 의식이 강할 때에도 어느 부분이 생략된다. 대개 풍류적 성격이 강한 가사로 명산 [金剛山] 을 여행한 가사들 중에 목적지까지의 노정이나, 목적지까지의 노정과 귀로를 생략한 작품들이 있다.

조선 초기의 기행가사는 일반적으로 귀로를 생략하거나 축소하고 있다. 이는 '긴장성'이라는 문학적 효과를 극대화하기 위한 것으로 여겨진다. 특히 목적지까지의 노정과 돌아오는 노정이 같을 때에는 어김없이 귀로를 생략하거나 축소한다. 또한 목적지까지의 노정과 돌아오는 노정이 같지 않을 때에도 목적지에서 서술자의 정서와 사상 등이 완결되었기 때문에 귀로를 생략하거나 축소하는 것이다.

그러므로 기행가사는 ②에 대해 보다 광범위한 해석을 내릴 필요가 있다. 그리하여 출발, 노정, 목적지, 귀로의 여행 구조를 기본으로 목적지까지의 노정이나 귀로가 생략되어 있다 하더라도 목적지에서의 노정이 구체적으로 명시되어 있고, 목적지에서의 견문과 대상에 대한 느낌을 담은 가사 형식의 작품을 기행가사라 할 수 있다. 따라서 본고에서는 '작자가 여행자 [풍류자] 라는 인식을 가지고 여행 동기, 목적지를 중심으로 한 여행의 구체적인 노정과 대상에 대한 감회, 여행 후의 소감을 가사 형식으로 노래한 작품'만을 기행가사라 정의하고자 한다.

이렇게 기행가사의 개념을 내렸지만, 실제 작품을 분류할 때에는 여러 가지 어려움이 따른다. 그래서 기행가사의 범주에 들 수 없는 작품들을 기행가사로 분류하는 오류를 범하게 된다. 분류의 오류를 범하는 일은 문학 연구에서 치명적인 것이다.

따라서 잘못된 분류를 바로 잡는 일은 매우 중요한 일이며, 잘못된 분류를 바로 잡는 과정을 통해 기행가사의 명확한 개념을 세울 수 있을 것이다. 기행가사로 잘못 분류된 작품들을 바로 잡음으로 해서 기행가사의 개념을 좀더 명확하게 하고자 한다.

우선 〈독락당〉의 경우에는 여행의 노정이 나타나지 않았을 뿐만 아니라, 여행 도중에 경험한 대상에 대한 서술과 느낌이 없다는 점에서 기행가사로 분류해서는 안된다.

〈독락당〉은 蘆溪 박인로(朴仁老 : 1561-1642)가 晦齋 이언적(李彦迪 : 1491-1553)이 살던 경주 옥산의 독락당에 찾아가 독락당과 옥산서원 일대 자연의 아름다움 속에 겹쳐 떠오르는 회재 선생의 영상을 기리며 읊은 노래이다. 주된 내용은 도학자인 작자가 만년에 독락당을 찾아 회재선생의 유덕을 사모하는 마음과, 주변 자연의 뛰어난 경치를 중국의 사적과 비겨가며 회재선생의 유훈을 받들 것을 권면하는 것이다. 그러므로〈독락당〉은 기행가사라기보다는 현인의 정신을 기리는 '모현(慕賢)가사'로 분류되어야 한다.

〈독락당〉에도 공간의 이동이 나타난다. 그러나 〈독락당〉에 나타난 공간 이동은 독락당의 안채와 뒤채를 거닐며 회재 선생의 자취를 느끼기 위한 것이므로 여행의 노정이 아니다.

선생 문집을　　　　　　자세히 살펴 보니
천언 만어다　　　　　　성현의 말삼이라
도맥 공정이　　　　　　일월갓치 불가시니
어드운 발길희　　　　　명촉 잡고 옌 덧ᄒ다
진실로 이 유훈을　　　　강자리예 가득 담아
성의 정심ᄒ야　　　　　수성을 넙게 ᄒ면
언충 행독ᄒ야　　　　　사롬마다 어질로다
선생 유화　　　　　　　지극홈이 엇더ᄒ뇨
차재 후생들아　　　　　추앙을 더욱 놉혀
만세 천추에　　　　　　산두갓치 바러사라
선고 시우도　　　　　　유시진 ᄒ려니와
독락당 청풍은　　　　　가업실가 ᄒ노라
〈독락당〉

위의 인용문에서 볼 수 있듯이 서술자가 큰 전쟁을 치르고도 국가의 질서를 바로 세우기는커녕 오히려 더욱 혼탁해지는 정치 상황과, 문란한 사회 풍토를 바로 잡기 위해 내놓은 대안이 바로 〈독락당〉이다. 당시 사회의 혼탁과 혼란을 바로 잡기 위해서는 孔子로부터 子思, 孟子로

이어져 내려오는 유학의 본래 모습으로 되돌아가야 한다고 하였다. 이러한 유학의 본래 모습을 잘 밝혀 놓으신 회재 선생의 유훈을 잘 받들어 수신하면 모든 사람들이 어질게 된다고 하였다. 하늘과 땅은 끝없이 높고 두렵지만 때로는 다함이 있으니 회재 선생을 더 높이 추앙하고자 했다. 이는 전쟁을 겪은 작자의 현실 개혁의 제안이며, 천지개벽(天地開闢)의 필요성을 노래한 것이다. 사화와 임진왜란을 몸소 겪은 선비로서 당연한 논리일 수 있다. 새로운 이념이나 철학을 내세우지 못했다고 말할 수도 있으나, 변질된 유학을 원래의 것으로 되돌려 놓는 일도 세상을 바로잡는 충분한 원리일 수 있었다.

결국 〈독락당〉은 현 사회의 모순을 극복하기 위해 유교적 이념을 제시하고, 실질적인 변화를 위하는 마음으로 회재 선생이 거처하던 독락당을 찾아 회재 선생의 유덕을 기리는 '모현가사'로 분류하여야 한다.

〈백상루별곡〉 역시 기행가사로 분류해서는 안 되는 작품이다. 기존의 연구에서는 〈백상루별곡〉을 기행가사로도 분류하고 '경물가사(景物歌辭)'로 분류하기도 한다. 하나의 작품이 동시에 서로 성격이 다른 분류 항에 속한다는 것은 어느 하나의 분류가 잘못되었다는 것을 의미한다.

〈백상루별곡〉은 李俔이 宣慰使로 평안북도 안주에 있을 때에 백상루를 노래한 것이다. 이현은 백상루를 제목으로 노래를 지어 널리 전파하고자 하니 별곡을 지어달라는 지방민들의 간청에 따라 〈백상루별곡〉을 지었다.8) 따라서 작품의 주된 내용과 대상은 백상루이고, 백상루에서 바라본 주변 자연 풍경이다. 공간의 이동이라기보다는 시각의 이동에

---

8) 〈百祥樓別曲〉 題下의 小序에 기록된 창작동기는 다음과 같다.

萬曆乙未歲 余以楊布政迎慰使 在安州一年强半 還期未卜 旅萬凄凉 眠食無聊 行樂之暇 時登百祥樓 周覽山川 聘懷光景者屢矣 或有村翁野夫 彷徨於樓側者 無問冠童 許登軒楹 茶姬湯媵 遊戲於欄邊者 不問艸茾 俾豫於筵席 閑談雜說 以爲送日之資 而一日囑余曰 百祥爲樓 緻雲臨虛 含遠呑長 刑勝甲于關西 聲價擅于古今 而獨無別曲 被之絃管 播在人口 大是欠事 蓋爲賦之傳 視於好事者饒舌乎 余曰 惡神人之憤 方劇山河之恥未雪 何事於歌詠乎 況余才薄詞拙 亦安能發揮光景 闡揚名區哉 僉曰 箕子麥秀之歌 梁鴻五噫之歌 何以作乎 長歌之哀 甚於慟哭者 是巳 豈淫詞麗曲之足此哉 遂寫與之

의해 지은 작품이고, 노정과 여행 중의 대상에 대한 묘사나 느낌의 서술이 없다. 그러므로 〈백상루별곡〉은 기행가사라기보다는 '경물가사(또는 서경가사)'로 분류되어야 한다.

〈독락당〉과 〈백상루별곡〉에 대한 논의를 통해 기행가사의 개념이 더욱 분명해졌으리라 여겨진다. 기행가사로 분류하는 핵심적인 기준은 노정의 제시와 여행 중에 경험한 '대상'에 대한 서술과 느낌이다. 이러한 분류 기준에 근거할 때 침굉선사의 〈청학동가〉나 이옥의 〈청회별곡〉도 기행가사로 보기에는 문제가 있다.

와유기행가사(臥遊紀行歌辭)로 분류하는 〈팔역가〉 역시 실재 여행을 통한 작품이 아니므로 기행가사가 아니다. 이미 와유기행가사의 '臥遊'가 이를 입증하고 있다. 즉 '와유'란 벽이나 방바닥에 지도 혹은 지리서를 펼쳐 놓고 '누워서'하는 여행을 뜻한다.9) 따라서 〈팔역가〉는 부분적으로는 실재 여행의 경험을 서술했다 하더라도 작품 전체적으로는 지리서나 지도에 의존하고 있으므로 기행가사일 수 없다.

한편, 목적지까지의 노정이 없다 하더라도 목적지에서 공간 이동에 의해 여행을 하고 그 노정을 구체적으로 밝혔다면 기행가사로 분류할 수 있다. 〈천풍가〉나 〈기성별곡〉 등은 〈독락당〉과 〈백상루별곡〉과 유사하게 목적지까지의 노정이 제시되어 있지 않다. 그러나 목적지에서의 노정이 구체적으로 제시되어 있고, 서술자가 목적지에서 공간 이동을 하며 여행하고 있다는 인식이 두드러지므로 기행가사이다.

이제까지 논의한 내용을 다시 정리하면, 기행가사는 구체적인 노정과 여행 중에 경험한 대상에 대한 서술·느낌이 있어야 한다는 것이다. 목적지까지의 노정이 제시되지 않았다 하더라도 목적지에서의 노정이 구체적으로 드러나거나 공간이동을 통해 여행자라는 인식이 분명한 작품도 기행가사로 분류할 수 있다. 그리고 이러한 점이 바로 기행가사만이 갖는 특성이다.

자신이 사는 고장을 떠나 여행을 했다하더라도 노정이 제시되지 않

---

9) 실재 작품 속에 나타난 노정을 살펴보면 동일한 노정이 반복되거나 왔던 길을 다시 되돌아 갔다가 다시 오는 등, 여행의 사실감이 없다.

았거나, 목적지에서 어느 한 인물, 하나의 대상을 집중적으로 서술했다면 그러한 작품은 기행가사가 아니다. 예를 들면 〈독락당〉은 한 인물을, 〈백상루별곡〉은 하나의 대상을 집중하여 서술하였으므로 기행가사로 분류할 수 없는 것이다.

1.2 연구 자료의 범위

본고에서 다룰 기행가사의 시대 범위는 가사 양식이 발생한 고려말에서부터 현재까지로 하였다. 좀더 구체적으로 시대 범위를 밝히자면 1556년부터 1991년까지라 할 수 있다. 물론 기행가사를 포함한 가사의 발굴 작업은 계속되고 있고 그 결과 가사는 지금도 학계에 소개되고 있다.

현재까지 학계에 소개된 기행가사는 모두 113편[10]이다. 이 중 본고에서 연구 대상으로 한 작품은 작가와 연대가 밝혀진 69편이다. 작가와 연대가 밝혀진 69편만을 연구 대상으로 한 이유는 시대적 상황과 작가의 사상 등을 근거로 할 때 작품의 내용을 명확하게 분석할 수 있기 때문이다.

본고의 논의 전개는 시대별로 구분하였다. 다양한 소재와 내용을 지니고 있는 기행가사를 시대 구분하지 않고 다루는 것은 의미가 없다. 기행가사는 표면에 드러내든 드러내지 않든 현실의 문제를 일관되게 다루고 있다. 그러므로 시대 상황의 변화에 따라 작품 속에 실현되는 대상에 대한 인식과 주제 양상이 다를 수밖에 없고, 이를 면밀하게 살피기 위해서는 시대를 구분하여 논의하는 것이 효과적이라고 생각하였다.

---

10) 작가·연대가 밝혀진 작품 69편, 작자나 연대 미상 작품 42편, 작품 이름만 전하고 발견되지 않은 작품 2편.

1.2.1 시대구분

기행가사의 시대 구분은 크게 4기로 나누어 고찰할 수 있다. 1기는 조선 초기에서 임진왜란 전(1591년)까지이고, 2기는 선조 25(1592) 년에서 경종(1724년)까지이다. 3기는 영조(1725년)에서부터 갑오경장(1894년)까지이며, 4기는 갑오경장 이후(1895년)부터 현대까지이다.

1기에 해당하는 기행가사는 관유기행가사인 〈관서별곡〉과 〈관동별곡〉 두 편이다. 그러므로 기행가사는 관유기행가사로부터 시작하였음을 알 수 있다. 이 시기의 작품이 적은 것은 가사문학 전체의 작품 상황으로 기행가사 작품만이 적은 것이 아니다. 이 시기에 가사 작품이 적은 이유는 연대가 많이 지나서 작품 유실의 가능성도 있겠지만 가사가 아직 널리 통용되고 창작되지 않았기 때문으로 여겨진다. 가사는 다양성을 특성으로 하는데 이 시기의 가사는 아직 다양한 내용을 담을 단계까지는 발전하지 못했다. 〈관서별곡〉과 〈관동별곡〉을 보더라도 유가적 사상에서 크게 벗어나지 못하고 있다. 가사가 다양한 내용을 담으면서 본격적으로 발전하기까지는 좀더 시간이 필요했다. 그러나 이 시기의 작품들은 이후 작품들의 전범이 되었다는 문학사적 의의를 갖는다. 가령 〈관서별곡〉의 경우 〈관동별곡〉뿐만 아니라 후대의 기행가사의 전범이 되고 있는 것이 좋은 예이다.

2기에는 〈출새곡〉을 비롯해 모두 11편의 기행가사가 창작되었다. 유형별 작품 수를 보면, 관유기행가사가 8편, 유배기행가사가 1편, 사행기행가사가 2편이다. 1기의 관유기행가사를 전범으로하여 관유기행가사들이 계속 창작되었고, 유배기행가사와 사행기행가사가 새롭게 창작되었다.

이 시기에는 가사가 본격적으로 발전하기 시작한 시기이다. 임진왜란과 병자호란을 겪으면서 현실인식이 강해지고 그러므로 해서 소재와 내용의 다양성을 이룰 수 있어 가사는 '다양성'이라는 특성을 지니고 본격적으로 발전할 수 있었다. 작품의 길이도 250구에서 350구 사이로 안정된 구성을 갖추고 전개되었다.

그러나 이 시기의 사행기행가사는 관유적 성격에서 크게 벗어나지 못하여 異國의 사물이나 대상·제도·풍속보다는 국내 지역의 여행에 더 많은 관심을 가지고 창작되었다. 異國의 문화와 문물을 대상화하여 구체적인 내용으로 담은 사행기행가사는 다음 시기의 〈일동장유가〉까지 기다려야 했다.

3기의 기행가사는 30여편이 현재까지 전한다. 이 시기는 이용후생의 실학사상이 본격적으로 대두한 시기이다. 현실에 대한 모순과 비판의식, 서민들의 고통스러운 삶이 작품에 표출되고 개혁의지가 문면에 드러나기도 하였다. 그러나 기행가사에는 현실비판의식과 개혁의지가 직접적으로 표현되지 않는다. 이는 기행가사의 작가들이 현실 인식이 부족해서라기보다는 기행가사라는 특성 때문이다. 기행가사의 서술자는 작품 속에서 비판자나 개혁자의 모습이 아니라 여행자의 자세를 일관되게 유지하기 때문이다.

이 시기의 기행가사 역시 조선 후기 가사의 변모 양상인 주제의 극대화를 나타내고 있다. 관유기행가사 중 〈북새곡〉의 경우 서술자는 현실 비판자나 개혁자는 아니지만 서민의 고통스러운 삶을 사실적으로 표현하면서 서사성의 극대화를 이루고 있는 반면, 〈금강별곡(1)·(2)〉·〈탐라별곡〉·〈동유가〉 등등의 기행가사들은 유가적 이념이 배제된 서정의 극대화를 보인다. 서사의 극대화를 보이는 〈북새곡〉의 경우 작품의 길이가 2,000구로 길어졌지만, 서정의 극대화를 보이는 기행가사들은 200구에서 300구 사이의 길이를 보여 前시기 기행가사의 길이를 유지하였다.

사행가사 역시 현실 변화의 필요성을 작품 내면에 의도하면서 보고성과 서사성을 강화하고 있다. 따라서 작품의 길이도 길어질 수밖에 없었다. 〈일동장유가〉8.243구, 〈서행록〉2.976구, 〈연행가〉3.782구 등으로 길어지면서 조선 후기 가사의 장편화를 주도하였다. 이들 사행기행가사의 작가들은 매일매일의 여행을 기록하는 일기체 형식을 취하고 있는데, 이는 다름 아닌 독자들에게 異國의 상황을 알리기 위한 의도가 강했기 때문이다. 이러한 의도성은 異國의 문명과 발달한 제도를 객관화함으로써 自國의 현실 변화를 꾀하려는 실학정신이 작용한 결과이다.

주제의 극대화는 4기에서 더욱 심하게 나타난다. 〈대일본유람가〉는
나라를 빼앗기려는 위기 상황에서 일본의 문명과 제도를 의도적으로 보
고하려 하였기 때문에 더욱 철저하게 서사성을 띠고 있다. 반면에 서정
의 극대화를 보이는 기행가사들은 이념이나 사상이 많이 약화된 채 순
수 여행에 대해 서술하고 있다. 이 시기에 서정의 극대화를 보이는 작
품들이 많이 창작된 것은 여성 작가들의 등장과도 관련이 있다. 규방에
갇혀있던 여성 작가들은 개화되어 여성도 자유롭게 여행할 수 있음을
자랑스럽게 여기고 새롭게 경험하는 여행 자체에 심취해 있다. 작품에
따라서는 부분적으로 국가의식이나 역사의식을 표출하기도 하지만 이는
지엽적인 양상일 뿐 여행 자체에 대한 서술이 주를 이루고 있다.

1.2.2 여행 목적지별 분류

기행가사를 시기별로 나누어 살펴보는 것도 의미가 있지만 여행 목
적지별로 분류하는 것도 의미가 있을 것이다. 왜냐하면 여행이란 공간
과 공간의 이동, 즉 지역과 지역의 이동이며 목적지라는 일정한 지역을
가지기 때문이다.

기행가사에 나타난 여행 지역을 살펴 보면, 우선 국내 지역으로는
관동지방이 제일 많고 관북지방, 관서지방, 기호지방, 영남지방, 호남
지방 등 다채롭다. 국외 지역으로는 중국과 일본이 중심이다.

지역별로 해당되는 작품을 제시하면 다음과 같다.[11]

관동지방 : 〈關東別曲〉, 〈關東續別曲〉, 〈寧三別曲〉, 〈關東壯遊歌〉, 〈금
강별곡(1)〉, 〈금강별곡(2)〉, 〈金剛山歌〉, 〈蓬萊淸奇〉, 〈蓬萊
曲〉, 〈蓬萊歌〉 〈금강산완경록(1)〉, 〈금강산완경록(2)〉, 〈금
강산유산록(1)〉, 〈금강산유산록(2)〉, 〈설악산관동팔경기행

---

11) 조선 후기 기행가사, 특히 1905년(경부선 철도 개통) 이후의 기행가사
들 중에는 교통의 발달로 인해 어느 일정한 목적지가 없는 것이 있다.
예를 들어 경주를 거쳐 계룡산이나 설악산 등을 두루 여행한 작품들이
있다. 이들 가사들은 목적지별 분류에서 제외하였다.

　　　　　가〉, 〈關東　遊覽記〉, 〈金剛山遊覽歌〉, 〈여행기〉 〈교주별
　　　　　곡〉, 〈금강곡〉, 〈총셕가〉　外
관북지방 : 〈出塞曲〉, 〈北征歌〉, 〈北遷歌〉, 〈北塞曲〉
관서지방 : 〈關西別曲〉, 〈箕城別曲〉, 〈香山錄〉, 〈香山別曲〉, 〈평안도
　　　　　묘향산유산록〉, 〈슝양별곡〉
기호지방 : 〈夫餘路程記〉, 〈渡海歌〉, 〈유람가〉, 〈사형제완유가〉, 〈宗
　　　　　班送別〉, 〈노정가〉,
영남지방 : 〈蓬萊別曲〉, 〈슈곡가〉, 〈경주유람가〉, 〈노정가〉, 〈금오산
　　　　　채미정유람가〉, 〈慶州觀覽記〉, 〈유람노정기〉, 〈南海紀行
　　　　　文〉, 〈영주오록기행문〉, 〈계묘년여행기〉, 〈청양산수가〉,
　　　　　〈유람기록가〉, 〈청양산 유람가〉, 〈가야산 해인가〉, 〈伽倻
　　　　　山 海印寺 遊覽記〉
호남지방 : 〈天風歌〉, 〈金塘別曲〉, 〈避疫歌〉, 〈호남기행가〉, 〈萬言詞〉,
　　　　　〈濟州道紀行歌〉, 〈제주도여행가〉, 〈탐라별곡〉, 〈제주행기〉
국내전역 : 〈팔도유람가〉
국외중국 : 〈燕行別曲〉, 〈西征別曲〉, 〈北行歌〉, 〈燕行歌〉, 〈西行錄〉,
　　　　　〈漂海錄〉12)
국외일본 : 〈日東壯遊歌〉, 〈대일본유람가〉
국외기타 : 〈台灣紀行歌〉, 〈서유가〉, 〈세계일주가〉

　특히 여행 지역이 국내인가 아니면 국외인가에 따라 작품 속에서 다
루어진 내용이나 서술자의 심리 상태는 대단히 차이가 난다. 여행 지역
이 국내인 경우에는 대상이 낯설지 않기 때문에 주로 묘사의 기법을
통해 서술자의 이념이나 사상을 드러내는 반면에, 여행 지역이 국외인
경우에는 대상이 아무래도 새롭고 낯설어서 주로 묘사적 설명이나 설명
의 기법을 통해 새로운 문물에 대한 서술자의 견해를 제시하고 있다.
따라서 여행 지역에 따라서도 여행 동기나 여행자의 심리 상태에서 오

---

12) 〈표해가〉는 사행기행가사가 아니다. 제주도에서 배를 타고 유람을 나왔
　　다가 거센 풍랑을 만나 서해에 표류하다, 중국에 도착 중국을 여행하였
　　으므로 중국기행으로 처리함.

는 대상의 선택이나 형상화 방식의 차이를 어느 정도 살필 수 있다.

1.2.3 작가별 분류

다음으로는 기행가사의 작품에 나타난 작자층을 살펴 볼 필요가 있다. 앞에서 지적한 대로 여행이란 어느 정도 삶의 여유가 있지 않고서는 여행을 할 수 없을 것이므로 기행가사의 작자층은 제한적일 수밖에 없다. 그럼에도 불구하고 후기 기행가사에 보면 작자층이 어느 정도 확대되는 것을 볼 수 있다.

기행가사의 작자층은 크게 성별, 신분별, 직위·직책별로 나누어 살필 수 있다. 우선 기행가사를 성별로 나누어 보면 여성에 의해 쓰여진 작품은 〈부여노정기〉를 비롯한 17편이고, 남성에 의해 쓰여진 작품은 50편이며, 그외는 작자 미상의 작품들이다. 작자 미상의 후기 작품들 가운데는 여성의 것으로 추정되는 작품이 다수 보이나 확정할 수는 없다. 신분별로는 작자 미상의 작품을 제외하면 서민의 작품은 〈금강별곡(1)〉 1편밖에 없고, 나머지 작품들은 모두 사대부나 사대부 여인의 작품이다. 작자가 여행을 떠날 당시 어떤 직위에 있었는가는 대상 선택이나 형상화 방식에 영향을 끼칠 수 있다. 예를 들어 벼슬아치는 백성을 다스리기 위한 여행이었으므로 어떻게 하면 백성을 잘 다스릴 수 있을까 하는 것을 여행 중에 생각하고, 자기의 통치 이념이나 통치 대상을 작품의 대상으로 선택하거나 대상을 통해 자신의 통치 이념을 형상화하는 데 많은 관심을 쏟기 마련이다. 그런가 히면 武人은 대상을 통해 상부의 호기를 보여 주고, 어사는 백성의 밑바닥 삶에 더 많은 관심을 보이기 마련이므로 기행가사의 내용도 이에 많아 좌우될 수 있다. 그런데 기행가사에서 여행 당시의 신분과 직위를 알아낸다는 것은 극히 제한되어 있다. 남성 작품 50편을 대상으로 작가의 신분에 따라 분류하면, 무인의 작품이 4편, 어사의 작품이 1편, 왕족의 작품 1편, 사신의 작품이 6편이고 나머지는 벼슬길에 나아가거나 벼슬에 있다가 유배 가는 사대부들, 또는 벼슬을 하지 못한 사대부들의 작품이다.

위의 논의에 대한 증거로도 삼고 앞으로의 논의에 대해 편의를 얻고 이해를 돕기 위해 연대별 작품 일람표를 만들었다. 지은 연대, 지은이, 실린 곳과 간수자, 분량을 내용으로 하였으니 기행가사의 전모와 본고의 논의를 살피는 데 도움이 될 것으로 믿는다.

1.3 기행가사 작품 일람

작품 일람표는 크게 세 부분으로 나누었다. 첫 부분은 지은 연대와 지은이가 분명하게 밝혀진 작품들을 수록하였고, 둘째 부분은 지은이나 지은 연대가 미상인 작품들을 실었다. 셋째 부분에는 문헌에 작품명은 전하지만 작품은 전하지 않는 〈조천곡〉과 〈출관사〉를 실었다. 작품이 전하지도 않는 두 작품을 실은 이유는 이름을 기억하고 있으면 작품의 발견이 좀더 쉬울 것이라는 기대 때문이다.

◆ 〈作品一覽(年代順)〉

순번	작품이름	지은 연대	지 은 이	실린 곳, 간수자	분량(구)	참 조
1	關西別曲	1556	白光弘(1522-1556)	岐峰集, 雜歌	172	
2	關東別曲	1580	鄭澈(1536-1593)	松江歌辭	294	
3	出塞曲	1617	曹友仁(1561-1625)	頤齋詠言	166	
4	關東續別曲	1623년경	曹友仁(1561-1625)	頤齋詠言	210	
5	숑양별곡 (崧陽別曲)	1670	鄭斗卿 (1596-1673)	만언스 (姜銓燮藏)	226	
6	北關曲	1675	宋疇錫(1650-1692)	恩譜輯略	232	
7	蓬萊歌	1679	南道振(1674-1735)	(弄丸薺集.先考行錄)		
8	燕行別曲	1694	沈枋(숙종代)	歌辭選(고려대)	198	
9	西征別曲	1695	朴權(1658-1715)	筆寫(朴泳九藏)	324	
10	蓬萊曲	1695	金盛達(1642-1696)	(先府君行狀) 蓬萊歌		

11	天風歌	1698경	盧明善(1647-1715)	三足堂歌帖	332	
12	寧三別曲	1704	權 燮(1671-1759)	玉所稿 (朴堯順藏)	224	
13	金塘別曲	1707년 이전	魏世稷(1655-1721)	三足堂歌帖	200	
14	香山別曲	1712-1713 경	鄭時淑(1684-1714)	筆寫(李周洪藏)	330	
15	避疫歌	1727	黃(1704-1771)	晚隱集	95	
16	續思美人曲	1724-1730	李眞儒(1669-1771)	筆寫(李匡師藏)	376	
17	금강별곡(1)	1739	朴淳愚(1636-1759)	明村遺稿	400	
18	탐라별곡	1750	鄭彦儒(1687~1764)	迂軒集	240	
19	日東壯遊歌	1764	金仁謙(1707-1772)	筆寫(校合本)	8243	
20	丹山別曲	1772	申光洙(1712-1775)	筆寫	198	
21	北征歌	1776	李溶(영조代)	滴宜(국립도서관)	260	
22	萬言詞	1777-1800	安筆源(1724-1776)	筆寫(서울대)	1425	
23	良湖新詞	1783년 이전	朴履和(1739-1783)	筆寫(朴燦郁藏) 龜溪集(구계집)	234	
24	鴻罹歌	1783	李邦翊(정조代)	筆寫(安春根藏)	262	
25	水路朝天行 船曲	1794전	李運永(1722-1784)	諺詞(筆寫)		
26	箕城別曲	1795	金載瓚(1746-1827)	筆寫(李周洪藏)	206	
27	漂海歌	1797	李邦翼(정조代)	청춘 1호(1914)	604	
28	皆岩歌	1801	趙星臣(1765-1835)	염窩遺稿	154	
29	扶餘路程記	1802	延安李氏(1737-1815)	筆寫(교합본)	235	
30	北塞曲	1802경	具康(1757-1832)	北塞曲	2000	
31	교주별곡 (交州別曲)	1820	具康(1757 - 1832)	北塞曲	190	
32	금강곡 (金剛曲)	1820	具康(1757 - 1832)	北塞曲	102	

33	츙석가 (叢石歌)	1820	具康(1757 - 1832)	北塞曲	114	
34	陶山別曲	1792-1806 경	趙星臣(1765-1835)	蘆溪集.염窩遺稿	122	
35	西行錄	1828	金芝叟(순조代)	筆寫(林基中藏)	2976	
36	금행일기	1845	恩津宋氏(1803-1860)	금행일기(筆寫)		
37	北遷歌	1854	金鎭衡(1801-1865)	筆寫(崔康賢藏)	1041	
38	지헌금강산 유산록	1855	朴憙絃(1814 - 1880	筆寫(崔康賢藏)	1230	
39	금강별곡(2) (병진본)	1856	李象秀(1820-1882)	筆寫(姜銓燮藏) 堂集.金剛別曲	1124	
40	燕行歌	1866	洪淳學(1842-1892)	筆寫(도남본)	3782	
41	北行歌	1866	柳寅睦(1839-1900)	筆寫(李東英藏)	1792	
42	동유금강록	1868	권숙(1846 - 1896	『동유금강녹』(文忠社藏)	1485	
43	蓬萊別曲	1869	鄭顯德(1810-1883)	筆寫(李周洪藏)	117	
44	도해가	1875	趙熙百(1825-1900)	관동장유가(筆寫)	240	
45	관동신곡	1894	趙胤熙(1854-?)	筆寫(진동혁藏)	1138	
46	대일본유람가	1902	李台稙(1859-1903)	筆寫(李胤求藏)	3256	
47	서유가 (西遊歌)	1908	金漢弘(1877 - 1943)	海遊錄(朴魯淳藏)	940	
48	遊山日錄	1911	義城金氏(1863-1929)	筆寫		
49	發還京第	1921전	崔松雪堂(1855-1939)	松雪堂集(石)		
50	金剛山 紀行歌	1957	趙愛泳(1911-)	隱村內房歌辭集 (금강출판사 1971)		
51	金剛山遊覽記	1930	張相一(1897-1962)	筆寫		
52	가야산 해인가	1957	택정댁	筆寫		
53	安義龍湫寺 探勝記	1958	安宰根	五絃琴(活版)		
54	伽倻山海印 寺遊覽記	1958	安宰根	八子詩集五絃琴		
55	搜勝堂記	1959	安宰根	(敬天愛人社. 1962)		

56	慶州觀覽記	1965	黃在仁	筆寫(朴堯順藏)	1001	
57	호남기행가	영조代	은영남씨	筆寫	1200	
58	이부인 기행가사	純祖朝	廣州李氏	筆寫	443	신사년 (첫장 부분 손실)
59	설악산관동팔경 기행가	1968	이차웅	筆寫(朴堯順藏)	621	
60	南海紀行文	1970년경	鄭助仙	筆寫(朴堯順藏)	878	
61	關東遊覽記	1970년경	鄭助仙	筆寫(朴堯順藏)	432	
62	濟州行記	1971	李中錫	筆寫	1000	
63	유람노정기	1974	李氏夫人	筆寫(朴堯順藏)	452	
64	硏墨會趍風歌	1977	高端(1922-?)	한국내방가사집		
65	영주오록기행문	1978	鄭助仙	筆寫(朴堯順藏)	654	
66	濟州道紀行歌	1978	高端(1922-?)	筆寫(朴堯順藏)	480	
67	臺湾紀行歌	1983	高端(1922-?)	筆寫(朴堯順藏)		
68	〈伽倻山 海印寺 遊覽記〉 친척동반 유람가	1986	李必喜(1921-?)	筆寫	116	
69	山外別曲	1991	高端(1922-?)	紹古堂歌辭集(上)		

　작가·연대 미상으로 알려진 작품들 중에는 작품의 내용과 작품 말미에 적힌 干支를 참고하여 연대를 추정할 수 있는 작품들이 있다. 83·84· 85·86·87·88·89번의 작품들의 경우 작품 안에 '경부선'·'이기붕(이 승만 대통령 재임시 부통령 역임) 별장' 등의 단어가 나오므로 연대 추 정이 가능하다.

영원이 두고볼사　　　　합동사진 찍어두고
온양으로 가자서라　　　동행하는 오늘해도
서산으로 기울려저　　　밥비가라 부탁는듯
경부선 급행완행

〈유람가〉

속역니여 달인뻐스　　　하금압해 좀간시여
우리일행 다싯구서　　　또다시 속역니여
예천역에 다다르니　　　전에보든 조임댁이
　　　　　　　　　　　〈유람 기록가〉

　〈유람가〉의 경우 "경부선 급행완행"이라 하였으니 경부선 철도가 개통되고 급행과 완행의 구별도 있는 때였으니 1905년 경부선 개통 이후가 될 것이다. 작품 말미에 지은 연대가 을묘년이라 하였으니 1915년과 1975년이 을묘년인 데 작품이 발견된 때가 1975년 이전이니 1915년이 확실하다.
　〈유람기록가〉의 경우에도 "뻐스", "예천역"이라는 용어를 볼 때 1905년 이후 갑진년인 1964년으로 추정할 수 있다.
　위의 여섯 작품은 작품 말미에 지은 干支를 표기해 놓았다.

무정홀사 닐월니사　　　또한희 디닌난니
잇디난 어느쩐고　　　　정묘연 즁츈니라
　　　　　　　　　　　　〈슈곡가라〉

어와우리 노름계원　　　우연한 인연으로
멋멋분이 안올새와　　　계묘년 윤사월에
각동리로 열락하여　　　히망자를 뽀밧든가
　　　　　　　　　　　　〈유람기록가〉

경술 삼월 초오일 정명리 황씨댁에 머물고있는 도곡집은
입문후 놀이에　처음참석함을　기렴삼아 … 하략 …
　　　　　　　　　　　　〈여행기〉

〈여행기〉는 작품의 내용이 끝난 뒤 산문 형식으로 지은 연대를 밝히고 있고 나머지 다섯 편은 작품 속에 지은 연대를 표기하였다.

70	香山錄	1794년이후	미 상	목판(국립도서관)	184	
71	東遊歌	1802경	미 상	筆寫 (하버드대연경도서관)	2178	
72	金剛山歌	1816	미 상	長篇歌集(고려대)	705	
73	關東張遊歌	1859년경	미 상	筆寫(서울대)	1611	
74	척주가	1801-1910	미 상	筆寫	198	
75	宗班送別	1935	미 상	筆寫		
76	금강산완경록(1)	미 상	미 상	筆寫(정병욱藏)	772	
77	금강산완경록(2)	미 상	미 상	宮中雜錄(국립도서관)	304	
78	金剛山遊山錄(1)	미 상	미 상	筆寫(연세대)	636	
79	金剛山遊山錄(2)	미 상	미 상	樂府(고려대)	423	
80	金剛山遊山錄(3)	미 상	미 상	筆寫(林基中藏)		
81	蓬萊淸奇	미 상	미 상	筆寫(李周洪藏)	766	
82	仙樓別曲	미 상	미 상		198	
83	계묘년 여행기	1963	미 상		347	계묘년
84	사형제 관유기	1902	미 상		288	임인년
85	슈곡가	1927	미 상		120	정묘년
86	유람기록가	1964	미 상		389	갑진년
87	여행기	1910	미 상		117	경술년
88	유람가	1915	미 상		341	을묘년
89	금오산채미정유람가	1929	미 상		227	무진년
90	부인노정기	미 상	李氏夫人	筆寫(朴堯順藏)		
91	제주도여행가	미 상	鄭氏夫人	筆寫(朴堯順藏)		

92	金剛山遊覽歌	미　상	張氏夫人	筆寫(朴堯順藏)		
93	청양산유람가	미　상	미　상		279	
94	팔도유람가	미　상	미　상	筆寫(朴堯順藏)		
95	청양산수가	미　상	미　상	筆寫	295	
96	평안도묘향산유산록	미　상	미　상		176	
97	경주유람가	미　상	미　상		325	
98	노정가	미　상	미　상		393	
99	水原陵幸行歌(1)(2)	미　상	미　상			
100	회셔노정긔	미　상	미　상			
101	금강산유람록	미　상	미　상			
102	금강순유람가	미　상	미　상	筆寫(李善玉)		
103	금강산완상록	미　상	미　상	향산별곡(金東旭藏)	895	
104	금강산뉴산록	미　상	미　상	筆寫(金東旭藏)		
105	동유녹	미　상	미　상	筆寫(精神文化硏究院藏)		
106	금강산유산녹	미　상	미　상		424	
107	금강산유산록	미　상	미　상	筆寫(姜銓燮藏)		
108	금강산완경녹	미　상	미　상	筆寫(林基中藏)	277	
109	금강순유순녹직경이라	미　상	미　상	筆寫(林基中藏)	178	
110	금강유산가	미　상	미　상	筆寫(후동댁藏)	569	
111	금광(강)유람가	미　상	미　상	筆寫		

　　문헌상에 작품 이름만 전하고 작품은 전하지 않는 작품은 〈조천곡 (1), (2)〉과 〈출관사〉이다. 〈조천곡〉은 『象村稿』와 『芝峰類說』에 이름 이 전하고, 〈출관사〉는 『頤齋詠言』에 전한다.

　　〈조천곡〉은 '朝天'이 쓰인 작품들이 일반적으로 중국 기행과 관련이 있으므로 중국을 여행하고 지은 사행기행가사류로 추정되고, 〈출관사〉 는 『이제영언』의 내용 소개를 볼 때 관유기행가사류로 짐작된다.

작품이 발견되지 않아 속단하기 어려움이 있다. 연구자들이 작품 발굴에 관심을 갖자는 의미에서 이름만 전하는 두 작품을 소개한다.

112	朝天曲(1),(2)	1597	李睟光(1563-1628)	(象村稿.芝峰類說)		미발견
113	出關詞	1606	曹友仁(1561-1625)	頤齋詠言		미발견

1.4 기행가사의 유형

연구 대상이 되는 작품을 유형별로 분류한다는 것은 연구의 중요한 과정이다. 어떠한 관점에서 작품을 분류하느냐에 따라 연구 방향과 내용에 큰 영향을 끼치기 때문에 중요한 작업이 될 수밖에 없다. 특히 기행가사의 유형 분류는 가사가 지니는 갈래상의 속성 때문에 복잡하고 다양하다. 3·4조 또는 4·4조의 기본 음수율을 중심으로 4음보라는 율격을 갖추고 다른 조건에 부합되면, 일단 길이나 내용에 제한 없이 가사의 갈래에 포함시키므로 작품 분류는 그만큼 어렵고 중요하다. 더욱이 조선 후기의 작품들은 복합적인 성격을 지니고 있으므로 분류 자체가 본격적인 연구만큼이나 어려운 작업이다.

선학들의 분류 방식을 살펴보아도 그 어려움을 알 수 있다. 가사의 내용을 기준으로 분류하면서도 지은이의 신분이나 居所를 첨가하는 경우도 있으며, 세계관에 의해 분류하면서도 지은이와 독자의 관계 및 주체와 객체의 개념 정의가 없어 애매모호한 예도 있다. 분류 기준이 일치하더라도 연구자에 따라 분류항이 서로 다른 경우도 있다. 예를 들어 작품의 내용을 분류 기준으로 삼았다 하더라도 연구자에 따라 적게는 3종에서 많게는 53종으로 분류하는 등 분류 항목이 다양함을 알 수 있다.13)

---

13) 조윤제(1948)님은 11종, 정형용(1948)님은 8종, 김기동(1955)님은 7종, 이태극(1964)님은 16종, 박성의(1967)님은 32종, 유간선(1968)님

  연구 연도가 지나면서 대상 작품이 많아지고, 대상 작품이 많아졌으므로 분류 종목이 많아질 것이라고 예상할 수 있다. 그러나 최근의 경향은 다시 분류 종목이 적어지는 것을 볼 수 있다. 그러므로 연구 연대나 대상 작품에 의해 분류 종목이 결정되는 것이 아니라는 것을 알 수 있다. 가사의 분류는 연구자에 따라 달라지며 그 양상이 매우 다양함을 알 수 있다.

  가사 문학이 가지고 있는 특성상 가사 작품은 어느 한 가지의 분류 기준에 의해 효과적으로 분류할 수는 없을 것으로 여겨진다. 그러므로 가사 작품의 유형 분류는 연구 대상과 목적에 따라 다분히 자의적일 수밖에 없으며, 몇 개의 분류 기준을 혼합한 절충 방식을 따를 수밖에 없다.

  기행가사에 대해 최초로 종합적인 분류를 시도한 분은 최강현님이다. 최강현님은 우선 분류 기준으로 구조적 특성에 따른 분류와 동기론적 분류를 제시하였다. 동기론적 분류는 여행의 목적이나 이유가 어디에 있는가를 기준으로 한 분류이다. 최강현님은 이를 다시 등정 동기론적 분류14)와 창작 동기론적 분류로 구분하였다.

  임기중님은 기행문학을 여행 방식에 따라, '使行者文學・旅行者文學・流配者文學・亡命者文學・布教者文學・參戰者文學・漂流者文學' 등으로 분류한 바 있다.15) 여기에 기행가사 작품 중 유배 가는 할아버지와 임무지로 떠나는 아들과 동행하며 지은 〈북관곡〉과 〈부여노정기〉를 감안하여 配行者文學도 첨가할 수 있을 것이다.

  기행가사의 중심 소재는 여행이므로 여행 동기에 의한 분류는 기행가사 유형 분류의 가장 핵심이 되는 방법이다. 여행을 왜 떠났는가 하

은 53종, 김준영(1971)님은 15종, 이상보(1974)님은 8종, 최강현(1975)님은 34종, 임성철(1976)님은 13종, 윤석창(1976)님은 8종, 이능우(1977)님은 3종, 서원섭(1978)님은 16종, 정재호(1979)님은 26종, 홍재휴(1985) 님은 9종으로 분류하였다.

14) 등정 동기론적 분류는 다시 문헌 통계에 의한 분류, 여행 목표 성취에 따른 분류, 여행자의 의지에 따른 분류로 나누었다.

15) 임기중, 「연행가사의 연구」, (『한국문학연구』10호, 동국대학교 한국문학연구회 1987). 45쪽.

는 것은 여행자의 서술 시각을 형성하는 주된 요인이 될 것이다. 즉 여행 동기에 따라 대상 인식의 정도와 태도가 결정된다는 의미이다. 가령, 같은 자연이지만 임금의 명을 받아 목민관으로서 부임지에 가기 위한 것이 여행의 동기라면 그때 자연은 자신의 통치 이념을 점검하는 대상으로 인식될 것이고, 죄를 입어 유배를 떠나는 것이 여행의 동기라면 그때 자연은 서술자의 신체를 제한하고 고통을 안겨 주는 대상으로 인식될 것이다. 또한 임금의 명을 받아 異國으로 떠나는 것이 여행의 동기라면 그때 자연은 自國의 자연과 異國의 자연을 객관적으로 대비하는 대상으로 인식될 것이고, 표류자에게 자연은 자신의 생명을 위협하는 대상으로 인식될 것이다. 따라서 왜 여행을 떠나게 되었는가, 즉 여행 동기는 서술자의 서술 시각을 결정하는 중요한 요인이 된다.

여행 동기에 의한 분류를 하기 위해서는 우선 여행의 동기가 자의에 의한 것인지 아니면 타의에 의한 것인지를 먼저 가려야 한다. 기행가사는 여행 중에 보고, 듣고, 경험한 인물·사물·풍속·역사 등을 대상으로 하여 문학적 형상화를 한 것이므로, 자의에 의한 여행이냐 타의에 의한 여행이냐에 따라 우선적으로 대상을 인식하는 태도가 다를 수 있기 때문이다.

그런데 현존 기행가사의 여행 동기를 살펴 보면, 여행의 동기가 자의에 의한 것으로 자연을 완상할 의도로 길을 떠난 관유기행과 타의에 의한 것으로 적소로 떠나는 유배기행, 외국의 사신의 임무를 띄고 떠나는 사행기행, 배를 타고 가다가 우연히 풍랑을 만나 하게 되는 표류기행, 그리고 유배 가는 조부를 모시고 가는 배행기행과 임지로 떠나는 아들과 함께 가는 동행기행 등이 있다.

그러나 여행이 자의에 의한 것이냐 타의에 의한 것이냐 만을 가지고는 기행가사의 다양한 내용을 효과적으로 분류하기 어렵다. 다양한 내용의 기행가사를 좀더 자세하게 고찰하기 위하여 몇 가지 기준을 세워 기행가사를 유형 분류할 필요가 있다. 또한 여행 동기에 의한 분류 방법이 기행가사의 각 유형별 특징을 완벽하게 나타내리라고 단정하기는 어렵다. 왜냐하면 서술자는 여행 동기와는 다른 심리 상태로 여행할 수 있기 때문이다. 임금의 명을 받아 부임지로 떠나면서 서술자는 풍류를 즐길 수도 있고, 유배를 가면서도 자신의 죄에 대한 자긍심으로 남아의 호기를 드러낼 수 있다. 구체적인 예로, 〈북천가〉의 경우 유배를 가면서도 자신을 유배 보내는 간신배들이 죄가 있지 자신은 죄가 없다면서 자연을 대상으로 남아의 호기를 드러내는가 하면, 〈북행가〉의 경우 사행의 일원으로 중국을 다녀오면서도 수많은 기생들과 풍류를 즐긴다.

따라서 여행 동기에 의한 분류가 기행가사의 유형 분류 방법으로 가장 효과적이지만, 다양한 서술 시각을 갖는 기행가사를 완벽하게 분류하는 방법이 되지는 못한다. 이는 여행 동기가 자의에 의한 것이냐 타의에 의한 것이냐로 포괄적으로 구분할 때도 마찬가지이다. 자의에 의해 떠난 여행이라 하더라도 단순히 즐기기 위한 것이냐 아니면 현실에서의 좌절을 극복하고 재기를 다짐하기 위해 떠나는 여행이냐에 따라 대상을 인식하는 태도가 다르고, 반대로 타의에 의한 여행이라 하더라도 목적지가 평소에 가고 싶었던 곳이냐 그렇지 않느냐에 따라 역시 대상을 바라보는 서술자의 인식이 달라질 수 있을 것이기 때문이다.

이상에서 살핀 바와 같이 기행가사의 유형을 완벽하게 분류하기에는 대단히 어렵다. 몇 가지의 방법을 절충하는 분류 방법도 오히려 분류의 혼란을 가져올 수 있다. 따라서 서술자의 심리 상태를 감안한 여행 동기에 의한 분류 방법이 가장 효과적이다. 여행 동기와 서술시각에 상치되는 작품, 즉 유배기행가사 중 하나인 〈북천가〉와 사행기행가사의 하나인 〈북행가〉의 유형론적 이탈은 작품의 개성과 개별성으로 파악하는 것이 더욱 유리하다.

본고에서는 앞의 두 교수의 분류 체계를 참고하고, 기행가사가 대상에 대한 서술을 중심으로 창작되었다는 점을 중시하여 여행 동기와 여행자의 심리 상태에 따라 觀遊紀行歌辭, 流配紀行歌辭, 使行紀行歌辭, 漂流紀行歌辭 등으로 분류하였다. 여기서 배행과 동행의 경우에 해당하는 작품은 그 내용에 따라서 유배기행가사와 관유기행가사로 귀속시키었다.

1.4.1 관유기행가사(觀遊紀行歌辭)

관유기행가사란 작가가 자의나 타의(왕명)에 의해 국내 여행 중에 경험한 山川과 그 지방의 명승지를 풍류적 시각으로 형상화한 기행가사를 말한다. 기행가사의 하위 분류 항목으로 '관유가사'라는 용어를 처음 쓴 분은 최강현님이다.16) 최강현님은 관유와 비슷한 뜻으로 쓰이는 단어로는 '관광'과 '구경'이 있다고 하면서, 각각 『周易』과 『文選』의 사용을 예로 들어 관광은 국외 여행으로 관유는 국내 여행의 뜻으로 풀이하였다. 그러나 관광과 관유라는 단어를 국외 여행이냐 국내 여행이냐에 기준을 두어 변별하는 것은 현재 그 단어들의 쓰임을 비추어 볼 때 그리 명확한 것은 아니다. 현대에도 '해외 관광'과 '국내 관광'이 다 쓰이며, '국내 관유'라는 말은 잘 쓰이지 않는다. 그러므로 관광과 관유를 단지 국외냐 국내냐 하는 여행의 지역적 범위를 구분 짓는 용어로 사용하는 것은 다시 생각할 필요가 있다.

본고에서는 자연을 완상하고 느낌을 기록한 가사들을 전통적인 용어를 빌어 관유기행가사라 한다. 하지만 '觀'을 단순히 사물을 구경한다는 뜻이 아니라 '사물을 잘 주의하여 본다'라는 의미로 해석하고, '遊'를 '즐겁게 노님'의 뜻으로 받아들여, '觀遊'를 '사물을 잘 주의하여 보고 그 속에서 즐겁게 노닌다'라는 뜻으로 사용하고자 한다. 이것은 대상을 형상화하는 데 있어 대상에게서 어떤 느낌·의미를 받는다는 소극적인 자세에서 벗어나, 대상에게 어떤 느낌·의미를 부여하는 적극적인 자세를 가지는 것을 뜻한다.

기행가사 뿐만 아니라 모든 문학 작품은 대상에게서 받은 것들을(또는 대상을 그대로) 옮겨놓은 것이 아니다. 작자는 대상에게 심상을 불어 넣고 의미를 의도적으로 부여하여 작품을 창작하는 것이다. 가사 작품 속에서도 '산천구경 가자스라', '구경 한번 잘했다' 등등 구경이라는 단어는 곧잘 등장한다. 기행가사 중에서 단순히 구경 차원의 내용으로 된 작품도 없지 않다. 그러나 앞에서 말한 것처럼 '구경'은 단순히 대상

---

16) 崔康賢, 『韓國紀行歌辭研究』, 46쪽.

의 외면적인 것, 또는 대상에게서 부여받은 것이라는 소극적인 의미를 담고 있으므로 이것보다는 관유라는 용어가 더 적절하다.

관유기행가사는 다시 서술자의 심리 상태에 따라 〈관서별곡〉·〈관동별곡〉·〈관동속별곡〉·〈관동장유가〉 등과 같이 임무지를 순행하며 삶의 진실을 모색하는 류와 금강별곡(2)〉·〈금강산가〉·〈금강산완경록(1)〉·〈금강산완경록(2)〉·〈영삼별곡〉·〈향산록〉·〈향산별곡〉·〈천풍가〉·〈금당곡〉 등과 같은 현실 무상에 의한 풍류를 통해 삶의 안식을 얻으려는 류, 〈금강별곡(1)〉·〈금강산유산록(1)〉·〈봉래청기〉·〈피역가〉와 같이 현실 속에서의 좌절을 딛고 일어나 재기를 다짐하는 류, 그리고 〈출새곡〉·〈북정가〉·〈도해가〉 등과 같은 임무지의 역사와 풍속 등을 통해 주체의식을 함양하는 류로 구분할 수 있다.

기행가사 113편의 작품 중 관유기행가사가 97편으로, 관유기행가사가 대부분을 차지하고 있어 기행가사의 일반적 유형임을 알 수 있다.

1.4.2 유배기행가사(流配紀行歌辭)

유배기행가사란 작가가 죄를 입어 타의에 의해 국내 지역에 유배 도중이나 유배지에서, 산천을 대상으로 한 느낌이나 생활 모습을 형상화한 기행가사를 말한다.

원래 유배라는 단어보다 귀양이라는 단어를 더 많이 사용하였다. 작품에서도 유배라는 단어보다 귀양이라는 단어를 사용하였다. 귀양이란 단어의 어원은 '歸鄕'에서 유래한 것으로 처음에는 형벌이 아닌 鄕里放逐(향리방축)의 뜻으로 쓰였다. 우리말 귀양과 같은 뜻으로 쓰인 한자는 대충 21개나 되는데, 그 중 많이 사용된 단어는 定配(정배)·流配(유배)·黜陟(출척)·配所(배소)·竄配(찬배)·竄謫(찬적)·竄黜(찬출) 등이다. 그 가운데 유배라는 용어는 언제부터인지는 몰라도 국문학계뿐만 아니라 학술 용어로 널리 사용되었기 때문에 본고에서도 '유배'라는 단어를 사용하고자 한다.

유배기행가사는 서술자의 심리 상태에 따라 다시, 죄에 대한 속죄와 유배에서 풀려나기를 소원하는 〈만언사〉, 자신은 죄가 없다하고 대장부의 호기를 표현한 〈홍리가〉와 〈북천가〉, 귀양 가는 할아버지를 모시고 유배지로 가면서 유배자의 입장에서 쓴 〈북관곡〉으로 구분된다. 이 중 〈북관곡〉은 작자가 유배를 가는 것이 아니라 유배를 가는 할아버지를 유배지까지 모시고 가는 과정과 유배지에서의 느낌이나 생각을 형상화 한 것이어서 엄격히 '배행유배기행가사'로 분류되어야 한다. 하지만 유배자의 정서나 유배생활이 구체적으로 드러나기 때문에 유배기행가사에 포함하여 고찰하고자 한다. 유배기행가사는 현재까지 6편의 작품이 전한다.

1.4.3 사행기행가사(使行紀行歌辭)

사행기행가사란 왕명에 의해 특수한 임무를 띤 신하가 다른 나라를 여행하면서 여행 중에서 보고·듣고·경험한 바를 형상화한 기행가사이다.17) 원래 '사행'이란 말은 '使臣行次'의 순말이다. 그러므로 사신이라는 신분을 가진 여행자가 지은 작품만을 연구 대상으로 하여야 하나, 본고에서는 사신과 유사한 신분으로 다른 나라를 여행하고 지은 작품도 사행기행가사의 범주에 넣어 다루었다. 예를 들어 〈북행가〉나 〈대일본유람가〉가 여기에 속하는 작품들이다. 〈북행가〉는 사신은 아니지만 사신행차의 한 일원으로 중국을 여행하고 지었고, 〈대일본유람가〉 역시 사신의 신분은 아니지만 외교관으로 일본을 여행하고 지은 것이므로 사행기행가사로 다룰 수 있을 것이다.

사행기행가사는 여행 지역에 따라 나누는 것이 합리적이다. 왜냐하면 서술자의 심리상태가 여행 지역에 따라 판이하게 다르기도 할 뿐만 아니라, 여행 지역이 우리 나라가 아니고 다른 나라이므로 여행 지역이

---

17) 이전의 분류에서는 임금의 명을 받고 떠나는 여행을 모두 사행으로 보았으나, 사행은 '임금의 명을 받아 외국에 파견된 신하가 길을 떠남'이므로 외국을 다녀온 것만 사행으로 보아야 한다. 이전에는 〈관서별곡〉, 〈관동별곡〉 등을 사행가사로 분류하였으나, 앞에서 살펴본바와 같이 임금의 명을 받아 국내에 있는 부임지를 여행하고 지은 가사는 관유기행가사로 분류하였다.

어딘가를 밝히는 것도 의미있는 작업이기 때문이다. 이에 따라 사행기행가사를 사행 목적지로 분류하면 다음과 같다.

중국 : 〈연행별곡〉·〈서정별곡〉·〈서행록〉·〈연행가〉·〈북행가〉
일본 : 〈일동장유가〉·〈대일본유람가〉
미국 : 〈서유가〉

1.4.4 표류기행가사 (漂流紀行歌辭)

표류기행가사란 바다를 여행 중에 자의와는 전혀 관계없이 자연 재해에 의해 표류를 하고, 표류 상황과 느낌을 표현한 기행가사이다. 기행가사 중 바다를 여행하고 지은 작품으로는 〈표해가〉와 〈도해가〉 두 편이 있다. 〈표해가〉는 제주 앞 바다에서 가을의 맑은 날씨를 즐기며 뱃놀이를 하다가 갑자기 변한 날씨 때문에 표류하여 중국을 거쳐 구사일생으로 귀국한 9개월 17일 간의 길고도 험한 여행을 노래한 것이고, 〈도해가〉는 전라도의 함열 태수로서 그곳 聖堂倉의 租稅糧穀과 각 궁에 바치는 砲粮과 잡비를 배에 실어 옮기면서 황해를 거슬러 올라서 서울의 서강에 있었던 廣興倉까지 오는 길을 노래한 가사이다. 그러므로 본고의 분류 기준에 의한 표류기행가사는 〈표해가〉 한 편 뿐이다.

〈표해가〉는 내용상 두 부분으로 나눌 수 있는데, 전반부는 표류 상황과 느낌을 노래하였고, 후반부는 중국에 도착하여 중국 연경까지 왕복 여행 중 보고·듣고·경험한 것을 노래하였다. 두 부분이 작품상 차지하는 분량을 보면 오히려 전반부보다 후반부가 길다. 따라서 중국 여행을 다룬 사행기행가사와 상당한 부분을 공유한다.

그러나 본고에서 한 편 뿐인 〈표해가〉를 표류기행가사로 분류한 이유는 〈표해가〉의 여행 동기가 중국 지역을 여행한 사행기행가사와는 전혀 다르기 때문이다. 〈표해가〉는 재해에 의한 예상하지 못한 여행을 하게 됨으로 일반 기행가사와는 다른 독특한 여행 동기를 갖는다.

이제까지 학계에 소개된 조선시대의 한문 표해 기록은 여섯 편에 불과하나 〈표해가〉와 함께 '표류문학' 또는 〈도해가〉와 더불어 우리 나라

'해양문학'의 가능성도 점검할 수 있어서 독특한 여행 동기를 고려하여 〈표해가〉를 표류기행가사로 분류하였다.

제 2 장
연구 목적과 방법

2.1 연구 목적

우리가 문학을 통해 궁극적으로 '앎'과 '삶'을 얻는다는 것은 결국, 문학 연구는 문학 작품이 지니고 있는 '앎'의 요소와 '삶'의 요소를 발견하고 그것을 문학성을 바탕으로 드러내는 데 있다고 할 것이다.

이제 1장에서 확정한 기행가사의 개념과 대상 작품, 그리고 유형 분류를 바탕으로 본격적인 기행가사 연구를 진행해야 할 것이다. 기행가사의 연구 목적 역시 기행가사가 지니고 있는 내용 요소인 '여행'과 형식 요소인 '가사'와 밀접한 관련이 있다. 즉 본고의 연구 목적은 기행가사의 내용 요소인 '여행'과 형식 요소인 '가사'를 통해 기행가사 각 작품이 지니고 있는 '앎'과 '삶'을 문학성이라는 테두리 안에서 밝혀내는 데 있다. 그리고 한 걸음 더 나아가 현재를 사는 우리들이 문학 활동을 하는 데 있어 무엇을 전범(典範)으로 삼을 것이며, 일상 생활의 언어 생활을 풍부하게 하는 데 무엇을 도움 받을 것이냐 하는 것을 탐색하는 일도 연구의 한 목적으로 삼을 것이다.

그렇다면 문학, 문학 연구를 통해 '앎'과 '삶'을 체득함에 있어 굳이 기행가사를 선택한 이유는 무엇인가? 이를 밝히는 일도 기행가사 연구의 목적을 구체화하는 데 도움이 될 것이다.

우선 기행가사의 내용 요소인 여행은 문학 창작의 중요한 동기의 하나가 되기도 하지만 인간에게 있어 삶의 한 부분이기도 하다. 인류가 유목을 주된 생활 양식으로 삼았던 시대에 여행은 삶의 일부라기보다 오히려 일상의 삶 그 자체였다. 구체적인 문학 작품으로 확인되지는 않았지만 사냥 길에, 또는 가축을 몰고 장소를 이동하는 동안에 그들이 보고·듣고·경험한 사실들이 어떠한 형태로든지 구연되었으리라는 것은 쉽게 가정할 수 있다.

인간이 정착 생활을 하면서부터 여행은 또 다른 의미를 가지게 되었다. 정착생활로 삶의 영역이 일정 지역으로 한정하게 되자, 인간은 제한된 영역을 벗어나고 싶은 욕구와 미지의 세계에 대한 동경이 함께 나타나게 되었다. 이리한 욕구와 동경을 충족시키기 위한 가장 효과적인 방법은 바로 여행이며, 여행은 일상적인 생활의 연속선상에서 이루어지는 행위여서 현실 생활과 문학의 본질을 훼손하지 않는다는 장점을 지니고 있다.

인간은 상상이나 꿈을 통해서도 현실을 잠시 벗어날 수도 있으나 그것은 환상일 뿐이다. 그러나 여행은 현실 세계에서 일탈하지 않으면서도 일상 생활을 벗어나 새로운 세계를 접할 수 있는 가장 확실한 방법이다. 따라서 인간은 "여행을 통하여 유한한 인간의 생명을 무한한 대자연의 유규함에서 위안 받으려 하기도 하고, 나약한 인간의 힘을 웅혼 굉대(雄渾宏大)한 기상(氣像)에서 웅략(雄略)과 대재(大才)로 터득하는 지혜를 배우기도 하였다"18). 뿐만 아니라 인간은 여행을 통해 새롭고 낯선 풍속과 인물, 문명의 이기들을 접하여 당대 현실의 변화를 꾀하기도 하고, 뒤떨어진 다른 나라의 문화와 자국의 문화를 견주어 자부심과 자긍심을 키우기도 하였다.

여행은 일상적인 시간과 공간에서 벗어나는 것이다. 일상의 세계에

---

18) 崔康賢, 『韓國紀行文學硏究』, 一志社, 1982. 7-8쪽.

서 벗어나 새로운 세계로의 여행은 우리에게 문학 창작의 소재를 제공해 준다. 그래서 문인은 물론이거니와 일상인들도 여행을 하고 난 뒤에는 여행과 관련된 글을 남기고 싶어한다. 선인들의 文集에서 여행에 관련된 글을 흔히 볼 수 있다는 것에서도 우리는 여행과 문학의 밀접한 연관성을 알 수 있다.

그래서 기행문의 기원은 문학의 기원과 같이 한다고 한다. 문자(文字)시대 이전에 구연되었음직한 여행담들은 그만 두고라도 우리 문학의 경우에 최초의 기행문을 이미 신라시대에 볼 수 있다. 현전하는 최초의 기행문은 신라 혜초(慧超 : 704-787)의 『往五天竺國傳』이다. 그 뒤 기행문은 고려시대에도 계속 창작되어, 河西 林椿이 지은 『東行記』, 李奎報의 『南行月日記』, 李穀의 『舟行記』와 『東遊記』 등이 그 대표적인 작품이라고 할 수 있다.

나라 글이 없던 시대에도 훌륭한 꽃을 피웠던 국문학은 조선 초기 한글 창제를 통해 나라 글을 갖게 됨으로써 활발한 창작을 이루었다. 한글 창제는 기록 문학의 담당층과 향유층이 양반 사대부로 한정되어 있던 前시대의 상황에서 벗어나 광범위한 작자층과 독자층을 형성할 수 있게 하였다. 이러한 현상은 문학 작품의 내용과 형식에도 큰 변화를 가져다주었다. 창작자들은 양반 사대부의 이념에서 벗어나 품위나 격식에 얽매이지 않고 다양한 내용을 여러 형식을 빌어 자유롭게 표출할 수 있었다.

이런 의미에서 한글 창제가 기행문학에 영향을 끼친 것은 명백하다. 사람들은 이념적인 틀에 구속받지 않고 여행 중에 보고·듣고·경험한 것들을 자유롭게 창작할 수 있었다. 그 결과 최강현님에 의해 소개된 紀行詩文만 해도 472편이나 된다. 특히 임진왜란과 병자호란을 전후하여 사신들의 왕래가 빈번해지고 국제 교류가 활발해지면서 사신들이나 수행원들에 의하여 기술된 사행 문학으로서의 기행 문학은 다른 문학에 비해 상대적으로 많은 편이다. 현재 학계에 보고된 것들만도 일반적으로 연행록(燕行錄)이라고 하는 중국 여행계 한문 기행문이 150여 편, 국문기행이 8편이 있고, 『海行摠載』에 주로 실려 있지만, 일본 여행계의 한문 기행록이 50여 편이 있다.19) 조선조 사행 횟수는 명나라를

비롯해서 청나라(700여 회), 일본(79회) 등을 합해 총 1,000여 회에
달했다. 이들 사행 일행은 200-500명 정도 규모였으므로 그들이 남긴
공적·사적인 기록의 양은 수천 종에 달하는 방대한 것이었음을 추정할
수 있다.20) 이 사행 일행 중에는 서장관 외에도 당시에 뛰어난 문
사21)들이 항상 몇 명씩 종사관이라는 이름으로 수행하여 주로 학술 외
교를 담당하면서 동행하였다. 그리고 그들은 거의 문학적인 사기록(私
記錄)을 남겨 놓았다.22) 그러한 기록 가운데 '行·使·程·漂·遊' 字
가 들어간 제목의 작품들은 모두 기행문학과 관련이 있으며, '記·日
記·錄'으로 명명된 작품과 書冊들 중에도 많은 수가 기행문학 작품이
다.

한글이 창제된 이후에는 한글로도 많은 기행문이 지어졌으며, 한편으
로는 한문본이 국역되기도 하였다.〈표히록〉·〈老稼齋燕行日記〉와 〈朝天
日乘〉은 한문본을 국역했거나 반대로 한문본의 母本이 된 작품들이다.
내용도 다양해져서 〈壬辰錄〉·〈날리가〉 등과 같은 戰爭 體驗記,〈남히문
견녹〉·〈薪島日錄〉 등과 같은 流配記,〈南征日記〉·〈華城日記〉 등과 같
은 配行記,〈표뎐녹〉·〈을병연힝녹〉·〈무오연힝녹〉과 같은 使行記, 그리
고 〈의유당 관북유람일기〉·〈즈경지함홍일기〉와 같은 遊覽記 등이 있
다.23)

그렇다면, 여행을 내용 요소로 한 기행시문이 문학의 출발을 같이하
며 문학의 중요한 부분을 차지하고 있는 이유는 무엇이며, 한글 창제
이후 그 창작이 활성화되고 또한 이미 한문으로 쓰여진 작품을 앞다투

---

19) 최강현,『한국수필문학신강』, 서광학술자료사, 1994, 56쪽.
20) 林基中,「燕行歌辭의 研究」, (『한국문학연구』 10호, 동국대학교 한국문
　　학연구회, 1987. 46쪽)
21) 서장관과 종사관들은 당대 이름난 문사들 중에서 발탁했는데, 이름 난
　　인물이 아닌 경우 〈일동장유가〉에서 볼 수 있듯이 임금이 직접 글 짓는
　　능력을 시험하기도 하였다.
22) 林基中,「燕行歌辭의 研究」, (『한국문학연구』 10호, 동국대학교 한국문
　　학연구회, 1987. 46쪽.)
23) 시대별 기행문에 대한 내용은 최강현,『한국수필문학신강』, 29-109쪽
　　참조.

어 국역한 이유는 무엇인가. 물론 여행도 인간 생활의 한 요소이므로, 인간 생활을 형상화하는 문학 작품의 당연한 한 요소라든가 한글 창제 이후 여러 글이 국역되었으므로 여행을 소재로 한 기행시문의 국역 역시 특이한 사실이 아니라는 의견도 있을 수 있다.

그러나, 기행시문의 활발한 창작과 국역은 단지 이러한 이유에 국한되는 것이 아니다. 여행이 인간 생활의 한 요소인 것은 사실이나 여행은 일상을 떠났다 하더라도 상상이 아닌 현실의 일상이므로 문학적 형상화와 친연성을 가지고 있으며, 다양한 대상에 대한 경험을 내포하고 있으므로 문학적 형상화의 수월성을 가지고 있다.

뿐만 아니라 한글 창제 이후 여러 글이 국역되었으나 대부분의 글은 정치나 지배 이념과 일정한 상관 관계에 의한 것이었다. 즉 정치적 목적에 의한 의도적인 국역인 반면, 기행시문의 국역은 정치적 목적이 아닌 사회적·문학적 필요성 때문이었다.

따라서 기행시문의 왕성한 창작은 기행시문이 지니고 있는 내용 요소(여행)의 문학적 형상화의 친연성과 수월성에 있으며, 기행시문의 활발한 국역은 그 시대인의 순수한 사회적·문화적 필연성에서 기인란 것이라 할 수 있다. 뿐만 아니라, 삶과 닮아있는 여행을 통해 표현 욕구를 표출하고자 하는 인간의 본성을 바탕으로 한다.

또 하나, 기행가사의 형식 요소인 '가사'는 우리 민족의 대표적인 시가 중의 하나이며, 관습적이고 역사적인 갈래이다. 그리고 세계적으로 우리 민족만이 가지고 있는 독특한 문화유산이다.

사실, 인간은 다양한 형태로 인간과 인간의 삶을 표현하고 형상화하였다. 그리고 무엇을 대상으로 어떠한 방식으로 표현하였든지 간에 그 모든 것은 인간의 삶과 감정을 표현하였다는 데에서 의미 있는 것이다. 특히 문학의 경우, 가장 정제된 문자를 매체로 사용했다는 점에서 어떠한 갈래이든 소중한 민족 자산이 되는 것이다.

그러나 문학의 여러 가지 갈래, 그 중에서 가사의 형식을 빌어 표현된 작품들은 남다른 의미를 지니고 있다. 가사는 시가 문학의 전통을 오롯이 이어받으면서도 운문과 산문의 특성을 모두 지니고 있는 우리 민족만의 독특한 문학 형태이다.24) 뿐만 아니라 가사는 한글 창제 이후 시작된 순 우리 문학의 큰 줄기이기도 하다. 따라서 가사를 연구하는 일은 문학 연구에서 매우 가치 있는 일이라 할 것이다.

가사문학의 형성 시기는 오랫동안 〈상춘곡〉을 효시작품으로 한 '조선 초' 설이 정설처럼 되어 있다가, 지금은 懶翁和尙이 지었다는 〈西往歌〉나 〈僧元歌〉를 효시 작품으로 한 '고려말' 설이 일반적으로 수용되고 있다.25)

그러나 〈西往歌〉·〈樂道歌〉·〈僧元假〉·〈尋牛歌〉의 작가가 나옹화상이 아니고 후대 好事家들에 의한 부회라는 주장26)은 관심을 끈다. 작가의 문제는 좀더 논의가 있어야 할 것이지만, "歌辭는 唱 爲主의 시가에서 吟詠 爲主의 시가로 발전하자매 우리의 생각을 자유스럽게 표현할 수 있는 국자 창제 이후 조선 초기에 창작되었다고 봄이 마땅하다"27)는 시각은 가사의 갈래 특성과 관련하여 의미 있는 논의의 단초가 될 수 있다.

가사의 '다양성'과 복잡성'을 갈래의 특성으로 인정한다면, 가사다운 가사의 형성은 한글 창제 이후로 보는 것이 타당하다. 본고의 논의 방향에 맞게 바꾸어 말하면, 한글 창제로 인해 우리의 性情을 자유롭고 다양하게 표현할 수 있는 우리 글·말을 갖게됨으로써 가사는 창출되고 발전할 수 있었다. 물론 가사 이외의 갈래들도 많은 변화를 겪게 되지

---

24) '가사'를 운문으로, 또는 산문으로, 또는 다른 갈래로 규정하고자 하는 다양한 논의들은 바로 '가사'가 운문적 성격과 산문적 성격을 모두 지니고 있다는 반증이며, 이는 '가사'만이 지닌 독특한 특성이 존재함을 말하는 것이다.

25) 金鐘雨, 「懶翁과 그의 歌辭에 대한 연구」, (『釜山大論文集』 17집, 釜山大學校, 1974. 1 - 23쪽.)
    李相寶, 『韓國歌辭文學硏究』, 螢雪出版社, 1974. 35쪽.
    張德順, 『韓國文學通論』, 新丘文化社, 1980. 183 - 185쪽.
    鄭炳昱, 『韓國古典詩歌論』, 新丘文化社, 1980. 198쪽.
    조동일, 『한국문학통사』 2, 지식산업사, 1983. 200 - 206쪽.
    崔康賢, 『歌辭文學論』, 새문사, 1986. 154쪽.
    류연석, 『韓國歌辭文學史』, 국학자료원, 1994. 94쪽.

26) 姜銓燮, 「傳懶翁和尙作 歌辭四篇에 대하여」, (『韓國言語文學』 23집, 韓國言語文學會, 1984.)

27) 全壹煥, 『朝鮮歌辭文學論』, 啓明文化社, 1990. 139쪽.

만, 한글 창제의 문학적 의의는 가사의 생성과 발전을 제외하고는 논의될 수 없을 것이다.

본고에서는 이러한 문학 연구의 필요성 아래 여행 중에 보고·듣고·경험한 내용을 가사 형식을 빌어 창작한 기행가사를 연구 대상으로 삼고자 한다. 연구를 통해 기행가사의 전반적인 성격을 드러내고 가사 문학의 발전과 변모에 기행가사가 어떠한 위치를 차지하느냐를 고찰할 것이다. 현재 다른 문학 양식에 비해 가사문학은 다양한 특성 때문에 갈래의 귀속이 계속 논의되는 실정에서 이 연구는 기행가사가 가지는 여려 특성들을 규명함으로써 가사의 일반적 개념을 정리하는 데에 시사하는 바가 많을 것으로 기대한다.

특히 기행문은 한글로 표기한 경우 일반적으로 가사의 형식을 채택하고 있음으로 기행가사 연구를 통해 선조들이 왜 가사 형식을 채택하였는지에 대한 물음에도 답할 수 있을 것이다. 가사는 선조들의 다양한 性情을 표현하기에 합당한 갈래로 발전하였기에 대상이나 정서를 자유롭게 표출하기 위해서는 우리글이 필요했을 것이고, 이러한 관점에서 기행가사가 한글 창제 이후 발생한 사실도 주의 깊게 따져봐야 할 점이다.

가사문학을 연구하는 데 따르는 어려움은 가사문학이 갖는 '다양성'과 '복잡성' 때문이다. 곧 가사가 지닌 형식의 '운문성'과 내용의 '산문성'은 가사문학 연구자들에게 가사의 '갈래' 문제에 대해 여러 가지 견해를 갖게 하였다. 그럼에도 불구하고 선학들의 연구 결과로 많은 가사 작품들이 학계에 소개되었고, 특히 조선 전기 가사를 중심으로 가사문학의 전모가 심도 있게 밝혀졌다. 이러한 선학들의 연구 업적을 토대로 최근 가사에 대한 연구는 조선 후기에 집중된 감이 있다. 가사는 17세기부터 '작자층의 확대, 제재의 변화, 표현 방식의 다양화, 대상을 보는 시각의 다변화'를 겪었다. 즉 사대부로 제한되었던 가사의 작자가 부녀자와 평민층으로 확대되면서, 가사 작품으로 형상화되는 관심사가 다양해졌고 또 그것을 보는 시각 자체가 각각의 삶이 다른 만큼 변화하게 되었다.28) 따라서 가사가 원래 가지고 있던 '다양성'과 '복잡성'은 조선 후기로 오면서 더욱 심화되는 양상을 띠게 되었다.

조선 후기 가사에 대한 최근의 연구는 가사문학이 가지고 있는 산문성을 중심으로 대개 두 가지 방향으로 진행되고 있다. 하나는 조선 후기 가사의 서사성 확대라는 측면에서 '서사가사'29)라는 가사의 하위 유형을 설정한 것이고, 다른 하나는 가사가 다른 갈래(특히 소설)와 어떤 양상으로 교섭하고 있는가에 대한 연구이다. 그런데 '서사가사'라는 가사의 하위 유형을 설정하는 데에는 가사에 나타난 서사성을 소설 중심으로 고찰하고 있는 데 문제가 있다. 소설은 서사 양식의 일부일뿐이지 서사 자체가 아니므로 '서사'라는 단어에 대한 더욱 심도있는 고찰이 요구된다. 서사적 경향을 강하게 나타내는 가사는 서사 양식의 기본 요건인 서사적 인물과 그 인물과 관련된 사건의 전개를 특수하게 구현하고 있다. 즉 1인칭 화자가 자신의 체험을 서사적 사건의 형태로 진술하거나, 특정 인물을 대상으로 하여 그의 행적을 진술하는 것이다. 그러나 이 두 가지 모두 외부의 단편적인 사실을 화자의 체험이나 시간, 공간을 매개로 해서 엮어내고 있어서 서사적 전개의 유기성을 찾기가 어렵거나, 서술 대상인 '인물'이 화자의 '報告'에 거의 갇혀 있다. 뿐만 아니라 그 행적들의 연결도 서사적 구성이라는 유기성을 갖추지 못한 경우가 대부분이다. 이러한 점들이 '서사가사'라는 하위 갈래 설정을 주저하게 만든다.

가사의 산문 성격의 강화는 가사 자체의 내적 변모를 통해 이루어진 것이라고 보아야 한다. 이런 의미에서 기행 가사는 산문 성격의 강화의 좋은 예가 된다. 기행가사는 다른 가사보다 산문 성격이 두드러진 가사이다. 여기에서 말하는 산문 성격이란 가사가 율격을 가지고 있으면서도 내용상 현실의 경험적 사실을 서술자가 설명·묘사 등의 방식으로 기술하고 있다는 점을 말한다. 이를 두고 논자에 따라서는 어떤 대상을 두고 서술자가 이야기하고 있다는 점에서 가사의 서사적 성격이라고 했

---

28) 김대행, 「고전시가」 (조동일 외, 『한국문학강의』, 길벗, 1994.) 224쪽
    - 225 쪽 참조.
29) 조선 후기 가사 연구 논문 몇 편에서 '서사적', '서사성'이라는 단어가 쓰
    이 다가 '서사가사'라는 단어를 체계적인 이론을 세운 논문은 최현재,
    「조선후기 서사가사 연구」 (서울대학교 석사학위 논문, 1995.)이다.

다고 하더라도 이것은 소설과 무관하다. 가사의 산문화는 추보식 구성에 의한 것이지, 소설같이 내적 갈등에 의한 필연적 구성이 아니기 때문이다.30) 이 점은 기행가사에서 두드러지게 나타난다. 즉 서술자가 대상에 대한 감상을 율격의 언어로 이야기하되, 이야기의 전개는 시간의 진행에 따라 이루어지고 있다.

　기행가사는 '여행'이라는 사건과 그것을 작품 내에서 이야기하는 '서술자', 여행의 노정 중에 일어나는 '이야기'31)를 가지고 있다는 측면에서 서사론에 입각하여 연구를 진행할 수 있다. 특히 '출발 동기 및 상황 - 목적지까지의 노정과 대상에 대한 느낌 - 목적지에서의 정경과 감회 - 돌아오는 노정 - 도착과 여행 후의 감회'라는 출발에서부터 돌아오기까지의 繼時性과 有意的언 사건의 계기성이 뚜렷이 드러난다는 점에서 기행가사의 서사성이 논의될 수 있다. 다시 말하면 기행가사는 서사의 3요소인 의미·행동·시간을 갖추고 있다는 점에서 기행가사가 지니고 있는 서사성이 연구될 필요가 있다.32)

　기행가사는 조선 전기(1556년)에서부터 현대(1991년)까지33) 꾸준히 창작되었기 때문에 가사의 통시적 변모 양상을 밝히는 데 유리하다. 즉 기행가사는 후기가사의 '서사화', '장편화', '다면화', '다양화' 등의 변

---

30) 이에 대한 논의는 서인석, 「가사와 소설의 갈래 교섭에 대한 연구」(서울대학교 박사논문, 1995.) 35쪽 - 45쪽 참조.

31) 기행가사의 이야기성은 후기의 사행기행가사에서 많이 나타난다.

32) 사행기행가사(특히 〈일동장유가〉)의 경우 시간·사건·행동이 구체적이고 사실적으로 드러나므로 서사론에 입각한 연구가 긴요한 과제라 할 수 있다.

33) 많은 학자들이 가사를 소멸된 갈래로 인식하고 있으나, 가사는 소멸된 갈래가 아니다. 근대에 접어 들면서 의도적인 기록 의지를 가지고 창작된 기행가사들이 많은 것을 보면 그 작자층이 아직도 생존해 있다는 것을 감안할 때 아직 발견되지 않은 기행가사 작품이 상당수가 될 것이라고 추정된다. 이러한 추정을 뒷받침하는 하나의 근거로 -기행가사는 아니지만- 최근까지 「카톨릭신문」에 가사 작품이 창작·게재되는 것을 들 수 있다. 이는 기존의 가사 작자층만이 아니라 새로운 작자층에 의해 가사가 창작되는 것을 의미하는데 이러한 양상은 가사 연구시 주의 깊게 고려될 사항이다. 가사라는 갈래가 현대에는 수필에 그 기능을 물려주고 소멸했다는 등의 논의는 아직 시기가 이른 감이 있다.

모 양상을 밝히는 데에 자료로서 강점을 가지고 있다. 뿐만 아니라 다른 하위 갈래의 가사들이 대부분의 쇠락의 길을 걸어 소멸하고 있는 데 비해, 기행가사는 현대까지 꾸준히 창작되고 있다는 사실이 가사의 근원적 특성과 미래를 밝힐 수 있는 요인이 될 수 있다는 점도 가사 연구자들에게 좋은 논의거리가 될 수 있을 것이다.

따라서 본고는 기행가사를 대상으로 표현상의 제 특징을 고찰하여 가사의 표현상의 한 특징을 밝히는 데 기초를 삼고자 한다.

그리고 기행가사는 작자층이 한정되어 있어34) 산만한 논의를 배제할 수 있다는 장점을 가지고 있다. 본고는 기행가사의 주제 양상을 통해 조선조 지식인들의 의식세계를 고찰하려고 한다. 이것은 여행자가 여행의 동기에 따라 대상을 대하는 심리 상태가 달라질 것이므로 서술자의 심리 상태에 따라 대상이 어떻게 인식되었는가를 살피는 일은, 문학이 삶의 진실을 추구하는 것이라는 점을 전제할 때, 꽤 의미 있는 일이라고 생각한다.

그리고 기행가사의 교육적 의의를 찾는 일도 본고의 연구 목적 중 하나이다. 우리가 고전문학을 공부하는 이유로 내세우는 것이 바로 '溫故而知新'이다. 그리고 이를 풀어 '옛 것에 기대어 새로운 것을 알아간다'라고 한다. 이를 문학 교육에 빗대어 보자면 '고전문학을 공부하여 그 속에서 현대문학, 또는 현재 언어생활을 새롭게 창출한다.' 정도가 될 것이다.

그러나 지금 우리 교육에서 이러한 정신은 구현되고 있는가?. 고전문학 교육을 통해 이러한 목적을 달성하고 있는가?

안타깝게도 이 물음에 대한 답변은 긍정적이지 못한 것 같다. 제7차 교육 과정에서 제시한 국어과 교육 목표 전문을 보면, "언어 활동과 언어와 문학의 본질을 총체적으로 이해하고, 언어 활동의 맥락과 목적과

---

34) 기행가사의 작자들은 전·현직 관리이거나 과거 시험에 도전한 선비, 또는 사대부 집안의 여류 시인들로서 범박하게 '사대부'라는 유사 층위의 신분을 갖는다. 작자 미상의 작품들이 많지만, 그 시대에 몇달 또는 수십일의 여행을 할 수 있었던 재력과 생활의 여유, 작품에 나타난 문장력과 표현력을 감안할 때 일반 평민들의 작품으로 보기 어렵다.

대상과 내용을 종합적으로 고려하면서 국어를 정확하고 효과적으로 사용하며, 국어 문화를 바르게 이해하고, 국어의 발전과 민족의 언어 문화 창달에 이바지 할 수 있는 능력과 태도를 기른다"[35]라고 명시되어 있다.

그러나 실제적으로 학교 현장에서 이루어지는 고전문학 교육이 '문학의 본질을 총체적으로 이해'하는 데 도움이 되고 있으며, '언어와 국어 문화를 올바르게 이해하고 효과적으로 사용하게'하는 데 얼마만큼 교육적 효과를 얻고 있는지는 미지수이다. 뿐만 아니라 '국어의 발전과 민족 언어 문화 창달'에 고전 문학 교육이 제대로 그 기능을 수행하고 있는가에 대해서는 자신할 수 없다.

오히려 '인문학의 위기'의 발원지가 고전 문학이 아니냐는 의심의 눈초리를 피할 길이 없다. 수업 현장에서 고전 문학은 '성가신 것', '이해할 수 없는 것'으로 인식되고 있다.

물론 고전 문학 교육은 현대 문학 교육과는 달리 '문자 해독'이라는 어려운 난관을 넘어야만 하는 단점을 지니고 있다. 특히, 우리의 옛 언어와는 멀리 떨어져 있는 학생들에게 고전 문학 작품 속의 언어는 생경할 뿐만 아니라 기본적인 호감조차도 기대할 수 없다.

뿐만 아니라 문학 교육의 근간 내용이 되는 작자, 작품에 반영된 사회·문화적 양상을 교수·학습하는 데에도 적잖은 어려움이 도사리고 있다. 그러나 고전 문학 교육이 안고 있는 이러한 난관들을 이유로 고전 문학 교육을 포기할 수는 없다. 즉 전통 문화를 전수하고 새로운 문화를 창달함에 있어서 고전 문학은 전통 문화에 대한 이해를 높이고 새로운 문화를 창달하는 데 전범(前範)이 되어야 하기 때문이다.

따라서 고전 문학 교육을 교육 목표 안에서 올바르게 수행하기 위한 심도 있는 논의와 많은 고민들이 있어야 한다. 고전 문학 교육의 목표를 현재 교육 현장에 비추어 다시 점검하고 다양한 교수·학습을 모색하여야 한다. 그래서 학생들에게 고전 문학 교육에 대한 새로운 이해와 필요성을 인식시키고 그를 바탕으로 일상 생활의 언어사용과 새로운

---

35) 교육부 고시 제 1997 - 15호에 따른 『교육 과정 해설』, 교육부, 1999.

문화 창달에 일정 부분 도움이 될 수 있도록 하여야 한다.

이러한 점에서 가사는 고전 문학 교육의 중요한 동인이자 자료가 될 수 있다. 즉 가사는 운문적 특성과 산문적 특성을 모두 지니고 있는 독특한 갈래이며, 내용에 있어서도 서정적인 작품과 서사적인 작품, 교훈적이며 실용적인 작품 등 다양한 모습을 지니고 있다. 뿐만 아니라 가사는 현대 문학의 바로 전(前) 단계로 조선조에 융성했던 문학으로 문화 전수의 주요 대상이 되며, 아울러 새로운 문화 창달의 중요한 바탕이 될 수 있다.

문제는 이러한 독특한 특성과 교육적 의미를 가진 가사를 고전 문학 교육 속에 어떠한 모습과 형태로 받아들이느냐 하는 것이다. 어떠한 갈래, 작품을 교육의 내용으로 삼을 것이며, 무엇을 교육하고, 어떠한 방법으로 교육할 것인가 하는 것도 꼼꼼히 챙겨야 하고 구체적인 고전 문학 작품을 어느 학년에게 어떤 교과 과정 중에서 다룰 것인가 하는 것도 개별적인 논의가 진행되어야 한다.

이러한 관점에서 기행가사는 고전 문학 교육의 좋은 자료가 될 수 있다. 이미 위에서 밝힌 바와 같이 기행가사는 일상 생활의 한 부분이자 동시에 일상적인 생활을 벗어난 문학적 경험과 상상, 표현의 산물이며, 여행 중에 경험한 다양한 대상들을 표현하고 있으므로 학생들의 호기심과 표현할 대상 선택의 수월함을 가져다 줄 수 있기 때문이다.

결론적으로 본고의 연구 목적은 크게 세 가지로 나눌 수 있다. 첫째는 기행가사의 작품 상황들 파악함과 동시에 기행가사의 내용 요소인 '여행'의 본질과 여행을 통한 다양한 삶과 삶의 표현 등의 문학성을 밝히는 일이고 둘째는 가사만이 갖는 갈래적 특성과 문학적인 가치를 탐구하고 셋째 기행가사의 국어 교육적 의의를 탐구하는 것이다.

2.2 연구 방법

모든 문학 연구는 작품 전체의 유기적 구조 속에서 정확한 문맥 읽기를 바탕으로 이루어져야 한다. 특히 기행가사는 아직 세세한 연구가 진행되지 않았으므로, 다양한 각도에서 문맥을 정확하게 읽으려는 자세가 중요하다. 다른 문학 갈래도 마찬가지지만 작자는 여러 가지 표현 방식에 의해 자신이 말하고자 하는 바를 작품으로 창작하게 마련이다. 그러므로 연구의 기본 자세는 작자가 "무엇을 어떻게" 말하고 있는가에 관심을 갖는 것이다. '무엇을'과 '어떻게'는 분리될 수 있는 것이 아니라 동전의 양면처럼 동시성을 가지고 있는 것이다. 그리고 "무엇을 어떻게 말하고 있는가"는 "무엇을 어떻게 해석해야 하는가"와 동일한 질문이다. 특히 창작 의도가 문면에 드러나고 설명적 보고성이 강한 기행가사의 경우, 작자의 쓰기 전략과 독자의 읽기 전략을 동일화하려는 인식은 연구자가 가져야 할 1차적 태도이다.

이러한 관점에서 본고는 표현론에서는 서사 담론의 이론을 참고 할 것이며, 여행 동기에 의한 주제를 살피는 일에는 역사사회학적 관점에 입각하여 접근하고자 한다. 가사도 역시 하나의 발화체이다. "어와 벗님네야", "어와 세상사람들아" 또는 "이바 이웃들아"라는 가사의 상투적인 어법은 서술화자가 특정인이든 불특정 다수이든 간에 청자를 향해 끊임없이 말하고 있다는 것을 잘 보여 준다. 가사에 있어서 '작자 - 텍스트 - 독자 [서술화자 - 언술 - 청자]'의 관계는 상징이나 비유 또는 복선의 기법을 통해 감추어져 있는 것이 아니라, 문면에 직접적인 방식으로 드러나 있는 것이 특성이다. 이러한 특성은 경험적 현실을 1인칭 서술 시점에 의해 직접적으로 전달하고 있다는 가사 갈래의 속성에서 기인한 것이다. 그러나 이점은 가사의 미학성 결여라는 논란을 일으키기도 하였다.

그리고 문학이 현실 세계에 대한 총체적인 인식에서 출발한다고 전제할 때, 기행가사는 현실의 문제를 그대로 보여 주고 현실 속에서 우리가 지향해야 할 문명·제도·문화 등에 대한 새로운 경험들에 대한 인식 태도를 어느 문학 양식 못지 않게 잘 보여 주고 있다. 다시 말해서 기행가사는 '현실'의 문제를 형상화하는 데 주력하고 있으므로 가행가사가 '무엇을' 이야기하고 있는가를 명확하게 읽어내기 위해서는 역사 사회학적 접근이 반드시 필요하다는 것이다.

이러한 이유로 본고에서는 기행가사가 1인칭 서술 시점을 견고하게 유지하고 있으므로 1인칭 서술자의 발화 심리 상태에 주목하였다. 그리하여 우선 대상이 어떻게 형상화되어 있는가, 대상의 존재가 부각되어 있는가 아니면 어떤 추상적인 의미에 머무르고 있는가를 먼저 살핀 다음에, 대상에 대한 서술자의 반응은 정감적인가 사색적인가, 서술자의 시선이 내부에서 외부로 향하고 있는가 아니면 외부에서 내부로 향하고 있는가 또는 대상이 밖에 있는가 등을 통해 서술자의 다양한 심리 상태와 관련지어서 텍스트의 의미를 파악하려고 한다. 서술자의 시선이 자신의 내면으로 향하고 있을 때, 서술자는 자신이 처한 처지와 남들과 다른 이념 등을 살피게 되지만, 서술자의 시선이 발화의 대상인 외부로 향하고 있을 때, 서술자는 이미 누구에게나 인정받을 수 있는 보편성을 바탕으로 상대방에게 자신의 강한 의지를 피력하게 된다.

이 밖에도 서술자의 묘사 태도가 보고적이냐 주관적이냐, 사물을 보는 눈이 즉물적이냐 감각적(정감적)이냐, 사물과 서술자와의 거리는 어떠한가 등도 면밀히 따져 볼 필요가 있다. 또한 작품 안의 중심어가 용언인가 체언인가 하는 것도 고려의 대상이 되어야 할 것이다. 중심어가 용언일 때에는 서술자의 '목소리' 중심으로 형상화될 것이고, 중심어가 체언일 때는 서술자보다는 객체화된 대상 중심으로 형상화될 것이다. 또한 가사의 특성 중 하나가 대구(對句)의 사용인 바, 작품 속의 대구가 '행위'를 가리키고 있는가, '사물'을 가리키고 있는가 하는 어법상의 문제도 해결하여야 가사의 표현상의 특성을 올바르게 밝히는 단서가 될 것이다.

서술자가 대상을 두고 진술을 할 때는 적어도 자신이 처한 현실 속에서 대상을 인식하기 마련이다. 따라서 서술자가 처한 현실적 상황을 통해 심리 상태를 잘 이해한다는 것은 텍스트에 숨겨진 의미의 진실에 더 다가갈 수 있을 것이다. 텍스트 내의 서술자의 처한 현실은 텍스트 밖의 작가가 처한 현실을 통해서 예상할 수 있다. 따라서 작가가 처한 역사 현실에 대한 정확한 이해는 서술자의 심리 상태 추정에 많은 도움이 될 것이며, 서술자에 의해 표출된 이념이 어떤 역사적 의미를 가지는가를 평가하는 단서가 된다.

본고의 연구 진행은 다음과 같다.

제3장에서는 그동안 이루어졌던 기행가사의 연구 업적을 검토할 것이다. 선학들의 업적을 통해 기행가사 연구의 틀과 방향을 올바르게 세우고, 부족한 점은 채우고, 논쟁을 통해 기행가사의 문학연구에 더욱 가까이 접근하기 위해서이다.

제4장에서는 기행가사의 서술상 특징을 크게 네 항목으로 나누어 고찰하도록 하겠다. 형식과 내용은 별개의 영역이 아니기 때문에 표현상의 특징을 연구하는 것은 내용 연구와 함께 문학 연구의 핵심이 될 것이다. 특히 가사 문학의 경우 산문적인 내용을 운문의 형식으로 기록했다는 특성을 지니므로 형식 연구를 통한 기행 산문과의 변별성도 시도하도록 하겠다. 이러한 연구는 '왜 산문적인 내용을 가사라는 운문 형식으로 표현하였는가'라는 꽤 오래된 질문에 답하는 것이기도 하다. 따라서 기행가사 뿐만 아니라 가사 문학의 특성을 밝히는 데에도 긴요한 작업이 될 것이다.

제5장에서는 기행 동기에 의한 유형별 주제 양상을 살폈다. 즉 기행가사의 내용 연구를 시도할 것이다. 기행가사의 내용을 효과적으로 드러낼 수 있다고 생각한 여행 동기에 의해 유형으로 제시된 네 개의 항목별로 연구를 진행하도록 하겠다. 그리하여 작품별로 찾을 수 있는 주제 양상을 중심으로 분석하여 기행가사의 의미망을 제시할 것이다.

제6장에서는 기행가사의 문학사적 의의를 논의할 것이다. 기행가사 작품들이 가사 문학, 나아가 문학사라는 큰 테두리 안에서 어떠한 의의를 갖는가를 살피는 것도 의미있는 작업이 될 것이다.

제7장에서는 기행가사의 국어교육적 의의와 교수·학습 모형을 밝히도록 하겠다.

고전문학 연구자로서 '국문학 위기'의 근원지가 효율적인 고전문학 교육의 '부재'에 있다는 반성적 입장에서 출발하여 기행가사를 고전문학 교육의 자료로 삼을 수 있다는 가능성과 학습자 활동 중심의 수업모형을 제시할 것이다. 물론 본 장은 기행가사의 교육적 가치와 방법을 연구하는 기초 작업일 뿐이다. 앞으로도 기행가사, 가사의 문학 교육적 가치와 다양하고 효율적인 교수·학습 방법을 제시하는데 많은 노력을 기울일 것이다.

제8장에서는 본고에서 진행될 내용들을 정리하여 결론으로 삼을 것이다.

아울러 본고를 논의하는 데 있어 편의를 얻고, 이해에 도움을 주고자 기행가사 작품의 소재 및 연구 문헌을 부록으로 처리해 두도록 하겠다.

제 3 장

연구사 검토

　가사문학의 연구사를 살펴 볼 때, 기행가사는 오랫동안 연구의 관심에 들지 못했다. 그 이유는 기행가사가 문학 작품으로서 문제점을 가지고 있기 때문이라기보다는 가사문학(국문학) 연구의 짧은 역사 때문으로 보인다.

　安廓님의 『朝鮮文學史』(1922)를 시발점으로 한 가사문학(국문학) 연구는 이후로도 가사문학의 명칭의 확립·갈래, 개념·작품의 발굴과 소개·작자 추정 등에 많은 시간을 할애하였다. 가사의 개념 정립이 제대로 이루어지지 않은 상태에서 가사문학 연구는 하위 갈래인 기행가사에 대한 구체적인 정의와 범주의 확립을 기대하기 어려웠다.

　안확님 이후, 비교적 가까운 시대의 영남지방의 내방가사 소개와 대표적 가사 작가인 송강의 작품에 대한 광범위한 연구가 이루어지면서 가사문학에 대한 명칭·형식·종류·작가·작품들을 비교적 상세하게 기술한 조윤제님의 『朝鮮詩歌史綱』(1937)이 출판되었다.36) 조윤제님은 『朝鮮詩歌史綱』에서 가사의 용어를 '해설적 노래'라는 뜻으로 '歌辭'

---

36) 趙潤濟, 『朝鮮詩歌史綱』, 동광당서점, 1937.

라는 용어를 사용하자 하여 갈래론의 단서를 마련하는 한편,『朝鮮詩歌의 研究』(1948)에서 가사의 하위 갈래를 11종으로 분류하면서 '旅行路程을 記述한 것'을 하나의 독립된 하위 갈래로 분류하였다. 이러한 조윤제님의 분류에 의해 기행가사는 비로소 독립된 하위 갈래로 자리매김하게 되었다. 그러나 24편의 작품을 대상으로 11종의 하위 갈래를 분류한 것이어서 개념이나 특성이 명확하게 드러나지 못한 아쉬운 점을 남겼다. 따라서 기행가사에 대한 개념이나 특성·작품과 작가에 대한 연구는 여전히 미진한 상태로 남게 되었다.

조윤제님의『朝鮮詩歌의 研究』이후 한동안은 가사문학의 갈래론에 대해 많은 연구들이 집중되어 있었다. 아직도 몇몇 異論이 있는 것처럼 당시의 갈래론은 가사를 독립적인 갈래로 볼 것인가,37) 아니면 시가문학으로 볼 것인가38), 수필문학으로 볼 것인가, 아니면 새로운 갈래로 독립시킬 것인가39)에 대한 의견이 분분했다. 이러한 연구 성향은 꽤 오랫동안 지속되면서 가사의 명칭과 갈래 개념을 연결하여 논의하였나. 가사의 명칭을 무엇으로 할 것인가는 곧 가사의 특성을 포함하면서 갈래론의 핵심이 되었기에 더욱 치열한 논의가 될 수밖에 없었다. 따라서 가사문학의 하위 갈래 중 하나인 기행가사에 대한 구체적인 논의는 진행될 수 없었다.

가사문학의 내용도 논의되지 않은 것은 아니지만 '가사'라는 갈래를 독립적으로 세우기 위해 갈래론에 치중하였기 때문에 구체적인 논의를 펼치는 데에는 어려움이 있었다. 가사문학의 명칭과 갈래론에 대한 논의를 입증하기 위해서는 더 많은 작품을 분석하는 일이 선결 과제가 되었다. 그래서 작품의 발굴과 내용·형식에 대한 연구도 병행되었다. 작품의 내용을 정확하게 분석하기 위해서는 작자·서지·시대상황 등

---

37) 趙潤濟,〈伽倻山 海印寺 遊覽記〉『朝鮮詩歌의 研究』, 乙酉文化社, 1948,
　　127쪽.
38) 李泰極,「歌辭槪念의 再考와 장르考」, (『국어국문학』27호, 국어국문학
　　회,1964), 65쪽.
　　金起東,『國文學槪論』, 대창문화사, 1955, 132-158쪽 참조.
39) 우리어문학회,『國文學槪論』, 일성당서점, 1949, 29쪽.
　　李能雨,『入門을 위한 國文學槪論』, 동화인쇄소, 1954, 119쪽.

작품 외적인 연구도 필요했다.

가사문학의 내용에 적극적인 관심을 갖게 되면서부터 비로소 기행가사 역시 논의의 대상이 되었다. 기행가사로 분류되는 작품에 관한 연구가 있었지만 기행가사로서의 연구가 아니라 작자나 작품을 소개하는 정도의 논문 발표가 이어지다가[40] 기행가사의 범주에서 최초로 이루어진 연구는 장덕순 님의 "紀行文學으로서의 日東壯遊歌"를 시작으로 기행가사에 대한 논의가 시작되었다.[41] 장덕순님의 연구는 〈일동장유가〉를 기행문학으로 분류하여 노정·견문 내용·작자 등을 논의하였다. 특히 주목해야 하는 것은 기행문학의 개념을 정립하고 〈일동장유가〉를 기행문으로서 평가했다는 것이다. 장덕순 님의 연구는 국문학계에 기행가사의 존재를 알려 이 분야의 활발한 논의를 가능하게 하였다. 그러나 장덕순님은 "〈일동장유가〉나 〈연행가〉 등의 작품이 비록 '歌'로 되어 있으나 이는 문장의 형식이 가사체로 되어 있을 뿐, 그 내용은 기행일기"라 하여 가사로 보지 않고 기행문으로 논의하였기 때문에 가사로서의 특성에는 관심을 갖지 못했다는 아쉬움을 갖는다.

이상보님은 『국어국문학』 제26호에 "〈關西別曲〉"[42]을 발표함으로써 〈관서별곡〉의 원문과 저자·창작 연대를 고증하였는데, 이 논문은 기행가사 연구의 좋은 전례가 되었다는 점에서 높이 평가받을 업적이다. 이상보님은 이주홍님이 소개한 〈기성별곡〉과 〈향산별곡〉이 백광홍의 작이 아니라 타인의 작임을 밝히고 아울러 송강의 〈관동별곡〉과 〈관서별곡〉

---

40) 이희승, 「〈유산가〉 해설」, 『문장』 제1권 제7호, 1939.
　　김사엽, 『鄭松江研究』, 계몽사, 1950.
　　이주홍, 「〈關西別曲〉 -失傳을 傳해 오는 古典歌辭의 內容如何-」, 『국어국문학』 13, 국어국문학회, 1955.
　　박성의, 『송강가사』, 정음사, 1956.
　　등은 본고에서 기행가사로 분류한 작품들을 다루었으나 '기행가사'로서 다루었다기보다는 작품론이나 작자론을 다룬 것들이다.
41) 이 연구는 국어국문학회 제4회 전국발표대회(1961)에서 구두로 발표한 것으로『국어국문학』 제24호(1961)에 목차만을 실었다. 장덕순님은 이를 『現代文學』 제95호(1962.11)에 발표하고 다시 『韓國古典文學의 理解』에 「日本紀行〈日東壯遊歌〉」라는 제목으로 실었다.
42) 李相寶, 「關西別曲」(『국어국문학』 제26호, 국어국문학회, 1963.)

을 대비하여 〈관서별곡〉이 〈관동별곡〉의 母體였음을 주장하여, 최초의 기행가사가 〈관서별곡〉임을 밝힘으로써 기행가사의 계보를 이루는 데 공헌을 하였다.

　이러한 先學들의 연구에 힘입어 개별 작품의 소개와 유사한 작품간의 대비 연구가 활발히 진행43)되는 한편, 유형별 기행가사에 대한 연구도 시도되었다. 사행기행가사·유배기행가사에 대한 연구와 여류 작가에 의한 기행가사에 대한 소개와 관심은 기행가사의 범위를 확대함과 동시에 기행가사의 전반적인 모습을 살피게 하는 기초를 마련하였다.

　사행기행가사에 대한 연구는 한강부님의 "燕行歌片考"44)를 기점으로 이루어졌다. 한강부님은 『樂府』본 〈연행가〉를 바탕으로 형식을 소개하고, 〈일동장유가〉와 〈연행가〉를 국문 기행 작품의 대표작이라 하였다. 기행가사에 대한 구체적이고 명확한 이해로 발전은 못했지만 국가에 대한 우국충정, 임금에 대한 신하로서의 충성, 부모에 대한 효성, 명나라에 대한 사대주의 등 초기 중국 사행기행가사가 지니고 있는 특성들을 살펴내었다. 이후에 박노춘45), 홍재휴46), 권영철47), 김호일48), 이상보49), 임기중50)님 등이 중국 사행기행가사의 작품과 작자·내용 등을

---

43) 崔康賢, 「關北歌辭」(『慶熙文選』, 경희대학교, 1962.)
　　金聖培, 「明村朴淳愚의 ‘金剛別曲’」 (『无涯 梁柱東博士 華誕紀念論文集, 1963.)
　　金東旭, 「關西別曲攷異」(『국어국문학』 제30호, 국어국문학회, 1965.)
　　崔康賢, 「北征歌小考」 (『語文論集』 제1호, 고려대학교 국어국문학연구회, 1966.)
　　高敬植, 「關西別曲과 出關詞」(『국어국문학』 제36호, 국어국문학회, 1967.)
　　李炳基, 「關西別曲·關東別曲·關東續別曲의 形態的 考察」, (『국어국문학』 제17호전북대학교국어국문학회, 1975.)等 多數. 본 논문 뒤 참고문헌 참조.
44) 韓康夫, 「燕行歌片考」(『국문학』 제7집, 고려대학교 국문학과, 1963.9.)
45) 朴魯春, 「"歌辭 燕行歌(丙寅燕行錄)」(『文理學叢』 제5집, 경희대학교, 1969)
46) 洪在烋, 「北行歌攷」(『教育大學國語教育研究』 2집, 전국 교육대학 국어연구회, 1973.)
47) 權寧徹, 「北行歌에 대하여」 (『蕙苑邊德珍先生還歷紀念論文集』, 1976.)
48) 金鎬逸, 「長風에 놀란 물결 – 原題·西征別曲」 (『文學思想』 제33호, 1975. 6.)
49) 李相寶, 「燕行別曲–古典의 發見⑮」 (『詩文學』 제52호, 詩文學社, 1975,

연구물로 발표하였다. 일본 사행기행가사의 경우에는 장덕순님의 발표
에 이어 김국소[51], 최강현[52]님이 작품 소개와 아울러 간단한 노정과
작품 속의 사상을 논의하였다.

　규방가사 중 기행가사에 대한 연구는 이종숙님이 "內房歌辭硏究 - 경
신신유노정기와 종반송별을 중심으로 한 紀行內房歌辭 -"[53]를 발표하
여 관심을 갖게 되었고, 權寧徹님이 "夫餘路程記硏究"[54]를 발표하여 작
자와 문학 작품적 가치를 밝혔다. 박요순님은 옥소 권섭의 작품[55]과
黃在仁 女史의 〈慶州觀覽記〉[56]를 학계에 소개하고 작가·서지·문학성
등을 연구하였다.

　유배기행가사는 이가원님의 '〈만분가〉 연구'[57]가 발표되면서 학계의
관심을 끌었다. 장덕순님의 "未發表歌辭 北關曲"[58]과 김시업님의 "북천
가연구"[59]가 발표되면서 유배기행가사에 대한 논의는 더욱 학계의 관

　　11.)
50) 林基中, 「西行錄解說 紀行文學史의 新紀元」 (『文藝中央』 1978년 가을호,
　　1978. 10)
51) 金國昭, 「日東壯遊歌硏究 -作家를 中心으로-」 (『明知語文學』 제8집, 명
　　지대학교, 1976.)
52) 崔康賢, 「開化日本 어떻던가? 原題 - 더일본유람가」 (『文學思想』 제 38-39
　　호, 1975. 11 - 12.)
53) 李鍾淑, 「內房歌辭硏究 - 경신신유노정기와 종반송별을 중심으로 한 紀
　　行內房歌辭 -」 (『韓國文化硏究院論叢』 제24호, 이화여대 한국문화연구
　　원, 1974.)
54) 權寧徹, 「夫餘路程記硏究」, 『국어국문학연구』 제4호, 효성여자대학교 국
　　어국문학과, 1973.9.
55) 朴堯順, 「玉所 權燮의 未發表歌辭」 (『文學思想』 16호, 문학사상사,
　　1974.1), 「權燮의 歌辭硏究」 (『국어국문학』 제85호, 국어국문학회,
　　1981.)
56) 朴堯順, 「歌辭 慶州觀覽記」, (『韓國古典文學新資料硏究』, 韓南大學校 出
　　版部, 1982.)
57) 이가원, 「〈萬憤歌〉 硏究」, 『東方學志』, 6, 연세대 국학연구원, 1963.
　　이 논문에서 〈만분가〉가 유배문학의 효시임을 주장하였다.
58) 張德順, 「未發表歌辭 北關曲」 (『現代文學』 통권 110호, 1964.2)
59) 金時鄴, 「北遷歌硏究 - 北遷錄과 비교 고찰을 통하여-」 (『成大文學』 제
　　19호, 成均館大學校, 1976.)

심을 끌었다.

그러나 이들 연구는 개별 작품과 작가에 대한 연구이어서 기행가사 전체를 조감하지 못하고 있으며, 구체적인 작품의 형식이나 내용 연구에는 도달하지 못한 감이 있다.

그러다가 先學들의 연구 성과를 바탕으로 기행가사를 전체적으로 통찰하는 연구 업적이 이루어졌는데, 崔康賢님의 『韓國紀行文學硏究』[60]가 그것이다. 최강현님은 기행가사를 "한국 특유의 문학 양식인 가사 형식에 출발, 노정, 목적지, 귀로의 4단계를 내포한 시간적, 공간적 과정에서 여행자가 보고, 듣고, 느끼고, 생각한 자기의 여행 경험을 담아 문학 작품화한 것"으로 정의 내리고 37편의 기행가사를 중심으로 작자·노정·내용·구성·작품에 담긴 사상 등을 폭넓게 고찰하였다. 그러나 근대와 최근의 작품들까지는 다루지 못했고, 작자와 작자의 家系·書誌·路程 등을 폭넓게 다루다 보니 정작 작품에 대한 깊이 있는 분석이 이루어지지 못한감이 있어 아쉬움이 남는다.

이후에도 先學들의 연구에 의해 기행가사 작품이 많이 발굴되었고 가사 작품의 영인·출간도 상당 수가 이루어졌다.

최강현님의 연구 이후 기행가사에 대한 세밀한 연구가 진행되었다. 기존의 기행가사 작품을 좀더 세밀하게 읽어 기행가사류에 속하는지 속하지 않는지 따지기도 하고[61], 기행가사의 개념 안에서 새로운 작가와 작품을 소개하고 연구하는 작업들이 계속 이어졌다. 새로운 작가와 작품을 소개한 업적으로는 박요순님의 "具康과 그의 詩歌"[62], 이상택님의 "금강산 기행가사 〈東遊歌〉[63], 진동혁의 '새 자료 〈관동신곡〉연구'[64] 등이 대표적이다. 특히, 박요순님[65]은 최근의 작가와 작품을 소개하여

---

60) 崔康賢, 『韓國紀行文學硏究』, 一志社, 1982.

61) 李相寶, 「李沃의 淸淮別曲」, 『韓國古典詩歌硏究·續』, 太學社, 1984.

62) 朴堯順, 「具康과 그의 詩歌」, 『韓國古典文學新資料硏究』. 한남대학교 출판부, 1992.

63) 이상택, 「금강산 기행가사 '東遊歌'」, 『韓國古典詩歌作品論 2』, 白影 鄭炳昱선생 10週忌追慕論文集 刊行委員會, 集文堂, 1992.

64) 진동혁, 「새 자료 〈관동신곡〉연구」, 『論文集』 27, 단국대, 1993.

65) 朴堯順, 「歌辭傳統의 現代的 發現狀硏究」 (『韓南大學校(人文科學)論文

기행가사(가사)의 창작이 계속 이루어지고 있음을 밝혀 가사문학이 아직 소멸되지 않은 갈래임을 입증하였다.

기행가사에 대한 연구가 진행되면서 연구의 현황을 되짚어보고 새로운 과제를 제시할 필요가 있었는데 김용철은 '기행가사 연구의 현황과 과제'66)를 통해 연구자들이 지향하는 방법을 소개하고 새로운 과제를 제시하였다. 이 외에도 기행가사 연구는 새로운 영역으로 확대하여 나갔는데 작품의 비교 연구나 교육적인 의의와 방법을 찾는 업적들이 나오기 시작하였다.

특히, 염은열67)은 '교육'과 '고전문학'의 연결을 고민하면서 고전문학의 가치 및 국어교육에서 고전문학이 지니는 위상에 대해 논의하였다. 염은열은 표현론에 관심을 가지고 기행가사가 표현론 교육의 중요한 대상 자료가 될 수 있음을 밝히고, 기행가사를 내용 생성을 기준으로 하여 세 가지 유형으로 나누어 고찰하였다. 세 가지 유형은 ①대상에 대한 즉물적(卽物的) 인식의 질서화 ②대상에 대한 관념적(觀念的) 인식의 구조화 ③대상에 대한 주정적(主情的) 인식의 투사 유형으로 나누어 고찰한 뒤 이 세 가지 내용 생성 방법이 기행가사에만 국한된 것이 아님을 보여줌으로써 기행가사의 내용 생성 방법이 오늘날에도 여전히 유용한 내용 생성의 일반 원리임을 확인해 나갔다.

이제 최강현님의 『韓國紀行文學研究』가 이루어진 지도 십여 년이 넘어 그 동안 발굴된 작품과 연구 논의들을 정리해 다시 기행가사의 전반적인 형식적 특징과 내용 양상을 세밀히 다루는 연구가 필요하게 되었다. 先學들이 이루어 놓은 개별 작품 연구를 소중한 자료로 삼아 기행가사의 전체적인 성격을 고찰하고, 시대상황과 관련하여 각 시대의 기행가사 작품들이 어떠한 의미를 갖는가 살피는 작업이 필요한 시기가 되었다. 뿐만 아니라 문학사 안에서 기행가사가 지니는 의의를 밝힘으

集』제21집, 韓南大學校, 1991.), 「具康의 〈北塞曲〉特性攷」(『語文研究』제25집, 語文研究會, 1994.)
66) 김용철, 「기행가사 연구의 현황과 과제」, 『韓國歌辭文學研究』, 태학사, 1996.
67) 염은열, 『고전문학과 표현교육론』, 역락, 1999.

로써 가사문학, 나아가 문학 발달에 기행가사가 어떠한 위치를 점하고 있는가 하는 것도 고찰할 필요가 있을 것이다.

제 4 장

기행가사에 나타난 서술 양상

4.1 서술 전개 방식

기행가사는 여행에서 본 대상을 형상화하고 느낌을 이야기하는 것을 내용으로 한다. 그러므로 기행가사의 서술 전개는 여행의 과정과 밀접한 관계가 있다. 여행은 '출발 - 목적지까지의 노정 - 목적지(목적지에서의 여행) - 귀로 - 도착'으로 이루어진다. 그러므로 출발에서 도착에 이르기까지 모든 노정은 기행문의 속성상 작품의 서술 전개 방식에 매우 중요한 요소가 된다.

모든 여행은 반드시 되돌아 오는 것이 특색이다. 되돌아 오지 않는 여행은 이민이나 망명일 뿐 여행은 아니다. 그러므로 일반적인 기행가사는 '출발 - 목적지까지의 노정 - 목적지 - 귀로 - 도착'이라는 여행 과정을 중심으로 내용상 5단계의 구성을 갖는 것을 예상할 수 있다.

그러나 기행가사의 서술 전개는 반드시 여행 과정과 일치하지 않는다. 실제 여행이 갖는 성격과 문학의 속성이 서로 다르기 때문이다. 서술자에 따라, 또는 서술자의 의도에 따라 실제 여행은 서술자만이 가지는 특성을 지니고 작품화된다. 따라서 여행 과정이 5단계로 이루어졌다고 해서 기행가사가 반드시 5단계의 서술 전개 방식을 갖는 것은 아니다.

또한, 기행가사가 여행 과정을 중심으로 서술된다고 해서 여행의 노정이 기행가사의 전부일 수는 없다. 다시 말해 기행가사는 노정에 따른 전개를 특성으로 하지만 노정의 제시와 설명만으로는 이루어질 수 없다는 것이다.

이는 문학 일반론의 출발점이기도 한데, 제시와 설명은 결코 문학의 속성일 수 없다. 기행가사에서 예를 찾자면, 대상에 대한 작자의 느낌, 인물과 풍속에 대한 주관적 평가, 유적지에서의 역사에 대한 회고와 사상에 대한 결의 등등, 여러 가지 작품화 요소들과 그것들을 어떻게 형상화하느냐가 문학 작품 특성의 중심에 있다는 것이다. 또한 이러한 작자의 주관적 사상이나 느낌, 형상화 방식들이 바로 문학 연구의 핵심이 되는 것이다.

기행가사의 서술 전개 방식은 여행의 노정과, 위에서 이야기한 작품화 요소들이 결합하여 독특한 형태를 갖는다. 노정과 작품화 요소들을 결합하면 '1단계 : 출발 동기 및 행장 — 2단계 : 목적지까지의 노정과 대상에 대한 느낌 — 3단계 : 목적지에서의 구경과 삶에 대한 생각 — 4단계 : 돌아오는 길(귀로)의 노정과 대상에 대한 느낌 — 5단계 : 여행 후 느낌과 창작 배경'으로 나누어 살필 수 있다.

최강현님은 '조선시대 기행가사의 내용별 구조 분석'[68]에서 기행가사의 내용을 "출발 동기 및 행장 — 목적지까지의 노정과 느낌 — 목적지에서의 구경과 삶의 느낌 — 회정 전후의 느낌과 지은 동기"로 파악하고, 이러한 내용의 4단계성을 기행가사의 구조적 특질로 살폈다. 그러나 '목적지까지의 노정과 느낌'을 하나의 내용 구조 단위로 보았다면, '돌아오는 길의 노정과 대상에 대한 느낌'도 하나의 내용 구조 단위로 살펴야 옳다고 여겨진다. '떠남'이 여행의 특징이라면 앞서 말했 듯이 '돌아옴'도 여행의 특징이기 때문이다. 따라서 기행가사의 서술 전개 방

---

68) 崔康賢, 『韓國紀行文學研究』, 一志社, 1982, 15쪽.

식은 5단계를 근간으로 이루어지고 있음을 알 수 있다.

기행가사의 서술 전개 방식을 정확하게 이해하기 위해서 우선, 일반 가사문학의 서술 전개 방식을 살펴 본 다음, 통시적인 기행가사의 서술 전개 방식을 살펴 볼 필요가 있다. 그래야만 기행가사와 비기행가사의 차이점을 통해 기행가사의 서술 전개상의 특징을 살필 수 있고, 기행가사의 서술 전개 방식이 어떠한 경로로 변화하였는지를 알아야만 기행가사 서술 전개의 기본형을 논의할 수 있다.

일반적으로 조선 전기에 주로 나타나는 정격가사는 '서사, 본사, 결사'의 3단계 구성으로 되어 있으며, 정격가사 이래 상당히 견실하게 유지되었다. 특히, 개화가사는 발표 매체의 제약 때문에 대체로 단형화하면서 3단계 구성을 오히려 강화하고 있다. 개화가사에서는 조선 초기의 가사에서 보이는 전·결의 기능이 없어졌다. "이러한 형태적 변화는 개화기에 나타난 것이 아니고, 임란 무렵에 시작하여 영조조를 전후하여 평민가사가 대두하고 규방가사가 전형을 완성하면서 이미 일반화되었다."69)

최강현님은 기행가사 작자 중 다른 가사를 지은 사람이 松江과 頤齋임을 밝히고, 송강의 〈사미인곡〉, 〈속미인곡〉과 이재의 〈매호별곡〉, 〈자도사〉를 분석한 바 있다.

> 이 두 사람의 작품을 가지고 이미 앞에서 고찰한 바 기행가사의 내용적 분석과 동일한 방법으로 크게 나누어 볼 때, 송강 정철의 〈사미인곡〉과 이재 조우인의 〈매호별곡〉은 모두 3단계(서사, 본사, 결사)로 구성되어 있는데 송강의 〈속미인곡〉은 4단계, 이재의 〈자도사(自悼詞)〉는 7단계로 내용이 짜여져 있어서 일관성이 없음을 알 수 있을 뿐만 아니라, 기행가사의 구조와 일반가사, 곧 비기행가사의 구조 양상이 전반적으로는 같을 수도 있겠으나, 여기서만은 서로 다르다는 사실이 입증되었다.70)

---

69) 서원섭, 『가사문학론』, 형설출판사, 1983. 58쪽.
70) 崔康賢, 『韓國紀行文學研究』 17쪽 주 2)
　　－「思美人曲」의 경우 : 1 단계(서사) 천상 선녀로 인세에 내려온 뒤 임과의 관계. 26구

그러나, 최강현님이 비기행가사 중에서 4단계 구성을 가지고 있다고
한 松江의 〈속미인곡〉도 사실 순수한 4단계 구성이 아니다. 〈속미인곡〉의
4단계를 살펴 보면 다음과 같은데,

> 1단계(기사) : 갑녀의 사설. 6구
> 2단계(승사) : 을녀의 사설. 20구
> 3단계(전사) : 갑녀의 사설. 68구
> 4단계(결사) : 을녀의 사설. 2구

갑녀와 을녀의 사설로 이루어져 있다. 그러므로 〈속미인곡〉은 갑녀의
사설과 을녀의 사설이라는 2단계의 내용 구조를 가지고 있고, 이를 교
체 서술하고 있음을 알 수 있다. 기행가사 작자가 쓴 비기행가사 중에
서 4단계 구성을 가졌다고 본 〈속미인곡〉도 2단계의 교체 서술로 이루
어진 4단계 구성이지 기행가사처럼 순차적 서술방식을 가진 4단계는

> 　　　　　　　　2 단계(본사) 네 절기에 따른 임에 대한 사모의
> 　　　　　　　　　　　　　 정과 원망. 82구
> 　　　　　　　　3 단계(결사) 사모의 정이 지나쳐 나비로 환생
> 　　　　　　　　　　　　　 하여 임을 따르겠음. 18구
> 　　-「續美人曲」의 경우 : 1 단계(기사) 갑녀의 사설. 6구
> 　　　　　　　　2 단계(승사) 을녀의 사설. 20구
> 　　　　　　　　3 단계(전사) 갑녀의 사설. 68구
> 　　　　　　　　4 단계(결사) 을녀의 사설. 2구
> 　　-「梅湖別曲」의 경우 : 1 단계(서사) 物外主人이 됨. 8구
> 　　　　　　　　2 단계(본사) 梅湖의 아름다운 경치. 84구
> 　　　　　　　　3 단계(결사) 悠悠自樂하며 늙어감. 86구
> 　　-「自悼詞」의 경우 : 1 단계(서사) 삼생연분에 따른 임 섬길 일을 근심
> 　　　　　　　　　　 함. 18구
> 　　　　　　　　2 단계(본사 1) 방년 15 세에 佳期를 기다림. 16구
> 　　　　　　　　3 단계(본사 2) 광한궁에 올라 임을 뵈옴. 26구
> 　　　　　　　　4 단계(본사 3) 空閨 10 년에 임을 그림. 20구
> 　　　　　　　　5 단계(본사 4) 靑鳥使者가 임 향한 단심을 그릇
> 　　　　　　　　　　　　　 전하겠지만, 임이 아실 것임. 22구
> 　　　　　　　　6 단계(본가 5) 슬픈 뜻을 이룸. 74구
> 　　　　　　　　7 단계(결사) 소쩍새가 되어 임의 잠을 깨우겠음. 6구

아닌 것이다.

그러므로 기행가사의 서술 전개 방식인 5단계는 기행가사의 문학적 효과와 서술자의 서술 의도를 잘 담아내기 위한 형식이며, 다른 가사에 대해 기행가사만이 가지는 특성이라 하겠다.

기행가사의 서술 전개 방식은 실제 여행 노정과는 다를 수 있다. 기행가사 작품에 실현된 서술 전개 방식은 아래와 같이 크게 3가지로 나누어 볼 수 있다.

> (가) 1. 출발 동기 및 행장 - 2. 목적지까지의 노정과 대상에 대한 느낌 - 3. 목적지에서의 구경과 삶에 대한 생각 - 4. 돌아 오는 길의 노정과 대상에 대한 느낌 - 5. 여행 후의 느낌과 창작 배경
>
> (나) 1. 출발 동기 및 행장 - 2. 목적지까지의 노정과 대상에 대한 느낌 - 3. 목적지에서의 구경과 삶에 대한 생각 - 5. 여행 후의 느낌과 창작 배경 (4단계 생략)
>
> (다) 1. 출발 동기 및 행장 - 3. 목적지에서의 구경과 삶에 대한 생각- 5. 여행 후의 느낌과 창작 배경 (2단계와 4단계 생략)
> (변형) 1·3. 출발 동기 및 목적지의 구경과 삶에 대한 생각 - 5. 여행 후의 느낌과 창작 배경.(목적지에 와서 출발 동기 밝힘)

여행은 반드시 되돌아 온다는 속성을 감안할 때 (가)의 5단계 서술 전개가 기행가사의 완전형이라고 할 수 있다. 그러나 초기 기행가사부터 5단계 서술 전개를 갖는 것은 아니다.

조선 전·중기의 기행가사들은 오히려 (나)의 4단계 서술 전개 방식을 나타내고 있다. 즉 조선 전·중기의 기행가사 서술자들은 문학적 의도와 도가적 관념을 실현하기 위해 '귀로(4단계)'를 생략하거나 축소한 (나) 형의 서술 전개 방식을 채택하고는 경우가 더 많음을 알 수 있다.

기행가사의 서술자가 (나) 형과 같은 4단계 서술 전개 방식을 채택하는 이유를 좀 더 구체적으로 살피는 다음과 같이 몇 가지로 나누어 살펴 볼 수 있다.

우선 작자의 상황이라든가, 시대 상황(예를 들어 士禍 같은 상황),

또는 작자의 여행 동기에 따라 어느 부분이 생략되거나 축소될 수 있다. 가령 〈관서별곡〉의 경우 작자가 병을 얻어 서울로 돌아오는 길에 작고하였으므로 돌아오는 여정을 작품화할 수 없었다. 그러나 〈관서별곡〉에서 귀로가 없는 것은 반드시 작자의 죽음 때문은 아닌 것으로 보인다. 〈관서별곡〉을 포함한 〈관동별곡〉, 〈출새곡〉, 〈관동속별곡〉 등 왕의 명을 받아 부임지로 떠나는 것이 여행 동기인 관유가사들은 모두 귀로를 갖고 있지 않다. 이는 여행이 자의가 아닌 타의에 의한 것이며, 벼슬길에 나아가 그곳에 머무는 기간을 예측할 수 없어 여행의 느낌과 기억이 남아 있는 부임 시기에 작품을 지었기 때문으로 여겨진다.

이와 비슷한 이유로 〈북관곡〉, 〈홍리가〉, 〈만언사〉 등 유배가사들도 귀로가 나타나지 않는다. 유배도 타의에 의한 것이며, 언제쯤 유배의 신세에서 벗어날지 모르기 때문에 자신이 겪고 있는 고통과 대상에 대한 느낌을 생생하게 표현하기 위해 유배지에서 작품을 창작했기 때문이다.

그러나 타의에 의해 여행을 한 가사들은 모두 귀로가 없고 자의에 의해 여행을 한 가사들은 모두 귀로가 있는 것은 아니다. 사행가사들은 타의(왕명)에 의해 여행을 하였지만 대부분 귀로를 가지고 있으며 자의에 의한 여행을 하고도 귀로를 구체적으로 제시하지 않은 작품들이 있다. 〈연행별곡〉과 〈서정별곡〉은 왕명(타의)에 의한 사행가사이면서도 돌아오는 여정을 밝히지 않았으며, 조선 후기 금강산을 여행한 〈금강산완경록(1)〉, 〈금강산완경록(2)〉, 〈금강산유산록(1)〉, 〈금강산유산록(2)〉 등등은 자의에 의한 여행이면서도 돌아오는 여정(귀로)이 제시되지 않았다.

조선 후기 금강산을 여행하고 지은 가사들이 귀로를 갖지 않은 이유는 두 가지로 해석할 수 있다.

첫 번째 이유는 조선 후기 가사의 주제별 극대화 현상에서 찾을 수 있을 것이다. 이들 가사는 그 중 '서정성의 극대화'를 보이는 작품들이다. 작자들의 표현 관심은 대상에서 느끼는 서정인데 비해 돌아오는 노정을 밝히는 것은 아무래도 서사성이 강하기 때문에 서술자의 관심에서 멀어진 것이다.

두 번째는 목적지에 대한 의식이 강하기 때문으로 여겨진다. 금강산을 여행한 기행가사뿐만 아니라 여러 문헌에서도 금강산을 천하 제일의 명산으로 기록하고 있다. 기행가사에 나타난 여행지 중 가장 많은 곳이 금강산인 것만을 보아도 朝鮮人이면 누구나 한번쯤 가보고 싶은 곳이요, 꿈에 그리는 곳임이 분명하다. 때문에 금강산을 여행지로 하는 기행가사들은 목적지인 금강산에 대한 의식이 강할 수밖에 없다. 평생 그리던 금강산이었기에 기사 부분에서부터 금강산 예찬이 대단할 수밖에 없고, 금강산이 마치 마지막 목적지인 것처럼 그 안에 살기를 염원하고 있다. 여행 목적지인 금강산에 대한 의식이 강한 만큼 금강산 유람 후의 귀로를 제시하여 금강산 유람에서 얻은 감동과 찬사를 희석시키지 않으려는 작자의 의도를 충분히 유추할 수 있다. 여기에 속세를 버리고 천하 제일 명산 금강산에 살고 싶은 욕구가 귀로를 생략한 한 요인이 될 수도 있다. 여행자는 돌아 왔지만 여행자의 몸과 정신은 금강산에 살고 있는 것처럼 말이다.

여행동기와 목적지에 대한 강한 의식이 귀로를 생략한 요인일 수 있다는 해석도 가치있는 일이지만 작품을 지은 연대를 살펴 문학사적 변모 안에서 일정한 근거와 논리를 찾는 일은 무엇보다 중요하다. 실제로 전기에 지은 기행가사들은 대부분 귀로를 생략하고 있다. 〈관서별곡(1556년)〉, 〈관동별곡(1580년)〉, 〈출새곡(1617년)〉, 〈관동속별곡(1623년경)〉, 〈북관곡(1675년)〉, 〈연행별곡(1694년)〉, 〈서정별곡(1695년)〉 등 전기 기행가사인 모든 작품들은 관유, 사행, 유배가사를 망라하고 돌아오는 노정이 생략되어 있거나 극히 축소되어 있다.

또한, 귀로(4단계)뿐만 아니라 목적지까지의 노정(2단계)까지 생략한 (다)형의 기행가사들이 있다. 〈천풍가〉 같은 작품들이 이에 속하는데 여행 목적지에서의 노정만 나와 있지 목적지까지의 노정이나 돌아오는 노정(귀로)은 제시되어 있지 않다.

이들 (다)형의 가사들은 (나)형보다 더욱 목적지에 대한 의식이 강하다는 것을 알 수 있다. 〈천풍가〉는 천관산이라는 목적지에 대한 강한 형상화 의지 때문에 2단계와 4단계 노정을 생략한 것이다. 〈천풍가〉는 서술자의 여건 때문에 생활지에서 가까운 천관산을 여행하는 것만을 여행 목적으로 삼았으므로 2단계와 4단계인 오고가는 노정이 없다.

이제까지 살펴 본 바와 같이 조선 전·중기 기행가사의 서술 전개 방식은 여행 과정과 반드시 일치하지 않는다. 서술자의 서술 의도와 문학적 요소에 의해 여행 과정 중 어느 과정(들)을 생략하거나 축소하여 효과적인 서술 전개 방식을 채택하고 있다.

그리하여 조선 전·중기 기행가사는 (나)형인 '1단계 ; 출발 동기 및 행장 - 2단계 ; 목적지까지의 노정과 대상에 대한 느낌 - 3단계 ; 목적지에서의 구경과 삶에 대한 생각 - 5단계 ; 여행 후 느낌과 창작 배경'의 4단계 서술 전개 방식을 주로 채택하고 있다.

여행의 과정과 밀접한 관련을 맺고 있는 (가)형은 그것이 비록 여행의 전과정을 나타낸 형이라 하더라도 서술자의 의도에 의해 작품 안에서는 빈도수가 적게 채택되고 있음을 알 수 있다. (가)형은 보고성이 강한 사행기행가사나 목적지까지 가는 노정과 돌아오는 노정이 다른 기행가사에서 주로 채택하고 있지만, 이때에도 돌아오는 노정은 지극히 축소되거나 이 부분의 문학성은 그리 높지 않다.

서술자가 여행의 전 과정을 나타내는 (가)형을 채택하지 않고 돌아오는 노정이 생략되거나 극히 축소된 (나)형을 채택하는 이유는 무엇보다도 문학적 효과 때문이다. '최초의 것은 항상 최후의 것'인 것처럼 처음 형상화된 대상은 돌아오는 길에 다시 경험한다 하더라도 이미 문학작품의 요소로서 가치를 상실하게 되는 것이다. 서술자는 이미 형상화된 대상의 문학적 효과를 간직하기 위해 두 번째 경험하는 동일한 대상에 대한 서술은 생략하는 것이다.

조선 전·중기 기행가사들이 돌아오는 노정이 생략된 4단계 서술 전개 방식을 갖는 이유는 목적지까지의 노정과 동일한 노정으로 돌아오기 때문이며, 문학적 효과를 살리기 위해 4단계 서술 전개 방식을 채택하고 있는 것이다. 물론 가는 길과 동일한 노정으로 돌아오는 사행기행가사 중에는 작품 속에 돌아오는 노정을 밝힌 사행기행가사가 있으나, 대상에 대한 서술보다는 일정이나 그저 노정만을 밝히고 있다.

또한, 돌아오는 노정을 밝힌 사행기행가사와 일부 관유기행가사도 돌아오는 노정(4단계)을 대단히 간략하게 서술하고 있는데 이것도 서술자의 문학적 의도 때문으로 여겨진다. 특히, 목적지까지 노정과 다른 노정으로 돌아온 일부 관유기행가사들이 귀로를 극히 간략하게 처리하는 것도 문학적 의도에 의한 서술 방식이다.

모든 문학 작품은 '절정'의 단계를 갖는다. 기행가사도 예외는 아니어서 절정의 단계를 갖는데 그것이 바로 목적지에서의 구경과 삶에 대한 느낌, 즉 3단계이다. 그러므로 4단계와 5단계는 대단원의 역할을 하게 되는데, 이때 4단계를 2단계와 같은 비중으로 서술한다면 절정의 효과는 감소되고 문학적 감동이나 재미도 반감될 것이다.

이러한 서술 의도와 문학적 효과 때문에 조선 전·중기 기행가사는 돌아오는 노정이 생략된 (나)형, 즉 4단계성을 표현상의 특징으로 한다. 여행 과정에 비추어 완전형이라고 하는 (가)형도 돌아오는 노정을 지극히 간략하게 서술하는 이유도 바로 이러한 서술 의도와 효과 때문이다.

이상에서 살핀 바와 같이 조선 전·중기 기행가사는 '출발 동기 및 행장 — 목적지까지의 노정과 대상에 대한 느낌 — 목적지에서의 구경과 삶에 대한 생각 — 여행 후의 느낌과 창작 배경'의 4단계를 서술 전개 방식으로 갖는 것이 특징이다.

그러나 조선 후기의 기행 가사는 가)형인 5단계를 서술 전개 방식으로 채택하고 있다.

기행가사를 통시적으로 살폈을 때 5단계 서술 전개 방식은 〈영삼별곡(1704년)〉 이후에 자리 잡았다고 여겨진다.

(가)　초려의 도라드니　　　　　다시금 바래보니
　　　만 이십 이 청산이　　　　역문안 니련는다
　　　청산을 못니저서　　　　　다시 쏘 보잣더니
　　　포의로 미양 오니　　　　　산수도 븟글업다
　　　　　　　　　　　　　　　　　　　〈천풍가〉

(나)　명사를 믄이 불아　　　　　동희로 ᄂ려가셔
　　　빅옥쥬 벌은 곳의　　　　　헤혀고 안즌 말이
　　　동셔를 모르거니　　　　　원근을 어이 알니

창파의 썻는 돗기　　　　주줄이 펼텨이셔
엇그제 어듸 디나　　　　어듸로 간닷말고
어촌의 늙은 샤공　　　　손 혜여 블너 내여
힝샹 쇼식을 슬ㅋ장　　　　믈은 후의
홰블을 비야 들고　　　　셩문을 드러가니
오오군각성의　　　　힝월이 도라셰라
　　　　　　　　　　　　〈영삼별곡〉

(다)　白소庵 나린峰의　　　　天柱石 놉하시니
　　　繼祖庵 오난길노　　　　큰졀로 노라와서
　　　긴시내 진안개에　　　　洞門을 다시나셔
　　　말잡고 도라보니　　　　萬학千峰이
　　　구름빛 뿜이로다

　　　　　　　　　　　　〈향산별곡〉

　(가), (나)를 보면 돌아 오는 길에 대한 구체적인 노정 제시 없이 "초려(草廬)의 도라드니", "셩문을 드러가니" 등 출발했던 장소로 되돌아 왔음을 나타내고 있을 뿐이다. 그러나 (다)에 오면 '백소암 – 계조암 – 큰절 – 동문'으로 제법 귀로의 구체적인 노정을 나타내고 있다. 전기의 기행가사들은 부임지 巡行이라는 여행의 성격상 구체적인 귀로 제시를 하지 않고 있음을 알 수 있다.

　결국 기행가사의 '출발 – 목적지까지의 노정 – 목적지 – 귀로 – 도착'의 5단계서술전개 방식은 18세기 초반에 나타났다고 할 수 있다.[71] 임란 무렵부터 가사 문학이 3단계 구성을 일반화하고 있는 데도 불구하고 후기 기행가사는 오히려 5단계 구성을 확고히 하였다. 창작 연대 미상의 작품들을 제외하면, 조선 후기 기행가사의 특성을 한 눈에 볼 수 있는 유형은 使行紀行歌辭들인데 이들 사행기행가사들은 오히려 출

---

71) 후기의 관유기행가사인 〈북새곡〉 역시 5단계 서술 전개 방식을 채택하고 있지만, 〈북새곡〉의 서술자는 암행어사라는 신분을 가지고 있었으므로, 특별한 목적지를 가지고 있다기보다는 여행 지역의 생활상에 대해 모두 관심을 가지고 있다는 점에서 5단계 서술 전개 방식을 채택하고 있다고 볼 수 없다.

발 상황(1단계)과 귀로(4단계), 도착 후의 느낌(5단계) 부분을 확대하면서 5단계 구성을 더욱 견고히 하였다.

　후기 기행가사들이 5단계를 확고히 한 것은 대상에 대한 인식의 변화에 기인한다.

물속의 슈긔노화　　　　강물을 즈아다가
홈으로 인슈ᄒ여　　　　셩안으로 드러가니
졔작이 긔묘ᄒ야　　　　법바담즉 ᄒ고느야
그슈긔 즈시보니　　　　물네롤 민ᄃ라셔
좌우의 박은살이　　　　각각스믈 어둷이요
살마다 슷히다가　　　　널ᄒ나식 즈ᄅ미야
물속의 셰워시니　　　　강물이 널을밀면
물네가 절로도니　　　　살슷히 쟈근통을
노ᄒ로 미야시니　　　　그통이 물을쩌셔
도라갈제 올나가면　　　통아리 말둑박아
공듕의 남글미야　　　　말둑이 걸니면
그물이 뽀다져셔　　　　홈속으로 드는고나
물네가 빙빙도니　　　　뷘통이 ᄂ려와셔
쏘쩌셔 슌환ᄒ야　　　　듀야로 불식ᄒ니
인녁을 아니드려　　　　셩각회 놉흔우희
물이절로 너머거셔　　　온셩안 긔민들이
이물을 바다먹어　　　　브죡들 아니ᄒ니
진실로 긔특ᄒ고　　　　묘흠도 묘홀시고
　　　　　　　　　　　　〈일동장유가〉

　서술 대상은 '슈긔(水機)'이다. 그러나 전·중기 관유가사와는 달리 대상 선택의 기준이 확대되고 있다. 즉 서술 대상으로 '슈긔'를 선택한 이유는 전·중기의 관유가사와는 달리 '강물을 퍼올려 그 물을 홈을 통해 끌어들인 다음 각 가정으로 보내 생활을 편리하고 윤택하게 하는 데 있다. "졔작이 긔묘ᄒ야 법바담즉 ᄒ고느야"는 "진실로 긔특ᄒ고 묘흠도 묘홀시고"와 함께 작자의 주관적인 느낌을 나타내는 곳이다. '졔작이 긔묘ᄒ야'와 '묘흠도묘홀시고'는 '슈긔(水機)'의 제작 방식과 형태에 대한 작자의 평가이다. 그리고 '법바담즉 ᄒ고느야'와 '진실로 긔특ᄒ고'

는 대상을 형상화하는 목적이다.

이 4구 외에는 모두 '슈긔(水機)'에 대한 서술이다. 그러나 전·중기 관유가사가 대상을 멀리 떨어뜨리고 대상의 모양을 관념에 의해 서술하고 있다면 후기의 사행가사들은 대상을 작자 자신의 인식 안으로 끌어들인 다음 대상의 외형이 아닌 대상이 지니고 있는 '쓰임새'와 '원리'에 초점을 맞추어 서술하고 있다. 대상이 일상 생활에 가져다주는 편리함과 유용성을 자신의 인식 안으로 끌어들여 '대상에 대한 무엇'을 '전반적'으로 서술함으로써 설명의 방식을 택하고 있다.

이는 전·중기의 관유가사가 전고(典故)에 의한 관념을 표현하고 있음에 비해 후기 기행가사는 대상을 자세히 관찰하고 대상에 대한 주관적인 평가는 짧게 서술함으로 해서 서술의 원리를 대상에 두고 있는 것이다.

전·중기 기행가사들이 대상을 이전의 독서 체험에서 얻은 선행표현에 입각하여 인식하고 표현하고 있다면 후기 기행가사들은 여행 중에 경험한 대상들을 일상생활 속에서 구체적이고 사실적으로 인식하여 표현하고 있다. 이렇듯 현실 생활과 무관하게 선행 표현들을 바탕으로 이루어진 표현과, 현실생활과 밀접한 인식 안에서 이루어진 대상의 선택, 대상에 대한 서술 방식은 큰 차이가 날 수 밖에 없다.

대상에 대한 인식은 작자의 현실 인식과 밀접한 관련을 맺는다. 사물·인물·역사·문화 등 모든 대상들은 작자가 처한 현실 속에서 인식되기 때문이다. 가령 조선 초기의 작자들은 숭유억불(崇儒抑佛)의 성리학적 건국 이념을 견고하게 하기 위해 변하지 않고 의연한 자기 모습을 간직하고 있는 자연을 대상으로 선택하여 유가적 이념과 주자적 자연관을 서술하고 있다. 반면에 후기의 작자들은 실학사상 안에서 백성들의 삶을 대상으로 선택하여 이용후생적 이념을 서술하고 있다. 또한 국내 지역을 여행했느냐 국외 지역을 여행했느냐에 따라서도 대상의 선택이 달라진다. 국내 지역을 여행한 경우 조국에 대한 자긍심을 바탕으로 아름다운 자연과 건전한 풍속, 역사 등이 작품화의 주된 대상이지만 외국을 여행한 경우 새롭고 신기한 이국적 요소들이 작품화의 주된 대상이다. 그리고 대상의 선택에 따라 그에 걸맞는 기술 방식·어법·어조 등도 선택됨을 알 수 있다.

   이렇듯 조선 후기 기행가사는 여행 중에 경험한 대상을 구체적이고 낱낱이 서술하기 위해 5단계를 서술 전개 방식으로 채택하고 있다.

   기행가사의 내용 구조를 살펴 보면, 대상에 대한 묘사와 느낌이 하나의 장면을 이루고 그것은 각기 다른 장면들과 독립되어 있다는 것을 알 수 있다. 이 독립된 장면들은 주로 대상을 묘사하거나 느낌을 서술하고 있으므로 전개를 이루지 못한다. 기행가사에서 작품의 전개를 이루어내는 것이 바로 노정, 즉 공간적 이동이다. 초기의 기행가사나 후기의 서정성이 극대화된 작품들(모두 형상화 대상이 자연)은 기사 부분에서 밝힌 여행 동기나 詩想으로 작품 전체를 엮어내는 틀을 가지고 있지만, 대부분의 기행가사들은 장면과 장면의 연결 고리를 찾기 어려울 정도로 개별성을 갖는다.

   이는 가사문학이 갖는 내용적 특성 때문으로 생각된다. 즉 가사는 3·4, 4·4조의 기본 음수율에다 4음보를 갖추고 있으면 어떠한 내용을 담아도 되기 때문에 여행 노정에 따라 선택된 대상을 아무런 편집 없이 표현하였다. 그 대상이 자연물이든 또는 인물, 풍속, 역사이든 주제나 시상에 별다른 구애를 받지 아니하고 노정에 따라 표현하고, 노정에 따른 공간적 이동이 각 장면들을 연결하는 방식으로 작품을 전개하고 있다.

(가) 感松亭 도라 드러　　　　　大洞江 브리보니
　　　十里波光과 萬重烟柳는　　上下의 어릐엇다
　　　春風이 헌스호야　　　　　畵船을 빗기 보니
　　　綠衣紅裳 빗기안자　　　　섬섬옥수로 綠綺琴 니이며
　　　晧齒 丹脣으로　　　　　　采蓮曲 보르니
　　　太乙 眞人이 蓮葉舟 토고　玉河水로 느리는 둣
　　　셜미라 王事 靡固호돌　　　風景에 어이 흐리
　　　練光亭 도라 드러　　　　　浮碧樓에 올나가니
　　　綾羅島 芳草와　　　　　　錦繡山 烟花는
　　　봄비슬 쟈랑흔다

〈관서별곡〉

(나) 開心臺 고텨 올나   衆香城 브라보며
      萬二千峰을   歷歷히 혀여ᄒᆞ니
      峰마다 밋쳐 잇고   긋마다 서린 긔운
      묽거든 조티 마나   조커든 묽디 마나
      뎌 긔운 흐터내야   人傑을 ᄆᆞᆫ둘고쟈
      形容도 그지업고   體勢도 하도 할샤
      天地 삼기실 제   自然이 되연마ᄂᆞᆫ
      이제 와 보게 되니   有情도 有情홀사
      毗盧峰 上上頭의   올라보니 긔 뉘신고
      東山 泰山이   어ᄂᆞ야 놉돗던고
                                    〈관동별곡〉

(다) 萬水에 連鎖하니   내 근심 먹음은 듯
      千林에 露結하니   내 눈물 뿌리는 듯
      뜨던 말 재게 하니   앞 站은 어디메고
      높은 재 빈겨 올라   故鄕을 바라보니
      蒼茫한 구름 속에   白鷗飛去 뿐이로다
      京畿따 다지나고   忠淸道 다다르니
      鷄龍山 높은 뫼를   눈결에 지나쳤다
      列邑의 官問 받고   골골이 點考하여
      恩津을 넘어 드니   礪山은 全羅道라
      益山 지나 全州 들어   城市山林 들어 보니
      반갑다 南門 길이   長安도 의연하다
                                    〈만언사〉

　(가)는 최초의 기행가사인 〈관서별곡〉이고, (나)는 가사의 백미로 널리 알려진 〈관동별곡〉이며, 다)는 대표적 유배가사인 〈만언사〉이다. 작품 전체를 다 들 수 없어 공간 이동 사이가 짧은 곳을 택해 발췌해 놓았지만 작품 어디를 발췌해도 거의 마찬가지이다.

　우선 (가)를 살펴 보자. "感松亭(감송정) 도라 드러"는 앞 장면과 연결하는 공간이동이다. 감송정은 묘사의 대상이거나 느낌을 불러 일으키는 대상이 아니라 작품 전개상 필요한 사물일 뿐이다. '도라 드러'는 공간적 이동을 나타내는 용언이다. 화자의 관심 대상은 대동강 주변의 풍

경이다. 대동강 물결과 버드나무의 어우러짐, 대동강 유람에서 느낀 정서를 한자 숙어를 통해 도교적으로 표현하고 있다. 그리고 그 느낌들을 "셜미라 왕사(王事)미고(靡固)ᄒᆞᆯ 風景(풍경)에 어이 ᄒᆞ리"로 집약하고 있다. 대동강과 대동강 주변 자연들이 어우러진 풍경을 보고는 자신의 임무도 잊은 채 도교적 풍류자가 된다.

이러한 정서는 다음 장면으로 이어진다. "練光亭(연광정) 도라 드러 浮碧樓(부벽루)에 올라가니"는 공간 이동과 형상화 대상이 바뀌었음을 나타내는 구절이다. 화자의 위치는 대동강에서 부벽루로 옮겨졌다. 실제 여행의 시간은 길어지겠지만 작품에서는 '연광정 돌아 들어' 한 句로 처리하였다. 서술자의 관심은 여행의 노정을 드러내는 것에 있는 것이 아니라 선택한 자연의 형상화에 있음을 다시금 느낄 수 있다. 바뀐 장소인 부벽루에서도 능라도와 금수산의 향기로운 풀과 꽃의 아름다움을 노래하고 있다. 앞 장면의 정서와 이어져서 작품 전체의 詩想을 동일하게 그려내고 있다.

〈관서별곡〉의 독립된 장면들은 대상만 바뀔 뿐 동일한 정서를 그려내고 있다. 대상이 바뀌는 어색함을 '도라 드러, 올나가니, 너려와, 빗기 지나' 등등의 동사를 사용하여 공간 이동을 나타내고 이 공간 이동이 작품을 전개하는 구실을 하고 있다.

이를 바탕으로 기행가사의 독립된 장면의 창작 원리를 살펴보면 다음과 같다.

  ㉮ 공간 이동과 작자의 위치 - 짧은 여정
  ㉯ 대상 확인과 대상에 대한 서술 - 독서 체험에 의한 표현(典故)
  ㉰ 작자의 느낌과 감회 - 주관적인 정서

㉮는 공간 이동과 작자의 위치 변화를 나타냄과 동시에 짧은 여정을 나타낸 부분이다. 이 짧은 여정이 이어져 작품 전체의 여정이 되고 이것은 곧 기행가사가 공간적 구성을 밑바탕으로 한다는 것을 의미한다. ㉯는 대상에 대한 서술로 표현할 대상을 확인한 다음 객관적이라 할 수 없지만 작자의 독서 체험에서 체득한 보편적인 표현으로 대상을 서

술한 부분이고, ㉯는 대상에 대한 작자의 주관적인 정서를 나타낸 부분이다.

조선 전·중기 기행가사 이러한 창작 원리는 후기 기행가사에도 이어진다. 단지 ②가 설명적(비교·대조)으로 확대된 반면 ③이 축소된 것을 확인할 수 있다. 이는 전·중기의 기행가사가 전고(典故)에 의한 관념을 표현하고 있음에 비해 후기 기행가사는 대상을 자세히 관찰하고 대상에 대한 주관적인 평가는 짧게 서술함으로 해서 서술의 원리를 대상에 두고 있는 것이다.

이러한 점은 앞의 작품 (나)와 (다)도 마찬가지이다.

(나)의 경우 "開心臺(개심대) 고텨 올나 衆香城(중향성) 브라보며"라고 하여 공간 이동과 서술 대상을 나타낸다. "開心臺(개심대) 고텨 올나"는 공간 이동을 나타낸 것이고, "衆香城(중향성) 브라보며"는 형상화 대상을 서술한 것이다. 즉 개심대는 공간 이동만을 나타낼 뿐이며, 형상화 대상은 개심대에서 바라 본 중향성과 근처의 자연이다. 중향성과 그 근처의 자연을 서술하고는 다시 "毗盧峰(비로봉) 上上頭(상상두)의 올라보니"라 하여 공간 이동을 나타낸다. 즉 "교텨올나·올라보니"로 공간 이동을 나타내면서 공간 이동에 의한 독립된 장면을 서술하고 있다.

(다)는 "반겨 올라·다니나고·지나쳤다·넘어드니·들어·들어 보니" 등의 동사를 사용하여 공간 이동을 아주 급한 목소리로 전개하고 있다. 다)의 경우에는 귀로를 서술하는 부분이어서 공간 이동에 의한 형상화 대상이 많이 생략되었음을 알 수 있다.

후기 사행기행가사들에는 날자의 변동, 즉 시간적 이동이 작품 전개의 역할을 하는 경우도 있다. 이는 사행기행가사가 지니는 장편화와 보고적 기능 때문이다. 사신행차는 워낙 긴 기간 동안의 여행이므로 일기식 기록을 남겨 놓아야 했고, 그 기록에 의해 가사 작품을 짓다 보니 자연 시간적 이동이 나타나기 마련이었다. 그러나 날자 변동 사이의 대상에 대한 독립적인 장면들은 공간 이동에 의한 대상 변화를 전개 방식으로 삼고 있다.

기행가사의 장면(서술)이 각각 독립되었다는 것은 자칫 시간성이 무너질 위험을 가지고 있다. 특히, 서술 내용이 노정과 동일하지 않은 인물·사건·사물이었을 때 더욱 그렇다. 이때에는 순서가 뒤바뀔 가능성이 항상 내재해 있다. 그러나 기행가사의 전체 구조가 노정에 의한 것이어서 독립된 장면 중 어느 것이 순서가 바뀌었다 하더라도 그것은 부분적인 것일 뿐 작품 전체의 순서에는 별 영향을 끼치지 못한다. 가령, 어느 하나의 독립된 장면이 회상을 서술하고 있다 하더라도 그것은 부분적인 회상이기 때문에 어떤 특정한 순간을 이해하는 데 필요한 고립된 정보를 제공하는 것일 뿐이다.

결국 기행가사는 각기 독립된 장면들로 이루어져 있는데, 그 장면들은 서술자의 공간 이동에 의해 전개되는 특성을 가지고 있다. 이러한 기행가사의 전개상 특징은 노정을 중심으로 하는 기행문의 특성에서 기인하는 것이며, 서술자의 서술 의도에 따라 다양한 전개 방식을 나타내고 있다.

4.2 대화체의 과감한 구사

시가 문학에서 대화체는 아주 제한되어 사용되어 왔다. 상고시대의 시가, 향가, 고려가요, 경기체가, 시조 등 고전 시가 문학에서 대화체가 전혀 사용되지 않은 것은 아니지만 단지 몇 개의 작품에서 그것도 아주 한정되어 사용되었다. 그리고 대화 형식도 다양하지 않을 뿐아니라 두 인물이 서로 대화를 나누는 경우는 극히 드물다. 그러므로 시가 문학에서 대화체를 사용하는 것은 독특한 의미를 담고 있다고 해도 과언이 아니다.

가사 문학 이전의 시가 문학에 사용된 대화는 시적 자아가 대상에게 일방적으로 말을 건네는 형식으로 이루어진다. 고전 시가의 일반적인 대화 방식은 시적 자아가 무정물인 자연에 말을 건네는 형식을 갖추고 있다. 가령, 기행가사 작품에서도 찾아 볼 수 있는 형태인데, '白鷗야 가지마라 네 친구인지 어찌알리'와 같은 대화 방식이 대표적이다. 이때 발화자 [서술자] 는 청자의 대답을 요구하지 않는다. 단지 자신의 느낌이나 이념을 극대화하기 위해 대화체를 사용하고 있을 뿐, 작품 전개와는 전혀 관계 없는 대화이다.

그러나 기행가사 작품에 실현된 대화 방식은 이전의 시가 문학에서 볼 수 없는 것이다. 우선 발화 상대가 무정물이 아닌 유정물, 즉 인물과 인물 간의 대화가 작품에 과감히 구사된다. 뿐만 아니라 다양한 대화 방식을 갖는다. 이전의 시가 작품에서 볼 수 있는 대상에 대한 일방적인 대화 뿐만 아니라, 상대의 일방적인 대화, 발화자와 상대의 직접·간접 대화 등 다양한 유형의 대화 방식이 작품 안에서 이루어진다. 그리고 한 유형의 대화 방식도 여러 층위를 가지며, 대화 방식과 층위는 복합적으로 나타난다.

예를 들어 발화의 상대자가 현실의 인물인 경우도 있고 허구의 인물인 경우도 있다. 그리고 허구의 인물과 직접 대화를 하기도 하고, 또는 서로의 독백으로 의사 대화가 이루어지기도 한다.

〈관동별곡〉의 경우 발화자와 발화 상대인 허구적 인물이 직접 대화하는 형식을 보인다.

<blockquote>
松根을 볘여 누어　　풋잠을 얼픗 드니
꿈에 혼 사롬이　　날드려 닐온 말이
그디롤 내 모르랴　　上界예 眞仙이라
黃庭經 一字롤　　엇디 그롯 닐거 두고
人間의 내려 와셔　　우리롤 쏠오는다
져근덧 가디 마오　　이 술 혼 잔 머거 보오
　　　　　　　　　　〈관동별곡〉
</blockquote>

꿈에서 허구적 인물인 신선을 만나 직접 대화를 나누는 장면이다. 이때 대화는 허구적 인물인 신선의 발화를 통해 서술자의 신분을 나타내는 기능을 갖는다. 그러나 상대의 발화를 통해 표현된 서술자의 신분은 상대가 허구적 인물이므로 허구적 신분이라는 한계를 지닌다. 즉, 이 대화는 서술자의 관념을 드러낼 뿐이다.

그러나 〈출새곡〉에 나타난 대화는 사뭇 다른 방식이어서 작품 속에서의 기능도 〈관동별곡〉과는 다른 것이다.

<table>
<tr><td>

평싱 먹은 쁘디
시운의 타시런가
딘디 빅슈의
초틱 쳥빈은
이 잔 ᄀ득 부어
동명을 다 퍼내다
어뷔 이 말 듯고
비쪈 두드리고
세스를 니젼디 오라니
빅스 싱애는
빅구는 나와 버디라

</td><td>

전혀 업다 홀가마는
명도의 미엿는가
셰월이 쉬이 가니
원스도 한졔이고
이 시름 닛댜ᄒ니
이 내 시름 어이 홀고
낙디를 둘너 메고
노래를 부른말이
몸조차 니젼노라
일간듁 쑌이로다
오명가명 ᄒᄂ다
〈출새곡〉

</td></tr>
</table>

〈관동별곡〉의 대화는 꿈 속에서 이루어지므로 허구적 인물 간의 대화이고, 대화를 통해 드러내고자 하는 서술자의 의식도 현실의 것이 아니라 천상 세계에 떠다니는 추상적인 성격을 갖는다. 하지만 〈출새곡〉의 대화는 현실 세계의 서술자와 어부의 독백이 서로 교감하는 방식을 취하고 있다. 따라서 서술자가 드러내고자 하는 의식도 〈관동별곡〉과는 달리 추상적인 것이 아니라 당시 사대부들이 갖고 있던 일반적인 江湖自然에로의 귀의 의지를 드러내고 있다.

서술자의 시름 섞인 말은 어부를 상대로 한 것이 아니라 독백이다. 이 서술자의 독백을 듣고 어부가 노래를 부르는데 이 노래 역시 특정한 상대를 향하는 것이 아니어서 독백적 성격이 짙다. 그러므로 서술자와 어부의 대화는 직접적인 성격을 가지지 않고 간접적인 성격을 갖는다.

이러한 대화의 허구성은 屈原의 〈어부사〉에서 사용되었던 것으로, 〈출새곡〉의 서술자는 전달하고자하는 내용의 극대화를 위해 용사 기법을 사용하고 있는 것이다. 이러한 용사의 기법은 현대 문학에서도 페러디로 구현되고 있다. 용사나 페러디 모두 전달하고자하는 내용을 극대화하기 위한 수법이라 할 수 있다.

〈출새곡〉의 어부는 허구적 인물이든 감정 이입의 인물이든 작품 속에서 서술자의 목소리를 전달하는 객체화된 인물로 존재한다. 작품 속에서 자신의 목소리를 들려주는 것은 서술자가 주체로서 우리에게 다가오고 있다는 것을 나타낸다. 작품 속의 어부는 제3자로 객체화된 서술자이다. 서술자는 어부를 제3자로 객체화하고 일단 시선을 제3자(외부)로 향하고 있다. 서술자의 시선이 자신의 내면으로 향하고 있을 때 그 서술자는 자신의 특수한 처지 및 남들과 다른 이념 등을 점검하게 되나, 서술자의 시선이 외부로 향하고 있을 때 그 서술자는 이미 누구에게나 인정 받을 수 있는 보편성을 바탕으로 자신의 정서나 세계관을 전달하는 것을 목적으로 한다.

결국 〈출새곡〉의 서술자는 다양한 대화 방식과 대화 층위를 동원하여 자신이 가지고 있는 자연 귀의 의지를 표현하고 있는 것이다.

〈관동별곡〉·〈출새곡〉 등 초기의 기행가사들이 허구적 인물을 상대로 대화를 나눈다면, 후기의 기행가사들은 현실 세계의 실재 인물과 대화를 나눈다는 것이 차이점이다. 그리고 대화 상대 인물의 양상도 대단히 다양해 진다.

첫째, 서술자가 서술자에게 발화를 한다. 이는 독백을 의미하는 것이 아니라 서술자가 자신을 객체화하여 발화를 하는 경우를 말한다.

(가) 어와 이 사롬아   철업시 누어시랴
      청녀댱 비야집고   갈대로 가쟈스라
      결의 니러 안자   창을 열고 브라보니
      청풍이 건듯불고   새소리 지져귈제
      시냇ㄱ 방초 길히   동협의 니어셰라
                                        〈영삼별곡〉

(나) 어와 김학사야   그릇타 한을마라
     男子에 쳔고사업   다하고 왔난니라
     강호에 펀케누어   태평에 놀게되면
     무삼한이 또잇스며   구할일이 업사리라
     글지어 기록하니   불러들 보신후에
     후셰에 남자되야   남자들 부려말고
     이내노릇 하개되면   그안이 상쾌할가.
                                        〈북천가〉

(가)는 "어와 이 사롬아"의 형태로, (나)는 "어와 김학사야"의 형태로 서술자가 자기 자신을 부른다. 독백은 발화가 내부로 향하는데 반해 (가)와 (나)는 '어와'를 통해 알 수 있듯이 외부로 향하고 있어 일단 직접 대화의 형식을 갖는다. 그러나 '이 사람'과 '김학사'는 각각 서술자를 지칭한다. (가)와 (나)의 서술자는 자신을 제3의 객체로 형상화하고, 객체화한 자신에게 발화하는 대화 방식을 채택하고 있다. 그러므로 표면상으로 발화는 외부를 향하고 있지만, 실제로 그 발화는 서술자의 내면으로 향하여 서술자 자신의 감정이나 이념을 다짐하는 기능을 한다.

서술자가 자신을 지칭하는 용어를 살펴 발화하는 서술자와 객체화된 서술자의 거리를 파악하는 것도 의의가 있을 것이다. (가)는 '이 사람'으로, (나)는 '김학사'로 객체화된 자신을 지칭하고 있다. '이 사람'은 3인칭이지만 서술자의 거리가 가까운 용어이고, '김학사'는 신분을 지칭하는 용어로 서술자와의 거리가 먼 용어이다. (가)는 풍류자적인 자세로 여행을 떠나자는 정서를 불러 일으키려는 서술 의도에서 가까운 거리에 둔 것이며, (나)는 유배라는 공적인 사건을 주관적으로 인식하려는 의도에서 먼 거리에 둔 것이다. 이렇듯 지칭하는 단어에서 우리는 서술자의 서술 의도와 자세를 읽을 수 있다.

둘째, 현실의 인물이 서술자에 일방적으로 발화는 유형이 있다.

<table>
<tr><td>(가) 하로 이틀 몇날 되되</td><td>공한 밥만 먹으려노</td></tr>
<tr><td>쓰자하는 열 손가락</td><td>꼼작이도 아니하고</td></tr>
<tr><td>건자하는 두 다리는</td><td>움작이도 아니하네</td></tr>
<tr><td>석은 남게 박은 끌가</td><td>典當접은 촛대런가</td></tr>
<tr><td>종 찾으면 양반인가</td><td>빚 받으련 債主런가</td></tr>
<tr><td>同異姓의 眷當인가</td><td>풋낯의 親舊런가</td></tr>
<tr><td>兩班인가 常人인가</td><td>病人인가 반편인가</td></tr>
<tr><td>花草라고 두고 보면</td><td>怪石이라 놓고 불가</td></tr>
<tr><td>恩惠 끼친 일이 있어</td><td>特命으로 먹으려나</td></tr>
<tr><td>저 지은 罪 내 아던가</td><td>저의 서름 뉘 아던가</td></tr>
<tr><td>밤낮으로 우는 소리</td><td>한숨 지고 슬픈 소리</td></tr>
<tr><td>듣기에 즈즐하고</td><td>보기에 귀찬하다</td></tr>
</table>

〈만언사〉

<table>
<tr><td>(나) 이튿날 유승지가
그딕네 나온후에
즈니글 쏀혀내여
서너번 풍영ㅎ고
농샹이 마이놉하
이말슴 듯즈오니</td><td>날보고 니론말이
셰글을 곳처올녀
셔안의 노ㅎ시고
셰귀 비졈 ㅎ오시니
아모귄줄 모롤네라
황감ㅎ기 그지업다
〈일동장유가〉</td></tr>
</table>

(가)는 유배 처소의 집주인이 서술자에게 하는 발화이고, (나)는 임금의 행동을 보고 유승지가 서술자에 하는 발화이다. (가)는 집주인이 자신의 생각을 발화하는 것이므로 직접성을 갖는 반면에 (나)는 임금의 행동을 보고 유승지가 발화하는 것이므로 간접성을 갖는다. 따라서 (가)는 묘사적 성격이 강한 반면 (나)는 설명적 성격이 강하다.

(가)는 유배지의 처참한 자기 생활 모습을 표현하는 것이 서술 의도이므로 직접성을 갖지만, (나)는 자신의 능력을 은근히 과시하기 위한 것이므로 간접성을 갖는다. 이처럼 발화의 직접성과 간접성은 서술자가 무엇을 드러내고자 하는가 하는 서술 의도와 깊은 관련이 있다.

(가)와 (나)에서 살핀 것처럼 상대방이 서술자에게 일방적으로 발화하는 대화 방식은 서술자가 현재 처해 있는 상황이라든가 서술자의 능력 – 이 밖에도 서술자 자신에 대한 모든 것 – 을 독립적으로 드러내면서 강조하기 위한 서술 의도를 가지고 있다.

셋째, 서술자가 짧게 묻고 발화 상대자가 길게 대답하는 대화 방식이 있다. 이러한 대화 유형은 서술자의 현실 인식을 드러내거나, 서술자가 알지 못하는 사실을 표현하고자 할 때 주로 사용하는 대화 방식이다.

<table>
<tr><td>(가) ① 헌 누덕이 입은 뉴가
어린 자식 등의 업고
울면서 눈물 씻고
츳마 보지 못홀너라</td><td>남진인지 계집인지
즈란 즈식 손의 쎨고
업더지며 오는 모양</td></tr>
</table>

② 나즉이 뭇넌 말슴 어듸로셔 죠츠 오며
　어듸러로 가랴느고 쥬려들 가는인가
　가게 되면 어더 먹나 아모 데도 흔가지라
　날 짜라 도로 가면 즈니 원님 가셔 보고
　안접흐게 흐야 쥼시

③ 겨우 겨우 디답흐되 우리 곳은 댱진이라
　여러 히 흉년 들어 살 길이 업는 듕의
　도망흔 이 신구환을 잇는 쟈의 물니랴니
　졔것도 못 바치며 남의 곡식 잇디 흐고
　못 바치면 미마즈니 미맛고 더옥 살가
　졍쳐업시 가게 되면 죽을 쥴 알건 마는
　아니 가고 엇디흐리

④ 굼고 맛고 죽을 디경 츌하리 구렁의나
　념녀 업시 뭇치이면 도로혀 편흘지라
　이런고로 가노메라

〈북새곡〉

(나) ① 우슴 일노 쟝가 맛슬 지금토록 못 보신고
　② 내 냥반 좃컨마는 간난흔 탓시로쇠
　　부즈는 제 슬타고 빈즈는 내 슬타여
　　그렁져렁 흐다가셔 죠흔 광음 다 지니고
　　어나젓 궁샹 되야 삼십이 넘어셔라
　③ 시방 둘 데 잇습느가 엇던 곳이 가합던고
　④ 우리 동너 십 니 긔비 니 별감 흐는 사름
　　무남독녀 두엇시니 지질이 비범흐고
　　가계가 유죡흐니 이 쟝가 들게 되면
　　그 지물 내 것 되리 일싱이 편안흐리
　　쥼미들 니 잇게 되면 쟝가든 후 그 지물을
　　반 남아 난호려니 그 아니 죠흘손가
　⑤ 어리다 셕도령아 내 슈단 어이 알니

〈북새곡〉

　(가)는 네 부분의 서술로 나눌 수 있다. ①은 어린 자식들을 업고 걸리고 고향을 떠나는 처참한 여인의 모습을 묘사하고 있어 ②의 발화

동기가 된다. ②는 서술자의 발화로 ①의 여인에게 어디 가든 어려움이 따르니 고향으로 돌아가자는 내용의 서술이다. ③은 ① 여인의 발화로 죽을망정 고향 원의 횡포가 심해 떠나야 한다는 서술이며 ①의 원인이다. 그리고 ④는 고향으로가는 목적을 서술한 부분이다. 즉 고향으로 돌아가 '구렁'일지라도 마음 편히 묻히고 싶다는 생각으로 고향으로 가고 있음을 서술하고 있다.

여기서 관심을 가져야 할 곳은 ②와 ③의 대화 방식이다. ②와 ③은 실재 인물간의 대화이며, ③의 대화를 통해 서술자의 현실 인식을 드러내기 위한 것이 서술자의 서술 의도라는 것을 쉽게 알 수 있다. 서술자의 발화인 ②는 ③의 내용을 통해 볼 때 현실을 정확히 파악하지 못한 것이 된다. 서술자는 이러한 글쓰기 전략을 통해 현실 인식을 강하게 드러내고 있다. ①의 묘사와 ②의 발화는 한결같이 ③에서 드러내고자 하는 서술자의 현실 인식을 강하게 드러내기 위한 장치들이다. ①과 ③은 일반 백성들이 처해 있는 생활이다. 현실 인식이 결여된 ②의 발화는 ③의 발화를 강조하기 위한 서술자의 의도된 발화이며, 그러므로 서술자가 진정으로 드러내고자 하는 내용은 바로 ③이다. 결국 (가)의 대화 방식은 서술자의 현실 인식을 객관적으로 드러내기 위한 서술이다.

(나)는 다섯 부분으로 나누어 살필 수 있다. ①은 서술자가 석도령에게 장가 못 간 이유를 묻는 것이고, ②는 석도령의 발화로 가난하여 장가를 못 갔다는 ①에 대한 답변이다. ③은 서술자가 석도령에게 어느 처녀에게 장가들고 싶으냐고 묻는 것이고, ④는 이별감의 딸이 무남독녀이므로 그녀에게 장가들면 이별감의 재산이 자신의 것이 될 것이니 다리만 놓아 준다면 재산의 반을 주겠다는 석도령의 발화이다. ⑤는 ④의 답변에 대한 서술자의 발화이다.

(나)의 대화는 ①과 ②, ③과 ④가 짝을 이루는 직접 대화 방식이고, ⑤는 ④에 대한 서술자의 생각으로 독백적 성격을 갖는다. 결국 (나)의 대화는 ① - ④의 직접 대화와 ⑤의 독백으로 나누어 살필 수 있는데, ① - ④의 직접 대화 방식은 발화 상대자의 상황이나 이념을 드러내는 서술자의 의도에서 비롯된 것이다.

이처럼 서술자가 알지 못하는 상대자의 처지나 이념을 직접 대화 방식으로 서술하는 이유는 기행가사(가사)가 지니는 1인칭 시점과 관련이 있다. 기행가사는 가사 문학의 갈래이므로 일관되게 1인칭 시점을 지니는데, 1인칭 시점은 상대의 처한 상황이나 감정·사상·이념을 기술하지 못하는 단점을 가지고 있다. 조선 초기 서술자의 주관적인 감정이나 정서를 드러내는 것을 서술 의도로 하는 작품들은 1인칭 시점이 지닌 표현상의 단점을 느끼지 못했지만 후기의 가사 작품들은 대상과 내용을 다양하게 형상화하기 위해 이러한 1인칭 시점이 갖는 단점을 극복해야 했다. 그 극복 방법이 바로 직접 대화에 의한 표현이다.

이처럼 기행가사의 다양한 대화 방식은 대상에 대한 주관적 관심에서 객관적 관심으로 확대되면서 나타나는 특징이다. 그러므로 가사 이외의 시가 문학과 가사 문학의 차이를 다양한 대화 방식에서 찾을 수 있다. 다양한 대화 방식은 산문 문학에서도 찾을 수가 있다. 그러나 산문 문학의 대화 방식과 가사 문학의 대화 방식의 차이점은 가사 작품 속의 대화자인 서술자가 항상 1인칭 현실 인물이라는 점이다.

물론, 〈관동별곡〉에 나타나는 서술자는 꿈 속에서 신선과 대화하고 있으므로 현실 인물이 아닌 허구적 인물이라는 예외도 있다. 그러나 〈관동별곡〉 이외의 작품에서 대화자인 서술자는 항상 1인칭 현실 인물이며, 대화 주체라는 특징을 갖는다. 적어도 기행가사 작품에서는 서술자가 배제된 대화가 나타나지 않는다는 특징을 가지고 있다.

⑤의 독백은 시가 문학이 갖는 일반적인 대화 방식으로 서술자의 주관적인 느낌이나 판단, 이념을 표현할 때 사용하는 대화 방식이다.

넷째, 서술자와 발화 상대자의 직접 대화가 대등하게 이루어지는 유형이다. 대등한 직접 대화는 서술 전개의 기능도 가지고 있으며, 서술자가 자신의 목소리로 느낌이나 이념을 내세우기보다는 발화 상대자의 대화 내용을 비판하면서 서술자의 느낌이나 이념을 내세울 때 즐겨 사용되는 대화 방식이다.

<table>
<tr><td>나장이 하난마리</td><td>나으리 擧動보니</td></tr>
<tr><td>嚴嚴하신 氣力이오</td><td>위태하신 신관이라</td></tr>
<tr><td>하로만 조리하여</td><td>北靑邑에 묵사이다</td></tr>
</table>

無識하다 네말이야　　　嚴旨중 一身이라
先死를 生覺하야　　　　一時를 遲滯하리
사람이 죽고살기　　　　하날에 달려스니
네말이 기특하다　　　　가다가 보객구나
〈북천가〉

　유배 가는 서술자에게 나장이 하루만 쉬었다 가자고 이야기하자, 서술자가 '무식하다'며 갈 길을 재촉하는 내용이다. 이때 서술자가 표현하고자 하는 내용은 임금의 명을 받아 유배 가는 몸이니 죽더라고 쉬어 갈 수는 없다는 서술자가 지닌 '忠'이다. 서술자는 자신의 '忠'을 드러내기 위해 대립된 나장의 대화를 직접 끌어 들이고 있는 것이다.

　결국 기행가사에서 실현되고 있는 다양한 형식의 대화는 가사가 갖는 다양성을 담기 위한 쓰기 전략이다. 초기의 가사나 일반 시가는 주관적 정서 표출을 목적으로 하지만 기행가사는 확대된 대상과 내용에 대한 객관적 관심의 증대로 과감한 대화체를 사용하는 것이다.

4.3 체험 시간과 서술 시간과의 거리

　문학은 시간적 예술이다. 현실 생활이나 문학 작품 속에서 시간은 객관적이고 물리적인 실체로 존재하기도 하지만, 종종 문학 속의 시간은 특수한 경험 양식으로 주관적인 의미를 갖는다. 객관적이고 물리적인 실체로 존재하는 시간은 간단하게 시계라는 기계로 측정되지만 특수한 경험 양식으로서 주관적 시간은 작자의 의도나 화자의 말하기 전략에 의해 그 모습을 감춘다. 감추었다가는 독자의 독서 행위 속에서 일종의 인식과정으로 살아난다. 문학 감상은 작자의 시간에 독자의 시간을 일치하는 행위라고 해도 과언이 아니다.

　앞에서 기행가사의 독립된 장면(서술)은 공간 이동에 의해 전개된다고 논의하였는데, 이 공간 이동은 시간의 흐름을 밑바탕으로 한다. 따라서 문학 감상은 시간 체험에 기반을 둔 공간 체험이라는 말로 바꿀 수 있다. 즉 서술자 내지 화자의 시간 체험이며, 그와 동일시된 독자의 시간 체험이자 공간 체험이기도 하다.

　여행은 시작이 있고 과정이 있으며 끝이 있음으로 해서 시간을 내포하게 된다. 공간과 공간은 묘사나 화자의 정서 표현을 가능하게 하지만 항상 제 자리에 머물러 있을 뿐 스스로 진행할 수 없다. 그러므로 공간 이동을 가질 수밖에 없는데 이때 공간 이동이라는 것은 시간의 흐름을 동시에 수반하게 된다. 시간의 흐름이 공간 이동이 될 수는 없지만 공간 이동은 곧 시간의 흐름을 의미한다.

```
                 (시작)           ( 중    간 )              (끝)
공간이동       가 …… 나 …… 다 …… 라 …… 마 …… 바 …… 사
시간흐름       ‖—————┼┼┼—————┼┼┼—————┼┼┼—————┼┼┼—————┼┼┼————▶‖
```

　인물, 또는 화자의 행동이 점에서 점으로 이동하되, 그 이동은 시간이라는 선 위에서 이루어지는 것이다. 이런 의미에서 기행가사는 다분히 서사적인 성격을 갖는다. "인간 행동이 공간에서 다른 공간으로 이동하면서 종착지를 향해서 선상으로 시간 순차에 따라 이동해 가는 과정을 기행이라고 한다면 이 기행도 위의 개념 규정에 따라 서사라고 정의할 수 있다."72) 여행은 시간의 연속에서 벗어 날 수가 없다. 그러므로 기행가사의(기행문도 마찬가지로) 시간은 다른 어느 예술에서보다 중요한 의미를 갖는다.

　시간의 흐름은 의식의 변화를 수반한다. 작자는 '글쓰기'라는 시간 여행을 통해서, 독자는 '읽기'라는 시간 여행을 통해 의식의 변화를 경험한다. 바꾸어 말하면 글쓰기는 작자에게, 글읽기는 독자에게 끊임없이 의식의 변화를 가져다 주어야 한다. '여행은 그 시간만큼의 글읽기와 같다'는 말이 나타내듯이 여행과 독서는 새로운 세계와의 만남이며, 그 새로움만큼 의식의 변화를 갖게 한다.

　작자들, 특히 기행가사의 작자들은 작품 속의 시간에 필연적으로 중대한 의도를 드러내게 된다. 이는 기행가사 작자들과 서정시의 작자들

---

72) 윤석창, 『가사문학개론』, 깊은샘, 1991. 79 - 80쪽 참조

을 변별하는 중대한 요소이다. 현대문학에서뿐만 아니라 고전 문학 안의 시조·민요·한시·서정성이 극대화된 가사작품들과 기행가사의 차이점이기도 하다. 이러한 차이점을 가져다 주는 요인은 이미 앞에서도 언급한 바와 같이 기행가사의 근간을 이루고 있는 여행이 시간의 흐름에서 벗어날 수 없기 때문이다.

기행가사에서 다루어야 하는 시간의 문제는 크게 두 가지 측면에서 파악할 수 있을 것이다. 하나는 여행의 시간과 언술의 시간 사이에서 일어나는 시간의 문제이고, 다른 하나는 우리가 흔히 시제라고 부르는 통사 구조 속에서의 시간의 문제이다.

우선 실제 여행의 시간과 글쓰기 시간 사이에서 발생하는 시간의 문제를 살펴 보도록 하자.

실제 여행의 시간과 글쓰기 시간은 항상 일치하지 않는다. 실제 여행의 시간은 객관적이고 물리적인 시간이지만 글쓰기를 통해 작품에 실현된 시간은 주관적이고 관념적이다. 실제 여행의 시간은 작자의 의도에 의해 생략되거나 축소되기도 하고 또는 확대되기도 한다. 실제 여행 시간은 작품 속의 장면과 장면 사이에서, 공간 이동과 공간 이동 사이에서 생략되거나 축소되고 작자의 의도 속에서 확대된다.

원통골 ᄀᄂᆫ길로   사자봉 초자가니
그 알픠 너러바희   화룡쇠 되여셰라
천년노룡이   구비구비 서려 이셔
주야의 훌녀 내여   창해예 니어시니
풍운을 언제 어더   삼일우를 디련는다
음애예 이온 플을   다 살와 내여스라
마하연 묘길상   안문재 너머디여
외나모 쎠근 ᄃ리   불정대 올라ᄒ니
〈관동별곡〉

원통골 → 사자봉 → 화룡소까지의 실제 여행의 시간은 공간 이동 사이에서 축소되었다. 이러한 상황은 다음 공간 이동에서도 마찬가지이다. 마하연 → 묘길상 → 안문재까지의 실제 여행 시간은 아예 생략되어 버렸고, 안문재에서 불정대까지의 여행 시간은 '너머디어, 올라ᄒ니'로 극히 축소되었다. 그러나 화룡소에서의 시간은 묘사와 작자의 느낌의 시간으로 상대적으로 확대되었다.

이러한 양상은 모든 기행가사에서 공통적으로 나타난다. 서정성이 극대화된 가사이든 서사성이 극대화된 가사이든 기행가사의 범주 안에 있는 모든 가사는 공통적으로 이러한 양상을 나타낸다. 특히 후기의 보고적 성격이 강한 일기체 기행가사에서는 보고(설명)의 대상만이 남아 있을 뿐 실제 여행의 시간은 아예 삭제되어 버린다.73)

여기에 우리가 또 하나 생각할 수 있는 시간의 문제는 실제 여행의 기간·횟수와 작품에 실현된 시간의 문제이다. 가령 〈관서별곡〉의 경우 실제로는 네 번의 여행을 하고 작품을 지었으며, 〈관동별곡〉의 경우도 3월과 5월 두 차례의 여행을 하고 나서 작품을 지었다. 그러나 작품에 실현된 시간은 실제로는 상이한 시간들을 일회적인 시간으로 편집하여 나타내고 있다.

실제 여행 기간도 작품 속에서는 그대로 실현되지 않는다. 실제 여행은 며칠, 또는 몇 달에 걸쳐 이루어졌다 하더라도 작품 속에서는 그러한 시간의 변화를 느끼지 못한다. 후기의 보고적 성격이 강한 일기체 기행가사는 날짜 변동을 구체적으로 기입하기도 하는데, 이는 여행 일기문을 보고 가사를 지었기 때문이라고 여겨진다. 그리고 대부분의 기행가사는 실제 여행 시간과는 달리 동일한 시간으로 편집되어 나타난다. 마치 며칠을 두고 한 여행이 아니라 하루동안의 여행을 표현한 듯한 느낌을 준다.

이렇듯 실제 여행의 시간과는 다른 작품 속의 시간은 작자의 철저한 의도에 의해 이루어진다. 문학은 시간적 예술이어서 작품 속의 시간은 무척 중요하다. 작자는 실제 여행 시간으로 독자와 만나는 것이 아니라 문학 작품 속의 시간으로 독자와 만난다. 그리고 작품 속의 시간 안에서 독자와 이야기하고 독자에게 감동을 준다.

---

73) 인용할 부분이 너무 길어 생략함. 사행가사들과 〈티일본 유람가〉를 비롯한 외국기행가사들을 참고할 것.

기행가사의 편집된 시간은 시간의 단절을 피하여 시간의 흐름을 막힘 없이 하였다. 여행의 노정 중에 만나는 다양한 대상을 형상화하는 기행가사는 자칫 주제와 詩想이 무너질 위험을 항상 가지고 있는데, 작품 속의 시간을 간결하고 단절없이 편집하여 그러한 위험에서 벗어나고 있다. 오랜 기간의 여행을 단 하루의 여행처럼 편집한 이유로는 주제나 詩想 전달의 선명성을 생각할 수 있다. 몇 월 며칠이라는 날짜 표시나 '다음날, 이튿날'이라는 날짜 변화의 표시는 작품의 주제와 詩想의 명료한 표현을 어렵게 하는 요소이다. 특히 작자의 정서나 흥취, 일관된 주제를 표현하고 전달하는 데에는 효과적인 시간 표현이 아니다.

결국 기행가사 작품 속의 시간은 작자의 정서와 흥취, 일관된 주제를 표현하기 위해 실제 여행의 시간과는 다른 문학의 시간이다.

또한, 실제 여행 시간과 작품화 시간은 일치하지 않는다. 적어도 기행 가사의 실제 여행 시간과 작품화 시간은 항상 일치하지 않는다. 여기서 말하는 실제 여행 시간과 작품화 시산이란 즉흥시에서조차도 일치할 수 없는 실제 시간과 작품화 시간을 이야기하는 것이 아니다. 이보다는 더 거리가 먼 실제 시간과 작품화 시간을 의미한다.

기행가사에서 실제 여행 시간과 작품화 시간을 검토하는 일은 다른 갈래의 문학 연구에서보다 더 큰 의미를 갖는다. 문학은 시간적 예술이라는 점에서 모든 문학 작품에서 시간성 검토는 기본적인 작업이겠지만, 특히 시간적·공간적 구성을 특성으로 하는 기행가사에서의 시간성 검토는 기행가사의 특징을 밝히는 중심 작업이며 문학성 검토의 핵심에 있다.

기행가사(기행문)가 다른 갈래의 문학 작품보다 시간의 구속을 많이 받는다는 것은 이미 앞에서 밝혔다. 그렇기 때문에 기행가사의 작자들은 다른 갈래의 작자들보다 작품 안에서 시간 관념을 더욱 철저히 드러내기 마련이다. 그러므로 기행가사의 실제 기행 시간과 작품화 시간을 검토하고 작품 안에 실현된 작자의 시간 관념을 파악하는 일은 기행가사의 문학성 검토에 매우 중요한 요소가 된다.

작자의 시간 관념은 작품 안에서 주로 시제로 실현된다. 그러므로 시제를 검토하는 일은 작자의 시간 관념을 파악하는 효과적인 방법이다. 작자는 시간 관념에 의해 작품 속의 시간을 실현하고 독자는 작품 속에 실현된 시간을 통해 작자의 시간 관념을 읽어낸다. 작품 속의 시제를 통해 작자의 시간과 독자의 시간은 동일한 시간을 갖는다. 다시 말하면 독자는 작품 속에 실현된 시제를 통해 독자의 읽기 시간을 획득하는 것이며 이는 곧 작자의 주관적인 시간과 동일한 시간을 공유한다는 것을 의미한다.

그러면 기행가사의 실제 여행 시간과 작품화 시간은 어떠한 거리를 갖고 있는가를 살펴 볼 필요가 있다. 우선 유형별로 두 시간의 거리를 추정할 수 있다. 관유기행가사나 사행기행가사는 실제 여행 시간과 작품화 시간이 밀착되어 있으나, 유배기행가사나 표류기행가사는 실제 여행 시간과 작품화 시간의 거리가 멀다고 추정할 수 있다.

관유기행가사나 사행기행가사는 여행 도중 중간 중간에 지을 수 있거나 여행에 관한 간단한 기록을 남길 수 있는 상황에 있다. 두 유형의 기행가사 작자들은 아무런 신체적 제약을 받고 있지 않을 뿐 아니라, 기록에 필요한 도구를 소지할 수 있다. 더욱이 관유기행가사의 작자보다 사행기행가사의 작자들은 여행 기록의 의무를 갖거나 異國의 이질적인 상황을 기록화하려는 욕구가 강했기에 여행 중간 중간에 기행가사를 지었거나, 여행에 관한 기록을 남겼을 가능성은 더욱 크다.

그러나 이와는 반대로 유배기행가사의 작자나 표류기행가사의 작자들은 여행 도중 기행가사를 짓거나 여행에 관해 기록할 수 없는 상황에 있다. 유배자나 표류자는 신체적 제약을 받고 있거나, 급박한 상황에 처해 있기 때문에 기록할 수 있거나 기록할 수 있는 도구들을 소지할 수 있는 여건이 아니었다. 일부 유배자 - 정치적 이유로 유배를 당한 유배자 - 는 다른 유배자에 비해 신체적 구속을 덜 받거나 자유로운 몸으로 지방 관속들의 환대를 받기도 하였다. 그러나 유배라는 상황과 유배자라는 신분에서 기행가사를 지을 수 있었다고는 생각하기 어렵다. 일부 유배기행가사의 작자들은 여행 도중에 가사를 짓거나 기록을 남길 수 있는 가능성을 가지고 있었다 하더라도 표류기행가사의 작자들은 그런 가능성을 전혀 가질 수 없었다. 표류라는 것은 예상하지 못했던 일이며, 급박한 상황에 처해있다는 것을 의미한다. 그러므로 표류기행가사의 실제 여행 시간과 작품화 시간은 상당히 먼 거리를 가질 수밖에 없다.

실제 여행 중에 작품을 지을 수 없는 유배기행가사나 표류기행가사, 실제 여행 시간이 존재하지 않은 와유기행가사를 제외하고 관유기행가사와 사행기행가사의 실제 여행 시간과 작품화 시간의 거리는 어떠한가.

관유기행가사와 사행기행가사는 여행 도중 여행에 관한 기록을 하거나 가사를 지을 수 있음에도 불구하고 작자의 행장이나 관련 기록을 보면 실제 여행 시간과 작품화 시간에는 상당한 거리가 있음을 알 수 있다.

앞에서 살핀 바와 같이 〈관서별곡〉은 네 번의 여행을 하고 지었으니, 맨 끝의 여행을 제외하고 나머지 세 번의 여행은 과거의 여행이 된다. 〈관동별곡〉도 3월과 5월, 두 번의 여행을 하고 지었으니 3월의 여행은 과거의 여행이다. 그러나 두 작품 모두 작품 전체의 서술 시제는 현재시제로 일관하고 있다. 〈관서별곡〉과 〈관동별곡〉 이외의 관유기행가사도 유사한 여건을 가지고 있다. 젊었을 때 여행한 경험을 늙어서 가사로 지었다든지, 〈관서별곡〉이나 〈관동별곡〉을 읽고 나서 오래 전의 여행을 기억하여 가사로 지었다는 관련 기록들을 가지고 있다.

창작 시기를 관련 기록을 통해 알 수 있는 초기의 관유기행가사들과는 달리 후기의 관유기행가사들은 창작 시기를 추정할 수 있는 기록들을 아직까지는 찾을 수가 없다. 그러나 작품상에 나타난 여행의 노정을 살펴 보면, 여행의 기간이 하루나 이틀이 아님을 알 수 있다. 후기 관유기행가사들의 주요 유람지는 금강산을 중심으로 한 관북지방과 묘향산을 중심으로 한 관서지방이다. 도로의 여건이 좋아지고 교통 수단이 발달한 현대에도 하루에는 다 여행할 수 없는 노정들을 가지고 있다. 그러니 도로의 여건과 교통 수단이 발달하지 못한 당시에는 며칠 동안의 여행 시간을 가져야 했을지 쉽게 짐작할 수 없다. 그러나 분명한 것은 그 여행 시간이 하루나 이틀은 아니었을 것이고, 작품에 나타난 동일한 詩想의 흐름을 통해 볼 때, 여행을 다 끝마치고 나서 여행에서 얻은 견문과 느낌, 기타 대상에 대한 여러 가지 생각들을 정리하여 작품화하였을 것으로 추정된다.

　여행 도중 가사를 지을 수 있었음에도 불구하고 여행을 끝마친 다음 작품화하였다는 추정은 관유기행가사뿐 아니라 사행기행가사들에게서도 마찬가지이다.

<table>
<tr><td>삼사월 긴긴해에</td><td>해뜰무렵 떠난길이</td></tr>
<tr><td>장장춘일 다보나고</td><td>어두운 초경때에</td></tr>
<tr><td>집을차자 오는지라</td><td>그사이 자미고통</td></tr>
<tr><td>난낫치 알읠퇴니</td><td>잊지말고 들어보소</td></tr>
<tr><td></td><td>〈청양산 유람가〉</td></tr>
</table>

<table>
<tr><td>연경 만리예</td><td>륙샥을 치힝ᄒ야</td></tr>
<tr><td>지월 초삼일에</td><td>북궐의 하직ᄒ고</td></tr>
<tr><td>갈 길을 도라보니</td><td>구름 밧긔 하늘일식</td></tr>
<tr><td>군명이 지즁ᄒ니</td><td>슈고를 헤아리랴</td></tr>
<tr><td>모화관 사디ᄒ고</td><td>홍졔원 드러오니</td></tr>
<tr><td>서교의 젼별홀 졔</td><td>친구ㅣ가 만좌ㅣ로다</td></tr>
<tr><td></td><td>〈연행별곡〉</td></tr>
</table>

　조선 후기 관유가사인 〈청양산 유람가〉와 〈연행별곡〉의 서두이다.

　〈청양산 유람가〉는 "그 사이 자미 고통 난낫치 알읠퇴니"라 하고 〈연행가〉는 "연경(燕京) 만리(萬里)예 륙샥(六朔)을 치힝(治行)ᄒ야"라고 하였으니 여행 중에 쓴 것이 아니라, 여행을 다 마치고 썼음을 알 수 있다. 여행 도중에 썼다면 이와 같은 표현은 하지 못했을 것이다. 게다가 〈연행별곡〉의 작자와 같은 사행의 일원으로 갔던 柳命天이 쓴 한문 기록인 『柳命天燕行日記』와 〈연행별곡〉의 일정별 지명 연결이 정확하게 일치한 것을 볼 때 연경까지의 사행을 다 마치고 어떤 이[74)]가 일행이

---

74) 이러한 예를 들어 〈연행별곡〉의 작자를 유명천으로 추정하기도 한다. 이
　　는 매우 설득력 있는 이론인데, 이 이론에 따르면 유명천이 사행 도중
　　한문 산문 형식으로 연행록을 짓고 여행에 돌아와서 이 연행록을 참고
　　하여 가사 〈연행별곡〉을 지었다고 볼 수 있다.
　　이에 관한 논문은 林基中, 「燕行歌辭의 硏究」(『한국문학연구』10호, 동

쓴 연행록을 보면서 가사를 지었을 것이라는 추정도 가능하다.

총 몇 달 간의 여정이었나를 서두에 밝힌 것은 〈연행별곡〉밖에 없다. 따라서 이 노래는 모든 여정을 다 마친 뒤에 쓴 것이라고 볼 수밖에 없다. 거기에다가 〈연행별곡〉은 다른 연행가사들과는 달리 일정별 지명 연결을 위주로 하고 『柳命天燕行日記』와 단 한 군데의 내용도 어긋남이없으며, 새로운 세계의 체험과 그에 따른 감흥의 삽입이 극히 한정되어있고 생동감이 없으며 간접적인 추체험 형식으로 되어 있다. 往還 과정도 북경에 묵은 지 40일에 곧바로 오던 길로 돌아와 九連城에서 〈태평곡〉을 불렀다는 것으로 불과 몇 구로써 축약해 버렸다. 이 가사가 연행 도중에 쓰여진 것이라면 그와 같이 될 수는 없다고 본다. 따라서 이 가사는 총 6개월 간의 王程을 모두 마치고 나서 연행 때 써 놓은 한문연행록을 보면서 한글로 가사화한 것이라고 볼 수 있다.75)

이와 같은 추론들을 종합해 볼 때 〈연행별곡〉은 여행을 다 마치고 지은 것으로 판단된다. 그러나 작품의 시제는 "하직ᄒᆞ고 / 도라보니 / 하늘일식 / 사디ᄒᆞ고 / 드러오니 / 훌 졔 / 만좌ㅣ로다" 등 모두 현재 시제를 사용하고 있다. "갈 길을 도라보니"에서 '도라보니(돌아 보니)'는 과거 회상의 느낌을 풍기기도 하지만 작품 해석상 '가야 할 길을 고개를 돌려 바라보니'로 풀이하여야 하므로 시제는 역시 현재 시제이다. 특히 "홍제원 들어오니"의 '들어오니'는 '들어가니'보다 더 현재성이 강한 표현이다.

이러한 현재시제 서술 방식은 〈연행별곡〉에서 뿐만 아니라 모든 사행기행가사들에게서 공통적으로 나타난다.

물론 제한된 몇 군데에서는 과거 회상시제를 쓴 곳이 있다.

    (가) 강호애 병이 깁퍼   죽림의 누엇더니
        관동 팔백리에   방면을 맛디시니

    국대학교 한국문학연구회, 1987. 45 - 95쪽) 참고.
75) 林基中,위의 논문. 52쪽.

어와 성은이야	가디록 망극ᄒ다
	〈관동별곡〉

(나) 스션의 노던 ᄯᅡ흘	관동이 긔라 ᄒ더
딘애 반생애	세월이 거의러니
믈외 연하애	원흥이 뵈와나니
심진 힝니논	전나귓 ᄲᅵ이로다
	〈관동속별곡〉

(다) 나라히 우스시고	삼스신긔 뭇ᄌᆞ오디
풍도의 험ᄂᆞᆫ것과	풍쇽의 고이ᄒᆞᆫ것
산쳔의 긔이흠과	인믈의 변셩흠과
궁실의 장ᄒᆞᆫ것과	풍쇽의 고이ᄒᆞᆫ것
늣늣치 무ᄅᆞ신후	버거문ᄉ 브ᄅᆞ시디
장동 김문의셔	셔긔가니 네누곤다
스신이 엿ᄌᆞ오디	민뒤히 업딘거시
진ᄉ 김모옵고	종ᄉ셔긔 갓더니이다
갓가이 오라시매	나아가 부복ᄒ니
나라히 무ᄅᆞ시디	고샹신의 므어신다
긔복ᄒᆞ여 엿줍기를	뎐대로 엿ᄌᆞ오니
고텨하문 ᄒᆞ오시디	피국의 드러가니
피인의 문지들이	무섭더냐 언잔터냐
문지가 유여ᄒᆞᆫ놈	왕왕이 잇ᄉ오나
시눌은 참혹ᄒᆞ야	졔슐ᄒᆞᆯ줄 모ᄅᆞ더이다
	〈일동장유가〉

　(가)는 정철의 〈관동별곡〉 서두이고, (나)는 조우인의 〈관동속별곡〉의 서두이며, (다)는 김인겸의 〈일동장유가〉 끝 부분으로 일본 사행에서 돌아와 왕과 대화하는 장면이다. 이 세 부분은 모두 회상시제 선어말어미 '-더-'가 사용되었다. 그러나 세 부 분에 사용된 과거 회상 시제는 작품 전개와는 관계없이 여행 전의 작자 위치나 여행지에 대한 보편적인 인식, 여행 후에 여행 중 특정 사실에 대한 회상을 말하고 있을 뿐이다.

　(가)의 "江湖애 病이 깁퍼 竹林의 누엇더니"는 관동 팔백리를 다스리

라는 왕명을 받아 여행을 떠나기 전의 작자의 생활 모습을 나타내고 있을 뿐이다. 즉 작품 전체의 내용과는 관계 없는, 작품의 울타리 밖에 있는 상황이다. 비록 '죽림'이 실제 여행의 출발지인 작자의 고향 창평을 나타낸다 하더라도 작품 내용상 '죽림'은 자연을 사랑하여 그 속에서 삶을 즐기기를 좋아한다는 작자의 생활 자세를 표현한 단어의 의미가 더 크다. 다시말해 독자는 '죽림'이라는 단어를 읽었을 때 자연을 사랑하는 작자의 마음을 읽어낼 뿐, 작자의 고향 창평을 읽어내지는 않는다. 그러므로 '누엇더니'는 작품 전개와는 관계 없는, 작자의 마음과 여행 전의 생활 모습을 나타내기 위한 표현일 뿐이다.

(나)의 "사선의 노던 짜흘 관동이 긔라 호디"도 역시 마찬가지이다. 쉽게 현대어로 고치면 '네 명의 신선이 놀던 땅을 관동지방이라 (사람들이) 하되'이다. 이는 여행지 선택의 원인을 나타내는 말임과 동시에 관동지방이 그만큼 아름답다는 표현이기도 하다. 뜻을 좀더 덧붙이자면 '사람들이 관동지방을 네 명의 신선들이 놀던 땅이라고 할 만큼 아름답다고 해서'가 될 것이다. 실제 여행과는 관계없는, 여행지 선택의 이유를 밝힌 부분일 뿐이다. 그러므로 이 역시 작품의 주된 내용과 구조와는 관계 없는 작품 울타리 밖의 서술일 뿐 작품 전체의 시간 관념이나 시간 서술 방식과는 아무런 관계가 없다.

(다)는 일본 사행 후에 고국에 돌아와 왕에게 보고하는 자리에서 일본 문사들의 재능에 대해 물어보자 대답하는 부분이다. 이 역시 작품의 주가 되는 여행 중에 있었던 일이나 여행 노정과는 관계 없는 부분이다. 여행이 다 끝난 후에 여행 중에 있었던 일을 묻는 것이니 오히려 여행 중에 있었던 일을 과거시제로 표현함으로써 여행을 좀 더 현실감 있게 해 주고 있다.

이렇듯 기행가사에 나타나는 시제는 현재시제이다. 간혹 과거시제가 쓰였다 해도 그것은 작품의 서사나 결사 부분, 그것도 작품 전체의 노정이나 전개와는 관계없는 여행 전·후의 상황을 말하고 있을 뿐이다. 오히려 기행가사의 과거시제는 현재시제로 서술된 작품의 주된 내용과 여행을 더욱 현실감 있도록 하는 기재로 쓰이고 있다.

기행가사가 일관된 현재시제로 서술되고 있는 것은 현실감·현장감을 주려는 작자의 의도와 관련이 있다. 작자는 독자로 하여금 그 누군가가 여행을 다녀오고 쓴 기록물을 읽고 있다고 생각하기보다는 지금 여행을 하고 있다는 생각을 갖도록 의도적으로 현재시제를 사용하고 있는 것이다. 그럼으로해서 독자는 작자와 함께 여행을 떠나고 여행의 경험을 더욱 쉽게 공유하는 것이다.

기행가사에 사용된 현재시제는 실제 여행 시간과 독자의 읽기 시간을 일치시킴으로써 작품에서 나타내려고 하는 작자의 의도를 명확하게 전달하는 표현 장치이다.

4.4 서술자의 현실 인식에 의한 다양한 기술

모든 글의 동기는 크게 두 가지로 나누어 '表現'과 '傳達'로 이해할 수 있다. 표현은 서술자의 생각, 사상, 감정이나 정서의 상태를 구체적으로 제시하여 읽는 이로 하여금 자기가 표현한 체험에 충분히 공감할 수 있도록 하는 것을 주된 목적으로 한다. 전달은 일어난 사실을 보고하거나 사건·사물에 대한 정보·지식을 설명·분석하여 객관적으로 진술함으로써 읽는 이가 충분히 이해하도록 하는 데 그 목적이 있다.

그러나 표현과 전달은 논리적으로는 구분할 수 있지만, 실제 글에서 표현과 전달은 종종 뒤섞여 나타난다. 그래서 '표현과 전달'이라는 용어보다 '표현 전달'이라는 용어를 쓰기도 한다.

표현과 전달은 엄연히 구분되면서도 글을 쓰는 이와 읽는 이의 관계를 고려할 때 그 구분선은 무너진다. 글을 쓰는 목적은 쓰는 이의 생각이나 느낌을 전달하는 데 있다는 주장은 글의 효용성을 중시하는 의견이다. 표현의 목적은 결국 전달에 있다는 주장은 '효과적으로 전달하기 위해 어떻게 표현하느냐가 중요'하다는 반박을 불러 일으키지만, 꽤 설득력을 가지고 있다.

글이 '표현한 것'에 지나지 않는다면 그 글은 생명력이 없는 것이 되고 만다. 글은 누군가에 전달되어 공감되거나 반향을 일으킬 때 비로소 생령력을 갖게 된다.

표현만으로 이루어진 글이 있을 수 있다. 그러나 그 글을 누군가가 읽는다면 그것은 이미 전달되고 있음을 의미한다. 글이 누군가가 읽는다는 것을 전제하는 것이라면 글을 쓰는 동기의 중심에는 전달이 있는 것이다.

다시 말하면, 표현과 전달은 구분되는 것이지만 전달이 표현까지도 포함한다. 따라서 글을 쓰는 직접적인 목적은 전달에 있다. 이러한 관점은 '말하기(telling)'와 '보여주기(showing)'에서도 마찬가지이다. 보여주기는 말하기의 영역 안에 있는 것이다.

문학 작품에서도 서술자는 이러한 목적을 위해 효과적인 기술 방법을 선택하고, 읽는 이〔讀者層〕의 수준과 성향을 고려하여 어법과 어조 등을 알맞게 기술하게 된다.

문학 작품(일반적인 글에서도 마찬가지지만)의 내용을 이루는 기본 요소는 체험이다. 실재 생활에서의 체험 뿐만 아니라 상상 속에서나 꿈 속에서의 체험도 체험이다. 공상 소설은 상상 속의 체험을 밑바탕으로 하며, 몽유 문학 작품은 꿈 속에서의 체험을 바탕으로 이루어진다. 즉, 체험은 현실 세계에서 물리적인 대상에 의해 얻어지는 경험뿐 아니라 인간의 의식이 펼치는 상상 내지 사유까지도 포함한다.

문학 작품 속의 체험은 특수한 것이면서도 일반적인 것이다. 특수한 체험이라 함은 모든 사람들이 경험한 것이라 하더라도 그것을 작품화했을 때 특수화된다는 것을 의미한다. 반면 일반화된 체험이라 함은 서술자가 혼자 경험한 내용이라 하더라도 읽는 이의 공감을 얻으려면 보편적인 내용으로 엮어내야 한다는 것을 뜻한다. 가령, 〈대일본유람가〉의 서술자가 일본에서 경험한 발달된 교육제도를 작품화할 때는 읽는 이(당시 조선 백성)와 보편적인 공감대를 이루어야 한다는 것이다.

서술자의 체험이 읽는 이와 공감대를 이룰 때, 그 작품은 효과적으로 전달될 수 있으며, 문학 작품으로서 생명력을 갖는다. 바꾸어 말하면, 문학 작품은 같은 시대를 산 서술자와 독자가 공감을 이룬 체험이라 할 수 있다. 그래서 우리는 작품을 통해 그 시대의 사회상과 인식을 읽어낼 수 있는 것이다.

문학 작품 속의 체험은 서술자의 모든 경험을 다 포함하지 않는다.

서술자는 선택적으로 제시한다. 그리고 무엇을 선택하느냐 하는 것은 서술자가 어떻게 인식하느냐에 달려 있다. 사물에 대해, 인물에 대해, 사회 현상에 대해 어떻게 인식하느냐에 따라 체험의 선택이 달라진다.

여러 대상에 대한 인식은 서술자의 현실 인식과 밀접한 관련을 맺는다. 사물·인물·역사·문화 등 모든 대상들은 서술자가 처한 현실 속에서 인식되기 때문이다.

가령, 조선 초기의 서술자들은 崇儒抑佛의 성리학적 건국 이념을 견고하게 하기 위해 변하지 않고 의연히 자기 모습을 간직하고 있는 자연을 대상으로 선택하여 유가적 이념을 서술하고 있다. 반면에 후기의 서술자들은 실학사상 안에서 백성들의 삶을 대상으로 선택하여 이용후생적 이념을 서술하고 있다. 또한 국내 지역을 여행했느냐 국외 지역을 여행했느냐에 따라서도 대상의 선택이 달라진다. 국내 지역을 여행한 경우 조국에 대한 자긍심을 바탕으로 아름다운 자연과 건전한 풍속, 역사 등이 작품화의 주된 대상이지만 외국을 여행한 경우 새롭고 신기한 이국적 요소들이 작품화의 주된 대상이다.

서술자가 현실을 어떻게 인식하느냐에 따라 대상의 선택뿐 아니라, 그에 걸맞는 기술 방식·어법·어조 등도 선택된다.

집집이 호인들은	길의나와 구경ᄒ니
의복기 괴려ᄒ여	처음보기 놀납도다
머리ᄂᆞᆫ 압홀싹가	뒤만싸ᄒ 느리쳐셔
당ᄉ실노 당긔ᄒ고	말익이을 눌너쓰며
거문빗 져구리ᄂᆞᆫ	깃업시 지어쓰되
옷고름은 아니말고	단초다라 입어쓰며
아쳥바지 반물속것	허리끠로 눌너민고
두다리의 힝견모양	타오구라 일홈ᄒ여
희목의셔 오금싸지	희미ᄒ게 드리씨고
깃업슨 청두루막기	단초가 여러히요
좁은ᄉ미 손등덥허	손이겨오 드나들고
곰방더 옥물뿌리	담비너ᄂᆞᆫ 쥬머니의
부시싸지 쪄셔들고	뒤짐지기 버릇시라

〈 중 략 〉

계집년들 볼만ᄒ다   그모양은 웃더튼냐
머리만 치거실러   가림ᄌᄂ 아니타고
뒤통슈의 모화다가   밉시잇게 슈식ᄒ고
오식으로 만든꼿츤   ᄉ면으로 꼿ᄌᄉ며
도화분 단장ᄒ여   반춰ᄒ 모양갓치
불그러 고흔터도   아미을 다스르고
살죽을 고이씨고   붓스로 그려스니
입슈아리 연지빗흔   단슌이 분명ᄒ고
귓방을 쑤른군영   귀여쏘리 달아스며
의복을 볼작시면   사나히 졔도로되
다홍빗 바자의다   푸른빗 져구리오
연도식 두루막이   발등싸지 길게지어
목도리며 수구낮동   회문으로 수을놓코
품너르고 ᄉ민널너   풍신죠케 썰쳐입고

〈 중   략 〉

십여세 처녀들은   더문빗게 나와셧너
머리는 아니싹고   ᄒ편넘히 모하다가
ᄉ양머리 모양쳐름   겹첨첨 잡아미고
                            〈연행가〉

　　이것은 압록강을 건너 중국 땅인 구연성에서 처음 본 중국인들을 서술한 〈연행가〉의 한 부분이다. 길에 나와 사신 행렬을 구경하는 胡人들의 모습을 72구에 걸쳐 자세히 서술하였다. 대상 인물도 남자뿐 아니라 여자, 아이, 노인, 젊은 처녀에 이르기까지 총망라하였다. 표현 태도도 아주 자세하여 머리 모양에서부터 화장한 모습, 옷깃의 생김새, 단추 단 모양, 허리띠, 바지, 속것, 발과 신발까지 대상으로 삼지 않은 것이 없다.

　　胡人의 모습에 대한 표현은 대상 자체에 대한 인상 위주의 표현이며, 주관적인 해석을 내리고 있다는 점에서 묘사의 전형을 보여 주고 있다. 이러한 묘사는 대상에 대한 정보나 지식을 전달하려는 의도보다는 있는 그대로를 그려낸다는 의도가 강하다. 대상에 대해 감각적인 인상을 그려서 그 대상의 속성을 암시하려는 의도를 지니고 있다.

이를 '暗示的 描寫'라고 하는데, 이와 같은 기술 방식을 선택하는 이유는 서술자가 대상과 먼 거리를 책정하고 있기 때문이다. 즉 대상에 대한 평가를 유보하려는 서술자의 의도 때문이다. 이와 같은 의도는 서술자의 대상에 대한 인식과 관련이 있다.

우선, 대상을 매우 이질적인 것으로 파악하고 그 대상의 속성을 자신의 내부에 받아들이지 않으려는 서술자의 현실 인식을 들 수 있다. 서술자가 중국땅에 도착해 처음 본 胡人의 모습은 自國文化뿐 아니라 상상했던 漢族의 모습과도 전혀 다른 이질적인 것이었다. 그리고 그러한 胡人의 문화를 자국 문화 속으로 받아들일 만한 것으로 인식하지 않은 것이다.

또한 대상에 대한 자세한 묘사는 긍정이나 부정의 주관적 해석을 담는 경우가 있다. 〈연행가〉의 서술자는 중국 땅에서 처음 본 胡人들에 대해 암시적이기는 하지만 부정적인 인식을 가지고 있다. 중국에 대해 모화사상을 가지고 있던 서술자는 胡人들에 대한 부정적인 인식을 보류한 채 대상을 먼 거리에 놓은 채 대상 자체에 대한 묘사에 그치고 있다.

이러한 기술 양상은 〈일동장유가〉에서도 볼 수 있다.

인개가 쇼됴ᄒ고	여긔세집 뎌긔네집
합ᄒ야 혜게되면	수오십호 더아니타
집형샹이 궁슝ᄒ야	노적덤이 ᄀᆞᆺ고내야
굿보는 왜인들이	뫼희안자 구버본다
그듕의 스나희는	머리롤 쌋가시더
쓱 뒤 만 죠금남겨	고죠샹토 ᄒ여시며
발벗고 바디벗고	칼ᄒ나식 ᄎ이시며
왜녀의 치장들은	머리롤 아니싹고
밀기롬 듬북발라	뒤ᄒ로 잡아미야
족두리 모양쳐로	둥글게 쑤여잇고
그ᄶ츤 두로트러	빈혀롤 질러시며
무론노쇼 귀천하고	어레빗술 쏘잣고나
의복을 보와ᄒ니	무업손 두루막이
ᄒ동단 막은ᄉ매	남녀업시 ᄒ가시오

<table>
<tr><td>넙고큰 접은씌롤</td><td>느족히 두러씌고</td></tr>
<tr><td>일용범빅 온갓거손</td><td>가슴 속의 다품엇다</td></tr>
<tr><td>남진잇는 겨집들은</td><td>감아호게 니롤칠호고</td></tr>
<tr><td></td><td>〈일동장유가〉</td></tr>
</table>

대마도의 한 포구인 좌수포에서 처음 본 일본인에 대한 묘사이다.

〈연행가〉에 비해 짧고 대상도 남자와 여자로 한정되어 있지만, 이것은 서술자가 의도적으로 한정한 것이 아니다. 좌수포에 나와 있는 일본인의 수가 적어 아이나 노인이 없었을 뿐이다. 오히려 머리를 싼 여인들이 왜 그런 모양을 하고 있는지 물어 볼 정도로 대상에 대한 관심은 컸음을 알 수 있다.

중국 사행기행가사나 일본 사행기행가사나 異國을 여행한 서술자는 공통적으로 그곳 사람들의 모습에 대해 관심을 가지고 모습 그대로 표현하려는 서술 태도를 가지고 있다. 특히 異國에 도착하여 처음 본 異國人의 모습을 묘사할 때는 주관적인 평가를 보류한 채, 대상 자체에 대한 구체적 기술을 하고 있다. 이같은 기술 방식은 아직 서술자가 異國이나 異國人에 대해 충분히 인지하고 있지 못하기 때문에 대상에 대한 주관적인 인식보다는 대상 자체를 있는 그대로 그려내는 것을 목적으로 하였기 때문이다.

그러나 대상에 대한 경험이 잦아지자 주관적인 평가와 함께 대상이 '어떤 것인가', '어떤 용도에 쓰이는가', '어떻게 움직이는가' 등 정보와 지식을 전달하려는 의도가 강해진다.

<table>
<tr><td>물속의 슈긔노화</td><td>강물을 즈아다가</td></tr>
<tr><td>홈으로 인슈호여</td><td>셩안으로 드러가니</td></tr>
<tr><td>졔작이 긔묘호야</td><td>법바담족 호고느야</td></tr>
<tr><td>그슈긔 즈시보니</td><td>물네롤 민드라셔</td></tr>
<tr><td>좌우의 박은살이</td><td>각각스믈 어돏이요</td></tr>
<tr><td>살마다 밋히다가</td><td>널호나식 즈르미야</td></tr>
<tr><td>물속의 세워시니</td><td>강물이 널을밀면</td></tr>
<tr><td>물네가 절로도니</td><td>살밋히 쟈근통을</td></tr>
</table>

노호로 미야시니
도라갈제 올나가면
공듕의 남글미야
그물이 뽀다져셔
물네가 빙빙도니
쏘쩌셔 슌환ᄒ야
인녁을 아니드려
물이절로 너머거셔
이물을 바다먹어
진실로 긔특ᄒ고

그통이 물을뗘셔
통아리 말둑박아
말둑이 걸니면
홈속으로 드느고나
븬통이 ᄂ려와셔
듀야로 불식ᄒ니
셩각회 눕흔우희
온셩안 긔민들이
브죡들 아니ᄒ니
묘홈도 묘홀시고
〈일동장유가〉

　물 속에게 물을 자아 올리는 수기(水機)를 놓아 강물을 수도로 사용하는 상수도 시설에 대한 서술이다. 서술자는 대상의 외적인 모습보다는 그것이 가져다 주는 편리함에 관심을 가지고 있다. '법받음직 하구나야'라며 대상을 자신의 인식 안으로 받아 들인다. 대상이 가져다 주는 편리함을 자신의 인식 안으로 끌여 들이고 '대상에 대한 무엇'을 '전반적'으로 서술함으로써 설명의 방식을 택하고 있다.

　대상을 자신의 곁으로 가깝게 두고 있을 뿐만 아니라 '자세히' 보는 관심을 나타낸다. 대상과의 거리를 가깝게 하고 관심을 가짐으로써 대상에 대한 주관적인 평가를 내릴 수 있다. 본받을 만하다는 사회적 효용성에 대한 평가 뿐만 아니라 '진실로 기특하다'는 대상 자체에 대한 주관적인 평가도 내린다.

　대상을 먼 거리에 두고 그것에 대한 평가를 보류한 채 묘사했던 태도와 다른 서술자의 인식을 느끼게 한다. 서술자는 대상을 긍정적으로 인식하고 대상을 설명함으로써 일반화한다.

　대상에 관한 무엇을 통해 정보나 지식을 전달하려는 설명적 기술은 대상을 자신의 것으로 받아들여야 한다는 당위성이 강할 때 더욱 빈번히 사용된다.

일본의 규모들이 　　　　귀천 상하 남녀없이
사람 나서 칠팔세면 　　　교육하기 전혀 힘써
소학교 대학교며 　　　　사범학교 고등학교
나라에서 배설하여 　　　연기조차 가르치고
그 외도 사립학교 　　　　곳곳에 배설하여
날마다 공부함이 　　　　시각을 정하여서
잘하고 잘못함을 　　　　등을 좇아 권장하니
이러므로 여기 사람 　　　하천의 자식들과
장사하는 상천들과 　　　사환하는 계집들도
대강 문자 알아보고 　　　수 놓기 일등 하니
이런 것은 양법이라 　　　진실로 본받을 만
신호에도 학교 배설 　　　네 군데 하였으되
한 학교 이천인씩 　　　　팔천인 학도라데
　　　　　　　　　　　　　〈대일본유람가〉

소학교·대학교·사범학교·고등학교 등 학교의 종류와 국립학교·사립학교 그리고 수업 진행 방식, 평가 방법 등 교육 제도 전반을 설명의 방식으로 세밀하게 다루고 있다. 연기 교육 등 예능 교육과 수놓기 등 생활 교육을 실시하는 것도 예사롭게 보아 넘기지 않고 서술하고 있다.

교육 제도 전반에 대한 주도면밀한 서술은 작자의 의도적인 서술 의식에서 기인한다. 즉 여행 중 직접 경험한 것만을 서술 대상으로 하지 않고 대상에 대한 탐문을 통해 자세한 내용을 서술하고 있다. 인용 부분의 맨 끝 구의 어미 '-라데'는 교육 제도에 대한 서술이 직접 경험한 것에 그치지 아니하였다는 것을 증명한다. 어미 '-라데'는 작자가 직접 경험한 사실을 전달할 때 쓰는 형태가 아니라 남에게서 들은 내용을 전달할 때 쓰는 어미이다. 그러므로 일본의 교육 제도에 대한 깊은 관심을 가지고 그와 관련된 사실을 탐문하여 자신의 것으로 받아들이려는 서술자의 현실 인식을 짐작할 수 있다.

이처럼 작자가 일본의 교육 제도에 대해 깊은 관심을 가지고 탐문하고 그 내용을 작품 속에 형상화한 이유는 "이러므로 여기 사람 하천의 자식들과 장사하는 상천들과 사환하는 계집들도 대강 문자 알아보고 수

놓기 일등하니 이런 것은 양법이라"에서 알 수 있듯이 그것을 본 받고 권장하기 위한 것이다. 앞의 내용과 연관시켜 생각할 때, 작자는 일본 인민들의 휘황한 삶과 생활의 풍성함은 바로 이러한 교육 제도 때문이라고 여겼을 뿐만 아니라 나라의 규모를 결정하는 요인으로 판단하고 있음이 분명하다.

일반 백성들에 대한 적절하고 효과적인 교육이 백성들의 삶을 결정하고, 백성들의 풍요한 삶이 바로 국가의 힘이 된다는 사실을 작자는 직시하고 있는 것이다.

이처럼 自國의 제도와 일본의 제도를 비교하여 나라의 발전을 위해 본받아야 한다는 서술자의 당위적 현실 인식이 대상에 관한 정보와 지식을 전달하는 설명적 기술 방식을 선택하게 하였다.

서술자의 당위적 현실 인식으로 인해 의도적인 서술 자세와 함께 설명의 방식으로 작품 전반을 기술하였다.

(가) 그도 또한 별일이니 대강 기록하여 보자
　　　자선회라 하는 것은 내력을 들어 보니
　　　무부모라 아이들과 의지할 데 없는 사람
　　　모두 모아 살리는데 생재하는 회라 하데.

(나) 횡빈이라 하는 데는 우리 나라 인천 모양
　　　각국 장사 모여들어 화륜선 도박하면
　　　물건을 수험하여 세 받는 해관이라.

(다) 화족 여학교 좋다 하니 게도 또한 구경 가자.
　　　각 친왕의 딸 이하로 각 대신 딸 이하로
　　　각 대신 딸들이며 귀한 집 딸 자식만
　　　한가지 모두 모아 교사를 앉혀놓고
　　　공부하는 학교로다.

〈대일본유람가〉

(가)의 '기록하자'와 (다)의 '게도 또한 구경가자'는 동일한 성격의 의도적 서술 의지를 나타낸다. (다)의 '게도 또한 구경가자'는 화족 여학

교를 구경하자는 의도에 그치는 것이 아니라 거기에도 본받을만한 것이 있으니 기록하겠다는 현실 인식에 의한 의도적 서술 의지를 의미한다.

(가)의 '-하데', (나)의 '-이라', (다)의 '-로다'는 모두 설명 기술 방식에 쓰이는 어미들이다. 그러므로 대상의 외양이나 그 곳에서 벌어지는 상황을 묘사하는 것이 서술의 목적이 아니라, 그것이 '어떠한 것'인가를 설명하는 것이 서술의 목적이다.

하나의 예를 들어 (가)를 다음과 같이 설명하고 있다.

그 중의 어떤 부인   회중의 회장되어
재물을 총찰하여   궁한 사람 섭제하되
학교도 설시하여   교사 이하 월급주고
연기대로 좇아가며   재주도 교육하며
장사길 열어주어   밑천도 당해주며
당혼한 아이들은   가취도 시킨다니
분수로 말하면은   여러 사람 돈 거두어
구차한 사람들을   구제하는 방략이니
부인들의 적선함이   매우 좋은 법이로다
                     〈대일본유람가〉

서술자가 자선회를 설명의 대상으로 선택하여 의도적인 서술 의지를 갖은 이유는 자선회의 목적이 부모 없는 아이들과 의지할 데 없는 사람들을 도와 주는 것이기 때문이다. 조금 더 구체적으로 말한다면, 돈이 있는 여러 사람들의 돈을 거두어서 생활이 어려운 사람들을 도와주되, 학교를 세워 그들을 가르치고 그들에게 직업을 주기 위해 기술 교육도 하고 장사의 밑천도 대주고 결혼할 나이가 된 사람들은 결혼도 시키기 때문에 자선회에 대한 서술자의 평가는 "매우 좋은 법이로다"가 된다.

이렇듯 서술자가 자선회를 서술 대상으로 삼아 의도적인 서술을 하게 된 이유는 자선회가 어려운 사람들을 자립할 수 있도록 도와 주고 새 삶을 살도록 길을 열어 주는 행사이기 때문이다. 그들을 구호하는 차원의 일회적인 도움이 아니라 그들에게 새로운 삶을 준비하고 또 새로운 삶을 이룩할 수 있도록 자활의 길을 열어 주는 것이기에 더욱 형상화의 대상으로서 가치가 있는 것이다.

자국의 상황과 비교하였을 때, 이러한 제도는 반드시 본받아 시행하여야 한다는 당위적 현실 인식이 설명적으로 대상을 기술하는 이유이다.

(나) 역시 횡빈이라는 지역을 묘사하는 데 목적이 있는 것이 아님을 알 수 있다. 횡빈은 항구 도시여서 각국 장사꾼들에게 관세를 걷는 곳이라는 지정의 방법을 써서 횡빈을 설명하고 있다. 세금을 걷어 나라 살림을 윤택하게 하여야 한다는 당위적 현실 인식이 관세를 걷는 항구 중 하나인 횡빈을 선택하여 설명의 방식으로 기술한 이유이다. 그러므로 서술자의 설명 대상은 횡빈이라는 지역이 아니라 조세제도이다.

(다)는 화족 여학교에서 누구를 대상으로 어떻게 수업하는가를 설명한 것이다. 서술자는 발달된 일본의 교육제도에 대해 큰 관심을 가지고 있다. 이는 교육이 국가의 현실과 장래를 이끌어 간다는 인식 때문이다. 특히 나라를 빼앗긴 신하로서 발달한 교육제도를 본받아야 한다는 현실 인식은 당연한 것이다. 이러한 당위적 현실 인식 속에서 일본의 발달한 교육 제도는 주된 형상화 대상이며 설명의 대상이다.

사람을 교육함이   병신도 아니 버려
이처럼 도저하니   본받을 만한 일이라
                〈대일본유람가〉

사람을 교육함에 있어서 앞을 못 보는 사람이나 말을 못 하는 사람들까지 자신의 삶을 살아 갈 수 있도록 교육하는 교육 제도를 본받자는 서술자의 당위적 현실 인식이 바로 작자의 대상 선택 의도이며 이러한 현실 인식에 의해 설명의 방식으로 기술하는 것이다.

현실 인식의 정도는 서술 의지로 나타난다. 맹아원을 찾은 서술자는 "맹아원 있다 하니 가서 구경하리로다"라며 강한 서술 의지를 나타낸다. 남녀 구별 없이 소경과 벙어리를 모아놓고 쓰기, 물건 만드는 법 등을 가르쳐 능란하게 다 잘 만드는 것이 눈 밝고 말 잘하는 아이들보다 더

잘한다고 감탄하고 있다. 그러나 맹아원을 작품화의 대상으로 삼아 의도적인 서술을 하는 근본적인 목적은 맹아원을 방문하여 맹아원의 여러 상황을 서술하고 모두 다 잘하는 것에 대해 감탄하는 것에 그치는 것이 아니다. 앉혀 놓고 글자를 가르치고 대그릇과 채그릇을 정교하게 만들게 하고, 벙어리를 가르쳐 글자를 쓰고 수놓기를 잘하게 한다는 것이 서술의 목적이 아니다. 장애자도 버리지 아니하고 교육하여 원만한 사회 생활을 할 수 있게 하여야 한다는 당위적 현실 인식이 대상 선택의 밑바탕이며, 이것이 서술자가 강한 서술 의지를 갖는 요인이다.

같은 사행기행가사이지만 〈대일본유람가〉의 서술 의지와 현실에 대한 인식이 〈연행가〉나 〈일동장유가〉와 크게 다른 이유는 시대적 차이와 관련이 있다. 〈연행가〉와 〈일동장유가〉의 창작 시기에는 중국과 일본에 비해 조선이 크게 뒤지지 않았다. 특히 〈일동장유가〉에 나타난 상황과 서술자의 우월감을 보면 〈일동장유가〉를 창작했던 시기에는 오히려 일본보다 조선이 더욱 발달한 문명을 갖었던 것으로 여겨진다.

그러나 그 후 중국은 서양 문물을 받아 들이면서, 일본은 명치유신을 통해 비약적인 발전을 하였다. 그러나 조선은 퇴행적인 정치 양태와 쇄국정책으로 인해 발전을 하지 못하고, 결국 열강들이 이권을 다투는 싸움터가 되었다가 일본에게 나라를 빼앗기는 지경이 되고 만 것이다.

〈대일본유람가〉의 서술자는 빼앗긴 나라의 신하로서 나라의 재건과 문명의 발달을 당면한 과제로 삼았고, 일본의 발달한 문명을 본받아야 한다는 당위적 현실 인식을 갖게 되었다. 이러한 현실 인식이 대상의 외양을 묘사하는 방식보다 사물에 대한 정보·지식을 전달하는 설명적 방식으로 대상을 기술하게 하는 것이다.

서술자가 처음부터 일본의 문명에 대한 서술을 의도했던 것은 아니다. 일본에 처음 도착해서는 산천 경개의 모습과 외양적인 일본의 모습 몇몇 군데에서는 自國의 것과 비교하여 동질적인 요소를 찾으려고 했다.

시간의 흐름 속에서 무엇인가를 경험한다는 것은 내적인 변화를 의미한다. 특히 동질의 문화나 문명이 아니라 이질적인 문화와 문명을 경험했을 때에는 더욱더 내면의 변화와 함께 자신의 위치와 모습을 확인

하게 된다. 〈대일본유람가〉의 서술자도 10여 개월의 일본 생활을 통해
처음 일본에 도착했을 때와는 변화된 자기 인식을 갖게 된다. 이러한
변화된 자기 인식은 작품 안에서 서술의 내용이나 기술 방식을 통해
드러나게 된다.

(가) 집 제도와 기명범절   심히도 정결하다.
　　산천초목 금수들은   아국보다 다름없되

(나) 신호라 하는 데는   아국으로 이르면은
　　인천항구 같은 덴데   지방의 넓은 것이
　　아국 경성 주회보다   오히려 넓다 하데

(다) 사면으로 통한 길이   한결같이 광활하며
　　조그만 골목들도   우리나가 종로 길만
　　서발 막대 거침없고   평평하고 정결하다

(라) 의복을 갖춰 입고   삼삼오오 춤추는 것
　　그도 또한 장관이다.   그 춤이 무슨 춤인가?
　　속을 몰라 몰자미라   광수의 떨쳐 입고
　　머리에 화관 쓴 것   복식이 찬란하니
　　아국 기생 흡사하다.

〈대일본유람가〉

　(가)는 일본의 첫 도착지인 장기도에서 자연 풍경과 짐승들을 보고
自國과 다름이 없다고 비교의 방법으로 기술하는 부분이다. 자국의 산
천초목과 일본의 산천초목, 자국의 짐승과 일본의 짐승은 서로 견주어
서 서로 다르지 않다고 서술함으로써 동질적인 요소로 인식하고 있음을
알 수 있다. (나)에서는 일본의 神戸와 自國의 인천항을, (다)에서는
일본의 길과 종로의 길을 서로 견주어 동질적인 것으로 인식하려는 의
도가 강하게 드러난다. (라)에는 춤이 무슨 춤인가 몰라 재미없다 하면
서도 일본 기생의 복색 찬란함이 我國의 기생들과 흡사하다고 동질적인
요소를 찾고 있다.

　이렇듯 동질적인 요소를 찾아 비교의 방법으로 서술하는 이유는 크게 두 가지로 추정할 수 있다. 첫째는 표현 기법상 나타내려고 하는 대상을 효과적으로 표현하기 위해서다. 효과적으로 표현하기 위해서 이미 낯익은 사물을 비교의 대상으로 하는 것이다. 둘째는 서술자의 심리상 異國의 낯선 생활에서 느끼는 객수를 보상 받기 위한 서술이다. 즉 전혀 다른 異國의 환경 속에서 自國의 환경과 사물을 비교의 대상으로 삼음으로써 자기 위치 확인과 심리적 보상을 받기 위한 것이다.

　특히 사대사상을 갖고 있던 당시의 사대부들에게는 중국의 것과 우리의 것이 같음을 서술한다는 것은, 서술 그 자체가 의미있는 것이었다.

마잔편 희ᄌ루의　　창시노름 맛ᄎᆷ흔다
구경군 모하드러　　인셩만셩 뇨란ᄒ고
풍뉴소리 ᄌ아져서　　텨지가 진동흔다
엇던ᄉᆞᆷ 얼골의다　　흥괴ᄒ게 먹칠ᄒ고
거문ᄉ모 누른관복　　야디를 눗게씌여
두ᄉ미을 놉히둘어　　번듁이며 츔을츄니
엇던미인 얼골의다　　아릿답게 셩젹ᄒ고
오식화관 치식원삼　　더디을 길게끌며
슈미션을 손의들고　　마죠셔서 더무ᄒ니
디명젹 의복졔도　　져러ᄒ다 일으리라
아국으로 일으랴면　　산디도감 모양이라

〈 연행가 〉

　중국의 창시놀음이 我國의 산대도감과 같다고 하면서 창시놀음이 벌어지는 놀이판의 풍경과 춤, 의복 등의 동질성을 확인한다. 더욱이 의복이 명나라 것이었으므로 창시놀음에서 느끼는 동질성은 더욱 의미있다.

　그러나 동질적인 요소를 찾아 자기 위치 확인과 심리적 보상을 받기 위한 서술은 異國에서의 체류 기간이 길어짐에 따라 변화하게 된다. 특히 명치유신 이후 부강한 일본에서 10여 개월 동안 체류한 〈대일본유람가〉의 서술자는 그러한 변화를 실감하게 된다. 일본에서 생활하는 기간이 길어지고, 여러 가지 이질적인 체험을 하면서 작자의 의식과 자기 위치 확인은 점점 다른 양상을 보인다. 단적으로 논의하자면 일본의 발달한 제도와 문물을 체험함으로써 자신의 위치, 自國의 위상에 대한 인식이 달라지고 그것은 기술상 방법의 변화를 가져온다.

(가) 술막집에 들어가서　　　　　점심을 사먹으니
　　일행도 많거니와　　　　　　소비가 이십여원
　　아국으로 이르며는　　　　　잔치 한번 하겠더라.
(나) 우리공관 형세없어　　　　　한번 연회 못해 보고
　　남의 것만 얻어 먹어　　　　마음에 부끄럽다.
　　이런 잔치 한번 소입　　　　여러 천원 들겠으니
　　무엇을 가지고서　　　　　　남의 입내 내어 볼까?
　　　　　　　　　　　　　　　　〈대일본유람가〉

(가)는 일본에서의 점심 한 끼 값이 自國에서 잔치 비용과 같다고 두 나라의 경제 상황을 서로 대조한 서술이다. 이러한 서술이 단순한 대조의 서술이 아니라는 것은 (나)를 보아서도 알 수 있다. 각 궁의 親王들과 각 성의 대신들이 날마다 세초연을 한다고 청하여 곳곳에 참석하며 세초연 한번 열 수 없는 공관의 형편을 부끄러워 하는 내용이다. 세초연을 열지 못하는 이유는 공관의 형편이 좋지 않아 몇 천원 드는 연회 경비를 감당할 수 없기 때문이다. 세초연을 열지 못하고 남의 것만 '얻어 먹어' 부끄럽다는 서술은 서술자가 힘없는 나라의 신하로서 자기 위치 발견을 해 나가는 과정이다.

　서술자가 어떠한 현실 인식을 자기느냐는 매우 중요하다. 현실 인식의 성향에 따라 선택하는 대상이 달라질 뿐 아니라 대상에 대한 서술 방식 · 어법 · 어조가 달라진다.

　본 항에서는 현실 인식에 의해 다양한 기술 방식이 동원되고 현실 인식의 성향에 따라 대상을 기술하는　방식이 달라진다는 것을 논의하였다.

　논의 결과 대상에 대해 적극적으로 인식하지 않거나, 자신의 내부로 받아들일 필요성이 없을 때는 대상을 멀리 떨어뜨려 놓고 외양을 묘사하는 기술 방식을 택하고 있음을 알 수 있었다. 그러나 대상을 자신의 내부로 적극적으로 받아 들여야 한다는 현실 인식에서는 대상 자체의 기술보다는 대상의 전반적인 원리나 운용 상황, 다른 대상과의 유기적인 관계 등을 설명의 방식을 통해 전달하고 있음도 파악하였다. 그리고 현실 인식의 변화가 설명의 방법에도 영향을 끼쳐 대상에 대한 동질적인 요소를 중점적으로 드러낼 때는 비교의 방법으로 기술하는 반면, 대상과의 이질적인 인식에서는 대조의 방법으로 설명하고 있음도 논의하였다.

결국 주관적인 정서나 의지를 드러내는 것을 주 목적으로 하는 관유 기행가사는 대상을 먼 거리에 놓고 그 속에 자신의 이념이나 느낌을 담는 데에 주력하므로 묘사적 기술 방식이 우세하게 드러나는 반면, 다른 나라에서 겪은 특수 체험은 설명적 기술 방식을 통해 대상에 대한 정보·지식 등을 객관화하여 일반적인 기술을 이루고 있는 것이 기행가사의 표현 특징이라 할 수 있다.

제 5 장

기행가사의 유형별 주제 양상

문학 연구는 형식과 내용이라는 두 축을 중심으로 이루어진다. 그리고 이 두 축은 서로 독립되어 있는 듯하면서도 서로 관련을 가지면서 같은 방향을 지향한다. 그러면 형식과 내용이라는 두 축 위의 수레는 무엇을 담고 있을까? 그것은 다름 아닌 주제이다.

문학 창작의 목표나 문학 연구의 목표는 동일하게 '무엇을'이라는 명제에 도달하는 것이다. 문학 창작은 '무엇을 말할 것인가'를 지향점으로, 문학 연구는 '무엇을 말하였는가'를 지향점으로 이루어진다. 그리고 '무엇을'의 중심에는 주제가 있다.

그러므로 형식과 내용이라는 두 축도 항상 힘이 균등한 것이 아니다. 주제는 형식보다는 내용과 더 밀접한 관계를 가지고 있으므로 형식과 내용의 두 축 중 내용이 작품 연구의 중심이 될 수 있다.

일부 형식론자들은 '형식은 내용을 지배한다'고 하지만, 그것은 그동안 문학 연구에서 거의 제외되었던 형식을 문학 연구의 중심으로 끌어올리기 위한 논의이지 문학 작품에서 형식이 내용보다 더 큰 비중을 갖는다는 것은 아니다.

형식은 내용을 담는 그릇에 종종 비유된다. 이 비유를 빌리자면 그릇이 있다고 해서 내용이 있는 것은 아니다. 오히려 내용이 있을 때 어떤 그릇에 담는 것이 가장 효과적인가를 고민하게 되고 작자의 표현 능력이나 의도에 의해 형식이 결정된다. 그렇다고 해서 내용과 형식이 각각 독립되어 서로 다른 영역을 가지고 있다는 것은 아니다. 작자가 어떤 내용을 쓸 것인가를 결정할 때, 동시에 그것을 담을 그릇이 결정된다.

실험적인 작품이나 초현실적인 작품에서는 형식과 내용이 서로 어긋나 높은 곳에서 떠다니게 되는데, 그것은 작자의 실험적인 의도에서 이루어질 뿐 대부분의 작품에서는 내용이 결정될 때, 그에 걸맞는 보편적인 형식이 동시에 결정된다. 작품 연구의 핵심에 주제가 있고, 주제 연구의 중심에는 내용 연구가 있다는 것은 움직일 수 없는 사실이다.

본 장에서는 제1장에서 살핀 여행 동기에 의한 유형별 작품의 내용 연구를 통해 각 유형별 주제 양상을 밝히려고 한다.

5.1 유가적 삶의 자세 : 관유기행가사

모든 문학 작품은 삶과 밀접한 관련을 맺는다. 문학은 삶의 진실을 찾아가는 과정 이하의 것도 이상의 것도 아니다. 문학은 항상 삶을 담는다. 특히, 기행가사의 중요 요소인 여행은 일정 시간을 갖는 삶의 한 부분이므로 어떠한 모습으로든지 항상 삶의 모습을 그린다. 관유기행가사뿐 아니라 다른 유형의 모든 기행가사도 삶의 모습을 담고 있다.

그러나 관유기행가사는 다른 유형의 기행가사와 다른 점이 있다. 다른 유형의 기행가사는 문면에 현실 인식을 드러내면서 삶의 문제를 표면화하지만 관유기행가사는 일정한 거리를 유지하며 삶을 관조한다는 점이 그것이다.

관유기행가사에서는 자연에 삶의 모습을 빗대기도 하고, 때로는 술에, 때로는 신선에게 기대기도 하고, 때로는 공자나 맹자와 같은 역사적인 현인들의 삶의 모습에서 삶의 진실을 모색하기도 한다.

관유기행가사에 나타나는 여행은 바로 삶의 진실을 모색해 가는 과정이다. 서술자는 여행을 통해 진실한 세계를 찾아 나선다. 그러나 어느 하나의 종교에 입각한 진실한 세계는 아니다. 기행가사에 나타난 진실의 세계는 유교사상을 비롯, 불교, 도교사상이 서로 혼재되어 있음을 알 수 있다.

> 이러한 낙토사상은 보통 두 가지 방향으로 생각이 얽어지는데, 그 하나는 앞으로 다가올 시간의 위에 이상향을 구상(構想)하는 종교적인 현세구제(現世救濟)사상과 정토 내세관(淨土來世觀)으로서의 원망시간(願望時間)이고, 다른 하나는 지리적 공간(地理的空間) 위에 평면적으로 상정된 별세계(別世界), 비인간계의 이향(異鄕)사상으로서의 원망공간(願望空間)이다.
> 이를 우리 선인들의 기행가사에서 살펴보면, 대부분의 작품들이 원망시간적 영생불멸(永生不滅)·내세안령관(來世安寧觀)과 원망 공간적 선경(仙境)·별세계의 낙토관이 별개로 구분되지 않고 뒤섞여 복합되어 있다.[76]

즉, 기행가사에 나타난 진실한 세계는 통합적이고도 포괄적인 시간과 공간의 개념을 가지고 있다는 것이다. 그래서 동일한 작품 안에서는 유교적 세계관과 도교적 세계관이 동시에 드러나기도 한다.

결국 기행가사에서 서술자가 여행을 통해 얻으려는 삶의 진실은 어느 한 종교 사상에 의해 이루어진 것이 아니라, 삶에 대한 종합적인 고찰에 의해 형성된 것이다.

5.1.1 유람을 통한 삶의 진실 모색

모든 기행가사에는 여행이 있다. 그리고 유배기행가사 몇 편을 제외한다면 유람자의 자세를 공통적으로 가지고 있다. 여행의 동기가 자의든 타의든, 여행자의 신분이 벼슬아치이든 규방의 여인이든 거기에는 유람자의 흥취와 멋이 깃들어 있다.

본 항에 해당하는 관유기행가사들은 임금의 명을 받아 벼슬아치의

---

76) 崔康賢, 『韓國紀行文學硏究』, 一志社, 1982. 47 - 48쪽.

신분으로 부임지로 여행을 떠나는 작품들인데, 임금의 명을 받아 '바삐 달아' 목적지에 가면서도 주변 자연을 넉넉하게 즐기는 유람자의 자세가 깃들어 있다. 임무지에서 백성들의 삶을 순행하면서도 강산을 보면 유람자가 되어 대상에 대한 견문과 주관적인 풍취를 자아낸다.

그러나 같은 유형의 작품이라 하더라도 서술자의 자세와 대상에 대한 인식, 서술 의도에 따라 다양한 형상화 방식을 드러낸다.

유람을 통한 삶의 진실을 모색하는 관유기행가사들은 다른 유형의 기행가사보다 유람의 성격을 강하게 가지고 있는 것이 특징이다. 그러면서 진실 모색을 찾아가는 방법에 따라 크게 네 가지로 분류할 수 있다. 첫째, 도교적 이념을 작품 전반에 유지하면서 유교적 이념으로 마무리하거나 둘째, 유교적 이념을 전반에 깔면서 도교적 이념으로 마무리 하거나 셋째, 불교적 이념을 전반적으로 유지하면서 불교 차원에서 진실을 모색하거나 넷째, 현실을 부정적으로 인식해 개혁 의지를 드러내는 것으로 삶의 진실을 모색한다.

〈관서별곡〉이나 〈관동별곡〉 등 기행가사 초기의 작품으로 볼 수 있는 작품들은 대개 임금의 명을 받아 부임지로 떠나는 것이 여행 목적인 바, 사대부적 신분에 걸맞게 유교적 이념을 작품 전반에 깔거나 유교적 이념으로 작품을 마무리하여 주제의식을 드러낸다.

〈관서별곡〉과 〈관동별곡〉의 여행 목적은 동일하게 임금의 명을 받아 부임지로 떠나는 것이 여행 목적이다. 그리고 부임지까지 가는 노정과 부임지에서의 유람을 통해 얻은 경험과 대상에 대한 느낌을 서술하는 방식도 유사하다. 그러나 주제 의식을 드러내는 방법과 結詞에서 마무리하는 이념은 서로 다르다. 즉, 〈관서별곡〉은 부임지까지의 노정에서는 도교적 이념을 드러내다가 결사에서는 유교적 이념으로 마무리하는 반면, 〈관동별곡〉은 부임지까지의 노정에서는 유교적 이념을 드러내다가 결사에서는 도교적 이념으로 삶의 진실을 모색하고 있다.

關西 名勝地에　　　　　　　王命으로 보니실시
行裝을 다사리니　　　　　　칼 흔 쑨이로다
延詔門 너달아　　　　　　　모화고기 너머 드니

歸心이 샌르니　　　　　　　　故鄕을 思念ᄒ랴
　　　　　　　　　　　　　　　　　〈관서별곡〉

江湖에 病이 깊퍼　　　　　　　竹林의 누엇더니
關東 八百里에　　　　　　　　　方面을 맛디시니
어와 聖恩이야　　　　　　　　　가디록 罔極ᄒ다
延秋門 드리ᄃ라　　　　　　　　慶會南門 ᄇ라보며
下直고 믈너나니　　　　　　　　玉節이 알픠 셧다
　　　　　　　　　　　　　　　　　〈관동별곡〉

　〈관서별곡〉 서두에는 표면으로는 부임지로 떠나는 武人으로서의 서술자의 태도를 드러내는 것처럼 보인다. '칼'이라든지 '故鄕을 思念ᄒ랴'에서 볼 수 있는 것처럼 부임지로 향하는 관리의 신분과 사사로운 정을 떨친 사명감이 드러난다. 그러나 부임지를 명명한 '關西名勝地'가 나타내는 것처럼 작자의 관심은 현실과 부임지의 상황, 다스릴 백성들의 삶의 현장에 있는 것이 아니라 여행 중 경험한 뛰어난 경치를 형상화하는 데 있다. 따라서 〈관서별곡〉은 작품의 서두에 표출된 기개와는 달리 "關西地方의 佳麗한 風景을 읊은 紀行歌詞"[77]로 해석할 수 있는 것이다. 서두의 '行裝(행장)을 다사리니 칼 ᄒᄂ 쑌이로다' 역시 풍류가사(관유가사 포함)에서 흔히 볼 수 있는 전형적 서두인 '행장을 다 떨치고 지팡이뿐이로다'의 변형으로 볼 수 있다. '지팡이'가 '칼'로 바뀌었을 뿐이다. 이처럼 〈관서별곡〉은 백성을 다스리기 위해 길을 떠나면서 벼슬아치의 신분과 유람자의 자세를 공유하고 있다는 것을 알 수 있다.

　그러나 똑같이 왕명을 받아 부임지로 떠나지만 〈관서별곡〉과 〈관동별곡〉에 나타난 서술자의 심리 상태는 사뭇 다름을 알 수 있다. 두 작품 모두 벼슬아치의 신분과 유람자의 자세를 공유하는 것도 똑같지만, 그것을 서술하는 방식은 서로 차이가 있다. 우선 여행을 떠나는 심리 상태를 보면 〈관서별곡〉의 서술자에 비해 〈관동별곡〉의 작자는 어딘지 모르게 들떠 있는 것 같은 설레임과 홍취를 가지고 있다. 자연을 사랑

---

77) 張德順, 『韓國文學史』, 同和文化社, 1980. 263쪽.

하는 마음이 깊어 자연과 벗하며 지내던 〈관동별곡〉의 작자는 왕의 부름에 감격하여 몸보다 마음이 먼저 여행을 준비하고 서두르는 인상을 준다. 자신이 가지고 있는 유교적 정치 이념을 백성들에게 펼칠 수 있는 데에 대한 설렘을 느끼게 한다.

부임지에 대한 인식 태도도 다르다. 〈관서별곡〉에서는 '關西 名勝地'로 인식하고 있는데 반해 〈관동별곡〉에서는 '關東 八百里'로 인식하고 있다. 다시 말해 〈관서별곡〉의 서술자는 부임지를 이미 잘 알려진 명승지로 인식하는 경향이 강하지만, 〈관동별곡〉의 서술자는 부임지를 자기가 다스려야 할 영역으로 인식하고 있어 〈관서별곡〉의 서술자에 비해 목민관적 태도를 더 강하게 드러내고 있다.

이러한 논의는 매우 중요한 의미를 갖는다. 그 의미는 크게 두 분야로 나누어 생각할 수 있다.

첫째, 대상(자연)의 형상화 방식이 서로 다르다는 것이다. 〈관서별곡〉의 서술자는 대상을 이미 일려진 명승지로 인식하고 있기 때문에 漢詩에서 자주 볼 수 있는 문구로 대상을 표현하고 있지만, 〈관동별곡〉의 서술자는 대상에 대해 순수한 시각을 갖고 있다. 대상에 대한 이러한 시각은 대상과 서술자의 거리를 설정하는 데 중요한 요소가 된다.

놀거든 뛰디 마나	셧거든 솟디 마나
芙蓉을 고잣는 듯	白玉을 믓것는 듯
東溟을 박츠는 듯	北極을 괴왓는 듯
놉흘시고 望高臺	외로울샤 穴望峰이
하늘의 추미러	므스 일을 스로리라
千萬劫 디나드록	구필 줄 모르는다
어와 너여이고	너 マ트니 쏘 잇는가
	〈관동별곡〉

〈관동별곡〉의 서술자가 정양사 진헐대에 올라 소향로, 대향로와 망고대, 혈망봉의 모습을 노래한 부분이다. 다양한 비유법과 화려하다고 할 수 있는 표현들 외에도 〈관서별곡〉과 다른 점들을 파악할 수 있다. "하늘의 추미러 므스 일을 스로리라(하늘까지 높이 솟아 무슨 일을 말

씀드리리라)/어와 너여이고 너 ᄀᆞ튼니 ᄯᅩ 잇는가(어와 너로구나 너 같은 이 또 있는가)"하여 대상(또는 세계)을 나와 이야기를 할 수 있는 상대로 표현하고 있으며, 대상을 멀리 관조하고 있는 것이 아니라 실제 거리와 관계 없이 작자의 바로 앞(또는 내면)까지 당겨 놓아 교감의 폭을 넓게 하고 있다. 그림에 비유하자면 〈관서별곡〉은 멀리 산과 누각이 있는 어디선가 많이 본 듯한 그림이지만, 〈관동별곡〉은 역동적으로 살아 숨쉬는 화려하고 꿈꾸는 듯한 인상을 주는 독특한 그림이라 할 것이다.

둘째, 〈관동별곡〉의 서술자가 작품 속에서 내내 잃지 않고 있는 목민관으로서의 의지가 다양한 진술 방식을 갖게 한다는 점이다. 송강은 자연 속에서 그것을 그려내면서도 백성을 다스리는 목민관으로서의 사명을 다하고자 번민하는 모습을 보여 준다. "汲長孺 風彩를 고터 아니 볼 게이고"를 대표로 하는 목민관으로서의 작자의 기개와 의지는 곧 진정한 목민관의 모습에 대한 탐색의 자세를 갖게 한다. 그래서 英雄과 四仙을 어디에서 만날 수 있는가 달에게 물어보기도 하고, 億萬蒼生에게 모두 즐거운 생활을 가져다 주기 위해 한 잔의 술을 뒤로 미루기도 한다. 백성을 잘 다스리려는 서술자의 탐색은 특징적인 진술 방식을 낳았다. 〈관동별곡〉은 이미 조세형이 말한 것처럼 '진리 담지자와 진리 탐색자의 다양한 교체 서술'78)이라는 독특한 대화 방식을 갖는다. 따라서 〈관동별곡〉을 진리에 대한 탐색 과정으로 파악할 수 있는 길을 열어 놓았다.

中國 자연과의 대비, 꿈·술·신선 등에 의지한 점이 〈관동별곡〉의 한계로 지적될 수 있으나, 작품을 좀더 세밀하게 살펴보면 대상에 대한 작자의 인식 태도 변화와 주제를 문면에 드러내어 독자에게 강조하지 않으려는 작자의 의도를 알아 차릴 수가 있다.

〈관서별곡〉과 〈관동별곡〉 서두에서 볼 수 있는 목민관의 자세는 임금에 하직하고 나와서는 유람자의 자세로 바뀐다. 〈관동별곡〉의 경우 부임지까지 가는 노정에서 목민관의 자세를 어느 정도 유지하고 있는

---

78) 조세형, 「송강가사의 대화 전개 방식 연구」, 서울대 석사 논문, 1990. 참조

반면 〈관서별곡〉의 경우 목민관의 자세를 찾아 볼 수 없다.

畵船을 빗기 보니 　　　綠依紅裳 빗기 안자
纖纖玉手로 　　　　　綠綺琴 니이며
皓齒 丹순으로 　　　　采蓮曲 보르니
太乙 眞人이 　　　　　연엽주 트고
玉河수로 느리는 듯 　　셜믜라 王事 靡고혼들
風景에 어이 흐리 　　　練光亭 도라 드러
浮碧樓에 올나가니 　　綾羅島 芳草와
錦繡山 연화는 　　　　봄비슬 쟈랑흔다
　　　　　　　　　　　〈관서별곡〉

　〈관서별곡〉의 서술자는 길을 떠나 松京(지금의 개성) → 駒峴院원을 지나 大同江을 바라보며 어느덧 임무를 잊고 유람자가 되어 주변 자연 경관을 노래하고 있다. 대동강에 떠 있는 그림 같은 배를 '비스듬히' 바라보는 서술자의 자세에는 여유와 낭만이 깃들어 있다. 실재 눈 앞에 펼쳐진 상황인지 아니면, 서술자의 상상 속의 상황인지 확실하지는 않지만, 그림 같은 배에 연두저고리에 다홍치마를 입은 젊은 여인이 가늘고 보드라운 손으로 거문고를 타고 희고 깨끗한 이와 연지를 바른 입으로 采蓮曲을 부르고 있다. 그 노래 소리를 닫고 있는 서술자는 하늘에 있는 眞仙〔太乙眞人〕이 하강하는 환상을 보게 되고 임금의 명을 받은 자신의 임무를 風景 때문에 잊을 수밖에 없다고 하고는 자연에 묻힌 유람자가 된다.

　이러한 유람자의 태도는 임무지에 도착해서는 더욱 강해진다.

梨園의 샂 피고 　　　　杜鵑花 못다 진 제
營中이 無事커늘 　　　山水를 보랴 흐야
　　　　　　　　　　　〈관서별곡〉

營中이 무사흐고 　　　時節이 三月일 제
花川 시내 길히 　　　　楓岳으로 버더 잇다
行裝을 다 썰티고 　　　石逕으 막대 디퍼
　　　　　　　　　　　〈관동별곡〉

〈관서별곡〉과 〈관동별곡〉 모두 '영중이 무사'하다 하여 여행을 떠날 수 있다는 여건을 나름대로 마련한다는 공통점을 갖는다. 다만 〈관서별곡〉의 서술자는 목적지까지의 노정에서부터 유람자의 자세를 보였기 때문에 행장에 대한 서술을 반복하지 않았고, 〈관동별곡〉의 경우 임무지에 와서 영중이 무사함을 보고는 비로서 순수 유람자가 되어 '행장을 다 썰티고 석경의 막대 디퍼' 자연 속으로 몰입한다는 점에서 차이가 있을 뿐이다.

〈관서별곡〉의 경우 '營中이 無事'한 것을 왕의 은혜로 여겨 고리타분한 사설을 늘어놓지 않은 것은 조선 초기 사대부와는 다른 점이 있으나, 국경에 당도해서는 임무지의 태평함을 확인하고 무인의 기개나 목민관으로서의 임무는 생각하지 않고 유람자가 된다는 아쉬움이 있다. 백성의 안위나 나라의 보존에 대한 고민이나 의지를 확인하지 않고 '산수를 보러가자'며 주위 자연의 경치에 눈을 돌린다. 敵國과 마주한 무인치고는 무척 한가로운 발상이다. 작자 백광홍이 원래 문인이라는 점과 작자의 눈이 자신의 신변에 머물지 않고 세계를 향해 열려 있다는 점을 감안하더라도 세계에 대한 인식 태도가 적극적이지 못하다는 것은 못내 아쉬움으로 남는다. 이러한 점은 〈관서별곡〉이 〈관동별곡〉보다 유람의 성격을 더욱 강하게 지니고 있다는 것을 증명한다.

〈관서별곡〉과 〈관동별곡〉은 임무지의 평안을 확인하고는 임금의 명을 잊고 자연 속에 묻혀 유람자가 되었다. 그러나 그 유람은 풍류 자연을 만끽하는 데에서 끝나지 않는다. 대상인 자연의 아름다움을 노래하면서도 대상 속에서 삶을 바라 보고 삶의 진리를 탐색하는 자세를 갖는다.

白頭山 나린 물의   一陣도 업도다
長江이 天塹인달   地利로 혼쟈 ᄒ며
士馬 精强ᄒ들   人和 업시 ᄒ올쇼냐
時平 無事흠도   聖人 之化로다
韶華도 슈이 가고   山水도 閑暇ᄒ올 제
아니 놀고 어이 ᄒ리

〈관서별곡〉

弓王 大闕 터희　　　　烏鵲이 지지괴니
千古 興亡을　　　　　　아는다 몰으는다
淮陽 녜 일흠이　　　　마초아 ᄀ톨시고
汲長孺 風彩를　　　　　고텨 아니 볼 게이고
〈관동별곡〉

　〈관서별곡〉의 경우 자신이 유람을 즐길 수 있는 이유를 유교적 이념에서 찾고 있다. 백두산과 長江(여기서는 두만강)의 지형이 천연 요새를 이루는데 이러한 지형의 이로움도 인간의 화합 없이는 이룰 수 없다하여, 『孟子』이 유교적 이념에서 삶의 진리를 탐색하려는 의지의 단초를 마련하고 있다. '地利', '人和', '時平無事' 모두를 '聖人之化'로 돌려 유교적 이념으로 세상을 바라보고 유교 이념의 실현으로 진실한 세계를 이루려는 서술 의지를 표출한다.

　〈관동별곡〉의 경우 임무지까지의 노정 속에서도 끊임없이 유교 이념을 바탕으로 한 목민관의 의지를 드러내고 있다. 北寬亭에 올라 弓王의 옛 대궐터를 보고는 나라의 흥망을 상기하고 그 흥망의 역사와 이유를 烏鵲에게 묻는 대화 기법을 통해 나라의 평안과 보존에 대한 진지한 탐색 의지를 보인다. 그리고는 淮陽이라는 지명을 연상하여 중국 淮陽 太守의 善政을 자신도 펼치리라는 의지를 드러냄으로써 진실한 삶의 실현을 유교적 이념에서 찾고 있다.

　삶에 대한 진실을 찾으려는 노력은 유교적 이념을 더욱 공고히 갖거나 아니면 도교적 이념으로 변화하여 다양한 탐색을 시도하는 양상으로 드러난다.

白雲曲 그르난 듯　　　　西山에 히지고
東嶺의 달 올아고　　　　綠鬢 雲鬟이
半含 嬌態ᄒ고　　　　　蚕 밧드는 양은
洛浦 仙女　　　　　　　陽臺에 니려와
楚王을 놀니는 닷　　　　이 景도 됴커니와
遠慮,ㄴ둘 이즐쇼냐　　　甘棠 召伯과
細柳 將軍이　　　　　　一時예 同行ᄒ야
江邊으로 巡下ᄒ니　　　煌煌 玉節과

偃塞 龍旗는　　　　　　　　長天을 빗기 지나
碧山을 썰쳐 간다
　　　　　　　　　　　　　　　〈관서별곡〉

이 술 흔 잔 머거 보오　　　北斗星 기우려
滄海水 부어 내여　　　　　저 먹고 날 머겨늘
서너 잔 거후로니　　　　　和風이 習習ᄒ야
兩腋을 추혀드니　　　　　九萬里 長空애
져기면 놀리로다　　　　　이 술 가져다가
四海예 고로 ᄂ화　　　　億萬蒼生을
다 醉케 밍근 後의　　　　그제야 고텨 맛나
ᄯ 흔 잔 ᄒ쟛고야

　　　　　　　　　　　　　　　〈관동별곡〉

　〈관서별곡〉의 경우 자연 풍경을 즐기는 데에는 도선적인 모습을 보인다. 자연을 즐기는 자신의 모습을 서왕모(神仙)를 만나 백운곡을 부른다 하고, 달이 뜬 가운데 젊은 여인인 운환이 교태를 부리며 잔을 받드는 모습을 낙포의 선녀 宓妃에 비유하여 흥취를 한껏 자아낸다. 그러나 현실에 돌아 와서는 甘棠나무 밑의 소백과 漢나라 周亞夫에 비유한다. 소백은 백성들의 소원을 재판하러 여러 촌락을 돌아 다니되 백성에게 폐를 끼치지 않기 위해 감당나무 밑에서 잤으므로 백성들의 흠모를 받은 인물이다. 그러므로 자신을 소백에게 비유한 것은 소백과 같은 목민관이 되어 백성을 올바르게 다스리겠다는 서술자의 의지 표현이다.
　〈관서별곡〉의 서술자는 삶의 진실을 이미 마음속에 품고 있다. 그리하여 진실을 모색하기 위한 고민이나 갈등이 없다. 삶의 진실을 펼치는 방법도 알고 있다. 자신의 임무에 충실하여 군기를 엄히 세우고 장군의 위엄을 떨치는 것이 삶의 진실을 이루는 일이다. 〈관서별곡〉의 서술자는 자신의 임무 안에서 백성을 생각하고 나라의 국방력을 튼튼히 해야 한다는 유고적 忠의 이념을 실현함으로써 삶의 진실을 모색하는 것이다.
　〈관동별곡〉의 서술자는 여행 도중 유교적 이념을 실현하는 목민관의 자세를 보이다가 꿈 속에서 진리 담지자인 신선을 만나 대화하면서 개인적인 이념 안에서 진실을 모색한다. 〈관서별곡〉의 서술자가 도선적 이념에서 유람자의 모습을 유지하다가 작품의 결사에서 임금으로부터 받은 임무를 충실하게 실행하는 것으로 삶의 진실을 이루려한 반면, 〈관동별곡〉의 서술자는 자연을 대상으로 유교적 이념을 내세우다가에서 작품의 결사에서는 개인의 이념 안에서 진실을 모색하는 특징을 갖는다. 그러므로 〈관동별곡〉의 서술자는 근원적인 이념을 드러낼 수 있다. 진리 담지자인 신선의 술을 모든 백성에게 나누어 주어 백성들이 그 안에서 모두 평안하게 삶을 누릴 수 있어야 한다는 폭넓은 진실을 추구하고 있다.

삶의 진실을 유교적 이념에서 찾으려는 작품이 있는가 하면 불교적 이념 안에서 삶의 진실을 모색하는 작품이 있다. 불교적 이념을 드러내는 작품은 임진왜란 이후에 나타나는데, 이는 조선 초기의 崇儒抑佛의 정치이념이 와해되었기 때문으로 여겨진다. 불교적 이념을 나타낼 때에도 자연을 대상으로 이념을 드러내는 부분은 도선적인 성향을 나타낸다.

천관은 고찰이라   사덕이 긔이ᄒ다
딤쎤봉 나린 활기   가다가 도로 도라
용비 봉무ᄒ야   불국을 밍근 후예
통영화상 어느 쎄예   잇 터흘 아라보고
쇠막더 쎠진 잣쵀   어졔란 닷 그졔란 닷
                                            〈천풍가〉

天冠寺에 도달하여 통영화상이 佛國을 이룬 업적을 생각하고 통영화상의 이룬 佛道를 이 땅에 실현하자는 불교적 이념을 내세운다. 서술자의 불교적 이념은 대상을 선택하는 데에도 영향을 준다. 九精庵 → 義尙庵 → 塔仙庵 → 靈恩寺 → 尙日庵으로 이어지는 노정은 서술자가 불교적 이념을 표출하려는 의도에서 선택된 대상이다.

천틔산 굼쩐 즁이   어졔 온가 긔졔 온가
합쟝ᄒ 반졀이   학 아니면 선자로다
                                            〈천풍가〉

　상일암에서 반야대로 내려오는 길에 만난 중이 합장하여 절하는 모습을 보고 鶴과 仙子의 모습에 비겨 약간은 도선적인 신비함을 표현하고 있다. 불교적인 이념을 표출하면서도 자연을 만나 유람자가 되면 도선적 이념을 노래한다.

창공의 긴 바람이　　　　양액의 깃이 되며
탈건 노발ᄒ고　　　　　　창포봉 올나가니
창포 푸른 닙피　　　　　구절마다 고시 피고
굴곡ᄒ 늘근 솔은　　　　하날 다허 못커 잇다
선옹의 옥장긔난　　　　뒤다가 어디 간고
옥져로 씻턴 양은　　　　날 위ᄒ야 두고 간고
안기싱 보게 ᄒ야　　　　셕면의 일홈 쓰니
인간이 꿈이로다　　　　　너 안이 신선인가
　　　　　　　　　　　　　　〈천풍가〉

　산 위의 바람에 양 옆구리에 날개가 돋았다는 표현으로 도선적 이념의 단초를 마련하였다. 창포봉에 올라서는 창포잎마다 피어 있는 꽃과 하늘로 솟아 있는 소나무를 보고는 죽지 않는 신선이 바로 '나'라는 인식을 드러낸다. 永生不死는 모든 인간이 꿈꾸는 바이다. 청포봉에서 바라 본 자연을 통해 영생불사의 웅지를 키우고, 바위에 이름을 새겨 몸은 죽어도 이름(정신)은 죽지 않는다며 신선임을 자처한다. 영원히 죽지 않는다는 時間的 願望은 도선사상의 핵심이다.

　자연을 대상으로 노래할 때는 대부분 도선적 이념을 드러내게 되지만, 금강산을 찾아 금강산의 절경을 노래한 작품에서는 불교적 이념을 드러내는 작품이 많다.

　〈금강산완경록〉의 경우 금강산을 여행하면서 인간 세계의 번뇌와 고통을 벗고 불교를 통해 삶의 진실을 찾으라고 서술함으로써 불교적 이념을 직접적으로 드러낸다.

송라암 다시 와서　　　　점심 잠깐 요기하고
차차로 나려 오니　　　　산조는 남남하고
백화는 남발한데　　　　보보이 염불하니

극락세계 또 있을까
〈 중   략 〉

봉상에 잠간 앉아　　　　　　　회광반조 생각하니
비로는 자성이오　　　　　　　　창해는 심해로다
비로 정상 무한경을　　　　　　진세 사람 그 뉘 알까
서서이 나려 오며　　　　　　　보보이 염불하니
화장세계 또 있으며　　　　　　극락정토 이 아닌가
　　　　　　　　　　　　　　　　　〈금강산완경록(1)〉

　걸음걸음 염불을 외우면 극락세계에 이를 수 있다고 하면서 극락정
토와 華臟世界를 이루자는 불교적 이념을 내세운다. 세속에 빠져 있는
사람은 자연의 아름다움을 즐길 수도 없고 삶의 진실을 찾을 수 없다.
인간의 삶은 빛과 같은 것이어서 순식간에 지나가는 것이니 짧은 인생
살이에서 貪心을 갖는 것이야말로 삶을 번뇌에 가득 차게 하는 것이다.
그러니 짧은 인생 동안 탐심을 쫓아 허둥대지 말고 명산인 금강산을
찾아 불심을 키우라는 불교적 이념을 서술한다.
　〈금강산가〉의 서술자는 불교적 이념을 문맥에 드러낸다.

사해 팔계 벗님네야　　　　　　극락세계 구경하소
적선하면 극락이요　　　　　　　유죄하면 지옥이라
극락세계 구경하니　　　　　　　선심이 자발한다
　　　　　　　　　　　　　　　　　〈금강산가〉

　모든 사람에게 극락 세계인 금강산을 구경하라고 권한다. 천하 제일
명산인 금강산은 그 자체로 극락 세계이다. 인간의 손길이 전혀 닿지
않은 자연은 인간의 속세와 반대편에서 불교적 참세계를 이룩하고 있는
것이다. 〈금강산완경록(1)〉의 서술자는 불교의 참세계에 이르는 길은
항상 염불을 외우면 된다 하였는데, 〈금강산가〉의 서술자는 착한 일을
하면 극락에 도달할 수 있다 한다.
　〈금강산완경록(1)〉의 서술자보다 〈금강산가〉의 서술자의 현실 인식
이 더 사실적이다. 염불을 외워야 극락 세계에 이를 수 있다는 것은 불

교적 이념에 갇혀 있는 것이지만, 현실 생활 속에서 착한 일을 하면 극락 세계에 이를 수 있다는 것은 불교 이념과 실생활을 연결하는 열린 인식이다. 따라서 〈금강산가〉의 서술자는 금강산을 구경하는 것만으로도 착한 마음이 일어난다고 서술하고 있는 것이다.

〈금강산완경록(1)〉에서나 〈금강산가〉에서 금강산은 천하 제일 명산으로 그 자체가 불교적인 낙토로 인식된다. 〈금강산완경록(1)〉에서 금강산은 도솔천으로, 〈금강산가〉에서는 극락 세계로 인식된다.

"지극히 아름다운 것은 지극히 종교적이다"는 말처럼 금강산은 그 자체로 하나의 종교가 된 것을 알 수 있다. 〈금강산완경록(1)〉과 〈금강산가〉의 서술자는 아름다운 금강산 불교적 이념을 불어넣고 불교적 이념 안에서 낙토, 즉 삶의 진실을 찾고 있는 것이다.

삶의 진실을 모색하는 또 하나의 방법은 모순된 현실을 바로 잡으려는 노력으로 이루어진다. 후기 기행가사들 중에 현실의 삶에서 모순된 모습을 발견하고 그것을 바로 잡아야 한다는 내용을 서술한 작품들이 있다. 그 중 〈북새곡〉은 암행어사라는 신분 때문에 현실의 모순된 삶에 큰 관심을 나타내고 있으며, 그것을 개혁하는 힘도 가지고 있다.

여러 히 흉년 들어
도망훈 이 신구환을
제것도 못 바치며
못 바치면 미마즈니
경쳐 업시 가게 되면
아니 가고 엇디ᄒ리
출하리 구렁의나
도로혀 편홀지라

살 길이 업논 둥의
잇논 쟈의 물니랴니
남의 곡식 잇디 홀고
미맛고 더옥 살가
죽을 쥴 알건 마논
굼고 맛고 죽을 디경
넘녀 업시 뭇치이면
이런고로 가노메라
〈북새곡〉

길에서 만난 유랑민의 말을 통해 현실의 모순을 드러내고 있다. 살 길이 없어 도망간 이의 신구환을 남아 있는 사람에게 물리니 제 것도 못 바친 남아 있는 자의 어려움은 더욱 커지게 된다. 게다가 불러다가 매를 때리니 남아 있는 자도 매 맞고는 못 살아 고향을 등지고 도망가는 악순환이 계속된다. 유랑민들은 어딜 가나 먹을 것이 없어 굶어 죽을 것을 알지마는 오히려 죽는 것을 편하게 여겨 무작정 고향을 떠나 비참한 삶을 살게 되는 것이다.

서술자는 방랑자의 말을 통해 모순된 신구환 제도와 관리들의 횡포를 적나나하게 표출한다. 그러고는 "급히급히 넘어가쟈 이빅셩들 살녀보세"라며 어사의 임무를 앞세운다. 백성을 살리겠다는 서술자의 의지는 단순히 어사이기 때문에 갖는 의지가 아니다. 백성과 더불어 사는 삶 속에서 진실된 삶을 찾겠다는 현실 인식에서 이루어진 서술자의 의지이다.

둘지녕을 올나셔셔
열 집의 닐곱 집은
읍듕으로 드러가니
젼년의 이쳔여 호
미혹훈 뉴부스와
국국도 즁커니와
빅셩 업눈 곡식 바다
츌도훈 후 젼녕ᄒ야
허두잡이 호역들을
신구환 칠만 셕은
디력은 다 진ᄒ고
만각 곡이 아니 되니

고을 디경 바라보니
횡그러니 뷔엿더라
남은 집의 곡셩이라
금년의 칠빅 호라
답답훈 니도호눈
인명인들 아니 볼가
그 무어셰 쓰랴ᄒ노
니징 죡징 업시ᄒ고
태반이나 더러쥬고
탕감ᄒ쟈 알외깃네
텬긔눈 일치워셔
그 빅셩이 이슬소냐

〈북새곡〉

고개에 올라 고을을 바라보니 열 집 중에 일곱 집이 비어 있음을 안 서술자는 백성들의 삶에 더욱 관심을 갖는다. 남아 있는 세 집에서도 곡성이 들리는 처참한 현실에 대해 "국국도 즁커니와 인명인들 아니 볼가 빅셩 업눈 곡식 바다 그 무어셰 쓰랴ᄒ노"라고 개탄한다. 관리의 창고에 아무리 많은 곡식이 쌓여 있다 하더라도 백성과 더불어 하지 않는다면 아무 쓸 데 없다는 인식은 백성과 더불어 하는 삶 속에서 진실된 삶의 방식을 모색하려는 서술자의 의식이 드러나 있다.

　　백성들과 더불어 하는 삶을 지향하는 서술자는 암행어사라는 신분으로 모순된 삶을 개혁하려는 의지를 갖는다. '니징'·'족징'을 없애고 '호역'을 태반이나 덜어주고 신구환 칠만석은 탕감하겠다는 의지를 드러낸다. '니징·족징·호역·신구환'의 부조리를 몰아내는 것이 고향을 등진 백성들을 고향에 돌아와 함께 살게 하는 방법임을 직시하고 있다. 그러나 지력과 천기가 다하여서 백성들이 모두 떠나 읍이 진으로 축소되는 현실 앞에서는 무력해지고 만다.

(가) 귀우리는 닙뿔이오　　　　　강남콩은 팟치로다
　　　바다히 팔구빅 니　　　　　소곰 어더 먹을소냐
　　　나무 독의 갓침치는　　　　짠 것 업시 담앗거니
　　　싀쩝고 승거온 맛　　　　　진짓 그 밥 반챤일네
　　　기름을 맛보란들　　　　　　참쎄들쎄 이슬소냐

(나) 불 켜는 양 가이 업다　　　익기나무 옹도리나
　　　혼 발 되는 결읍디의　　　　좁뿔 쓰물 무쳐 말녀
　　　쇠테 혼 졍쓰 목의　　　　　열업시 가로질너
　　　덧업시 타는 동안　　　　　　반반 시도 못되더라

(다) 죠희가 지귀ᄒᆞ니　　　　　챵 바른 죠희 보소
　　　봇썹질 엷게 이러　　　　　더덕귀로 붓쳣시니
　　　바롬은 막으려니　　　　　　볏치야 보올소냐

(라) 보기 슬타 너홰집은　　　　눅간 칠간 혼 기리로
　　　되는 더로 지엇시니　　　　경즈 간이 기돗더라
　　　그 안의 무엇 무엇　　　　　혼가지로 잇돗던고
　　　소와 돗과 기 둙 즘싱　　　사롬과 셧겨즈데
　　　　　　　　　　　　　　　　　〈북새곡〉

　　(가)는 소금과 참깨 들깨가 없어 떫고 싱거운 음식을, (나)는 등 켜는 모양을, (다)는 종이가 없이 발라 빛이 들어오지 않는 창을, (라)는 너와를 얹어 되는 대로 집을 지어 짐승과 같이 자는 생활 모습을 간단

하면서도 핍진하게 서술하고 있다. 백성들의 삶을 그냥 지나치지 않고 자세히 서술하는 데에서 서술자의 깊은 의식을 엿볼 수 있다.

위의 네 가지 말고도 무서운 동물, 사나운 기후, 의복의 궁핍함을 더해 "못 살너라 못 살너라 늇진셔는 못 살너라"고 토로한다. 서술자 자신이 못 살겠다는 뜻이라기보다는 백성들의 입장에 서서 육진은 살 곳이 못 된다는 뜻이다.

백성들의 궁핍한 생활은 풍속과 인심을 그릇되게 하는 요소이다. 내외의 법도도 없고 한 계집이 여러 남자를 상대하는 풍속은 차라리 견딜 만하지만 시체의 껍질을 벗겨 뼉다귀만 모아다 장례 지내는 풍속은 금수와 같아 차마 하지 못할 일이다.

백성의 어려운 생활과 그 때문에 왜곡된 풍속에 대해 개탄하면서도 세상이 모르는 선정을 베푸는 목민관과 충신·의사가 있을 것이라고 자위한다.

쏘 흔 가지 좌쓴 일이　　　　낙민루 우편 길의
경상 감스 션졍비가　　　　여긔 셔기 우엔 일고
만세교 다리나무　　　　　낙동강의 써나 오니
관챨스 박녕셩이　　　　　북도 일을 짐쟉ᄒ고
몃 만 셕 운젼ᄒ야　　　　북인들을 살녓시니
그 비가 아니 셔랴　　　　지샹이라 ᄒ리로다
　　　　　　　　　　　　　〈북새곡〉

길가에 선 관찰사의 선정비를 보고 칭송하는 내용이다. 만세교의 나무다리가 낙동강에 떠 내려 오는 것을 보고 북도에 홍수가 졌음을 짐작하고 곡식 몇 만 석을 북도에 보내 북인들을 구제한 일에 대한 칭송이다.

앞에서도 살폈지만 백성들을 중심으로 백성을 위한 선정과, 백성과 더불어 사는 삶을 참된 삶이라 인식하고 있다. 백성들이 궁핍한 생활을 하는 이유를 관리들의 학정이라 파악하고 백성들을 자식 같이 여겨 백성의 삶을 윤택하게 하고 풍속을 세우는 일이 시급한 과제임을 서술하고 있다.

5.1.2 현실무상에서 오는 풍류 탐닉

여행의 목적을 크게 두 가지로 분류하면 가보지 못한 세계, 미지의
세계에 대한 새로운 경험과 현실 세계에서 고난과 좌절을 겪으면서 안
식을 얻으려는 것으로 파악할 수 있다. 이 중 전자보다는 후자가 여행
의 더 많은 목적이 될 것이다. 현재까지 소개된 기행가사 중 가장 많은
작품이 후자에 속한다. 이러한 양상은 기행가사의 작자가 양반 사대부
라는 사실과도 관련이 있다. 또한 隱逸歌辭나 風流歌辭, 본고에서 다루
지 않은 流配歌辭 등도 모두 현실에 대한 무상감을 자연에 의탁하여
안식을 얻으려는 작자의 심리 상태에서 창작되었다.

이는 가사문학의 발달 과정, 즉 조선 초기의 시대적 상황과 밀접한
연관이 있다.

> 사림파는 지방에 기반을 두고 산림처사로 자차하면서도 실력을
> 쌓아 중앙 정계로 진출하려다가 거듭나는 사화로 수난을 겪고 밀려
> 났다. 이러한 사정 때문에, 나라의 노래인 악장이나 경기체가가 건
> 국공신이나 그 후의 훈구파와 밀접한 관련을 가지고 자리를 잡았듯
> 이 은일가사로 시작된 가사는 사람파의 문학으로 자라났다. 진출해
> 서 활약하는 동안에도 원래의 위치를 확인할 필요가 있었고, 물러
> 나지 않을 수 없게 되거나 귀양살이라도 하게 되면 자기 심정을 자
> 연에다 기탁하는 것으로 위안을 삼아야만 했다.[79]

조선 초기 사대부들의 가사 작품에 나타난 양면성은 그 후로도 오랫
동안 지속되었다. 부귀와 공명을 꺼려 자연과 가깝게 한다 하지만 권력
의 중심에서 밀려난 자신의 처지가 역전되기를 내심 바라고 있는 것이
다. 권력에 대한 욕구가 높으면 높을수록 세속을 버리고 자연과 화합하
는 즐거움을 찾아야 한다(또는 찾았다)는 어조가 강해질 수밖에 없었
다. 조선 후기에 오면 이러한 논조를 지키고 있으면서도 표현 양상이
달라진다. 권력에 대한 지향을 마음속에 감추는 것이 아니라 작품 서두

---

79) 조동일, 『한국문학통사』 2, 지식산업사, 1983, 298쪽.

에 직접 드러낸다. 몇 번이고 과거에 낙방하였으니 이제 남은 일은 산
천 구경 밖에 없다 하고 훌훌 털고 일어나 유람을 떠난다.

조선 초기의 사대부들은 자연을 노래하면서도 현실의 권력에 미련을
두어 자연에 이념과 사상을 투영하지만 조선 후기의 사대부들은 자연의
모습을 그대로 그려내려 하고 그것을 즐겼다. 종교적인 측면에서도 이
러한 양상은 나타난다.

조선 초기의 가사 작품에는 유교·불교·선교를 망라하여 단독으로
혹은 복합적으로 종교적 이상세계로 자연을 형상화하지만 후기 작품에
는 종교적 성향이 줄어들고 인간의 손이 닿지 않은 자연을 찾아 자연
과 한 몸이 되는 것으로 삶의 진실을 이루고자 하였다.

이 때 자연은 老子의 자연처럼 인공이라고는 한 티끌도 가미되지 않
은 순수 자연이다. 순수하고 깨끗한 자연은 항상 먼지 가득한 인간들의
세상과 대조를 이루면서 동경의 대상이 된다.

四仙 노던 짜흘   關東이 긔라 호디
塵埃 半生애   歲月이 거의러니
物外 烟霞애   遠興이 뵈와나니
尋眞 行李는   전나귓 쑨이로다
武安寺 디나 올라   乘鶴橋 건너 드러
塵寶이 점점 머러   仙境이 갓갑던가
                   〈관동속별곡〉

〈관동속별곡〉의 서술자는 인간 세상에서 반생을 사느라고 세월을 거
의 다 보냈다며 사선이 놀던 땅인 관동을 찾아 나선다. 서술자에게 관
동을 찾아 떠나는 여행은 삶의 진실을 모색하기 위한 것이다. 무안사를
지나고 승학교를 건너 관동을 찾아 가는 여행 과정을 '먼지 가득한 인
간 속세가 멀어지고 선경이 가까워진다'고 표현하였다. 여행은 이처럼
인간 속세를 떠나 삶의 진실을 찾아가는 과정이다.

〈관동속별곡〉의 서술자가 '四仙'·'仙境'에서 볼 수 있는 것처럼 도선
적 이미지로 자연을 보고 있다면, 〈금강별곡〉의 서술자는 좀더 현실적
이며 구체적인 면을 가지고 있다.

此身이 悠悠ᄒ야   山水의 癖이 이셔
名山을 遍踏흠이   一生의 素計로다
江原道 金剛山이   三山中 一山이라
東方의 第一이오   天下의 無雙이다
千里롤 不遠ᄒ고   一見이 願이러니
世上 功名의   망녕도이 뜻을 두어
書籍의 汨沒ᄒ고   場屋의 분주ᄒ니
五十四 光陰이   倏忽히 지나거다
男兒의 事業이   白牌ᄒ 丈 哀差ᄒ다
                    〈금강별곡〉

〈금강별곡〉의 서술자는 東方第一 산인 금강산을 '선경'이라든지 '仙界' 등등의 도선적 시각으로 보지 않고 '名山'·'산 중의 산' 등으로 현실 속의 산으로 인식하고 있다.

여행 동기 역시 순수 풍류임을 내세운다. 자신이 원래 山水를 즐기는 병이 있어 명산을 찾아 여행하는 것을 一生의 계획으로 삼았다는 것으로 나름대로 여행의 동기를 마련하였다. 세상의 公名에 헛되이 뜻을 두어 책을 읽는 데 골몰하고 인간사에 분주하여 오십 사 년이 순식간에 지나간 것을 허망하게 여겼다. 짧은 생을 공명을 쫓아 허비한 것을 개탄하고 "男兒의 事業이 白牌ᄒ 丈"에 있을 수 없다 하고 산 중의 산이요, 동방의 제일이요, 천하의 無雙한 금강산을 찾아 떠난다.

속세 인간사는 모두 무상한 것으로 인식하고, 인공이 전혀 가미되지 않은 자연, 천하 제일 금강산을 유람하기 위해 떠난다. 인간의 모든 것이 부질 없다 하였으니, 종교적 이념으로 자연을 바라 보지도 않았고 자연을 통해 종교적 이념을 세우려고 하지도 않았다. 山門에 들어가다 절 앞에 서 있는 지옥문을 보고 "地獄門을 憑藉ᄒ야 衆生을 警戒로다" 하였지만, 불교적 이념을 표출한 것이 아니라 속절 없는 공명으로 서로 다투는 인간사를 꾸짖기 위한 것이다.

〈영삼별곡〉에 나타난 풍류 자세는 더욱 강하다. 자연을 '仙境'이라 하지도 않았고, 인간사의 富貴功名을 들먹이지도 않았다. 삼십 년 인간사에 무상을 느끼고 綠水靑山을 마음껏 유람하다가 풍류 자연을 사랑하는 마음이 깊어 다시 여행을 떠난다.

이몸이 텬디간의	쁴올디 견혀업서
삼십년 광음을	흐롱하롱 보내여다
풍졍이 호탕ᄒ여	믈외예 연업으로
녹슈 쳥산의	분대로 ᄃ니더니
져근덧 병이드러	님장을 닷아시니
엇던 뒷졀 즁이	헌ᄉ도 홀셰이고
쥬령을 느지집고	날ᄃ려 닐온 말이
네병을 내 모ᄅ랴	슈셕의 고황이니

〈영삼별곡〉

천지간에 쓰일 데가 전혀 없어 삼십 년 세월을 허송했다는 대목에서 자신의 뜻을 펴지 못한 좌절을 읽을 수도 있지만, 풍류 자연을 즐기는 이유는 자신이 갖은 자연에 대한 병(膏肓) 때문이다. "風情이 浩蕩"한 것이 인연이 되어 풍류를 만끽하다가 뒷절 중의 말을 통해 자신의 자연 사랑하는 마음을 강조하고는 다시 풍류를 탐닉하기 위해 길을 떠난다.

자신의 뜻을 펼 수 없는 현실에, 부귀공명에 무상함을 느끼고 풍류 자연만이 남아의 훌륭한 일임을 인식한다.

年光은 더지 업고	造物이 새남발나
偶然히 어든 病이	居然이 十年이가
空山의 홀노 누워	往事를 생각하니
靑春의 못다 노라	白首에 餘恨일쇠
이 ᄯᅳ드로 노래 지어	時時로 諷詠하니
百年 曠感을	一篇中의 붓치노라

〈기성별곡〉

세월은 덧없는 것이다. 유한한 인간의 삶은 한 줄기 빛처럼 빠르게 지나가는 것이니 현실에서 느끼는 무상은 더욱 깊다. 게다가 조물주가 시샘을 하는지 몸에 병이 들었으니 살아온 삶을 뒤돌아 보면 더욱 무상한 것일 뿐이다. 그러니 자신이 누워있는 곳은 텅 비어 버린 공간이고, 젊었을 때 풍류 자연하지 못한 것이 한이 되었음직하다. 〈기성별곡〉의 서술자는 청춘에 못다 놀은 여한 때문에 작품을 짓는다하여 세상 사람들에게 풍류 자연할 것을 권하고 있다.

　현실에 무상을 느끼고 인간의 힘이 전혀 닿지 않은 자연을 찾아 풍류 탐닉의 여행을 떠난다. 풍류 자연을 탐닉하는 자세가 작품 곳곳에 표출되고 있다.

(가) 아희죵 블너내여　　　쪄걸닌 여왼몰쎄
　　　채직을 거더쥐고　　　임의로 노아 가니
　　　삼삼 가졀이　　　　　쩨마흠 됴흘시고
　　　산동야로들이　　　　춘흥을 못내겨워
　　　탁쥬병 두러메고　　　촌가를 느초블며
　　　오락가락 든니는양　　한가토 한가 홀샤
　　　　　　　　　　　　　　　　〈영삼별곡〉

(나) 上下 八潭을　　　　　일흠 츳자 보아가니
　　　萬里 東溟의　　　　　長鯨이 품어낸가
　　　黃河水 西來ᄒ야　　　崑崙을 헛치ᄂ 듯
　　　홋터지니 구슬이오　　쌜히니 안개로다
　　　四時의 飛雪이오　　　萬古의 雷聲이다
　　　李謫仙 瀑布詩룰　　　壯히 너겨 넑엇더니
　　　이제와 이ᄅ 보니　　　뉘야 더 雄壯ᄒ고
　　　　　　　　　　　　　　　　〈금강별곡〉

(다) 滄江의 달이 뜨니　　　夜色이 더욱 도타
　　　沙工의 櫓를 젓고　　　童子난 술을 부어
　　　上流의 매인 배를　　　下流의 띄원 놋코
　　　初更의 먹은 술이　　　三更의 大醉하다
　　　酒興은 陶陶하고　　　風流는 蕭蕭로다
　　　그제야 곳쵸 안져　　　瑤琴을 비켜 안고
　　　冷冷한 녯 曲調를　　　주줄이 골라 내야
　　　淸凉山 六六歌를　　　漁父詞로 和答하니

<table>
<tr><td>이리 됴흔 無限景을</td><td>桃花 白鷗 알쇼냐</td></tr>
<tr><td></td><td>〈기성별곡〉</td></tr>
</table>

　(가)의 서술자는 풍류 자연의 삶이 한가하다고 서술하고 있다. 아이 종 불러내어 여읜 말을 몰아 任意로 떠나는 여행은 봄바람 부는 佳節이어서 더욱 흥취를 나자낸다. 아이 종과 여읜 말뿐인 가벼운 행장은 복잡한 인간사를 등진 유람자의 자세를 느끼게 한다. 여읜 말은 현실 무상을 느끼고 있는 서술자 자신의 모습일 수 있다. 현실에서 소외된 자신의 초라한 모습일 수도 있고, 인간의 富貴功名을 다 떨친 無欲無心의 모습일 수도 있다.

　그러나 술병을 둘러 매고 村歌를 부르며 자연의 풍류를 만끽하는 유람자에게는 아무런 의미가 없다. 인간사와 대조되는 한가로운 자연 풍류가 중요할 뿐이다. 인간의 욕망을 다 떨친 유람이기에 목적지가 있을 수 없다. 마음 가는 데로 발길 가는 데로 말을 몰아 春興을 즐기는 山童野老들과 한 몸이 되어 자연 풍류에 몰입할 뿐이다.

　(나)의 서술자는 八潭을 찾아 폭포의 웅장함을 "훗터지니 구술이오 뿔 안개로다"로 노래하고 이백의 瀑布詩를 장하게 여겼지만 그보다 더욱 웅장하다는 서술을 통해 풍류 탐닉의 자세를 나타내고 있다.

　자연 풍류는 책이나 문자를 통해 이룰 수 없다는 인식이 뒤따르고 서적을 뒤적이는 일은 남아가 할 일이 아니라는 인식을 다시금 확인하게 하는 대목이다.

　(다)에서는 더욱 강해진 자신의 풍류 인식을 엿볼 수 있다. 달밤에 강에 배를 띠워 夜色을 즐기면서 아이에게 술을 따르게 하고 瑤琴을 안고 어부사에 화답하는 풍류를 桃花나 白鷗도 알 수 없다고 했다. 인간 속세에 무상을 느끼고 풍류 자연을 만끽하는 대장부의 흥취를 가히 알만하다. 자신이 자연에서 느끼는 無限景을 자연 속의 桃花나 白鷗도 알 수 없으리라는 인식은 서술자의 풍류가 경지에 도달했음을 나타내는 것이다.

<table>
<tr><td>衣裳을 버서 노코</td><td>물셜의 드러알저</td></tr>
<tr><td>汗垢롤 다 시스니</td><td>我心이 淸兮로다</td></tr>
</table>

<table>
<tr><td>一點 塵念이</td><td>胸中의 留滯ᄒ랴</td></tr>
<tr><td>千秋에 浴沂氣像</td><td>이예셔 더 홀런가</td></tr>
<tr><td></td><td>〈금강별곡〉</td></tr>
</table>

옷을 벗고 맑은 계곡물에 세속에서 찌든 때와 땀을 씻으니 마음까지 깨끗해진다고 서술한다. 마음까지 다 씻었으니 한점이라도 세속에 대한 미련이나 생각이 남아있을 리 없다. 풍류 자연을 통해 마음을 비운 상태는 가히 어느 경지에 도달했다고 할 만하다.

이러한 풍류 자연의 기상은 종교적 이념보다도 값지고 위대한 것이다. 종교적인 이념도 인간사의 윤리도 자연 속에서 느끼는 풍류에는 비길 바가 아니다.

<table>
<tr><td>成禪菴 女僧들아</td><td>人間 至樂 다 바리고</td></tr>
<tr><td>金鳳차 어대 두고</td><td>白衲곡갈 무삼일가</td></tr>
<tr><td>神堂에 巫女들은</td><td>방울소리 神靈인가</td></tr>
<tr><td>酒盤이 狼藉하니</td><td>珍羞盛饌 없을소냐</td></tr>
<tr><td>甘紅露 二三杯를</td><td>勸酒歌로 부어내니</td></tr>
<tr><td>醉興이 陶陶하여</td><td>飮中仙人 다 아닌가</td></tr>
<tr><td></td><td>〈선루별곡〉</td></tr>
</table>

인간 세계의 즐거움을 모두 버리고 산 속에 든 女僧과 巫女에게 "白衲곡갈 무삼일가"·"방울소리 神靈인가"를 묻는다. 여승에게는 어찌하여 인간 세계를 져버렸는가에 대해 궁금해 한다. 인간 세계에 있으면 봉황의 무늬가 있는 금비녀를 꽂고 살 수 있지 않은가를 역설적으로 묻는다. 그러나 서술자가 말하는 인간 세계는 貪心과 富貴功名의 욕망이 혼탁한 세계가 아니다. 勸酒歌를 부르며 甘紅酒를 마시는 세계, 인간 속세의 모든 것을 다 떨치고 한가로움 속에서 醉興에 젖을 수 있는 세계이다. 巫女에게는 부질없는 방울소리로 神靈을 부르지 말고 풍류 자연 속에서 신선이 되라고 권한다.

여승의 佛心도 무녀의 神靈도 풍류 자연을 즐기는 것보다 나을 것 없다는 의식을 드러낸다. 불심에 의지하는 것도, 신령에게 의지하는 것도 다 부질없는 짓이고, 不貪·不欲의 마음으로 한 잔 술에 권주가를 부르는 것이 신선이 되는 길이라며 풍류 자연을 서술하고 있다.

인간의 富貴功名도 어느 종교에 의지하는 것도 삶의 진실된 모습일 수 없다. 순수한 자연을 찾아 마음을 깨끗이 씻으면 그것이 진실된 삶이요, 풍류 자연을 찾아 나서는 것이 바로 진실된 삶을 모색하는 길이라고 노래한다.

앞에서 논의한 바와 같이 기행가사의 서술자는 자연을 대상으로 자신의 이념이나 삶의 철학을 드러낼 때 종종 도선적 내용 표현을 한다. 대상의 외형에서 신선의 자취를 그려내는가 하면, 대상을 즐기는 자신을 신선과 비교하기도 하고 또는 풍류 자연 속에 있는 자신을 신선으로 자처하기도 한다. 그러면서도 항상 한 잔 술의 醉興을 더해 완전한 도선적 이념에 도달한다.

오르며 느리며
어와 헌스홀샤
뉴하쥬 ㄱ득 부어
흉금이 황낭ᄒ니
빅년 텬지의
일몽진환의
펴랑이 초메토리
산님 호희에
이렁셩 져렁셩 구다가

슬ᄏ장 헤다히니
내아니 허랑ᄒ야
둘빗츨 섯거 마셔
져기면 눌리로다
우락을 모르거니
영욕을 내 아더냐
다써러 볼이도록
ᄆᆞᆷ굿 노니며서
아므리나 ᄒ리라
〈영삼별곡〉

풍류 자연인이 되어 싫도록 유람하여 虛浪하지 않아 流霞酒를 마시고 신선이 되어 날을 것이라고 도선적 이념을 나타낸다. "流霞酒 ㄱ득 부어 둘빗츨 섯거 마셔"는 풍류 자연하는 유람자의 자세와 표현 특징을 잘 나타낸 구절이다. 술과 자연(달빛), 그리고 '나'의 슴─이 풍류자의 자세이며 동시에 표현의 묘미이다.

술과 자연과 하나가 된 풍류자는 인간 속세의 모든 것을 떨쳐낸 삶의 진실을 담고 있다. '百年 天地의 근심과 즐거움을 다 잊었으니 한

번 꾼 꿈과 같은 인간 속세의 '榮辱'은 이제 더 이상 나의 일이 아니다.

〈영삼별곡〉의 서술자는 인간 속세의 모든 것에서 자유롭다. 영욕뿐 아니라 인생살이에서 느끼는 근심과 슬픔의 굴레에서도 벗어나 참 자유인, 진실된 삶을 이루고 있다.

〈선루별곡〉을 비롯해 풍류 자연을 통해 자유로운 삶을 구가하려는 의지와 풍취를 표출한 작품들은 〈관동별곡〉의 결사를 많이 닮아있다.

靑城道士 鶴이 되어 　　꿈에 와서 이른 말이
자네들 前生몸이 　　　　天上의 仙宮으로
玉皇 香案前에 　　　　　黃庭經 그릇 읽고
人間에 謫下하여 　　　　風爐世界 겪어 내니
名區에 迷蕩하여 　　　　仙樂이 즐거운가
欣然히 酬酌하고 　　　　놀라 깨어 일어보니
江天이 寥廓하고 　　　　星月이 蒼茫이라
두어라 우리 三生이 　　　仙分인가 하노라
　　　　　　　　　　　　　　〈선루별곡〉

道士가 학이 되어 꿈에 나타나 본디 天上界의 神仙이었는 데 黃庭經 한 구절을 잘못 읽어 人間界에 내려 오게 되었다는 내용이 〈관동별곡〉의 결사 내용과 유사하다. 이는 많은 기행가사들이 〈관동별곡〉의 결사 부분에 영향을 입은 것으로 이해할 수 있다.

인간 세계의 貪心과 富貴功名에 무상을 느낀 선조들은 인간 세계의 모든 것을 버리고 자연 속에서 한적하게 풍류를 즐기는 것을 진실된 삶의 모습으로 인식하였다. 계곡물에 속세의 먼지를 말끔히 씻어내고 아울러 마음까지 깨끗이 닦아내는 不貪·不欲의 경지를 이루고 신선의 풍취를 노래하였다. 어느 하나의 종교나 이념에 얽매이지 않고 인간의 근심과 즐거움에서조차 자유로운 경지를 이룬 진실된 삶의 모습을 서술하였다. 풍류 유람자인 서술자에게 자연은 그 자체로서 문학 형상화의 대상이며, 삶이었다. 그러한 자연과 술, 그리고 '나'를 하나로 묶으면서 신선의 경지를 이루고 그 안에서 삶을 즐기자는 의지를 표출한다.

조선 후기의 규방 기행가사들 역시 풍류 자연에 대한 강한 의지를 나타내고 있다.

<table>
<tr><td>농번기에 맹낭하나</td><td>한평생이 멀다해도</td></tr>
<tr><td>우고질병 다제하면</td><td>반백년이 못대나니</td></tr>
<tr><td>악가울사 우리청춘</td><td>삼사십이 댄다해도</td></tr>
<tr><td>시드러진 꽃송이요</td><td>이청춘을 허송하면</td></tr>
<tr><td>빅발이 차자오니</td><td>아니놀면 무엇하리</td></tr>
<tr><td></td><td>〈유람 기록가〉</td></tr>
</table>

<table>
<tr><td>스마자랑 학스무장</td><td>명산디천 구경ᄒ고</td></tr>
<tr><td>만고영웅 진시황도</td><td>히산세월 노랏거든</td></tr>
<tr><td>하물며 우리인싱</td><td>안이놀고 무엇ᄒ라</td></tr>
<tr><td>부유갓흔 이천지인</td><td>초로갓튼 인싱이라</td></tr>
<tr><td></td><td>〈금오산 치미정 유람가〉</td></tr>
</table>

<table>
<tr><td>초목은 때를차자</td><td>록색을 자랑하고</td></tr>
<tr><td>꽃천피여 화산이대</td><td>몹쓸바람 자조부러</td></tr>
<tr><td>낙화로 히날이니</td><td>우리평생 멀다해도</td></tr>
<tr><td>안이놀고 무엇하리</td><td>〈유람가〉</td></tr>
</table>

남성 사대부들의 작품에 드러나는 점잖음은 많이 약화되어 "아니 놀고 무엇ᄒ리"로 서술되었지만 삶의 무상함을 인식하고 여행 자체에 몰두하는 풍류적인 자세를 서술하고 있다.

이러한 주제를 가진 작품들은 자연을 주된 형상화 대상으로 하였으며, 이때 도선적인 풍취를 드러내는 것이 일반적이다. 이는 송강의 〈관동별곡〉에서 영향을 받은 것으로 여겨진다.

5.1.3 입신양명의 좌절과 재기 의지

立身揚名은 조선조 양반 자제들의 개인적인 영광이자 가문의 영광이었다. 입신양명은 과거를 통해 성취할 수 있었다. 그리하여 생계를 돌보지 않고 과거 공부만 해서 집안의 몰락을 부채질하거나 과거에 여러 번 낙방하여 생을 포기하는 일이 허다했다. 특히 조선조 후기에는 고정된 관직 수에 비해 과거에 응시하는 사람의 수가 많아 사회적으로 물의를 일으키기도 하였다.

5.1.2에서 살폈듯이 과거에 여러 번 낙방하자 현실 무상을 느끼고 산을 찾아 은거하는 것을 낙으로 삼거나 장삿길에 나서는 사람이 부지기수였다. 그러나 과거에 여러 번 낙방하였다 해서 자신의 의지대로 과거 응시를 포기할 수 없는 경우가 있었다. 그런 경우는 대개 가문과 집안 사람들을 생각하여 자신의 의지와는 달리 과거를 포기하지 못한 경우이다.

〈피역가〉80)의 서술자는 작품 중에 "이 초시 저 초시 이 내 가슴 다 노는 듯 이 급제 저 급제 이 내 가슴 다 타는 듯 독서 만 권 무엇하리 요순 군민 부질없다"하여 자신의 능력으로는 과거에 급제할 수 없음을 서술하면서도 어머님의 뜻을 어기지 못하고 공부할 곳을 찾아 길을 떠난다.

蒼蒼雲樹 져 東둔은   講學ᄒ기 有名커날
冊을 세고 치장ᄒ야   西河縫帳 ᄇ라보니
거룩홈도 거룰ᄒ다

〈 중　략 〉

西神 四方遍熾ᄒ니   接足홀씌 바히 업니
山房이 죠컨마ᄂ   곳곳마다 못가건니
東둔으로 經過ᄒ야   영천으로 가랴ᄒ니
一年同苦 뉘라홀고   光山再從 ᄲᅵᆫ이로다
          〈피역가〉

공부할 만한 곳은 다 못 들고 이리저리 공부할 곳을 찾아 헤맨다. 그러나 누구와 일 년 동안 고생을 같이 할까? 하고 나약한 마음을 드러낸다. 이러한 마음은 공부에는 뜻이 없음을 나타내는 것이다. 서술자는 작품 곳곳에서 공부보다는 풍류를 즐기며 놀고 싶은 심정을 피력하

---

80) 〈피역가〉는 작품의 뒷부분이 떨어져 나간 불완전본이어서 전체 내용을 파악하기 어렵다.

고 있다.

〈금강별곡〉의 경우에는 여러 번 과거에 낙방하자 과거 응시를 포기하고 풍류를 즐기는 것으로 새로운 삶을 모색하고 있다.

世上 功名의   망녕도이 뜻을 두어
書籍의 汨沒ᄒ고   場屋의 분주ᄒ니
五十四 光陰이   倏忽히 지나거다
男兒의 事業이   白牌ᄒ 丈 哀差ᄒ다
                         〈금강별곡〉

이제까지 세상 공명에 뜻을 두고 책 속에 파묻혀 있던 것을 망령된 것이었다고 서술하고, 허송 세월한 지난 일들을 한탄하며 벼슬의 덧없음을 서술하고 있다. 과거 낙방이 現實無常으로 이어지고 지금까지 살아왔던 방식을 던지고 자연 속에서 풍류를 찾고 인간사의 모든 욕망을 버리는 것으로 삶의 의미를 인식한다.

그러나, 〈봉래청기〉의 경우, 현실의 좌절에도 불구하고 재기를 위해 자연을 찾는다.

금강산 제일명승   천고의 일너스니
원싱고려 일견금강   화인의말 아니런가?
하물며 동국인이   남아의 몸으로셔
연부역강 쇼쟝시의   일견금강 아이ᄒ랴?
남아의 ᄒ올일이   ᄒ고도 만컨마는
명산디쳔 유람ᄒ여   긔문쟝관 심방ᄒ믄
지긔도 쾌활ᄒ고   문력도 웅건ᄒ니
한티스 〃마쳔과   송명유 소즈유의
유명만셰 죠흔문장   강산지죠 아니런가?
              〈 중   략 〉
힝쟝을 졈검ᄒ니   시축셰권 벼루ᄒ나
먹한쟝 붓셰즈로   이만ᄒ면 족ᄒ도다.
                         〈봉니쳥긔〉

지리산·한라산·금강산 등 三神山 중에 第一名山인 금강산을 찾아 나선다. 금강산은 중국 사람들도 평생 한 번 구경하는 것을 소원으로 삼는데, 하물며 同國人이 금강산을 구경하지 않겠는가 하며 여행의 동기를 마련한다. 그러나 다른 금강산계 기행가사와는 달리 금강산을 재기를 위한 공간으로 인식하고 있다. 금강산을 풍류 즐기기 좋은 곳으로 인식하거나 인간 세계와는 다른 仙界로 인식하지 않고 "명산디쳔(名山大川) 유람(遊覽)ᄒ여 긔문장관(奇聞壯觀) 심방(尋訪)ᄒᄆᆫ(함은) 지긔(志氣)도 쾌활ᄒ고 문력(文力)도 웅건(雄建)ᄒ니"하여 志氣를 쾌활하게 하며 그럼으로써 文力을 키워 과거시험에 재도전 하기 위한 공간으로 인식하였음을 알 수 있다.

"한틱ᄉ(漢太守) 마쳔(司馬遷))과 송명유(宋名儒) 소ᄌ유(蘇子由)의 유명만셰(有名萬歲) 죠흔문장 강산지죠(江山之助) 아니련가?"하여 한나라 사마천과 송나라 소자유의 좋은 문장들은 강산(자연)의 도움으로 이루어졌다고 서술하고 있다. 결국 금강산을 여행하는 목적이 자연을 통해 文力을 키우기 위한 것으로 파악할 수 있다.

이러한 서술자의 의도는 행장에서도 엿볼 수 있다. 시책 세 권과 벼루 하나, 먹 한 장과 붓 세 자루가 행장의 전부라는 서술은 역시 자연을 통해 입신양명의 꿈을 도움받고자 하는 인식에서 비롯된 것이다.

〈봉래청기〉의 서술자는 자연 속에서 詩를 짓기도 하고 바위에 새겨진 문장들을 음미하기도 하면서 재기의 기백을 키운다.

우변의 큰글ᄌ로   묘길상 삭여시니
필녁도 웅건ᄒ다   윤상셔의 필젹이라
산화노젼 뇩칠니의   불지암 올ᄂ가니
불당도 졍쇄ᄒ고   공부가 혼가ᄒ다
졍젹의 감노슈를   혼번 떠 마슐보니
향녈ᄒ고 치닝ᄒ야   혼먹음의 슐이촌다
졍젹의 감노슈를   혼번 떠 마슐보니
향녈ᄒ고 치닝ᄒ야   혼먹음의 슐이촌다
혼무졔 승노반이   이산의 쏘잇ᄂ가?
경장 옥익이니   나도거의 신션될듯

〈봉니쳥긔〉

바위의 웅장함은 서술 대상이 아니다. 바위에 쓰인 문장과 筆力, 筆跡에 관심을 갖는다. 대상에 대한 인식이 금강산계 기행가사와는 다름을 알 수 있다.

대상에 대한 인식이 다를 뿐만 아니라 마음 자세도 다르다. "정전(正殿)의 감노슈(甘露水)를 혼번 쩌 마슐보니 향녈ᄒ고 치닝(齒冷)ᄒ야 혼 먹음(한 모금)의 습이춘다"하여 대상에 대한 서술이 매우 간단하다. 甘露水라고 표현한 것까지는 다른 기행가사와 같으나, 감노수를 먹고 신선이 되었다든지 마음이 쾌활하다든지 하는 서술이 없다. 대상(물)을 통해 심리나 이념을 드러내지 않고 있다. 다른 관유기행가사들은 '신선이 되어'나 '양액에 날개 돋혀'라는 서술이 있음직한 곳인데도 그저 "나도 거의 신선될 듯"하여 유람자나 풍류자의 자세보다는 단순한 여행자의 자세를 가지고 있음을 알 수 있다.

결사 부분은 다른 관유가사와 유사하게 〈관동별곡〉의 결사 부분을 닮아 있다. "어디서 일진향풍(一陣香風) 호호백발 한 老人이 청려장 손에 잡고 흔연히 웃음띄어 날더러 하는 말이 그대를 내 아노니"하여 도선적인 풍취를 나타낸다. 그러나 立身揚名을 다 이룬 후에 다시 만나면 반기리라고 입신양명에 대한 재도전 의지를 강하게 서술하고 있다.

입신양명 츙군효친　　　　　남아ᄉ업 일운후의
칠팔십 퇴죠ᄒ여　　　　　　강호산림 누어실더
이산의 다시오면　　　　　　구일안면 반가이라.
　　　　　　　　　　　　　　〈봉니쳥긔〉

입신양명과 충군효친(忠君孝親)을 남자가 이루어야 할 사업으로 생각하고, 풍류 자연은 그 사업을 다 이룬 후에 7·80이 되어 退朝하면 그 때 다시 누리리라 하였다.

꿈 속에서 호호백발 청려장을 짚은 노인에게 입신양명과 충군효친이 제일 가는 남아의 사업이라는 말을 듣고 집으로 돌아오는 발길이 가볍다. 청려장을 짚은 노인으로 인해 금강산이 名山임을 깨닫고 文力을 얻은 귀로는 활시위를 떠난 화살같이 빠를 수밖에 없다.

숨ᄉ초 ᄉ례한후   귀가지심 간졀ᄒ니
시위쩌는 살갓도다.   회양부 굼셩현과
금화현 쳘원부와   영평포쳔 양쥬목을
오일만의 ᄉ빅니라   동슈문밧 다〃러셔
왕반을 혜여보니   슈미일삭 슴십오일
일쳔ᄉ빅 뉵십여리   디소의 환가ᄒ니
합가안녕 깃부도다.   아마도 싱셰ᄉ칠년의
남아의 큰ᄉ업을   쳐음흔가 ᄒ노라.

〈봉니쳥긔〉

집으로 돌아와서는 집의 안녕을 기뻐하면서 금강산 여행을 돌이켜 생각할 때 "아마도 싱셰ᄉ칠년(生世七年)의 남아(男兒)의 큰 ᄉ업(事業)을 쳐음흔가 ᄒ노라."하여 금강산 여행이 입신양명과 충군효친이라는 사업과 맞닿아 있음을 알 수 있다.

입신양명의 좌절을 겪고 재기를 위해 금강산을 찾은 서술자는 여행자의 자세로 사물을 사물 그대로로 인식하면서 그 안에서 古人들의 필력과 필적에 감탄하고 자신의 의지를 재확인 한다. 대상(자연)에 대해 인간계와 다른 별세계로 인식하는 것이 아니라, 마음을 다스려 새로운 의지로 학업에 정진하기 위한 한가로운 공간으로 인식한다.

5.1.4 풍속과 역사를 통한 주체 의식

여행은 많은 대상을 경험하여 견문의 확대를 가져 온다. 여행을 통해 자연과 인물을 경험하기도 하지만 여행지의 역사와 풍속을 경험하기도 한다. 특히 후기의 기행가사들은 풍속과 역사에 대해 깊은 관심을 갖고 나라와 민족에 대한 주체 의식을 서술한다.

그러나 풍속과 역사를 서술하는 데에도 작품마다 성향을 달리 한다. 작품 전체에 풍속과 역사 의식을 드러내는 작품의 경우와 여행 중 어느 경과지에 들러 그 지방의 사물이나 인물에 대해 설화적인 요소를 띠고 단편적으로 서술하는 경우가 있다.

전자는 나라와 민족의 유래에 초점을 맞춰 歷史書적인 서술을 하고

있는 데 반해, 후자의 경우 한문 雜錄의 내용을 빌어와 흥미 위주의 서
술을 하고 있다. 그러나 기행가사의 풍속·역사 서술 경향으로 볼 때는
후자의 경향을 더 많은 기행가사가 채택하고 있다.

태죠대왕 농잠 시의
셜봉산 하 토굴 속의
흑두타 션스님아
세 꿈을 꾸엇시니
세 셕가리 등의 지고
모든 둙이 홈 씌 울고
곳치 쑥쑥 쩌러지고
그 어인 징죠런고
션시 풀어 디답ᄒ되
세 셕가리 등의 지니
만 가의 둙이 우니
곳치 쩌러지니
거울이 ᄂ려지니
님금 되실 꿈이시고
보듕 보듕 ᄒ옵쇼셔
등극ᄒ신 삼 년 젹의
셕왕스라 일홈ᄒ니
무학을 놉히시셔
오빅 년 갓갑도록
원 듕의 심으신 비

이샹ᄒ신 꿈꾸시고
신승 무학 츠즈가셔
꿈 희득ᄒ야 쥬소
ᄒ 꿈은 파옥 듕의
쏘 ᄒ 꿈은 일만 집의
또 ᄒ 꿈은 두 가지니
거울이 ᄂ려지니
길흉을 뭇줍노라
몽죠가 크게 길희
님금 왕쯔 아니런가
고귀위를 하례ᄒ고
여름이 열 거시오
소리 엇디 업스리오
군왕의 얼굴이라
이 앎히 다시 뵈리
큰 졀을 이르키고
님금왕쯔푼 연괴라
국스라 ᄒ오시고
츈츄로 불공ᄒ데
지금가지 열니더라
〈북새곡〉

　후자 서술의 대표적인 예이다. 서술자가 풍속이나 역사 서술을 주된
목적으로 하는 것이 아니라, 여행 경유지에서 그 지방의 사적과 관련된
인물에 대해 설화적인 역사 서술을 하고 있다.
　어사 신분으로 여러 고을을 여행하던 〈북새곡〉의 서술자는 석왕사에
들러 석왕사의 유래와 관련된 서술을 하고 있다. 석왕사의 창건은 태조
대왕에 의해 이루어졌음을 서술하면서 인물, 즉 태조대왕과 무학대사
사이의 대화를 통해 역사 의식의 한 단면을 드러낸다.

태조대왕과 무학대사의 대화를 통해 석왕사의 창건 유래를 이야기하고 있지만 태조대왕을 서술의 중심에 두었다. "원 듕의 심으신 비 지금가지 열니더라"며 태조대왕의 정신과 은덕이 아직까지 석왕사에 서려 있다는 것을 서술의 목적으로 하였다.

〈북새곡〉의 서술자는 석왕사에 올 수 있었던 것도 "우리 님금 덕틱으로 완전이 거의 오니 무슴 시름 이슬소냐"며 임금의 은혜로 돌리고 있다. 작품 중간 중간에 나타내고 있는 이와 같은 서술은 관직에 있는 사대부로서 갖는 일반적인 인식으로 사대부가 지은 다른 기행가사에서도 볼 수 있다.

이러한 인식으로 서술된 작품들은 대상의 선택에 있어서도 인물 — 역대 임금 — 이나, 임금의 업적을 살필 수 있는 史蹟으로 한정된다. 그리고 풍속·역사에 대한 서술이 작품 전체의 주제가 되는 것이 아니라 독립성을 가지고 부분적으로 이루어진다.

관유기행가사 중 풍속·역사 의식을 작품 전체의 서술 목적으로 삼는 작품은 〈기성별곡〉과 〈낭호신사〉를 들 수 있다. 이 두 작품에서도 여행자로서 풍류적인 서술이 있지만 다른 작품과는 달리 풍속·역사 의식 서술이 중심이 되고 자연 풍류는 독립성을 가지고 부분적으로 서술될 뿐이다.

秋江의 배랄매고   危樓의 혼자 앉아
西京 옛 山川을   歷歷히 굽어보니
長江이 황帶하여   百水가 朝宗하고
千山이 총地하여   錦繡가 둘너세라
無邊한 큰들우희   重城을 싸이스니
아마도 壯한 氣勢   帝王의 고를이라
太白山 檀木 아래   신인이 나리시니
군명은 檀君이오   國號는 朝鮮이라

〈 중　략 〉

燕나라 남은 百姓   東으로 근너 와서
王儉城 都邑하니   衛滿의 朝鮮이라
漢武帝 元封年의   四夷의 威震하니

東으로 치던 때의　　　　　　　樂浪城 되단말가
三韓이 竝立하니　　　　　　　　高句麗 여긔이다.
〈기성별곡〉

〈기성별곡〉의 첫 부분이다. 앞 네 구는 다른 관유기행가사에서 볼 수 있는 전형적인 서술이다. 樓에 올라 주변 山川을 바라 본다. 그러나 다음의 서술부터는 다른 관유기행가사와 다른 내용을 서술하고 있다. 큰 강(여기서는 두만강을 말함)이 가로로 뻗쳐 있는 모습을 제후가 천자에게 朝賀하는 것에 비유하고, 古都 平壤의 기세가 帝王의 고을이라고 찬양한다. 그리고는 太白山 神檀樹 아래 檀君이 나라를 세워 朝鮮의 역사적 근원을 이루고 있다고 서술하고 있다.

　서술자가 있는 곳이 檀君朝鮮에 이어 衛滿朝鮮, 三韓을 이어 옛 高句麗 땅임을 인식한다. 역사 서술은 계속 이어져서 고구려 영양왕 때 隋나라 대군이 압록강을 건너고, 보장왕 때에는 唐太宗이 침략하였으나, 安市城에서 大罷한 역사적 사실을 들어 자부심을 높인다.

　이러한 역사 의식에 의해 자연을 서술할 때에도 서술 대상의 선택이 다른 관유기행가사와는 다른 면이 있다.

쌍쌍한 樓船우의　　　　　　　笙歌을 가득 싯고
찬 湖水 갠 바람의　　　　　　清流壁 올나가니
觀察使 善政碑는　　　　　　　어이 그리 만토 던지
불근먹 큰글자를　　　　　　　面面이 삭여 잇다
〈기성별곡〉

笙歌를 부르면 清流壁에 올랐으나 서술자의 눈에는 백성들을 위해 선정을 베풀었던 관찰사의 선정비만이 보인다. 다른 관유기행가사 같으면 "笙歌을 가득 싯고"에 이어 '神仙·羽化' 등등의 시어를 써서 도선적 풍취를 드러냈을 테지만 〈기성별곡〉의 경우 이러한 서술 없이 다음 노정으로 넘어 간다. 청류벽에 올라 오직 관찰사의 선정비만을 서술한 것은 나라에 선정을 베푸는 관리들이 많아 백성의 생활이 윤택하다는 긍지를 은연 중에 나타낸 것이라 할 수 있다.

숨구門 十里밧긔   箕子宮 지여시니
구주檀 거츤臺에   百靈이 護?하고
八敎門 높흔곳에   千山이 拱읍하다
뜰 아래 늘근 솔에   水鶴이 삭기치니
밤듕만 우난소래   警필이 나리난듯
仁賢書 드러가셔   절하고 올나가니
中堂의 져근 障子   聖人의 遺像이라
                          〈기성별곡〉

기자궁의 위치가 평양 정양문 부근의 사구문에서 십 리 지점에 있다고 밝히고, 箕子의 九疇를 기념하기 위해 만든 구자단에 올라 선조들의 英靈이 호위하여 나라의 안녕이 길이 이어질 것이라고 서술한다. 仁賢堂에 올라 성인의 遺像을 보고 기자 조선에서부터 내려온 나라의 역사와 이 땅에 箕子가 끼친 遺痕을 서술한다. 朝鮮의 뿌리인 箕子朝鮮과 箕子의 유흔을 서술함으로써 역사에 대한 주체성과 자긍심을 노래하고 있다.

千年에 옛자최을   낫낫치 차자보니
檀君적 大闕터이   至今의 宛然하다
麒麟이 한 번가니   옛굴만 나마 인내
寂寞한 荒臺우의   烏雀이 지저괴니
東明王 노던이를   눌너러 무를쇼고
                          〈기성별곡〉

여행의 목적은 "千年에 옛자최을 낫낫치 차자보"는 것이다. 앞에서 기술한 것처럼 기자 조선에서부터, 三韓, 高句麗에 이르기까지의 역사와 역대 先王, 지략이 뛰어난 장수, 선정을 베푸는 관리들의 정신이 지금까지 이어져왔음을 서술하여 나라와 민족의 연원과 함께 평안한 나라에 대한 주체성과 자긍심을 높이고 있다.

〈기성별곡〉의 서술자는 부정적인 인물과 사건은 서술하지 않고 있다. 이러한 점으로 미루어 보아 서술자가 작품에서 드러내고자 하는 주된 의식은 모순된 현실을 변화시키자는 사회 인식에서 출발하는 것이 아니라 나라와 민족의 主體性과 先王의 遺德으로 현재 백성들의 삶이 평안하다는 자긍심임을 드러내려는 역사 의식임을 알 수 있다.

〈기성별곡〉과 같이 역사 의식을 작품 전체에서 표출하고 있는 작품이 있는가 하면, 풍속의 건전함과 대단함을 노래함으로써 은연 중에 주체 의식과 자긍심을 서술하는 작품이 있다.

〈낭호신사〉의 경우 자신의 고향인 靈岩과 鳩林을 노래했기에 역사·인물·풍속 등을 상세하게 서술할 수 있었으며, 자긍심 또한 대단하다.

호남에 가려지은 　　　　랑셔의 지일이라
바우가 신령ᄒ니 　　　　읍호을 령람이라
〈낭호신사〉

호남의 아름답고 수려한 경치는 郎西에서 제일 뛰어나다는 것으로 서술의 시작을 삼고 고향인 영암의 지명 유래를 밝혔다. 그리고 月出山의 天皇峰과 朱芝峰의 산세가 기기묘묘하다는 것을 밝히고 산 아래 동네들이 모두 名勝地라고 자부심을 노래한다.

이러한 자부심은 영암이 풍수지리적으로 잘 짜여진 곳이어서 경치도 좋을 뿐 아니라 살만한 곳이라는 자랑으로 이어진다.

영암은 예부터 三朴氏가 살아 門戶도 대단하고 자손이 번창한 곳이어서 여러 성씨들이 마을을 이루고 산다는 마을 유래에 대한 자부심 또한 대단하다.

네로붓터 일은 말리 　　　　삼박시의 구긔로다
셜립한 삼셩바지 　　　　남포 함양 번남이라
문호은 칭칭하고 　　　　자손이 번번하니
열어 셩이 이웃하야 　　　　촌락을 벌려스며
도원죽니 군자향의 　　　　만호천문 몃 집인고
례의을 숭상하니 　　　　동셔의 학궁이라
글도 ᄒ고 활도 쏘니 　　　　문무화긱 출입한다
〈낭호신사〉

"도원죽니(桃源竹裡) 군자향(君子鄉)의 만호천문(萬戶千門) 몃 집인고"라며 군자의 도가 살아 있는 풍속을 서술한다. 영암의 풍속은 예의를 숭상하며 學問이 뛰어난 곳이고, 활도 잘 쏘는 곳이어서 文武華客들의 出入이 그치지 않는다며 영암의 풍속을 노래한다.

뛰어난 산세와 좋은 풍속을 가진 영암이니 뛰어난 인물이나 설화적 인물이 없을 수 없다.

관음사 폭포슈의   동지셧달 외가 솟아
서답 신난 아희 긔집   자식 비이 긔하다
신인을 탄싱하니   승명은 도선이라
                              〈낭호신사〉

동지섣달에 관음사 폭포수에 瓜가 솟아 그것을 먹은 계집이 아이를 갖었으니 이에 탄생한 神人이 道詵國師라는 기이한 탄생담을 소개하고 있다. 道詵國師의 탄생담을 서술한 이유는 영암에 道詵國師의 신비한 힘이 서려 있기 때문이다. 道詵國師가 지리에 통달하여 산맥을 살피고 풍수를 짚어 번창한 곳이 영암이니 영암은 살기 좋고 경치 좋은 고을이라는 내용을 품고 있다.

鳩林 여기 경치 좋고 풍속 좋아 사람 살기에는 더 없어 좋은 곳이라는 자부심을 갖고 있다. 곳곳이 공부하기 제일 좋은 곳이요, "기운 조흔 할량님니 활쏘기 조흔" 곳이다.

견강변 후천탄의   은인옥척 살쪄 간다
천엽하는 소년비은   천어을 쥬어닌니
시류지을 썩거 들고   힝화촌을 차자갈 지
동풍삼월 빅화졀익   온갓 꼿시 만발컨을
루각의 놉피 올나   동서인을 살펴 보니
힝화도화 몃 집이며   창송녹죽몃 마을인고
차리차리 시어보니   촌여도 무슈하다
                              〈낭호신사〉

川獵하는 소년들의 모습이 한가롭고 풍성하다. 이러한 삶 속에서 禮儀를 崇尙하고 학문에 힘써, "힝화도화(杏花桃花)·창송녹죽(蒼松綠竹)"의 마을이 무수할 정도로 좋은 풍속을 가지고 있다.

역사 의식을 다룬 기행가사는 나라와 민족의 역사적 근원을 밝혀 주체성을 확립하고, 풍속을 다룬 기행가사는 예의를 숭상하여 杏花之道가 밝은 살기 좋은 곳임을 주된 내용으로 서술하고 있다. 이러한 서술 의도는 나라와 민족의 깊은 뿌리를 가지고 있으며, 先王을 포함한 성현들의 遺德에 의해 나라와 민족이 살기 좋은 곳으로 영원히 이어지리라는 자긍심을 담고 있다.

5.2 유배에서 느낀 삶의 갈등과 극복 : 유배기행가사

현전하는 유배기행가사는 모두 5편이다.[81] 시기별로 보면 〈북관곡〉이 1675년, 〈속사미인곡〉 1725년, 〈홍리가〉 1782년, 〈만언사〉 正祖朝, 〈북천가〉 1853년 등으로 당쟁이 심했던 시기이다.

유배기행가사의 유배 동기를 보면, 당쟁과 같은 정치적 성격의 유배가 〈북관곡〉, 〈속사미인곡〉, 〈홍리가〉, 〈북천가〉 등 4편이고 私的인 죄로 인한 유배는 〈만언사〉 1편 뿐이다. 유배기행가사를 유배 동기로 구분하는 것은 작품 해석상 매우 중요한 의미를 갖는다. 자신의 죄를 인정하느냐 아니면 다른 사람의 탓으로 여기느냐는 작품의 주된 내용을 형성하기 때문이다.

죄가 있든 죄가 없든 임금의 명으로 죄를 입어 유배를 당하는 것은 개인적으로 좌절과 고통을 당하는 일이다. 뿐만 아니라 주변 사람, 특히 가족에게 끼치는 폐해 역시 막대한 것이다. 더구나 집에 나이 많은 부모나 어린 자식이 있어 보살펴 줄 사람이 없을 때에는 더욱 그 폐해가 심할 수밖에 없다.

---

81) 유배가사는 총 15편이지만 그 중 기행가사의 범주에 드는 것은 모두 5편이다.

유배기행가사는 '유배'라는 공통적인 여행 동기를 가지고 있다. 유배기행가사에 공통적으로 드러나는 요소는 다음 몇 가지로 나눌 수 있다82).

첫째, 자신에게 죄가 있든 없든 유배 가는 일 자체에 대해서는 불만을 품지 않는다. 이는 유배가 임금의 명에 의해 집행되기 때문이다.

둘째, 작품 곳곳에서 임금의 은혜를 기억하고 칭송한다. 덧붙여서 자신을 유배 보낸 임금에 대해 나를 유배 보냈으니 얼마나 마음이 아프실까하는 걱정을 나타내기도 한다.

셋째, 추상적이든 구체적이든 유배 동기에 대한 자신의 심경을 서술한다.

넷째, 타의든 자의든 유배로 인한 몸과 행동의 구속을 서술한다.

다섯째, 돌아가고 싶은 간절한 마음을 서술하고, 돌아가면 어떻게 살 것인지를 계획한다.

이상과 같은 공통적인 요소와 유배 동기에 따른 유형별 작품의 주된 의식을 살펴 보기로 한다.

5.2.1 죄에 대한 회한과 소망

〈만언사〉를 지은 안조원의 유배 동기는 정확하게 알 수 없다. 그러나 "燈盞불 치는 나비 저 죽을 줄 알았으면 어디서 食祿之臣이 罪 짓자 하랴마는 大厄이 當前하니 눈조차 어둡고나 마른 섶홀 등에 지고 烈火에 들미로다"하여 사사로운 죄를 지어 유배를 떠나게 되었음을 알 수 있다. 떳떳하지 못한 죄이었기에 유배 동기를 정확히 밝힐 수 없었을 것이다.

따라서 씻지 못할 죄에 비해 유배를 가게 된 것에 대해 "재가 된들 누탓이리 살 可望 업다마는 一命을 꾸이오셔 海島에 보내시니 어와 聖恩이야가지록 罔極하다"며 임금의 은혜를 노래하고 있다.

---

82) 〈북관곡〉은 자신이 직접 유배를 겪는 것이 아니므로 다른 유배기행가사와 다른 점이 있다. 이에 대하여는 3절에서 다루었음.

죄를 지어 유배를 떠나면서 자신이 걸어 온 삶을 뒤 돌아 보며 죄에 대한 뉘우침과 회한을 서술한다. 죽은 아이로 태어나 부모님의 걱정을 끼쳐 드린 것과 글 공부를 제대로 안해 부모님의 근심을 샀던 일들도 모두 회한과 뉘우침으로 서술한다. 이러한 뉘우침과 회한은 유배지에서 한 해를 넘기는 새해 아침에 "北堂雙親이 白髮이 더 하시고 空閨花朝는 얼마나 늦었는고 五歲에 떠난 子息 六歲兒되었고나"하여 부모와 아내 자식에 대한 죄스러움으로 이어진다.

이러한 회한과 뉘우침은 서술자의 인생관에도 영향을 준다. 득의 만만했던 젊은 시절과는 달리 죄를 짓고 유배를 당하니 인생이란 허망한 것일 수밖에 없을지도 모른다.

平生을 다 살아도   다만지 百年이라
하물며 百年이   반듯기 어려우니
白駒之過로이요   滄海之一票이라
逆旅 乾坤에   지나가는 손이로다
빌어온 人生이   꿈의 몸 가지고서
男兒의 하올 일을   역역히 다 하여도
풀 끝에 이슬이라   오희려 덧업거든

사람의 생이란 다 살아도 백 년을 더 살 수는 없다. 더구나 그 백 년을 다 살 수 있는 것도 아니다라는 생의 유한함을 느낀다. 세월은 '白駒之過' 매우 빨리 지나가는 것이라 인식하고는 그 짧은 삶을 사는 인간 존재에 대해서는 '滄海之一票'로 넓은 바다에 떠 있는 좁쌀 한 알에 불과하다고 인식하게 된다. 인간은 단지 주막에 잠시 쉬었다 가는 나그네에 불과한 것이다. 그러므로 인간의 삶은 빌어 온 것이며, 인간의 육체는 꿈과 같이 실체가 없는 허상일 뿐이다. 남아로 태어나 이룩한 모든 일들도 풀 끝에 이슬일 뿐이라는 인식에 이르러서는 半生도 못산 자신이 잠깐의 잘못된 생각으로 죄를 저질렀으니 나 역시 모르겠다는 회한과 뉘우침으로 이어진다.

호기와 풍류를 누리던 젊은 시절은 다 허황된 것이고 꿈 속의 일이다.

(가) 孟母의 三遷之敎   일마다 法이로다
     曾母의 투저함은   남 밋고 아니시리
     雪애에 泣竹함은   至誠이 感天이요
     伯夷의 부마함은   孝子의 할배 로다
     立身하며 揚名함은   文豪의 光彩로다
     行勢의 으뜸일이   글밖에 또 있난가
     東史古文 四書三經   唐音長篇 宋明史를
     細細히 熟讀하고   字字이 외워시니
     읽기도 하려니와   짓긴들 아니하랴
     三月春風 花柳時와   九秋黃국 丹楓節에
     騷人墨客 벗이 되어   吟風詠月 일삼 을제
     唐時의 조격이요   宋明時의 개치로다
     文與筆이 한가지라   어느 것이 다를손가
     짓기도 하려니와   쓰긴들 아니하랴

(나) 千金駿馬 換少妾은   少年놀이 더욱 조타
     自矜백上 민華聲은   나도 잠간 하오리라
     이전 마음 전혀 잊고   豪心狂興 절로 난다
     白馬王孫 貴한 벗과   遊俠輕薄 다 따른다
     武陵將臺 天津橋도   名勝地라 일려지다
     三淸雲臺 廣通橋들   노리처가 아니런가
     花朝月夕 빈날 업시   酒진靑樓 거닐 적에
     滿존양料 盡醉하고   絶代佳人 沈弱하여
     翠黛羅裙 고은 態度   淸歌妙舞 戲弄할 제
     風流好士 긔 뉘신고   酒中仙君 부러하랴
                                      〈만언사〉

　　(가)는 유교적 세계관에 의해 입신양명을 하고자 글 공부했던 것을,
(나)는 젊은 시절 풍류 놀이를 회상한 부분이다. (가)에서는 중국 삼국
시대의 孟宗과 武王 때의 백이·숙제의 고사를 빌려 忠과 孝를 다짐했
지만 지금은 덧없는 것이 되었다는 회한과 뉘우침을 갖는다. 남아의 할
일은 입신양명이라 여기고 서적을 읽고, 글을 짓고·쓰던 일들이 이제

는 모두 허황된 것으로 인식한다. (나)에서는 風流好士와 酒中仙君을 자처하며 질탕하게 놀았던 시절을 회상하며 그것 역시 덧없는 인생살이의 허황된 꿈에 지나지 않는다는 인식을 드러낸다.

한 번의 죄 지음과 유배에 대한 회한이 서술자의 인생관을 바꾸어 놓는 계기가 되었다.

서술자는 유배의 고통을 작품 서두에서부터 핍진하게 서술하고 있다.

(가) 어와 奇薄하다	나의 命도 奇薄하다
十一歲에 慈母喪에	呼哭哀痛 昏絶하니
그때나 죽엇더면	이때 고생 아니 보리

(나) 江上에 배 떠나니	離別時가 이 때로다
山川이 근심하니	父子離別 함이로다
搖櫓一聲에	흐르는 배 살 같으니
一帶長江이	어느덧 가로 서라
風便에 우는 소리	긴 江을 건너오네
行人도 落淚하니	내 가삼 뮈어진다
呼父一聲 엎더지니	애고 소리 뿐이로다

(다) 靑山은 몇 겹이며	綠水는 몇 구빈고
넘도록 의히어늘	건너도록 물이로다
夕陽은 재를 넘고	空山이 寂寞한 데
綠陰은 욱어지고	杜鵑이 啼血하니
슬프다 저 새소리	不如歸는 무삼일고
네 일을 이름이냐	내 일을 이름이냐
가뜩이 허튼 근심	눈물에 젖었어라
萬水에 連鎖하니	내 근심 먹음은 듯
千林에 露結하니	내 눈물 뿌리는 듯

(라) 나가는 길 어인 길고	무삼 일로 가는 길고
不老草 求하려고	三神山을 찾아가니
童男童女 아니어든	方土 徐市 따라가랴
洞庭湖 밝은 달에	岳陽樓 오르랴나

소湘江 굿은 비에	弔湘君 하랴는가
田園이 將蕪하니	歸去來 하옵는가
鱸魚鱠 살졌으니	江東去 하옵는가
五胡舟 흘리저어	明哲保身 하랴는가
긴 고래 잠간 만나	白日昇天 하랴는가
父母妻子 다 버리고	어드러로 혼자 가노
우는 눈물 沼이 되어	大海水를 보타인다

〈만언사〉

　(가)는 유배를 떠나면서 유배에 대한 자신의 심정을 읊은 부분이다. 11세에 어머니 상을 당해 슬픔으로 혼절하였을 때 죽었으면 이 고생을 안 보았을 것이라는 서술에서 죄에 대한 깊은 회한을 읽을 수 있다.

　유배 길을 떠나자 죄에 대한 회한과 유배의 고통은 현실로 다가온다. (나)는 유배 길을 가는 도중에 느낀 죄에 대한 회한과 유배의 고통을 서술한 부분이다. 큰 강을 만나 따라오던 식구들과 헤어져 배를 타고 강을 건너는데 마음과는 달리 배는 살같이 빠르게 달려 나간다. 강 저쪽 편에서 울부짖는 식구들의 울음소리에 지나는 행인도 눈물을 흘리고 식구들의 울음소리가 바람결을 타고 들리자 "呼父一聲"에 배에 엎어져 "애고 소리"만 낼 뿐이다. 죄에 대한 회한과 뉘우침, 식구들과 떨어져야만 하는 유배의 고통을 짧지만 사실적으로 서술하고 있다.

　(다)에서 서술자는 호송인들의 범같이 무서운 재촉에 가야 할 유배 길을 바라보니 산 넘어 또 산이요, 물 건너 또 물인 아득한 길이 앞을 가로 막고 있다고 서술한다. 자기가 있어야 할 願望空間을 뒤로한 채 고통과 슬픔만이 있을 迫害空間으로 가야만 하는 유배인의 심정을 잘 나타내고 있다.

　숲 속에서 들리는 두견의 소리는 꼭 자신의 마음을 담아 피를 흘리며 울고 있는 듯하고, 큰 강은 내 눈물이요 내 눈물은 찬 이슬이 되어 맺힌다는 표현은 자신의 슬픔을 자연에 빗대어 표출한 시적인 표현이라 할 수 있을 것이다.

　(라)에도 이러한 서술자의 표현력이 유감없이 발휘된다. 내가 가는 길이 어떤 길이며, 무슨 일로 가는가를 스스로 자문하며 죄에 대한 회

한과 슬픔을 서술한 곳이다. "-고, -랴, -가, -노"로 이어지는 표현은 빠른 리듬을 느끼게 하면서도 유배인의 죄에 대한 회한과 슬픔을 강하게 느낄 수 있도록 하는 시적 장치이다.

내가 가는 길은 풍류를 위한 길도 아니고 입신양명을 위한 길도 아니고 죄를 지어 유배가는 길임을 확인하면서 죄에 대한 회한과 슬픔을 강하게 서술하고 있다. 유배길이 더욱 슬픈 것은 "父母妻子 다 버리고" 정처 없이 혼자 가야 할 길이기 때문이다. 그래서 그 슬픔이 "우는 눈물 沼이 되어 大海水를 보타"일 정도로 깊은 것이다.

유배 가는 사람에게는 자연을 누릴만한 여유와 흥취가 있을 수 없다.

<pre>
萬二千峰이   半空에 솟았는 듯
一國之名山이라   景致도 조타마는
내 마음 어득하니   어느 겨를 살펴보리
              〈 중   략 〉
健壯한 都沙工이   배머리에 높게 서서
지곡층 한 調를   어사와로 和答하니
마디마다 悽凉하다   謫客心懷 어떠할고
                              〈만언사〉
</pre>

자연은 항상 아름다운데 유배인의 마음이 '어득하니' 그 아름다움을 즐길 겨를이 없다. 사공이 부르는 지국총 어사와 한 곡조도 젊었을 때 듣던 느낌과는 달리 처절하게 들릴 뿐이다.

유배길의 고통도 심하지마는 유배지에 도착하여 겪는 고통은 이루 말할 수 없다.

<pre>
이 집에가 依持하자   家難하다 핑게하고
저 집에가 主人하자   緣故있다 칭탈하네
이집 저집 아모덴들   謫客主人 뉘 좋달고
官力으로 逼迫하고   勢不得已 맡았으니
관채다려 못한 말을   만만할손 내가 듣네
세간그릇 흩던지며   역정내어 하는 말이
저 나그네 헤어보소   主人아니 불상한가
</pre>

이집저집 잘 사는집 한두 집이 아니어든
官人들은 人情받고 손님네는 酷言들어
구타여 내 집으로 緣分있어 와 계신가
내 살이 감薄한 줄 보시다야 아니 알가
앞뒤에 田畓 없고 물 속으로 生涯하여
앞 언덕에 고기 낚아 웃녘에 장사 가니
삼망 얻어 보리섬이 믿을 것이 아니로세
身兼妻子 세 식구의 糊口하기 어렵거든
糧食없는 나그네는 무엇 먹고 살려는고
집이라고 서 볼손가 기어들고 기어나며
房 한間에 主人들고 나그네는 잘 데 없네
뙤자리 한 잎 주어 簷下에 居處하니
冷地에 漏濕하고 즘생도 하도할사
발남은 구렁배암 뼘남은 청진의라
左右로 둘렀으니 무섭고도 증그럽다
           〈만언사〉

유배지에 도착하여 유배소를 정해야 하는데 집 주인들로부터 냉대를 받고 쫓겨나기 일쑤이다. 집 주인들은 갖가지 핑계로 유배인을 물리치는데 그 주된 이유는 유배지의 가난한 살림살이 때문이다.

유배지가 풍성하고 살기 좋은 곳이라면 유배의 고통은 반감될 수 있으련만 사정은 그렇지가 못하다. 전답 한 뼘없이 물 속에서 살지마는 세 식구 호구하기도 어려우니 유배인에 대한 인정이 후할 리가 없다. 집도 협소하여서 기어다녀야 하며, 차고 습기도 많다. 게다가 뱀들이 득실거리니 가히 유배 생활이 어떠한 것인가를 짐작하고도 남겠다.

(가) 눈물로 밤을 새와 아참에 조반 드니
   덜 쓰른 보리밥에 무장떵이 한 종자라
   한 술을 떠서 보고 큰 덩이 내어놓고
   그도 저도 아조 없어 굴물 적이 간간이라
   여름날 긴긴 날에 배고파 어려웨라

(나) 衣服을 돌아보니 한숨이 절로 난다

南方炎天 찌는 날에　　　　빠지 못한 누비바지
땀이 배고 때가 올라　　　　굴둑 막은 덕석인가
덥고 검기 다 바리고　　　　내암새를 어이하리

(다) 이와 내 일이야　　　　可憐히도 되었고나
　　손잡고 반기난 집　　　　내 아니 가옵더니
　　등밀어 내치는 집　　　　苟且히 빌어 있어
　　玉食珍선 어데 가고　　麥飯鹽漿 對하오며
　　錦衣華服 어데 가고　　懸鶉百結 하였는고
　　이 뭄이 살았는가　　　죽어서 鬼神인가
　　말하니 살았으나　　　　모양은 鬼神일다
　　한숨 끝에 눈물 나고　　눈물 끝에 한숨이라
　　　　　　　　　　　　　　　　〈만언사〉

(가)는 유배지에서의 음식을 (나)는 의복을 (다)는 전체적인 자기 모습을 서술한 곳이다. 뜸이 덜 든 보리밥에 무장명이 한 종지 그러나 그것마져도 없어 굶는 날이 많아 배가 고프니 긴긴 여름 날을 견딜 수 없다고 고통스러워 한다. 옷도 겨울에 입는 누비바지 하나여서 더운 여름날 땀이 배고 때에 찌들으니 마치 굴뚝을 막는 덕석같다. 그러나 더움과 더러움보다 더 참기 어려운 것은 옷에서 나는 냄새다. 이런 모습이니 자신이 보아도 귀신 같다는 서술이다.

　이러한 고통을 받으며 삶에 대한 인식의 변화를 경험한다.

一分은 밥쌀하고　　　　　一分은 술쌀하여
밥먹어 배부르고　　　　　술먹어 醉한 後에
含哺鼓腹하여　　　　　　擊壤歌를 부르나니
農夫의 저런 興味　　　　이런 줄 알았더면
功名을 貪치말고　　　　農事를 힘쓸 것을
白雲이 즐거운 줄　　　　靑雲이 알았으면
探花蜂蝶이　　　　　　　그물에 걸렸으랴
　　　　　　　　　　　　　　　　〈만언사〉

긴긴 여름날을 배 곯고 지내다 보니 입신양명은 다 부질없는 것이고

농사를 짓는 일이 제일 부럽다며 인식의 변화를 나타낸다. 게다가 일찍
이 농사 짓는 낙을 알았으면 죄를 짓지 않았을 것이라는 죄에 대한 회
한도 따른다.

이러한 고통을 꿈 속의 일로 여기고 벗어나 보려 한다.

<table>
<tr><td>世上人事 꿈이로다</td><td>내 일 더욱 꿈이로다</td></tr>
<tr><td>엊그제는 富貴者요</td><td>오늘아침 貧賤者ㅣ라</td></tr>
<tr><td>富貴者 꿈이런가</td><td>貧賤者 꿈이런가</td></tr>
<tr><td>長晝蝴蝶 恍惚하니</td><td>어느 것이 정 꿈인고</td></tr>
<tr><td>邯鄲稚步 꿈인가</td><td>南洋草廬 큰 꿈인가</td></tr>
<tr><td>華胥夢 七願夢에</td><td>南柯一夢 깨고 나서</td></tr>
<tr><td>夢中凶事 이러하니</td><td>새벽 大吉 하오리라</td></tr>
</table>

〈만언사〉

세상 모든 일들이 덧없는 꿈일진대 지금 내가 겪고 있는 일은 더욱
꿈과 같은 것이다. 특히 죄를 지어서 유배지에 갇힌 서술자로서는 인생
이 한갓 꿈으로 밖에 받아들일 수 없을 것이다. 그러나 유배인의 신분
이라도 소망을 잃을 수는 없는 것이다.

유배 전의 부유한 삶이 꿈인지 지금의 고통스러운 삶이 꿈인지 모르
겠지만 꿈을 깨고 새벽이 오면 大吉할 것이라는 기대도 가져 본다.

그러나 미래에 대한 소망은 멀지만 현실 생활에서 겪는 고통은 참기
어려운 것임에는 분명하다. 다른 것은 다 참을 수 있지만 배 고픈 것은
참을 수가 없다. 정신이 어지러움을 느끼고 동냥을 얻으러 나선다.

<table>
<tr><td>저 主人 擧動보소</td><td>코웃음 비웃으며</td></tr>
<tr><td>兩班도 할 일 없네</td><td>동냥도 하시였고</td></tr>
<tr><td>貴人도 속절 없네</td><td>등짐도 지시었고</td></tr>
<tr><td>밥싼 노릇 하오시니</td><td>저녁 밥 많이 먹소</td></tr>
<tr><td>네 웃음도 듣기 싫고</td><td>많은 밥도 먹기 싫다</td></tr>
</table>

〈만언사〉

유배소 어느 집 주인의 비웃음에 자존심도 상하지만 많은 밥은 바라

지 않더라도 배 곯기 면하기를 간절히 바란다. 집 주인〔대상〕의 행동과 말을 통해 현재 자신이 처한 상황을 서술한다. 자신의 상황을 스스로 표현하기 보다는 객체인 다른 사람을 통해 서술함으로써 현재 자신이 처한 어려운 상황을 사실감 있게 나타내고 있다.

동냥을 얻으러 나섰는데 주인의 비웃음보다 더한 것이 동네 아이들과 젊은 계집들의 놀림이다. 〈만언사〉의 서술자는 문학적 소질로 이를 잘 받아 넘기고 있다.

철없은 어린兒孩   소같은 젊은 계집
손가락질 가라치며   귀향다리 온다하니
어와 고히하다   다리 指稱 고히하다
구름다리 징검다리   돌다리 토다리라
春正月 十五夜   上元야 밝은 달에
長安市上 열 두다리   다리마다 바람 불어
玉壺金樽은   다리다리 杯盤이요
積聲歌曲은   다리다리 風流로다
웃 다리 아래 다리   석은 다리 헛다리
鐵物다리 板子다리   두 다리 돌아 들어
中村을 올라 廣通다리   굽은 다리 手票다리
孝經다리 馬廛다리   아랑 위 겻다리라
도로 올라 中學다리   다리 나려 향다리요
東大門 안 첫다리며   西大門 안 학다리
南大門 안 수각다리   모든 다리 밟은 다리
이 다리 저 다리   今始初聞 귀향다리
수종다리 습다림가   天生이 病身인가
아마도 이 다리는   失足하여 病든 다리
두 손길 느려치면   다리에 가까오니
손과 다리 머다한들   그 사이 얼마치리
한 층을 조곰 높혀   손이라나 하여주렴
〈만언사〉

다리타령이라 해도 좋을 만큼 글을 읽어 내려가는데 흥취를 느낀다. 더욱 재미있는 표현은 '손을 내리면 다리에 가까워 손과 다리의 거리가 얼마 되지 않으니 조금만 높여서 손이라 불러 달라'는 것이다. 동네 아이들과 젊은 계집들이 자신을 동냥다리라고 놀리자 좋은 입담으로 받아넘긴다. 이러한 해학 뒤에는 동네 아이들과 젊은 계집들의 놀림을 당하여야 하는 자신의 죄에 대한 회한과 뉘우침이 따른다.

〈만언사〉의 문학적 표현은 임을 그리워하는 다음 서술에서도 느낄 수 있다. 유배지에서 겪는 모든 고통과 수치심은 다 이겨낼 수 있지만 임에 대한 그리움은 이겨낼 수 없다.

보고지고 보고지고　　　임의 얼골 보고지고
나래 돋힌 鶴이 되어　　　날아가서 보고지고
萬里長天 구름 되어　　　떠나가서 보고지고
落落長松 바람되어　　　불어가서 보고지고
梧桐秋夜 달이되어　　　비초여나 보고지고
粉壁紗窓 細雨되어　　　뿌려서나 보고지고
秋月春風 몇몇 해를　　　晝夜不離 하옵다가
轉身萬愁 머다 머되　　　消息조차 頓絶하니
鐵石肝腸 아니어든　　　그리움을 결딜소냐
어와 못 잊을다　　　　　임을 그려 못 잊을다
　　　　　　　　　　　　〈만언사〉

'용, 구름, 바람, 달, 가는 비' 등 임에게 갈 수 있는 모든 방법을 동원해서라도 임의 얼굴을 보고 싶다는 강한 소망을 갖는다. 그러나 임은 소식조차 없으니 죽음을 선택할 수밖에 없다. "이렇고도 사자하니 사자하는 내 그르다 실같은 이 殘命을 끊음즉도 하다"하며 몇 번이고 죽음을 생각한다.

차라리 快히 죽어　　　이설움을 잊자하고
浦口沙邊 혼자 앉아　　　終日토록 痛哭하며
望海投死 하려함도　　　한 번 두 번 아니오며
寂寂重門 굳이 닫고　　　千思萬想 다 버리고
不食餓死 하랴함도　　　한 번 두 번 아니오며
　　　　　　　　　　　　〈만언사〉

설움을 잊고자 바다에 몸을 던지려고도 하고, 문을 닫아 걸고 굶어 죽으려고도 하지만 목숨이란 질긴 것이어서 뜻을 이루지 못한다. 죽을 수도 없는 목숨, 죄에 대한 회한과 뉘우침이 갈수록 깊어 진다. 현재 상황을 통해 얻는 것은 '설움'뿐이고 그 설움을 이겨내는 것은 오직 죽음뿐이라는 절망이 담겨 있다. 설움뿐인 유배 생활 건너편에 '快한 죽음'을 설정할 수 밖에 없는 서술자의 처지가 어떠한지 짐작할 수 있다. 이러한 절망적인 처지에서는 주변의 대상을 형상화할 여유를 갖지 못하고 자신의 내면 감정에 몰두할 수밖에 없다.

그러면서도 죄가 풀려 집으로 돌아가고 싶다는 소망을 갖는다.

<blockquote>
柴扉에 개 짖으니   나를 놓을 官文인가
반겨서 바라보니   황어파는 장사로다
바다에 배가 오니   赦文 갖은 官船인가
일어서서 바라보니   고기 낚는 漁船이라
하로도 열두 時에   몇 번을 기다린고
           〈만언사〉
</blockquote>

개 짖는 소리에 유배를 풀어 줄 관인이 오는가 반기지만 죄를 풀어 줄 관인은 아니오고 황어 파는 장수만이 보인다. 바다에 배가 오니 죄를 풀어 줄 문서를 싣고 오는 배인가 일어서서 바라보지만 관선이 아니라 고기 잡는 어선이다. 이렇게 기다리길 하루에도 몇 번 씩이나 하면서 죄에서 풀려 나기를 소망한다.

〈만언사〉의 서술자는 자신의 소망을 담기 위해 '개 짖는 소리'와 '배'를 끌어들이고 있다. 감정을 서술할 때는 대상에 대해 여유를 갖지 못하다가 소망에 대한 기다림을 서술할 때는 대상을 자신에게 끌어들이고 있다.

<blockquote>
黃犢은 下山하여   외양을 찾아오고
자는 새는 投林하여   옛집으로 날아드니
禽獸도 집이 있어   돌아갈 줄 알았는가
사람은 무삼 일로   돌아갈줄 몰으는고
</blockquote>

<table>
<tr><td>뵈는 것이 다 설으고</td><td>듣는 것이 다 슬프니</td></tr>
<tr><td>귀 먹고 눈 어두워</td><td>듣고 보지 말고라저</td></tr>
<tr><td>이 설음 오랠 줄을</td><td>分明히 알 양이면</td></tr>
<tr><td>한 일을 決斷하여</td><td>萬事를 잊으려니</td></tr>
<tr><td>나 죽은 무덤 위에</td><td>논을 갈지 밭을 갈지</td></tr>
<tr><td>一道魂魄이야</td><td>있을런지 없을런지</td></tr>
<tr><td>是非分別이야</td><td>없을런지 있을런지</td></tr>
<tr><td>비가 올지 눈이 올지</td><td>바람 불어 서리 칠지</td></tr>
<tr><td>依依天意를</td><td>알기가 어려워라</td></tr>
<tr><td>寸寸肝腸이</td><td>구비구비 썩는고나</td></tr>
</table>

〈만언사〉

　모든 동물들도 다 돌아 갈 집이 있어 돌아가는데 어찌 사람이 돌아 갈 줄 모르는가 한탄하고 보는 것이 다 서럽고 듣는 것이 다 슬프다고 심정을 나타낸다. 설움과 슬픔은 유배 기간을 알지 못하기에 더욱 깊은 것이다. 언제 유배가 끝날 것인가, 행여 유배지에서 죽음을 맞이하는 것은 아닐까 두려움에 싸이게 된다. 그러면서 이렇게 덧없이 죽으면 무덤이나 써 줄런지 아니면, 그 무덤 위에 논을 갈거나 밭을 갈아 혼이나 남을런지 애닳아 하면서 죄에 대한 회한을 더한다.

　그리고는 이제는 유배의 고통에서 벗어나 식구들의 품으로 돌아 갈 수 있기를 간절히 염원한다.

<table>
<tr><td>하나님께 비나이다</td><td>설은 願情 비나이다</td></tr>
<tr><td>冊曆도 해 묵으면</td><td>고쳐 쓰지 아니하고</td></tr>
<tr><td>노호염도 밤이 자면</td><td>풀어져서 버리나니</td></tr>
<tr><td>世事도 묵어지고</td><td>人事도 묵었으니</td></tr>
<tr><td>千事萬事 蕩滌하고</td><td>그만 저만 叙用하사</td></tr>
<tr><td>끊쳐진 엣 因緣을</td><td>고쳐잇게 하옵소서</td></tr>
</table>

〈만언사〉

　자기가 지은 죄를 이제는 잊어 달라는 사연을 구성지게 서술하고 있다. 해가 가고 달이 갔으니 이제 죄에서 풀려 끊어진 엣 인연을 다시

잇게 해달라고 소원한다. 그러고는 죄가 풀리면 "竭忠報國 힘을 쓰니
父母奉養 절로 되네 伯父恩情 잊지 말고 貴한 아들 成就하여 糟糠之妻
한가지로 榮華富貴"을 누릴 것이라고 서술하고 있다.

5.2.2 좌절을 딛고 일어선 호방한 기질

　죄가 있든 없든 죄를 입어 유배 당하는 것은 개인적인 삶의 좌절을
의미한다. 뿐만 아니라 주위 사람들, 특히 나이 많은 부모와 어린 자식
들이 있을 때는 개인의 좌절에 그치는 것이 아니라 집안에 끼치는 영
향 또한 막대하다고 할 수 있다.

王命이 至重하니	죽기라도 甘受로다
老母끠 샹셔하랴	부즐 들고 안즌 말이
涙下 筆前하니	成字를 엇시하리
大機로 알왼 말슴	寬懷無傷 而已로다
言忠信 行篤敬은	내 집의 경계러니
橫厄이 이러하니	世上事를 모를노라
肯構當 奉甘늡는	다만 내 몸 뿐이여니
子息들 어려시니	家事를 엇지하리

〈 중　략 〉

堂上의 鶴髮老親	朝暮의 倚閭하셔
營養은 못하고셔	싱각 얼마 하시는고
當此 喜懼年의	이러혼 不孝子를
도로혀 貽憂하기	이디도록 甚홀시고
晨昏 定省은	홀 일이 업거니와
衣服飮食 扶護疾恙	뉘라셔 흔단 말고
子職이 戲闕하니	罪 우희 쏘 罪로다

〈홍리가〉

　왕명이라면 죽음이라도 감수하여야 하기에 유배을 떠나지만 나이 드
신 어머니게 유배가는 사연을 쓰려고 하니 눈물이 앞을 가려 글자를
쓸 수가 없다. "言忠信 行篤敬"하는 것이 집안의 경계이어서 예부터 충

실히 따랐건만 횡액이 끼어 유배를 당하니 세상 일은 알 수 없는 것이다.

왕명에 따라 유배를 가려하니 자식들은 나이 어려 家事를 돌볼 사람이 없어 걱정이 앞선다. 더군다나 나이 드신 어머니를 누가 아침 저녁으로 봉양할 것이며, 병 간호는 어떻게 할지 죄 위에 또 죄를 짓는 격이다.

이처럼 유배는 유배인의 개인적인 좌절을 의미하기도 하지만 남아 있는 식구들에게도 큰 피해를 주는 사건이다. 또한 아들이나 아비를 유배지로 보내는 식구들의 상심도 클 것이니, 유배는 죄에 또 죄를 더하는 것이나 다름이 없다.

〈속사미인곡〉·〈홍리가〉·〈북천가〉의 서술자는 자신에게는 죄가 없음을 말하고 있다. 유배의 동기가 자신이 저지른 죄때문이 아니고 당쟁과 사화에 의한 것이라고 서술한다.

삼년을 님을 떠나   해도의 뉴락하니
내 언제 무심하여   님의게 득죄한가
님이 언제 박정하여   날 접 소히 한가
내 얼골 곱돗던지   질투할산 중녀로다
〈 중   략 〉
봉황셩 다다르며   고국 쇼식 경심하다
황혼의 녯긔약을   다시 거의 차즐너니
참언이 망극하니   님이신들 어이할고
시호도 셩의하고   증모난 투져하녀
우리님 날 밋기야   셰샹의 뉘 비할고
〈속사미인곡〉

氣質이 魯鈍ᄒ여   營利치 못ᄒ 말이
俗態에 버서나니   時事ㄴ들 어이 알니
進寸 退尺ᄒ여   卒無 所成ᄒ고
薄命 不幸ᄒ니   讒謗이 니러는다
神妬 鬼猜中에   命道ᄒ나 崎嶇홀샤
偶然이 得罪ᄒ야   配所를 마련ᄒ니
〈홍리가〉

<table>
<tr><td>世上에 사람들아</td><td>이내 말삼 드러보소</td></tr>
<tr><td>科擧를 하거들낭</td><td>靑春에 안이하고</td></tr>
<tr><td>五十에 登科하여</td><td>白首紅塵 무삼일고</td></tr>
<tr><td>公明이 되지나마</td><td>行勢나 약바르세</td></tr>
<tr><td>無斷이 내 달아서</td><td>小人의 敵이 되여</td></tr>
<tr><td>부월을 무릅스고</td><td>天庭에 上疏하니</td></tr>
<tr><td>니전으로 보게되면</td><td>빗나고 올컨만은</td></tr>
</table>

〈북천가〉

〈속사미인곡〉의 서술자가 밝힌 유배 동기는 '중녀(간신)의 질투(讒言)' 때문이다. 임금에게 무심한 적이 없으니 죄를 지은 적도 없고, 임금 또한 나를 소홀히 한 적이 없는데 임금의 사랑을 질투한 간신들의 참언으로 유배를 가게 되었다고 주장한다. 때마침 사신으로 중국에 갔다 돌아오는 길에 봉황성에 다다라서 유배 소식을 듣고 놀라지만, 간신들의 참언 때문이니 님이 나를 믿는 것은 비할 데가 없다며 자위한다. 임금님과 서술자 사이의 믿음은 변하지 않고 굳건하다는 인식에서 유배를 가게 된 것은 간신들의 모함 때문이라고 서술한다.

〈홍리가〉의 경우에도 유배 당하는 이유를 단지 "氣質이 魯鈍ᄒ여 營利치" 못해서 " 俗態에 버서나니 時事"를 알지 못했기 때문이라고 서술한다. 자신은 임금의 명에 따라 正道를 갔지만 간신들의 질투와 시기 때문에 우연히 유배를 가게 된 것이라고 인식하고 있다. 소신대로 임무를 다했기에 유배 당하게 된 죄에 대해 전혀 죄의식을 느끼지 않았고 서술하지도 않았다.

〈북천가〉의 서술자는 더욱 당당한 목소리를 가지고 있다. "世上에 사람들아 이내 말삼 드러보소"라고 자신이 겪은 사연을 객관화하면서 자신의 당당함을 뒷받침한다. 자신은 正道를 어기지 않고 일관되게 소임을 다했기에 위험을 무릅쓰고 上疏를 올렸으니 이치로 따지면 옳지마는 소인(간신)의 적이 되어 유배를 가게 되었다고 밝힌다. 자신이 유배 당하는 이유는 오직 '행세(行勢)가 약바르지 못했기 때문'이라는 인식을 드러내면서, 50이 다 된 나이에 등과하여 이런 일을 당하는지 자탄 섞인 목소리를 내고 있다.

이처럼 〈속사미인곡〉·〈홍리가〉·〈북천가〉의 서술자들은 자신들은 죄가 없지만 간신배들의 모함에 의해 유배를 가게 되었다는 인식을 갖고 있다. 이 점은 '유배'라는 고통을 어떻게 극복하느냐 하는 문제와 직접적인 관련이 있다.

유배의 동기가 간신배들의 모함에 있다고 인식했으나 임금에 명에 의한 유배는 신하된 도리로 당연히 받아 들이고 있다. 간신배들의 모함을 듣고 그릇 판단한 임금에게도 한마디쯤 원망을 토로할만도 한데 유배를 떠나면서 한결 같이 '임금'을 위한 일이라는 인식을 가지고 있다.

성야의 질치하여　　　　　패슈를 건너올새
일하음신을　　　　　　　어다로셔 또 드러다
근긔 압송은　　　　　　　고금의 초견이오
자닐 졔직은　　　　　　　이은도 됴쳡하다
박명한 이내 몸의　　　　　님의 은혜 이러하니
녀관 잔등의　　　　　　　피눈물이 졀노 난다

〈 중　략 〉

고신원누랄　　　　　　　한수의 가둑 뿌려
님 향한 일편정을　　　　　참고참아 떠나가니
내마암 이러할 제　　　　　님이신들 니즐손가
　　　　　　　　　　　　　〈속사미인곡〉

江山은 異域이요　　　　　獐氣는 侵身이라
痛哭을 ᄒ려 ᄒ니　　　　　怨國인 듯 不安ᄒ여
춤고 다시 춤아　　　　　　죠혼 체 ᄒ노라니
　　　　　　　　　　　　　〈홍리가〉

四顧무친 孤獨單身　　　　죽난줄 뉘가아랴
사람마다 당케되면　　　　　우름이 나지마난
國恩을 갑흘지라　　　　　　쾌함도 쾌할시고
　　　　　　　　　　　　　〈북천가〉

〈속사미인곡〉의 서술자는 임금을 향한 마음에 참고 참아 유배를 떠난다하면서 유배 당해 임금 곁을 떠나는 내마음이 이렇게 슬프지만 임금을 잊지 않는다고 했다. 나라의 나쁜 소식을 듣고 밤을 달려 대동강을 건너오다 유배의 명을 받고는 압송을 처음 당한다고 하면서 피눈물을 흘리지만, 임금에 대한 은혜를 생각하고 잊지 않으리라 다짐한다.

〈홍리가〉에서는 고통스러운 유배를 당해 통곡을 하고 싶지만 나라(임금)를 원망하는 것처럼 보일까봐 오히려 좋은 체 한다고 했다. 큰 바다를 두 번 건너서 사방이 바다뿐인 절도(유배지인 龜茲島)에 오니 江山은 낯설고 열병의 원인이 되는 산천에서 생기는 나쁜 기운이 몸에 드는 고통을 당하지만 나라(임금)를 생각해 울지 않고 좋은 체 한다면서 유배 사실을 받아 들인다.

〈북천가〉의 서술자는 유배를 오히려 호쾌하다고 하였다. 四顧無親인 자신이 유배지에서 죽는 줄 누가 알아줄까 걱정도 되고 다른 사람들은 유배를 당하면 울겠지만, 자신은 國恩을 갚는 길이니 기쁘고 기쁘다고 서술하고 있다. 四顧無親이어서 자신의 죽음을 돌봐줄 수 있는 사람이 없어 신세가 가련하다고 했지만 오히려 돌봐야 할 식구가 없기에 유배를 호쾌하게 받아들일 수 있는 이유가 되기도 할 것이다.

앞 항의 〈만언사〉의 서술자는 죄를 지었지만 극형을 내리지 않고 유배를 보낸 것에 대해 임금의 은혜라고 서술하였지만 〈속사미인곡〉·〈홍리가〉·〈북천가〉 세 편의 서술자는 죄가 없이 유배를 당하면서도 유배 자체를 임금의 은혜라거나 아니면 임금의 은혜를 갚을 수 있는 기회라며 묵묵히 받아들이고 호쾌해 하기도 한다. 이러한 인식이 유배라는 좌절을 극복하는 바탕이 된다 할 것이다.

그러나 유배를 어떻게 인식하느냐에 관계없이 유배는 개인의 자유와 의지를 구속하고 생활의 불편을 가져온다.

<table>
<tr><td>둘마다 監營關子</td><td>罪人中筋 ᄒ는고나</td></tr>
<tr><td>朔望點考 別點考에</td><td>마즈리라 드러가셔</td></tr>
<tr><td>庭下의 ᄭᅮᆯ엇다가</td><td>일홈나며 對答홀 졔</td></tr>
<tr><td>無心코 칩더보니</td><td>萬戶의 안즌 거동</td></tr>
<tr><td>赳赳武夫 아니런가</td><td>地上의 神仙인 듯</td></tr>
<tr><td>그려도 官家威儀</td><td>客舍東軒 갈나 짓고</td></tr>
<tr><td>將校衙前 업다 ᄒ랴</td><td>通引急唱 버려 잇다</td></tr>
</table>

猿生이 사름 貌樣
朝夕吹打 開閉門은

임내는 다 내는 쳬
無虎洞中 貍作虎라

〈 중   략 〉

本官은 刑吏摘奸
官令이 이러ᄒ니
戶庭 一步地를
棘圍를 혼 罪人과

本鎭은 使令廉問
措手足을 이이 ᄒ리
任意(임의)로 못나가니
間隔이 전혀 업다
〈홍리가〉

〈홍리가〉에 서술된 罪人申筋은 다른 유배기행가사(유배가사 포함)에서 볼 수 없는 독특한 장면이다. 달마다 감영에서 관리가 나와 罪人申筋을 하는데 뜰 아래 꿇어 앉아 이름을 대답해야 한다. 또한 죄인들에 대한 감시가 엄격하여 시간을 맞춰 문을 닫고 문을 열어 자유를 구속한다. 죄수를 다루는 관리들의 모습을 호랑이 없는 굴에서 여우가 호랑이 흉내를 낸다고 비웃기도 하지만 그들의 엄격한 감시 때문에 뜰 앞조차 한 걸음도 임의로 움직일 수 없을 뿐 아니라 손과 발마저 뜻대로 움직일 수 없는 속박을 당한다. 극형의 죄를 범한 죄인과 자신을 똑같이 대한다고 불만도 갖지만 유배지에서 손발조차 마음대로 움직일 수 없는 구속된 생활을 겪고 있음을 잘 서술하고 있다.

유배 중에는 이처럼 타의에 의해 구속을 받기도 하지만 유배를 당하는 자신의 위치를 생각하고 스스로 행동을 구속하는 경우가 있다. 〈북천가〉의 경우 〈홍리가〉와는 다른 상황에서 유배 생활을 경험한다. 〈북천가〉의 경우 다른 유배인과는 달리 몸의 구속을 당하거나 타의에 의해 행동의 제약을 받지 않지만 유배인임을 생각하고 스스로 행동을 제약한다.

나장이 하난마리
嚴嚴하신 氣力이오
하로만 조리하여
無識하다 네말이야
先死를 生覺하야

나으리 擧動보니
위태하신 신관이라
北靑邑에 묵사이다
嚴旨중 一身이라
一時를 遲滯하리

〈 중   략 〉

포진姑生 불관하다
죄명을 가자스니
운박하온 신명보면
姑生을 물리치고
本官이 하난마리

嚴旨를 메셔스니
姑生이 호화롭다
분상하난 상주로다
錦遙을 거더내니
嶺南양반 고집도다
〈북천가〉

나장이 북청읍에 묵으면서 하루만 몸 조리를 하셔야겠다고 하자 嚴旨(여기서는 유배의 명)를 받은 몸이니 잠깐도 지체할 수 없다며 스스로를 구속한다. 사람이 죽고 사는 것은 하늘에 달렸으니 가다가 죽더라도 가겠다고 한다.

吉州邑에 들어서는 本官이 대접하는 음식은 먹지마는 기생과 음악은 물리친다. 길주읍 본관이 고집 부리지 말라고 하나 유배인의 신분을 내세워 스스로 자신의 행동을 제약하는 것이다.

유배지는 절도이거나 깊은 산 속인 경우가 많다. 그러므로 사람들의 생활이 윤택하지도 못할 뿐 아니라 풍속 또한 무지하다.

風俗을 볼작시면
錢穀으로 트집ᄒ고
얼픗ᄒ면 후辱이요
어룬의게 비혼 行實

化外에 蒼生이라
所任으로 自尊自大
죠곰ᄒ면 쏘홈ᄒ니
아희 辱說 더 잘 ᄒ다
〈홍리가〉

유배지의 풍속은 사대부들의 유교적 윤리와는 거리가 멀고 관리들은 중앙에서 멀리 떨어져 있으므로 갖은 횡포를 부린다. 관리들이 백성의 삶과 교화에는 관심없고 재물만 챙기니 얼핏하면 욕설이요 툭하면 싸움질이다. 더욱 심각한 것은 아이들이 어른에게 배운 욕설을 더 잘한다는 것이다.

이러한 삶과 풍속을 갖고 있는 유배지의 생활은 유배인에게 고통을 가져다 준다.

촌낙이 쇼조하야　　　　　수십호 어가로다
풍우랄 무롭쓰고　　　　　와실을 차자드니
모나난 다 날리고　　　　　듁창의 무늬한대
샹샹옥누난　　　　　　　마른대 전혀 업다
말만한 좁은 강의　　　　조슬도 만홀시고
팔쳑　댱신이　　　　　구버 들고 구버 나며
다리랄 서려 누워　　　　긴 밤을 새와나니
쥬즁의 젹신 의복　　　　어늬불의 말뇌오며
일행이 긔갈한들　　　　무어사로 구할손고,
행탁을 떨어내니　　　　수두미 뿐이로다
백죽을 쑤어내여　　　　둘러안쟈 뇨긔하고
　　　　　　　　　　　　　　〈속사미인곡〉

風土도 괴이ᄒᆞ사　　　　낫이면 프리 즈즐
밤이면 벼룩 빈디　　　　모귀ᄂᆞᆫ 무슴 일고
기동ᄀᆞᆺ튼 굴헝이와　　ㅂ디ᄀᆞ튼 진의 形狀
볼 적마다 가슴 금즉　　몸서리 절노 인다
　　　　　　　　　　　　　　〈홍리가〉

　〈속사미인곡〉의 서술자는 주거지의 불편함과 음식이 적어 고통 받는 유배지의 생활을 서술하고 있다. 집이라고 찾아든 蝸室같은 집은 창도 떨어져 나간데다가 마른 데라고는 전혀 없는 습한 곳이다. 허리를 굽혀 드나들어야 하는 것도 어렵지만 다리를 뻗을 수 없어 무릎을 세운 채 긴밤을 세워야 하는 것과 물에 젖은 옷을 말릴 불조차 없을 만큼 궁색하다. 더욱이 먹거리가 없어 수두미로 죽을 쑤어 먹어야 하는 고통도 당한다.

　〈홍리가〉의 서술자는 유배지의 험악한 풍토를 통해 유배 생활의 고통을 드러낸다. 낮이면 파리가 들끓고 밤이면 벼룩·빈대·모기 등의 등쌀에 잠을 이루지 못하는 고통을 당해야만 한다. 거기다가 기둥같이 큰 구렁이는 보기만 해도 놀라고 몸서리가 쳐진다며 유배지의 풍토가 가져다 주는 고통을 서술하고 있다.

　그러나 이러한 고통과 좌절을 호방한 기질과 임금의 은혜를 기대하며 극복해낸다.

咸鏡道 初面이요　　　　我太祖 古土로다
山川이 광활하고　　　　樹木이 만천하대
安邊邑 드러가니　　　　本官이 나오면서
포신 장진칙하고　　　　음식을 공괴하니
시원케 잠을자고　　　　北向하여 떠나가니
元山이 역에런가　　　　人家도 굉쟝하다
바다소래 요란한대　　　　물화도 장할시고
　　　　　　　　　　　　〈북천가〉

　　죄를 입어 형극을 받기 위한 길임에도 불구하고 처음 오는 함경도의 산천과 수목을 노래하며 태조의 옛 땅이었음을 기억하는 유람자의 자세를 보인다. 안변읍에서는 배 부르게 먹고 실컷 잤다고 하였으니 유배자의 모습보다는 현실 세계를 떠난 유람자의 모습이다. 원산에서는 인가의 수려함과 풍요로눈 삶에 눈을 돌리는 여유를 보이기도 하고, 바다도 〈만언사〉에서 나타나 듯 유배자의 삶을 위협하는 자연이 아닌 객관석 상관물로 서술하고 있어 유람자의 자세를 느끼게 한다.

本官이 하난말이　　　　이곳에 七星봉은
북관중 名勝地라　　　　금강산 다톳지니
七峯山 한번가셔　　　　만수심산 엇더하냐
내역시 좃커니와　　　　이목에 난처하다
원지의 매인몸이　　　　천송에 노난거시
분이에 미안하고　　　　첨영에 고이하니
마암에 좃컨만은　　　　왕톡에 사적이오
赤壁江 除夕노름　　　　구소의 풍경이니
金學士 칠보노름　　　　무산험이 잇시리오
그말을 반겨듯고　　　　황연이 이러나서
나귀예 술을싣고　　　　칠부산 드러가니
구름갓흔 千萬峯이　　　　畵圖江山 光景이라
　　　　　　　　　　　　〈북천가〉

　　본관이 유배지에 있는 七星峰이 북관 중에 名勝地이니 七峯山에 유람가자고 권하자 처음에는 유배인의 몸임을 내세워 거절한다. 그러나 본관이 "赤壁江 除夕노름 구소의 풍경이니 金學士 칠보노름 무산험이 잇시리오"하자 반겨 듣고 "황연히" 일어나 유람길에 나선다. 같이 동행한 선비들만 해도 60여 명이 된다하니 그 놀음이 얼마나 대단했는지 알만하다.

'박다령 → 금장도 → 금수장 → 개심사'를 구경하며 멋지게 놀고 나서 다음날 일어나 문을 여니 본관이 보낸 기생들이 칠보산 노름을 가자하니 짐짓 사양하는 체 하다가 두 기생 옆에 끼고 칠보산 놀음을 떠난다.

우습고 붓그럽다
風流男子 詩酒客은
너를엇지 보나리오
七十里를 등대하니
매몰하기 어려워라
일흠뭇고 나무르니
芳年이 十八이오
十九歲 꼿치로다
노래씨겨 드려보니
雲露가 훗허지고
萬岳千峯 푸르로다
두姑生 엽헤끼고
개심대 쓸나가니
소성은 거문고라

本官의 정성이여
神仙의 곳에와셔

이왕에 너이드리
風流男子 바탕셩이
방으로 드라하여
한연 梅紅인대
하나는 君山月이
화상불러 음식하고
梅紅의 平羽調난
君山月의 행금소래
指路僧 압셔우고
영화만곡 길흔고대
丹楓은 비단이오
〈북천가〉

자신을 風流男子와 詩酒客으로 자처하면서 梅紅·君山月 두 기생과 마음껏 풍류를 즐긴다. 어디에도 유배자의 모습은 찾을 수 없다. 서술자는 丹楓을 비단으로, 바람소리는 거문고소리로 여기고 풍류 자연을 즐긴다. 유배를 당하면서도 임금의 은혜를 갚는 일이니 호쾌하다고 한 서술자의 의식을 다시 읽을 수 있다.

〈북천가〉의 서술자가 풍류 자연의 의식을 드러내면서 유배라는 좌절과 고통을 극복한다면, 〈속사미인곡〉과 〈홍리가〉의 서술자는 각각 임금의 은혜와 죄없음을 객관적 사실로 서술하며 유배를 극복하고 있다. 이러한 의식은 자신에게는 죄가 없다는 인식 아래 가능한 것이다. 자신은 죄가 없음으로 임금과의 믿음이 깨지지 않았고 임금의 은혜 또한 아직 나에게 미칠 것이니 머지 않아 유배가 풀릴 것이라는 기대로 유배의 좌절을 극복하고 있다.

우리 님 아니시면 　　　눌을 다시 의지할고
시운이 불행하야 　　　천니의 떠나시니
내 신셰 고혈한 줄 　　　님이 모르실가
긴 사매 들고 안쟈 　　　녯건앙을 녁슈하니
우직하기 본성이오 　　　광망함도 내 죄오나
근본을 생각하니 　　　님 위한 정성일새
　　　　　　　　　　〈속사미인곡〉

有罪 以罪 아녀 　　　得罪혼 타시로다
八滿家 만흔 스룸 　　　曖昧혼 줄 뉘 모로랴
公議가 自在호니 　　　현마 아니 풀녀가랴
　　　　　　　　　　〈홍리가〉

　〈속사미인곡〉의 서술자는 임금님이 아니면 의지할 데가 없다고 하면서 임금에 대한 忠心을 내보이고 임금님도 자신의 고통과 슬픔을 아실 것이니 유배를 풀어 줄 것이라고 기대한다. 좌절과 고통 속에 있으면서도 그 좌절과 고통을 곱씹지 않고 임금님에 대한 열정으로 극복하고 있는 것이다. 이러한 극복의 밑바탕에는 자신에게는 죄가 없다는 인식이 있다. 다시 한번 자신의 유배가 광망하고 우직한 본성 때문이며, 그 근본에는 임금님을 위한 정성이 있다고 서술함으로써 자신의 죄없음을 드러내고 있다.

　〈홍리가〉의 서술자는 좀더 적극적인 화법을 통해 유배를 극복하고 있다. 죄 아닌 것으로 죄를 입었다는 것을 세상의 많은 사람들이 안다고 하면서 모든 사람들이 애매하다고 하니 얼마 안있어 풀려 날 것이라며 유배의 좌절과 고통을 극복한다.

모든 좌절과 고통은 세계에 있는 것이 아니라 인간의 내면에 존재하는 것이다. 〈속사미인곡〉·〈홍리가〉·〈북천가〉의 서술자는 각각 다른 양상으로 내면의 의식을 다스리면서 자신에게 닫친 좌절과 고통을 극복하고 있다. 〈속사미인곡〉의 경우 자신의 유배가 간신배들의 시기와 질투 때문이라고 인식하고 '나'와 임금님과의 믿음과 은혜는 변치 않는 것이라며 시종일관 忠心으로 유배가 가져다 준 좌절과 고통을 극복하고 있다. 〈홍리가〉나 〈북천가〉의 경우에도 자신에게는 죄가 없다는 인식을 가지고 있다. 〈홍리가〉는 자신의 죄없음을 公論化하는 적극적인 방법으로 유배의 좌절과 고통을 극복하고 있다. 〈북천가〉는 유배 자체를 호쾌한 것으로 받아들이고 風流男兒를 자처하면서 호방한 기질로 유배의 시름을 극복하고 있다.

5.3 사행에서 본 존숭의식과 자국문화우월의식
: 사행기행가사

사행기행가사는 중국 사행기행가사 다섯 편, 일본 사행기행가사 두 편 등 모두 일곱 편이다. 이들 일곱 편의 사행기행가사는 여행지가 어디인가에 따라 서술 시각이 확연하게 구분된다. 중국을 다녀온 사행기행가사는 오랜 동안 조선의 사대부가 가지고 있던 慕華的 시각을 가지고 있으며, 일본을 다녀온 사행기행가사는 일본을 야만인이라 깔보는 문화우월적 시각을 작품 전체에서 드러내고 있다. 時期別로 보면 일본을 다녀온 〈대일본유람가〉가 명치유신을 겪은 일본을 다녀왔으므로 다른 사행가사보다는 훨씬 후대의 것이다. 따라서 〈대일본유람가〉의 경우 발달한 서구 문명에 대한 시각이 다른 사행가사에 비해 덜 부정적일 뿐만 아니라 좋은 제도나 발달한 문명은 본받아야 할 것으로 인식하고 있다.

사실 사행기행가사를 짓던 조선시대는 중국·일본 두 나라와 관계가 그리 좋지 않았다. 특히 중국에 명나라가 멸망하고 청나라가 들어서면서부터는 더더욱 좋지 않은 감정들이 쌓여 갔다. 명나라는 힘을 잃어

패망하고 청나라가 새로운 세력으로 등장하였음에도 불구하고 명나라에 대해서는 끈끈한 향수를 가지고 있는 반면에 청나라에 대하여는 무시의 눈초리를 갖었다.

일본에 대한 인식은 더욱 나빴다. 일본행 사행기행가사들이 모두 임진·병자 양란 후의 여행으로 지어진 것이어서 일본에 대한 인식과 안목은 매우 부정적이다. 발달한 문화·문명에 대해서는 감탄하면서도 시종 작품 속에서 부정적인 시각을 가지고 있다. 청나라와 일본에 대한 부정적인 인식과 안목에는 문화·풍속·역사에 대한 우월감이 내재되어 있다. 이처럼 사행기행가사에는 두 나라보다 우월한 민족이라는 자부심과 두 나라의 힘에 굴복당하고 있거나 당했다는 모멸감이 작품 속에서 묘하게 충돌하고 있다. 즉 두 나라를 여행한 작자들은 서로 반대되는 인식과 감정 사이에서 갈등을 겪고 있다.

문화적인 우월감과 앞선 문명에 대한 찬탄으로 표출되는 갈등은 민족의 정체성 회복과 발전이라는 당대의 숙제에서 기인한 것이라고 할 수 있다. 작자들은 유교적 질서를 더욱 확고히 하여 민족의 정체성을 회복하고자 했으며, 발달한 異國의 문명을 받아들임으로해서 민족의 발전을 꾀하고자 했다. 그러나 유교적 질서와 과학 문명은 짧은 시간 내에 결합할 수 없었다. 오랫동안 생활 전 분야에 영향을 끼친 유교는 변화와 변모에 취약함을 드러냈다. 특히 조선 5백년 동안 명분론과 형식 논리에 더욱 깊숙히 갇혀버린 유교는 기득권층의 利害 관계와 얽혀 두꺼운 인습의 옷을 쉽게 벗지 못했다.

사행기행가사 작자들은 초기 관유기행가사 작자들보다 세세한 안목을 가졌다. 사신이라는 직분 때문에 보고적 입장에서 異國의 낯선 문물들을 어느 것 하나 빠뜨리지 않으려는 자세를 보였다. 이와 같은 자세를 보인 밑바탕에는 위에서 말한 민족의 정체성 확립과 발전이라는 당대의 사명감이 있었다. 문화적으로 뒤떨어진 외국의 문화를 통해 민족의 우월감을 드러내야 했고, 반대로 외국의 발달한 문명을 통해 민족의 진로를 모색해야 하는 사신으로서의 사명감이 여행 중에 보고·듣고·느낀 것 어느 한 가지도 빠뜨릴 수 없었다. 초기의 기행가사들은 하나의 정서를 일관되게 표출할 수 있었지만 절대절명의 위기감이 어느 한

가지의 정서에 안주할 수 없게 하였다. 이러한 이유로 후기의 기행가사들은 장편화될 수밖에 없었고 보고적 태도와 서술적 문체를 더욱 강화하게 되었다.

본고에서는 이들 사행가사를 문명의식의 존숭과 문화우월의식 안에서만 연구를 진행하였다. 사행기행가사들은 분량이 너무 많아서 다루어야 할 내용도 많다. 그러므로 하나의 절에서 다루기 어렵고 내용이 산만해질 우려가 있어 연구 내용을 한정한 것이다.

5.3.1 숭명멸청의식의 중국사행

중국을 다녀온 사행기행가사 다섯 편 중 대표적인 작품은 〈연행가〉와 〈서행록〉이라 할 수 있다. 〈연행별곡〉과 〈서정별곡〉은 분량이 작아 사행기행가사임을 감안할 때 내용이 빈약할 뿐만 아니라 노정 소개 중심의 서술로 되어 있다. 〈북행가〉는 사신의 신분이 아니고 동행의 신분이었기에 자연 풍류에 대한 서술이 많고, 중국에서 본 사물을 서술할 때에도 아무런 의식없이 사물의 외형을 묘사하는 데 그쳤다.

특히 〈연행별곡〉의 경우 중국사행의 길임에도 불구하고 중국에서의 여행보다 국내에서의 노정과 대상에 대한 느낌이 작품의 대부분을 차지하고 있다. 〈연행별곡〉의 이러한 성격은 앞선 시대의 관유기행가사에게서 영향을 받았기 때문으로 여겨진다. 즉, 〈관서별곡〉이나, 〈관동별곡〉·〈백상루별곡〉·〈출새곡〉 등등의 관유기행가사의 영향을 받아 異國의 새롭고 낯선 문물이나 풍속에 관심을 갖기보다는 국내의 자연에 대한 형상화를 주된 목적으로 삼았다는 것이다. 이러한 논의의 근거는 〈연행별곡〉의 마지막 여섯 구에서도 찾을 수 있다.

> 홍분을 ᄀ득 시러 치션을 빗겨 잇고
> 가국이 티평ᄒ니 티평곡을 말릴소냐
> 아희아 잔 ᄀ득 부어라 쟝일취를 ᄒ리라
> 　　　　　　　　　　〈연행별곡〉

〈연행별곡〉의 서술자는 관유기행가사에서 흔히 볼 수 있는 풍류자의 자세를 나타낸다. 〈관서별곡〉이나 〈관동별곡〉 등에서 "영내가 무사하여" 자연 경치를 즐길 수 있다라는 풍류 동기를 국가 차원의 여행이었기에 "가국이 틱평ᄒᆞ니"로 변형시키고 있을 따름이다. 마지막 두 구의 "아희야 잔 ᄀᆞ득 부어라 쟝일취를 ᄒᆞ리라"는 사신행차의 일원으로서 모습이 아니라 江湖自然의 경치를 싫도록 즐기는 풍류자의 모습이다.

〈서정별곡〉의 경우에는 自國 역사와 중국 성현들에 대한 관심을 서술한다.

임진을 건너리라   송악산 ᄇᆞ라보니
오빅연 도읍지의   긔셰도 웅장ᄒᆞ다
션쥭교 나린 믈이   지금의 오열ᄒᆞ니
명포은 쳔고원혼   여긔 아니 부쳣ᄂᆞ가
만월디 너분 터의   쇠쵸만 나마시니
인간 흥폐ᄂᆞᆫ   일너 쁠 디 업거니와
고국 풍연이   긱수를 도도놋짜

〈서정별곡〉

임진강을 건너 개성에 도착해서는 오백년 도읍지로서 기세가 웅장하지만 정포은의 슬픈 울음이 어디에 있는가 물으면서 인간사의 무상함을 서술하고 있다. 중국 사행 길에 오른 小國의 사신이었기에 自國 역사에 대한 회한과 미련이 남다를 수 있었다.

조선은 건국 당시부터 명(明 : 1368 - 1644)나라와는 상하의 계층적 관계를 형성하여 스스로 그 제후국이 되었는가 하면, 명나라 쪽에서는 반대로 종주국의 입장에서 조선 왕실의 宗系에 관한 명나라『태조실록』과『大明會典』에 잘못 기록된 조그만 일을 확대 해석하여 선조 17년(1584)까지 수백 년을 두고 말썽을 부리며, 조선에 종계변무사가 드나들면서 그 시정을 요구하도록 횡포를 자행하였다. 이러한 횡포 아래서 조선은 토산물을 진상하는 명목의 朝貢과 명나라측의 그에 대한 回賜라는 이름의 官貿易을 통하여 대륙의 선진 문물을 받아들이기에 급급한 나머지 중국에서는 三年一貢을 원하는데도 불구하고 一年三貢을 주장하면서 되도록이면 더 많은 사신을 보내려 애를 썼다. 이러한 조공

무역은 병자호란 이후부터 청나라와 그대로 이어졌다.83)

이러한 중국과의 관계 속에서 중국으로 떠나는 조선의 사신들은 自
國의 힘없음을 안타까워하고 역사에 대한 회한과 역사 속의 뛰어난 인
물에 대한 미련을 나타내면서 은연 중에 국가주의 정신을 서술했던 것
이다.

망월디을 올나보니　　　　소슬ᄒ고 쳐량홀ᄉ
송악산이 외구ᄒ여　　　　반공의 소삿는디
고려왕의 디궐터는　　　　월디만 층층ᄒ고
고목과 거츤풀은　　　　　황낙ᄒ여 못보겠다
선쥭교가 어디메냐　　　　고젹을 구경ᄒ세
고려튱신 뎡포은의　　　　슌절ᄒ던 곳시라네
다리우회 무든혈은　　　　몇빅년을 지니는지
풍마우셰 지들안코　　　　지금거지 완연토다
후셰의 보는ᄉ롬　　　　　뉘아니 창감ᄒ랴
슉모조 어멸비로　　　　　충절을 기록하ᄉ
　　　　　　　　　　　　　　〈연행가〉

〈연행가〉의 서술자도 〈서정별곡〉의 서술자와 마찬가지로 선쥭교에서
정포은의 충절을 기리고 그 충절을 길이 남겨 후세 사람들의 귀감을
삼아야 한다고 자신의 국가주의 정신을 서술하고 있다.

중국 사행길의 서술자가 옛 고려의 왕궁터와 정포은의 죽음을 자신
의 인식 안으로 끌어들인 것은 조선 초 고려 옛 신하들의 서술 태도와
는 다른 것이다. 고려의 옛 신하들이 자신이 몸 담고 있는 국가의 멸망
을 한탄하고 비감에 싸이는 것은 나라의 녹을 먹던 신하된 자의 자연
스러운 현상이라 할 수 있다. 그러나 고려 멸망 후 몇 백년이 지난 시
점에서 조선의 신하가, 그것도 중국 사행의 사명을 띠고 있는 신하가
고려와 조선의 건국에 저항했던 정포은을 서술하고 창감한 심정을 표현
한다는 것은 역적으로 몰릴 위험을 내포하고 있다. 그럼에도 불구하고
고려왕의 대궐터와 정포은의 유적지를 인식 안으로 끌어들여 서술할 수

---

83) 崔康賢, 『韓國紀行文學硏究』, 89 - 90쪽.

있었던 것은 다름 아닌 당시 상황에 대한 우려와 국가주의적 자세에 기인한 것이다. 즉, 중국사행 길에 선 서술자에게 고려와 조선은 민족의 삶과 역사를 함께한 하나의 국가이며, 당시 조선의 상황이 고려말의 상황과 유사하다는 인식을 하고 있는 것이다. 따라서 조선의 정치 상황을 변혁하지 않는 한 고려와 똑같은 쇠락의 길을 걸을 수밖에 없다는 역사 의식을 드러내고 있다. 고려왕의 대궐터는 그 자체를 회한하는 대상이 아니라 조선의 미래의 모습과 겹쳐 읽기 위한 대상이며, 정포은 역시 그 자체가 추앙의 대상이 아니라 정포은과 같은 충신이 조선에도 나오기를 염원하는 역사적 대상이다.

중국 사행기행가사의 서술자가 지닌 역사 의식은 중국에서도 이어진다.

안시성 여긔로다
예 와서 픠탄 말가
인걸은 어듸 간고
셩쥬긔 드리고져
거의 회복 ᄒ련마ᄂᆞᆫ
속졀업슬 ᄲᅮᆫ이로다

당가 빅마병이
산천은 의구ᄒᆞᆫ듸
녀근 듯 비러다가
요동 옛 지계를
쳔츄의 챵망ᄒᆞ니

〈서정별곡〉

安市城에서는 唐나라 대군이 이곳에서 고구려 군사들에게 大敗한 일을 회고하면서 인걸이 없음을 한탄한다. 인걸이 있으면 임금께 드려 요동 옛 땅을 다시 회복하리라는 의지를 드려냄으로써 異國에서 느끼는 객수와 더불어 국가주의 정신을 서술한다.

회령녕 너머셔니
길바닥의 쌀닌돌은
좌루 달인 셕벽돌은
이러듯 험ᄒᆞᆫ곳의
병ᄌᆞ년 호란젹의
이고기 너무실졔
호풍은 참도찰ᄉᆞ

쳥셕영이 어듸메오
톱니ᄀᆞᆺ치 니러셔고
창검ᄀᆞᆺ치 둘어ᄂᆞᆫ듸
졉족ᄒᆞ기 어려왜라
효종왕 입심하샤
ᄭᅵ친쥬포 유젼ᄒᆞ니
구진비ᄂᆞᆫ 무삼일고

<table>
<tr><td>산곡간 험훈길의</td><td>창감키도 그지업다</td></tr>
</table>

〈 중　략 〉

<table>
<tr><td>슬푸다 셔문빗긔</td><td>삼혹ᄉ 튱혼의빅</td></tr>
<tr><td>만니밧긔 이롭다가</td><td>우리보고 반기눈듯</td></tr>
<tr><td>들으니 남문안의</td><td>됴션관이 잇드ᄒ니</td></tr>
<tr><td>효종디왕 들어오샤</td><td>몃히슈욕 ᄒ셧눈가</td></tr>
<tr><td>병ᄌ년 이원슈을</td><td>어ᄂ날 갑하보니</td></tr>
<tr><td>후셰인신 녜지닐졔</td><td>분ᄒ무음 뉘업스라</td></tr>
</table>

〈연행가〉

　회령에서는 효종대왕이 병자호란 때 험한 고개를 넘으며 받았을 고초와 통분을 생각하면서 청나라에 대한 적개심을 드러내기도 한다. "병ᄌ년 이원슈을 어ᄂ날 갑하보니 후셰인신 녜지닐졔 분ᄒ무음 뉘업스라" 라며 병자호란의 원수를 갚겠다는 의지와 함께 後世 사람들과 신하들이 이 고개를 넘으면서 모두 분한 마음을 품을 것이라는 국가주의 정신을 서술한다.

　중국 심양에 도착해서는 삼학사의 충혼을 기리는 한편 조선관을 보고는 효종대왕이 이곳에서 몇 해를 욕을 당하셨는가 한탄하며 自國 역사에 대한 회한과 더불어 청나라에 대한 적개심을 서술한다.

　이같은 청나라에 대한 적개심은 청나라를 멸시하는 의식으로 이어진다. 〈서행록〉의 서술자가 청나라에 들어오면서 처음 본 청나라 사람들의 이 잡아 먹는 모습, 의복의 창피함, 풍속의 저질스러움을 서술하면서 滅淸意識을 드러 낸 것 처럼 〈연행가〉의 서술자도 이러한 멸청의식을 갖는다.

<table>
<tr><td>손톱을 길게길너</td><td>호치만큼 길너시며</td></tr>
<tr><td>발밉시을 볼작시면</td><td>수당혀를 신어시며</td></tr>
<tr><td>청여눈 발이커셔</td><td>남ᄌ의 발ᄀ트나</td></tr>
<tr><td>당여눈 발이작아</td><td>두치짐 되눈거술</td></tr>
<tr><td>비단으로 꼭동히고</td><td>신뒤츅의 굽을달아</td></tr>
<tr><td>위둑비둑 가눈모양</td><td>너머질가 위티ᄒ다</td></tr>
<tr><td>그러타고 웃지마라</td><td>명나라 끼친제도</td></tr>
</table>

> 저계집의 발흔가지　　　　　　지금까지 볼것잇다
> 　　　　　　　〈 중 　 략 〉
> 비라기라 ᄒᆞᄂ는거순　　　　　　보즈기의 ᄯᅳᆫ을달아
> 목아지의 걸어시니　　　　　　비곱가린 계로구나
> 　　　　　　　〈 중 　 략 〉
> 싯가지을 ᄭᅩ즈시니　　　　　　풍속이 그러ᄒᆞ다
> 소소빅발 늙은년도　　　　　　머리마다 치화로다
> 　　　　　　　　　　　　　〈연행가〉

　　淸人들의 모습을 시종 '놈'·'년'이라는 단어를 쓰면서 부정적인 시각으로 묘사하고 있다. 여인들의 모습을 '손톱도 한 치만큼 길고, 발도 남자 발 같이 크고, 신 뒤축을 달아 위태롭게 걷고, 배꼽만 가린 옷이며, 호호백발 늙은 년이 머리마다 꽃을 꽂아 볼품 사납다'며 청나라에 대한 멸시를 드러낸다.

　　청나라에 대해서는 멸시하는 의식을 가지고 있지만, 명나라에 대하여는 崇明意識을 갖는다. 〈연행별곡〉을 제외한 나머지 네 편에 모두 이러한 숭명의식이 서술되었다.

　　위 예문에서도 "그러타고 웃지마라 명나라 ᄭᅵ친졔도 저계집의 발흔가지 지금까지 볼것잇다"하여 여인의 작은 발에서 애써 명나라의 유풍을 찾으려고 노력한다.

> 동악묘의 옷슬 가라　　　　　　치화문 드러가니
> 황조 옛 궁궐이　　　　　　완연이 잇다마는
> 한관 위의를　　　　　　어ᄃᆡ 가 ᄎᆞ즈보리
> 　　　　　　　　　　　　　〈서정별곡〉

　　황조 옛 궁궐터가 완연히 남아 있음을 보고 "한관(漢官) 위의(威儀)를 어ᄃᆡ 가 ᄎᆞ즈보리"라며 이미 망해버린 황조와 사라진 漢 문화에 대해 안타까움을 서술하였다.

　　중국 사행원들의 숙소에는 청나라의 학자들이 찾아와 서로 필담을 나누고 글을 짓곤 하였다.

정쥬홀 비호다가   일조의 치발ᄒ고
좌임의 셧겨시니   우리보고 흠션ᄒ여
왕왕이 낙누ᄒ며   조용히 필담홀졔
진졍소회 ᄒ는말이   그디는 외국이나
텬ᄒ의 졔일이라   지금의 셰상사롬
졔마다 호복인디   의관을 보존ᄒ고
녜악이 가잣시니   즁국의 졔도들도
션왕문물 간디업고   죤주ᄒ는 놉혼의리
ᄒ죠션 뿐이로다

〈서행록〉

"우리보고 흠션ᄒ여"를 보면 청나라의 학자들이 조선의 학자들을 인정한다는 것을 알 수 있다. 청나라 학자들의 조선에 대한 인식도 "죤주ᄒ는 놉혼의리 ᄒ조션 뿐이로다"를 보아 부정적인 것이 아니고 오히려 조선이 중국의 문물을 간직하고 유학의 도리와 글을 존중하고 있는 것을 높이 사고 있음을 알 수 있다.

이는 당시 조선 사행원(사대부)들이 갖고 있는 청나라에 대한 우월의식으로도 읽을 수 있다. 청나라 학자들이 조선의 선비와 조선을 흠모하고 있다는 것은 역으로 서술자의 청나라에 대한 우월의식이 내재되었기 때문이다. 그것도 서술자의 목소리가 아니라 청나라 학자의 목소리로 표현하고 있기 때문에 서술 의도가 강조되어 나타나고 있다.

또한 이는 숭명의식을 나타내는 것이기도 하다. 청나라 학자들이 조선의 선비와 조선을 흠모하는 이유는 '지금 세상들이 전부다 호복을 입고 있는데'도 불구하고 조선의 선비와 조선은 옛 중국의 제도와 문물을 숭상하고 보존하고 있기 때문이다. 청나라 학자의 목소리를 빌린 서술자는 청나라에 대한 우월의식과 숭명의식을 한 목소리에 담아내고 있는 것이다.

모도다 디명젹의   명문거족 후예로셔
마지못히 삭발ᄒ고   호인의게 벼술ᄒ나
의관이 슈통ᄒ옴   분ᄒ마음 품어고나
녯외관 죠션스롭   형톄곳치 반겨혼다

〈연행가〉

〈연행가〉의 서술자는 〈서행록〉의 서술자에 비해 직접적이다. 명나라의 명문 거족 후예들이 마지못해 삭발하고 청나라에서 벼슬을 하지만 분한 마음을 품었다고 적나라하게 드러낸다. 명나라 후예들의 목소리가 아니고 전지적 위치에 있는 서술자의 목소리이다. 명나라의 후예들은 조선의 사행원들을 형제처럼 반겨하는데 그 이유는 조선 사람이 "녯외관", 즉 명나라의 외관을 그대로 지키고 있기 때문이다.

명나라의 멸망을 아쉬워하면서 청나라에 대한 적개심을 명나라 후예들의 마음을 꿰뚫어 보는 것으로 드러내면서 동시에 서술자의 숭명의식을 표현한다.

이러한 崇明意識은 조선 선비들이 가지고 있던 慕華思想과 깊은 관련을 맺고 있다.

어와 텬지간의   남즈되기 쉽지안타
평싱의 이니몸이   듕원보기 원ᄒᆞ더니
병인년 츈삼월의   가례칙봉 되오시니
국가의 디경이오   신민의 복녹이라
             〈연행가〉

평생에 中原 보기를 원했다는 서술이나 가례책봉이 국가의 큰 경사요 자신에게는 복이라고 한 점 등이 모두 慕華 사상의 한 단면을 드러낸 것이다. 自國의 가례책봉까지 중국에 보고해야 하는 것에 대해 주체의식을 서술하고 분개할 수 있을 터인데 그렇지 않았다.

이러한 慕華사상의 밑바탕에는 중국은 大國이고 自國은 小國이라는 인식이 깔려 있다.

월ᄃᆡ예 걸터안ᄌ   아리을 구버보면
모골이 송연ᄒᆞ고   정신 어즐어워
천길인지 만길인지   ᄭᅡ마아득 모르겟다
멀니바라 압흘보니   안계도 쾌활ᄒᆞᆯ사
뇨동벌 칠빅니와   남ᄒᆡ천니 큰바다히
일졈진이 가리쟌코   안역이 부족ᄒᆞ다
등ᄐᆡ산이 소쳔하ᄂᆞᆫ   녯글의 보아스며

화산상 낙안봉은   니빅을 두럿더니
니븐디 소국ᄉ람   쳔만의의 오늘날의
의수녀산 졔일봉은   올나볼줄 쓷히서랴
이러틋 죠흔곳의   ᄂ려갈듯 전혀업ᄂ
                        〈연행가〉

　중국의 광활한 자연 앞에서 자신을 小國 사람이라고 自貶하기도 한
다. 월대에 올라 밑을 바라보니 그 밑이 천길인지 만길인지 까마득하다
하고 멀리 바라보니 거치는 것이 하나 없어 오히려 眼力이 부족하다고
서술한다. 뜻하지 않게 麗山 제일봉을 올랐으니 내려갈 뜻이 없다고 하
여 작품 서두에 나타났던 모화의식을 다시 드러낸다.
　그러나 조선 사신들이 갖았던 중국 모화사상은 땅이 크고 넓다는 이
유보다는 유학적 측면에서 그 뿌리를 찾아야 할 것이다.

이제묘 드러가니   쳥풍이 늠열ᄒ야
빅셰의 쑤리ᄂ 닷   난ᄒ슈 말근 고디
일비를 가득 부어   산두의 올여 노코
지비ᄒ야 일은 말이   산듕의 나ᄂ 미궐
희마다 풀우거든   슬프다 금셰 ᄉ롬
키올 줄 모로ᄂᄉ다

                        〈서정별곡〉

빅이슉졔 형뎨소상   곤면을 ᄀᆺ초아셔
의의호 졍젼우희   엄연이 안져잇고
읍손당 넙은집과   쳥풍더 놉흔곳의
경치도 조커니와   현인고딕 사랑홉다
우리본더 긔ᄌ유민   씨친왕하 입어더니
은나라 녯일월을   예와볼쥴 쓷히시랴
                        〈연행가〉

　〈서정별곡〉의 경우 중국 사행 길에 夷齊廟에 들러 백이·숙제의 유
학자적 자세를 기리고 그 정신을 今世에도 키워야 한다는 서술의식을

나타내고 있다. 〈연행가〉의 경우에는 백이·숙제의 정신을 본받은 것이 自國이 기자유민이어서 은나라의 王化를 입었기 때문이라고 서술한다.

중국 사행기행가사의 서술자들은 국내 여행 길에서는 小國의 신하로서 自國의 역사에 대한 회한과 뛰어난 인물들에 대한 미련을 서술하며 옛 고구려 땅의 부활을 꿈꾼다. 이러한 의식은 중국 땅까지 이어져서 병자호란의 폐해를 가져다 준 청나라에 대해 멸시하고 적개심을 갖기도 하지만 중국 내륙으로 점차 여행하면서 중국이 大國이라는 인식을 갖는다. 그러면서 자신을 小國 사람이라고 비하도 하면서 明나라에 대한 존숭과 유학적 풍토를 현모하는 자세를 서술하기도 한다.

틱학은 그셔편의 / 뎨도가 굉틱하니
우리나라 셩균관이 / 모쩌다가 지어는디
틱셩뎐은 앒희잇고 / 명눈당은 그뒤히니
즁원틱학 지을젹의 / 디형디로 지은것슬
그디로 달마오니 / 틱국스룹 웃는다네
틱학문의 셕고이셔 / 좌우의 열ㄱ로다
글즈를 볼죽시면 / 고뎐이 긔이ㅎ다
밧문안 쓸가온디 / 쥬룽쥬룽 셧는비는
식년의 과거뵈면 / 시관과 과거방을
번번이 삭여셰워 / 빅으로 헤리로다

(중 략)

북편의 십여관과 / 동셔무의 뉵십륙간
간간이 셧는비가 / 도합이 이빅십팔
구경과 즁용디학 / 희즈로 삭여시니
건늉의 우문지치 / 금죽고 거룩ㅎ다

〈 서행록 〉

중국의 태학을 본따 우리나라에 성균관을 지었는데, 중국의 태학은 그곳의 지형 때문에 태성전 뒤에 명륜당을 지었다. 그런데 우매한 선비들이 그것도 모르고 그대로 따라 지었음을 비웃는다. 서술자의 목소리는 감추고 "디국스룹 웃는다네"라고 하여 유학 존숭 의식을 더욱 강조한다.

그러나 중국 사행기행가사에 나타난 崇明滅淸 의식은 전체적으로 합리적이며, 객관적이다. 명나라의 모든 것을 떠받들고 청나라의 모든 것을 비판하지는 않는다. 앞에서 살펴 본 바와 같이 청나라의 학자들과는 선의의 감정을 가지고 교류하고 긍정적인 인식을 가지고 있다. 뿐만 아니라 청나라의 성도덕과 법·제도에 대해서는 배울 바가 많다며 그들을 비교적 자세히 서술한다.

중국 사행기행가사는 새롭고 신기한 선진 문화·문명을 국내에 소개하고 중국과 조선의 외교적인 통로 구실을 하였다는 점에서 의의가 크다. 장편의 사행기행가사들이 창작될 수 있었던 중요한 배경 중의 하나는 시대적인 요청이다. 작가는 독자와 공유할 있는 내용을 작품화한다. 그러므로 나라의 변화와 발전을 위해 외국 문물에 대해 점점 관심이 높아가던 시대 상황이 사행기행가사의 창작에 큰 기폭제가 되었음을 추정할 수 있다.

한문으로 기록한 연행록보다 한글로 표기된 사행기행가사들이 훨씬 많은 사람들에게 읽혔다는 것과 필사본에 길이 간직하여 후손 대대로 물려주어야 한다는 당시 사람들의 기록이 단적인 증거라 할 것이다.

5.3.2 자국문화우월의식의 일본사행

일본 사행기행가사인 〈일동장유가〉와 〈대일본유람가〉의 서술자는 모두 일본에 대한 반감을 가지고 있었다. 〈일동장유가〉의 서술자는 임진왜란의 폐해 때문에, 〈대일본유람가〉는 한일합방으로 나라를 빼앗긴 것 때문에 일본에 대해 적개심을 표출하고 있다.

일본에 대한 반감과 적개심은 自國보다 문화적으로 뒤떨어진 일본에게 당한 침략이기에 더욱 강할 수밖에 없었다. 그리고 문화적으로 하류민족인 일본에게 수치를 당해야 했다는 것에 대한 부끄러움과 반성도 내재되어 있다.

<table>
<tr><td>슬푸다 임진년의</td><td>이곳치 됴흔지리</td></tr>
<tr><td>충무공 니장군이</td><td>직희여 방비ᄒ면</td></tr>
</table>

왜병이 강타ᄒ들 제어이 등뇨ᄒ리
삼경이 함몰ᄒ고 승예가 파천ᄒ샤
거의망케 되엿다가 황은이 망극ᄒ샤
천명이 나온후의 계유회복 ᄒ여시나
간신이 오국ᄒ야 강화는 무ᄉ일고
뭇그럽고 분ᄒ길을 열ᄒ번지 ᄒᄂ고나
한하눌 못닐원슈 아조잇고 가게되니
댱부의 노ᄒ터럭 관을딜너 이러선다
         〈일동장유가〉

그 중에도 어떤 계집 난잡히 음행하여도
수치됨이 전혀 없어 예사로이 안다하데
일본의 못된 풍속 점잖은 집 자식들도
시집 안간 색시도 음행하기 일등이며
사촌누이 혼인하기 예사로 한다 하니
금수의 행실이라 말하기 어렵도다
차희라 우리나라 당당한 예절로서
일시에 분발하여 부국 강병 못하여서
저러한 이적에게 이처럼 견욕하니
한심하고 분한 것을 말하여 무엇하리 ?
         〈대일본유람가〉

 〈일동장유가〉의 서술자는 金海에 도착하여 그곳의 자연을 살피고 충무공 이순신장군의 戰功과 함께 임진왜란을 떠올리면서 일본에 대한 적개심를 서술한다. 김해 같은 좋은 지리를 충무공이 지켰다면 왜구들이 발을 들여놓지 못했을 것이라고 하면서 임진왜란 때 나라가 위태로웠던 것을 기억하고는 일본을 '한 하늘 아래 못잊을 원수'라고 표현하였다. 그러면서 간신배들이 나라를 망쳐 강화를 하였다고 질책하면서 강화를 했기 때문에 부끄럽고 원통한 사행을 열한 번째 간다고 하며 장부의 노한 털이 관을 뚫고 일어난다고 일본에 대한 적개심을 서술하였다.

 〈일동장유가〉의 서술자는 김해에 도착하기 전에 이미 충주에서도 "슬프다 순변ᄉ가 지략도 잇건마는 여긔를 못딕히여 도이롤 넘게ᄒ고 이막비 하늘이라 천고의 한이로다"며 역사에 대한 회한과 일본에 대한 적개심을 서술하였다. 지략이 뛰어난 '순변ᄉ(여기서는 신립 장군을 말함)'

가 여기를 지키지 못해 '도이(島夷 : 일본)'들이 고개를 넘었다며 막지 못한 것을 천추의 한이라고 서술함으로써 역사의 회한과 일본에 대한 적개심을 표출한 것이다.

〈대일본유람가〉의 서술자의 회한과 적개심은 더욱 구체적이다. 음행을 일삼으며 예절이라고는 전혀 찾아 볼 수 없는 禽獸만도 못한 夷敵에게 치욕을 당했다고 적개심을 드러낸다. 동시에 自國은 당당한 예절이 있으니 富國强兵에 힘썼더라면 이런 치욕을 당하지 않았을 것이라 하였다.

나라가 기본적으로 지켜야 할 것은 '예절'이고 그 위에 부국강병을 쌓아야 한다는 인식은 주목할 만하다. 예절을 내세워 조선 사대부의 유교적 질서에서 벗어나지 못한 감도 있지만, 부국강병이라는 현실적 논리를 자각한 것은 때는 늦었지만 곱씹을 만한 의식이다.

일본에 대한 적개심과 문화우월 의식이 얼마나 강했던가 하는 것을 단적으로 보여주는 대목이 〈일동장유가〉에 있다.

이십칠일 비오는디
스신니 됴복ᄒ고
문스와 역관들은
스신니 튼신남여
군몰과 고취ᄒ기
내혼자 싱각ᄒ니
브절업시 드러가셔
욕되기 ᄀ이업서
스샹니 ᄒ오시디
내웃고 ᄒ온말이
붓그럽고 통분하나
홀일업셔 가려니와
굿보랴고 드러가셔
비례ᄒ기 토심ᄒ되
스신니 홀일업서
뎌리ᄒ고 도라와셔
조ᄒ랸것 아니오라

국셔롤 뎐ᄒ올시
비쟝들은 융복ᄒ고
관복을 ᄀ초고셔
하졸노 메오시고
뉵힝녜로 가오시디
내몸이 션빈디라
관빅의게 스비ᄒ기
아니가고 누어시니
잇디말고 가쟈커놀
국셔뫼신 스신닌난
왕명을 뎐ᄒ오니
글만짓는 이션비는
개돗ᄀ툰 예놈의게
아모려도 못갈로다
우스시며 ᄒ오시디
됴혼테 혼자마소
스리가 그러ᄒ고
〈일동장유가〉

사행의 목적은 국서 전달이다. 국서를 전달하기 위해 그 많은 사행원이 오랜동안 어려운 여행을 한 것인데 〈일동장유가〉의 서술자는 국서를 바치는 자리에 참석하지 않는다. 사상(여기서는 鄭使相) 여기까지 왔으니 함께 가서 굿을 보자고 권하나 굿보러 들어가서 "개돗ㄱ튼 예놈"에게 절하기 싫다며 결국 참석하지 않는다.

사신의 신분이 아니라는 점을 들어 국서 바치는 자리에 가지 않아도 되는 명분을 세워놓고는 일본에 대한 감정을 서술한다. 일본 천황을 "개돗ㄱ튼 예놈"으로 표현한 것을 보면 일본에 대해 얼마나 큰 적개심과 문화우월 의식을 가지고 있나 확인할 수 있다.

이러한 인식때문에 일본인에 대해서도 믿지 못하거나 천시하는 태도를 가지고 있다.

아침의 왜놈이와   비투라 근쳥ᄒ더
우리나라 샤공들이   졈풍하고 도라와셔
역풍이 나리라고   승션을 말나더니
오후의 그말ㄱ티   과연역풍 나는고나
왜놈들의 말을조차   만일비롤 툿돗더면
낭패롤 아니홀가   다힝도 홀셰이고
〈일동장유가〉

대마도에 도착하여 일본인들의 안내를 받으며 일본령으로 들어갈 때의 일이다. 일본 사공이 배를 띄워도 된다고 했지만 우리 사공의 말을 듣고 띄우지 않았다. 과연 우리 사공의 말대로 역풍이 부니 만일 왜놈의 말을 들었으면 낭패를 당했을 것이라면서 우리 사공의 말을 들은 것이 다행이라고 서술하고 있다. 일본을 깔보는 어투가 베어 있다.

〈일동장유가〉의 서술자나 〈대일본유람가〉의 서술자는 일본이 문화적으로 下流 민족이라고 서술하고 있다. 서술자의 눈에 비친 일본은 冠婚喪祭의 예마저도 갖추지 못한 민족이었으며, 특히 여인들의 음탕함을 통해 일본 민족이 문화적으로 하류 민족임을 증명해 보이려고 한다.

<table>
<tr><td>

날마다 언덕의셔
젓내야 ᄌᆞᄅ치며
볼기너여 두다리며
옷들고 아비뵈며
넘치가 바히업고

</td><td>

왜녀들 모다와셔
고개조아 오라ᄒᆞ며
손겨어 청도ᄒᆞ고
부르기로 ᄒᆞᄂᆞᆫ고나
풍쇽도 음난ᄒᆞ다

</td></tr>
</table>

〈 중 략 〉

<table>
<tr><td>

제형이 죽은후의
ᄃᆞ리고 살게되면
제아운 길너짜고
녜법이 바히업서

</td><td>

형수롤 겨집삼아
착다ᄒᆞ고 기리되ᄂᆞᆫ
뎨슈ᄂᆞᆫ 못ᄒᆞᆫ다니
금슈와 일반일다
〈일동장유가〉

</td></tr>
</table>

일기도에 묶으니 해변 가에 일인 여자들이 매일 몰려와 젖 내어 가리키고 볼기 내어 두드리며, 옷을 들고 아래를 보이며 부르기도 하는데 염치가 전혀 없으니 풍속이 음란하다고 서술하고 있다.

〈일동장유가〉의 서술자가 일본인들을 禽獸만도 못하다고 하는 이유 중의 하나가 일본의 婚禮이다. 형이 죽으면 형수를 아우가 데리고 사는 일본 사람들의 혼례 풍속을 금수의 풍습에 견주고 있다. 형수를 데리고 사는 일은 착하다 하고, 제수를 데리고 사는 일은 금지하는 일본 풍습의 비논리성도 비판의 대상이 되었음직하다. 키워준 형의 부인(형수)은 계집으로 삼을 수 있지만 키운 동생의 부인(제수)은 계집으로 삼을 수 없다는 혼례법은 〈일동장유가〉 서술자에게는 납득할 수 없는 것이었다.

〈대일본유람가〉도 마찬가지로 여인들의 음탕함과 內外之道가 없는 일본 문화를 매우 부정적으로 서술하였다.

<table>
<tr><td>

(가) 제일은 웃으운 것이
　　사나이 벗고 하는 데
　　온몸을 다 씻기고
　　사나이가 보는 데도
　　수치로 아니 알되
　　야만의 풍속이다
　　이렇듯이 무례하니

</td><td>

꽃같은 젊은 계집이
태연히 들어와서
온갖 시행 다 해 주며
저도 벗고 목욕하기
우리가 보기에 면괴하다.
내외 없긴 고사하고
돈견이나 다를소냐?
〈대일본유람가〉

</td></tr>
</table>

(나) 사나이가 근처 가면
　　아무쪼록 맡으려고
　　그것도　장관이나
　　외양은 어여쁘다
　　저렇듯 망측하니

다투어 내달아서
유인하여 뵈는 모양
도리어 누추하다.
계집 태도 전혀 없어
청보에 개똥이라.
　　　〈대일본유람가〉

(가)는 일본의 목욕 풍습을 서술한 부분이다. 일본인들은 목욕하기를 일삼아서 집집마다 목욕실을 방같이 만들어 놓고, 통에 불을 지펴 그 안에 앉아 목욕을 하였다. 목욕을 자주하는 것이야 이상한 풍습이라 할 수 없지만, 남·여가 함께 목욕을 하는 것은 당시로는 생각할 수도 없는 무례한 풍습이다. 특히 벗은 남자의 몸을 씻어주는 여인이 그 일을 수치스럽게 생각하지 않는 것은 내외지도가 없는 돼지나 개와 다를 것이 없다고 서술하고 있다.

일본에서 본 第一壯觀은 강 위에 다리를 놓고 산을 뚫어 길을 내어 그 길을 달리는 기차이다. 다시 말해 강 위에 다리를 놓고 산을 뚫어 길을 낼 수 있는 일본의 기술과 자본, 그리고 잘 발달된 교통 수단 등 문명과 문명의 이기들이다. 그러나 일본에서 본 제일 '웃으운 것'은 젊은 여자가 남자가 목욕하는데 들어와 몸도 씻어주고 갖은 시행을 다해주며 남자가 보는 앞에서 옷을 벗고 목욕을 하는 목욕 문화이다.

발달한 문명과 문명의 이기들에 대해서는 찬탄과 그를 본받아야 한다는 의식을 표출하지만, 일본 문화에 대한 의식은 부정적이다. 특히 여자 아이를 기르는 풍속과 여자들의 음탕함에 대하여는 상대적인 굴욕감을 느끼기도 한다.

왕과 대신들의 무능, 변절, 사리사욕, 朋黨에 의해 국가의 힘을 하나로 모으지 못하고 일본에 나라를 빼앗길 위험에 서 있다는 현실 인식은 역설적으로 '예를 굳건히 하고 일시에 분발하여 부국강병하자'는 시대적 담론을 담고 있다.

(나)는 오입쟁이 기생들의 호객 행위에 대한 서술 부분이다. 오입쟁이 기생들은 綾羅綢衣·燦燦衣服을 입은 십오 세에서 이십 세 사이의

어여쁜 계집들이다. 호화로운 누각에 살면서 악기를 타며 노래를 부르다가 사내가 오면 호객 행위를 일삼는다. 기생들의 호객 행위에 대해 서술자는 '외양은 어여쁘나 계집 태도 전혀 없다'로 인식한다. '외양'은 젊은 기생들의 화려한 옷차림을 표현한 것이고, '계집 태도'는 內外之道의 예절을 의미한다. 내외의 예절이 없는 것과 겉의 화려함을 대비함으로해서 일본 문화에 대한 의식을 철저하게 드러낸다. '靑褓'는 일본 기생의 화려함을 빗대었고, '개똥'은 그네들의 예절없음을 비유한 것이다.

일본의 內外없는 문화에 대한 서술자의 인식은 '豚犬의 풍속 — 禽獸의 행실'에서 이제 '개똥'으로 비하되고 있다.

이러한 서술자의 인식은 일본의 婚禮·喪禮·祭禮 등 전반적인 일본 문화로 확대되어 나타난다. 일반적으로 그 나라의 문화는 官·婚·喪·祭의 풍습이 중심을 이루는 것으로 인식되어 왔다. 따라서 한 나라의 문화 수준을 측정할 수 있는 官·婚·喪·祭의 풍습에 대한 서술자의 인식을 살펴 볼 필요가 있다.

(가) 봉수하의 편지 보니   혼인잔치 한다 하고
    오라고 청했기로   이곳의 혼인잔치
    어찌하는 몰골인지   가서 구경하리로다.

〈 중 략 〉

    흉참한 거동으로   요술을 벌여놓게
    더욱이 괴이하니   풍속도 이상하다.
    그 모양이 어떠한가?   대강 기록하여 보자.

〈 중 략 〉

    새로 온 새아씨가   단장을 갖추고
    나와서 손님 접대   온갖 수작 같이 하니
    내외지절 없는 줄은   이왕부터 알았으나
    신부라 하는 것이   이렇듯 무례하니
    이적의 풍속이라   말하여 무엇하리?
〈대일본유람가〉

(나) 상제라 하는 것은   거상 여부 전혀 없고
    이전 입던 그 복색에   검은 헝겊 한 조각을

<table>
<tr><td>잣 모자에 돌렀으니</td><td>이것이 표라하며</td></tr>
<tr><td>우지 않는 풍속인 줄</td><td>이왕부터 알았으나</td></tr>
<tr><td>비척하여 하는 것도</td><td>또한 못 보겠으니</td></tr>
<tr><td>인륜 패상함이</td><td>지극히 한심하다.</td></tr>
</table>

〈대일본유람가〉

(가)는 공사관에서 데리고 있던 일본인 직원의 결혼식에서 본 일본 婚禮 광경이다. '이곳의 혼인 잔치 어찌하는 몰골인지' 보아야겠다는 의도가 드러난다. 일본인 직원의 결혼을 축하하러 가기보다는 異國의 婚禮 풍속을 구경하겠다는 의지를 드러내고 있다.

일본의 혼례 풍속 중 서술자가 드러내려는 이질적인 모습은 두 가지이다. 하나는 혼인식장에서 벌이는 마술이다. 사탕을 만들어 내고, 종이를 호랑나비로 변하게 하고, 소매에서 우산을 꺼내는 요술은 신기한 구경거리로 받아들인다. 그러나 사람의 머리를 가지고 온갖 수작하는 데에는 '보기에도 흉하다'는 의식을 드러낸다. 서술자로서는 즐겁고 엄숙해야 할 혼례식장에서 흉칙한 요술을 부리는 것은 예절과 거리가 먼 비속적인 광경일 수밖에 없다. 거기에다 얌전해야 할 신부가 손님을 접대하고 온갖 수작을 다하는 광경에서는 경악을 하고 남녀 간의 예절 없는 것이야 이미 알았지만 혼례식장의 신부마저 내외의 예절을 모르는 것은 夷狄이기 때문이므로 더 이상 말할 것이 없다하며 혼례 풍속에 대한 서술을 마친다.

(나)는 이등박문의 장례식에 참가하고 일본의 喪禮에 대한 비판을 담은 서술 부분이다. 상제가 喪服을 입지 않고 평소에 입던 옷에 헝겊을 두르고 있는 것, 울지 않는 풍속에 대해서는 '人倫敗喪'이라고 목소리를 높인다. 외교관으로서 이등박문이 왜 죽었는가 하는 이유나 국내·외 정세에 관해서는 서술은 없고, 일본의 상례에 대한 개탄만이 있다.

일본 직원의 혼례식 서술 바로 다음에 이등박문의 장례식을 서술함으로써 일본 문화에 대한 의도적인 서술 의지를 드러내고 있다. 이는 일본 문화에 대한 우월 의식과 이질적인 문화에 대한 갈등의 단면을 드러내는 것이기도 하다.

 일본의 잘못된 문화를 서술하면서 自國의 문화우월을 확인하는 방법
도 있지만 일본 문화를 뜯어 고치겠다는 강한 의지를 드러내면서 문화
우월을 드러내기도 한다.

산형이 웅장ᄒ고 　　　슈세도 환포ᄒ여
옥야천니 삼겨시니 　　　앗갑고 애둘을손
이리됴흔 턴부금탕 　　　예놈의 긔물되여
칭뎨 칭황ᄒ고 　　　　　젼즈 전손ᄒ니
개돗ᄀ튼 비린뉴롤 　　　다몰속 소탕ᄒ고
ᄉ쳔니 뉵십쥐롤 　　　　됴션짜 민드라셔
왕화의 목욕곰겨 　　　　녜의국 민둘고쟈
　　　　　　　　　　　　　〈일동장유가〉

 일본의 웅장한 자연을 보고 일본인들에게는 과분하다며 일본땅을 모
두 조선국으로 만들어 왕화를 입게 하여 禮儀之國을 만들어야 한다고
서술한다. 여기서도 일본인을 "개돗ᄀ튼"이라고 표현해 문화우월의식과
함께 강한 적개심을 표현하고 있다.
 〈일동장유가〉의 서술자가 가지고 있는 일본에 대한 문화우월의식은
사행 후 왕을 배알하는 자리에서 단적으로 드러난다.

고텨하문 ᄒ오시디 　　　피국의 드러가니
피인의 문지들이 　　　　무셥더냐 언잔터냐
문지가 유여ᄒ놈 　　　　왕왕이 잇ᄉ오나
시눌은 참혹ᄒ야 　　　　제슐ᄒᆯ줄 모ᄅ더이다
　　　　　　　　　　　　　〈일동장유가〉

 왕이 일본의 文才를 묻자 "문지가 유여ᄒ놈 왕왕이 잇ᄉ오나 시눌은
참혹ᄒ야 제슐ᄒᆯ줄 모ᄅ더이다"라고 해 일본 문사들의 文才를 단 한마
디로 평가 절하하고 있다.
 그러나 일본인에 대해 무조건 부정하지는 않는다. 일본인 중에도 예
의를 잘 갖추고, 인간의 정분을 품고 있으면 따뜻하게 대해주기도 하고

대견해 하기도 하였다.

그듕의 묵정한이
비록이국 사름이나
십이일 둥지오니
빅삼십니 ᄯ라와셔
우리옷 붓들고셔
밤든후 도라가셔
길ᄀ의 셔잇다가
손으로 눈물삣고
참혹ᄒ고 긔특ᄒ니
누고셔 예놈들이
이거동 보와ᄒ니

눈물지고 슬허ᄒ니
인졍이 무궁ᄒ다
한대영과 평영이가
춤아못 니별ᄒ야
읍테여우 ᄒ다가
오히려 아니가고
우리가마 겻틱와셔
목뎨여 우는거동
ᄆ음이 됴티아니히
간샤ᄒ고 퍅ᄒ다던고
ᄆ음이 연ᄒ도다
〈일동장유가〉

일본을 떠날 때 일인(日人)들이 나와 슬퍼하고 끈끈한 인간의 정을 보여주는 일본인에게 감동하기도 한다. 특히 옷을 붙들고 울면서 밤이 깊었는데도 돌아가지 않고 가마 곁에 와서 손으로 눈물 씻고 목 놓아 우는 일인을 보며 서술자는 그간의 일인에 대한 인식을 바꾼다.

"누고셔 예놈들이 간샤ᄒ고 퍅ᄒ다던고"에서 "뉴"에는 '누가'라는 개념과 '예전의 나'의 개념이 복합되어 있다. 즉, 일인에 대한 인식, "간샤ᄒ고 퍅ᄒ다"는 다른 사람의 평가임과 동시에 〈일동장유가〉의 서술자가 지녔던 인식이었다. 그러나 인간의 정을 보여주는 일인을 통해 서술자는 "ᄆ음이 연ᄒ도다"의 변화를 겪게 된다. 이는 〈일동장유가〉 서술자의 인간에 대한 척도를 보여주는 일면이라 할 수 있다.

일본을 다녀온 사행기행가사들은 공통적으로 일본에 대한 적개심과 문화우월의식을 서술하고 있다. 〈일동장유가〉의 경우에는 임진왜란으로 인해 〈대일본유람가〉의 경우에는 한일합방으로 인해 더욱 악화된 일본과의 관계를 보여주고 있다.

일본에 대해 더욱 적개심을 나타내는 것은 문화가 낮은 일본에게 침략을 당해 고통을 겪었거나 나라를 빼앗김으로써 오는 자기 보상심리일 수 있다. 그렇기에 일본에 대한 적개심과 문화우월의식 뒤에는 自國 역사에 대한 회한과 반성이 있다.

5.3.3 선진문명에 대한 선망과 갈등

자기 나라가 아닌 異國을 여행할 때 여행자가 갖는 태도는 크게 두 가지일 수 있다. 하나는 낯설고 새로운 물건들을 보고 놀라거나 소개하는 데 그치는 태도이고, 또 하나는 새로운 풍물에 대해 깊은 관심을 가지고 自國의 것과 견주어 그것을 받아들여 변화해야 한다는 논조를 갖는 태도이다.

중국 사행기행가사나 일본 사행기행가사 중 〈일동장유가〉는 전자의 태도를 가지고 있고, 일본 사행기행가사 중 〈대일본유람가〉의 경우 후자에 속한다. 중국 사행기행가사의 서술자는 중국에 대해 크고 발달한 나라라는 인식을 가지고 있으며, 일본 사생기행가사 중 〈일동장유가〉는 일본을 멸시하는 태도를 갖었기에 각기 여행한 異國의 문명에 신기함을 나타내거나 소개하는 데에 그쳤다. 그러나 〈대일본유람가〉의 서술자는 일본의 이국적인 풍물과 自國의 것과는 차이가 많은 일본의 문화·풍속 등을 견주어 자신의 세계를 확대하고 있다. 명치유신 이후의 발달한 일본을 여행한 〈대일본유람가〉의 서술자는 발달한 문명을 갖은 일본과 문화적으로 후진성을 면치 못하는 일본 사이에 갈등을 느낀다.

그러한 갈등은 일본의 발달한 문명은 받아 들여야 한다는 인식의 변화로, 금수만도 못한 일본의 문화에 대해서는 치욕감과 함께 자국 문화의 우월감을 과시하는 것으로 서술한다.

문명에 대한 선망과 갈등은 여행한 나라에 따라 내용과 기술 방식이 다르므로 중국 사행기행가사와과 일본 사행기행가사를 나누어 고찰하는 것이 효과적이다.

먼저 중국 사행기행가사에 나타난 문명에 대한 선망 의식을 살펴 보기로 한다.

　　① 비마다 층누잇셔　　　　　　　곳곳이 올나보니

녜양도 긔이ᄒ고	치례도 하엿고나
곡난간 금쥬련의	단침으로 문을ᄲ고
비단도벽 뉴리창의	화류교의 오목상의
간간이 격벽ᄒ여	침방이 결묘ᄒ다
바닥은 두지갓고	우층의도 벽장이라
② 부녀와 계견ᄭ지	다못기 실어두고
만여리 강남짜의	상고로 단닌다네

〈 서행록 〉

통주에서 본 배의 모습을 서술한 부분이다. 서술자는 우선 그 화려함에 놀란다. 몇 층으로 된 배의 외양도 외양이지만 금주련의 단침으로 짠 문, 비단으로 도배한 벽, 유리창의 화려함에 놀라움과 부러움을 나타내고 있다. 결묘한 침방, 위층에 벽장을 가지고 있는 배의 구조, 부녀자와 동물까지 싣고 다니는 생활 양식은 사치를 느낄 정도로 새롭고 이국적인 모습이다. ①을 서술자가 직접 경험한 배의 모습을 서술한 부분이고, ②는 다른 사람의 입을 통해 전해들은 부분이다. ①의 "~이라"와 ②의 "~다네"를 통해 이와 같은 사실을 확인할 수 있는데, 서술자가 자신의 직접 경험에 다른 사람의 말을 첨가하는 서술 방식은 경험한 내용을 극대화하기 위한 태도에서 기인한 것이다.

새롭고 이국적인 경험에 대한 서술은 좀더 세부적인 것으로 이어진다.

뉴리창의 드러가니	멀니보는 쳔리경과
만호슈경 안목경은	디모양각 티를ᄒ고
마조보기 소년경은	즉셕빅철 톄올ᄒ고
지관보는 건량구며	면경톄경 오갑경과
시마초는 ᄌ명종과	그림그린 유비병풍
빅옥등잔 유리등과	옥미화의 금나뷔며
각식슐병 슐잔들과	어항슈적 됴뉴리라

〈서행록〉

쳔리경(망원경) · 안목경(안경) · 소년경 · 건량구(풍수지리에 사용하는

일종의 나침반)·오갑경·즈명종(시계)·유비병풍·백옥등·유리등·금나
뷔·술병·술잔·어항 등을 한 구절씩 짧게 설명하면서 열거하고 있다.
소개할 대상은 많은데 지루함을 덜기 위해 글자 수를 네 자로 동일하게
끊으면서 호흡의 등장성을 유지하여 빠르게 읊고 있다.
　이러한 표현 의도와 방식은 새롭고 화려한 사물을 서술할 때마다 사
용된다. 이러한 표현 방식을 〈연행가〉에서도 살필 수 있다.

무삼푸리 무슴푸리　　　　　귀를세워 표희더라
유리챵이 여긔더라　　　　　쳔하보비 드녀뜻다
쳔은졍은 녑즈국과　　　　　지옥무부 비취옥다
슈만호와 즈만호며　　　　　불호박과 명호박과
금긔밀화 산호가지　　　　　슈졍지듀 쳥강셕과
보셕명쥬 셕우황과　　　　　통쳔셔각 디모조각
안경푸리 불작시면　　　　　오숙경과 즈숙경과
먼니보는 쳔니경과　　　　　노소층경 양녹경과

〈 중　　략 〉

향푸리를 볼작기면　　　　　침향졍향 빅단향의
비취항즁 츙용향과　　　　　이궁젼의 금수향과
빅팔념쥬 즐향이오　　　　　십팔홈수 구슬향과
옥단향　 강진향의　　　　　부용형운 타긔향의
소합향　 만슈향을　　　　　비단집의 너러잇고
붓푸리를 볼작시면　　　　　초호상호 슌양호며
디즈쓰는 총여필과　　　　　소즈쓰는 명월쥬며
화모토모 마모수필　　　　　쥐나릇　 셴긔털붓
쥬먹곳튼 제모필은　　　　　익즈쓰기 죠타ᄒ고
묵푸리를 볼작시며　　　　　수향너흔 당연묵과

〈 하　　략 〉

〈연행가〉

　사물에 대한 푸리(풀이)를 자세하게 서술하고 있다. 그러나 일본 사
행기행가사인 〈대일본유람가〉에 나타난 서술 의지와 선진 문명에 대해
본받아야 한다는 등의 의식은 드러나지 않는다.

온갓보픠 문방졔구   됴셔필통 벼로필묵
진옥밀화 셕우황의   격게삭인 신션부쳐
괴셕필산 쳥강셕과   쳔도연적 옥촛더며
더즈쓰는 죵녀붓과   셰히쓰는 초호필과
양호샹호 회호슈필   주먹갓튼 졔모필과
황모토모 미모필과   쥐니로싀 기털붓과
쌍놓박은 광녁먹은   비단갑의 금칠갑과
두간줍이 왼쟝조희   분지죽지 티ㅅ지며
고려견지 오식궁젼   빅노지며
             〈서행록〉

중국 사행기행가사의 서술자들은 새로운 선진 문화·문명을 접하고 더 큰 세상에 대해 눈을 뜨게 된다. 그리고 중국의 선진 문화·문명을 소개하기 위해 장편의 가사를 지었다.

이러한 노력에 의해 당시 조선은 중국을 통해 새로운 문화·문명을 받아들이고 자국에 대한 인식을 새롭게 정립하였다. 중국 사행기로들을 보면 중국 사행을 되도록이면 많이 가길 원했고, 기왕이면 많은 사람을 보내려고 애썼음을 알 수 있는데 그 이유는 바로 중국의 선진 문화와 문명을 받아들이기 위한 것이었다.

그러나 중국 사행기행가사의 서술자들은 대상에 대해 구체적으로 서술하지 못했다. 대상에 대한 소개와 나열에만 집중하고 있을 뿐 그것의 원리나 이용 가치에 대한 면밀하고 구체적인 관찰과 서술이 부족하다.

틱평츠라 호느거손   빵박희 수러우희
장독교 졔도로다   좌우ㅅ창 익낭달고
거문빗 긴츠앙을   압흐로 벗테이오
압치을 길게ᄒ여   죠흔노싀 매여노코
압히안즌 간츠지놈   긴치죽 호번더져
유에유에 호소리의   풍우ᄀᆞ치 샌르고나
             〈연행가〉

중국에서 태평차를 보고 그 빠름에 놀라는 모습이다. 그러나 태평차의 원리나 태평차를 自國에 받아들여야 한다는 등의 서술이 없다. 다만 태평차의 생긴 모습과 "압히안즌 간츳지놈 긴치죽 훈번더져 유에유에 훈소릭의 풍우ⵥ치 쌘르고나"하여 간차(운전사)가 채찍을 한 번 던지니 큰 소리를 내며 푸우 같이 빨리 가더라는 것만 서술하고 있다.

중국 사행기행가사의 서술자들은 새롭고 신기한 사물을 소개하고 외양을 묘사하는 데 그친 반면, 일본 사행기행가사의 경우 사뭇 다른 표현 방식과 의도를 갖는다.

일본 사행기행가사 중 〈일동장유가〉의 서술자는 고령에다가 시골에서 오래 살아 自國에 대한 자긍심이 강한 반면 일본을 야만국으로 인식하고 있어 일본의 문명에 대한 서술을 하지 않았다. 그러나 〈대일본유람가〉의 서술자는 일본의 모습 하나하나를 면밀히 살피고, 또한 의도적으로 서술하고 있어 중국 사행기행가사와 대조적인 면을 보인다. 서술자의 의식과 세계관은 형상화 대상을 선택하는 데에서도 파악할 수 있다.

서술자는 부산항을 떠나 장기도에 도착함으로해서 일본땅에 들어가게 된다.

<table>
<tr><td>십칠일 진시량에
예서부터 일본지경</td><td>장기도에 다달으니
처음으로 보아보자
〈일본유람가〉</td></tr>
</table>

서술자는 처음 보는 일본에 대한 면밀한 관찰과 기록의 의지를 드러내고 있다. 도착한 일자와 시간을 명확히 기재하면서 처음 보는 이국땅에 대한 호기심과 대상에 대한 의도적인 기록 의지를 강하게 드러내고 있다.

이러한 의도적인 기록 의지는 여행 중 경험한 대상이나 사건에 대한 집약적인 형상화를 가능하게 한다. 실제로 〈대일본유람가〉는 선택한 대상이나 서술 전개 방식이 다른 사행기행가사에 비해 집약적이고 일관되어 있다. 여행 중의 경험과 사건을 일어난 순서대로 기록한다는 시간·공간적 전개 방식이 많이 약화되고 서술자가 드러내고자 하는 주제의식에 의해 선택되고 서술되어 산만한 전개나 구성에서 벗어나고 있다.

〈대일본유람가〉의 국내 여행 부분에 나타난 선택한 대상이나 서술 방식이 다른 기행가사와 특별히 다르지 않다. 오히려 다른 기행가사의 국내 여행 부분에 비해 상당히 생략되어 있다. 다른 기행가사들이 국내의 자연 풍경에 관심을 가지고 서술하고 그것에 대한 느낌을 표현한다는지, 국내 여행 중에 일어난 사건을 비교적 자세하게 기록하고 있는 반면에 〈대일본유람가〉에서는 자연 풍경에 대한 서술을 찾아 볼 수 없다. 국내 여행 중의 사건도 마포에서 외무대신과 작별주를 마시고, 집 하인과 교군들과 헤어졌다는 사건밖에 기록되어 있지 않다.

서술자의 면밀한 의도적인 기록 의지는 제물포(지금의 인천)에서 배를 타고 부산항으로 떠나면서 드러난다. 그것도 자연 풍경에 대한 서술이 아니라 타고 있는 배에 대한 서술이다.

> 십사일 미시량에　　　　행장을 수습하여
> 일행과 한가지로　　　　윤선에 올라타니
> 본항의 경무관과　　　　감니소의 목주사가
> 술 가지고 배에 올라　　같이 먹고 작별한다
> 배이름은 준하환에　　　제도가 찬란하나
> 화륜선 제도됨을　　　　어찌 다 기록할까
> 　　　　　　　　　　　　　　　〈대일본유람가〉

제물포 경무관과 감니소 목주사와 작별했다는 사건은 아주 간략하게 서술하고는 주된 관심은 화륜선이라는 발달한 배에 쏠려 있다. 이러한 대상 선택의 경향은 서술자의 이국 문명에 대한 관심을 짐작할 수 있게 하는 요소이다.

神戶에 도착해서는 시장을 서술 대상으로 삼았다. 시장이라는 데는 그 나라의 풍물을 집약적으로 볼 수 있는 곳이다.

> 인민의 사는 것과　　　　물건의 풍성함이
> 처음 보는 안목으로　　　대단히 휘황하다
> 집 제도 찬란함이　　　　이층 삼층 높이 짓고

<table>
<tr><td>가로의 시전들은</td><td>기이한 물건들과</td></tr>
<tr><td>다니며 파는 장수</td><td>거리 거리 연락하되</td></tr>
<tr><td>무엇이라 외는 소리</td><td>알아듣기 어려우되</td></tr>
<tr><td>가만히 내다보면</td><td>분분히 메고 가메</td></tr>
<tr><td>얼음장수 얼음 빙자</td><td>기름장수 기름 유자</td></tr>
<tr><td>다 각각 등에 그려</td><td>대강 짐작하겠더라</td></tr>
<tr><td></td><td>〈대일본유람가〉</td></tr>
</table>

　　서술자의 시선은 인위적으로 꾸민 웅장한 궁궐이나 호화스러운 상류층의 생활 모습이 아닌 평범한 人民들의 사는 모습에 머물러 있고, 인민들의 적나라한 삶의 모습을 형상화하고 있다. 인민들의 사는 모습과 물건의 풍성함이 처음 보는 눈에는 매우 휘황찬란하게 보인다며 일면 부러운 시선으로 그들의 사는 모습을 바라보고 있다. 부러운 시선으로 인민들의 사는 모습을 더욱 생생하게 그리기 위해 서술자는 시장을 찾고 시장에서 물건을 파는 장수들의 모습과 상황을 자세히 형상화 하고 있다. 형상화 기법도 복잡하지 않고 아주 간결하여 오히려 그들의 모습을 구체적으로 떠올릴 수 있도록 하였다.

<table>
<tr><td>자선회하는 것은</td><td>금년 봄에 지내는데</td></tr>
<tr><td>보지는 못했어도</td><td>이야기를 들었으니</td></tr>
<tr><td>그도 또한 별일이니</td><td>대강 기록하여 보자</td></tr>
<tr><td>자선회라 하는 것은</td><td>내력을 들어 보니</td></tr>
<tr><td></td><td>〈대일본유람가〉</td></tr>
</table>

　　자선회는 금년 봄에 열렸으니 분명 반 년 전의 일이다. 그러므로 서술자는 자선회를 구경하지 못한 것이 분명하다. 직접 경험한 일이 아님에도 불구하고 작자는 의도적인 기록 의지를 앞세운다. 대강 기록한다 하였지만 장장 80구(2율각 1구)에 달해 자선회의 내력·목적·운영 방법·규모·기간·물건의 진열 등 자선회에 대한 모든 것을 서술하고 있다.
　　간접 화법에 사용하는 어미 '—하네'를 사용하여 자신이 직접 경험하지 않은 일을 서술한다는 것을 전제하고 있지만, 사실은 서술자가 직접 경험한 것처럼 아주 생생하게 그려내고 있다. 그만큼 자선회는 서술자에게 自國에서 경험하지 못한 異國的인 것이다.

서술자가 직접 경험하지 못한 자선회를 간접화법을 사용하면서도 80구를 할애해 서술한 의도는 무엇일까? 그것은 단지 自國에서는 경험하지 못한 異國的인 것이어서만은 아니다. 서술자가 자선회를 서술의 대상으로 삼은 이유는 자선회의 목적 때문이다.

현대 사회에서도 자주 볼 수 있는 자선회는 불우한 이웃을 돕기 위한 목적으로 개최한다. 개최자의 신분에 따라 성격이 다소 달라질 수 있지만, 일반적으로 자선회는 민간 차원의 사회 복지 행사라고 할 수 있다. 이러한 선진적인 민간 차원의 사회 복지 행사에 서술자는 깊은 감동을 받았기에 이미 반년 전에 있었던 자선회를 서술 대상으로 삼았고, 자선회의 내력·운영방법·규모·물건의 진열 방법까지 자세하게 서술하였던 것이다.

주위가 사십리에   빈틈없이 집이로되
인종이 워낙 많아   용접하기 어려워서
집 우에 집을 지어   이층 삼층 늘비하다
전기등 켜는 것은   집집이 줄을 이어
해가 저 황혼시에   기계 고동 한번 틀면
홀연히 백주되어   추호라도 분변하며
            〈대일본유람가〉

神戶에서 본 거리의 異國的 풍경이다. 서술자의 눈에 먼저 띄인 것은 백성들이 사는 집의 규모이다. 이층이나 삼층으로 지은 백성들의 집 역시 조선에서는 볼 수 없는 것이므로 신기한 것임에 틀림없다. 그러나 집의 규모에 대한 작자의 인식은 그리 긍정적인 것이 아니다. '인종이 워낙 많아 용접하기 어려워'로 인식하고 만다. 신호의 거리에서 서술자의 눈에 먼저 띄인 것은 건물의 규모이지만 집 위에 집을 짓는 형태는 사람이 많기에 택한 건축 구조일 뿐이다.

작자의 대상 인식은 전기등을 켠 모습에 나타난다. 해가 져 어두워

지면 기계를 돌려 전기를 켜는데 그 밝기가 마치 대낮 같아 아주 작은 털도 볼 수 있다는 것에 서술자는 새로운 문명에 대한 신기함과 부러움을 갖는다. 서술자가 전기에 대해 더욱 부러움을 갖는 것은 '집집이 줄을 이어' 전기를 사용하고 있기 때문이다. 전기라는 문명을 모든 백성들이 자유롭게 '기계 고동 한번 틀면' 사용할 수 있다는 것이 전기에 대한 작자의 서술 의도이다.

　　서술자는 발달한 사회 제도에 대해서도 큰 관심을 나타낸다.

길가의 순사들은　　　　　　환도 차고 늘어서서
내인 거객 동정이며　　　　　수상 종적 검찰하되
잠시를 안 떠나고　　　　　　신지에 서 있다가
시각이 다한 후에　　　　　　다른 순사 체번하니
법령 규모들이　　　　　　　　이러해야 할 일이라
그러므로 이 나라는　　　　　도적이 적다 하데
　　　　　　　　　　　　　　　〈대일본유람가〉

　　서술자는 엄격하게 시행함으로써 도적과 같은 범죄자를 방지하여 안정된 치안 상태를 유지 할 수 있는 경찰 제도를 서술 대상으로 삼는다. 서술자는 "법령 규모(法令規模)들이 이러해야 할 일이라"고 직접적인 목소리를 드러내고 있다. 치안 부재의 상태와 극심한 사회 혼란을 겪은 바 있는 서술자로서는 사회의 안정을 가져다 주는 경찰 제도가 국가의 힘을 기르는 중요한 요소로 인식하고 있는 것이다.

일본지방에 부가 셋이니　　　동경부 서경부 대판부요
현이 사십이현부며　　　　　군이 팔백 이군이라
부와 현에 지사 있고　　　　군에는 장이 있어
치민하고 송사함이　　　　　각기 소장 다 있으며
전담 구실 받는 것은　　　　국내의 전답들이
일평 이평 땅을 재어　　　　그 중에도 호부 보아
천원자리 백원짜리　　　　　다 각각 값을 정해
정부에서 문서주면　　　　　그 문서로 매매하되
값을 한 번 정해 주면　　　　가감이 다 없어

백원짜리 땅이면은   일년 세납이 이원이라.
사람 사는 집터들도   본래 정한 값이 있어
한 사람 사는 집이   천원짜리 터이면은
일년에 세납함이   이백오십원이라 하여
각색 장사 각색 장인   정한 세납 다 있어서
세라고 위명함을   도무지 통계하여
정부에 이 현 세입   팔천만원 된다 하데
〈대일본유람가〉

　　서술자의 대상 인식은 행정 제도·소송 제도(사법)·토지 사유 제도와 조세 제도로 확대된다. 특히 서술자는 조세 제도에 대해 강한 서술 의지를 갖고 있다. 강력한 조세 제도는 치밀하게 짜여진 행정 제도를 기초로 하기에 우선 행정 제도에 대한 서술이 필요했다. 일본에는 府가 셋 있으며, 사십이 縣이 있고, 팔백이 개의 郡이 있어 각각 지사와 장이 행정의 우두머리가 되어 백성을 다스리고 송사를 맡아 처리하는 치밀한 행정 제도를 이루고 있다. 이렇게 치밀한 행정 제도를 기반으로 땅을 坪 단위로 재어 田畓이든 대지이든 간에 일년 토지세와 매매세를 걷어 국가에 세입함으로써 국가 재정을 확고히 하고 있다.

　　이렇듯 잘 짜여진 조세 제도는 국가 경제의 기반이 되고 그것은 곧 나라의 힘이 되는 것이다. 그러므로 自國의 안정과 발전을 모색하는 일본 주재 외교관으로서 일본의 조세 제도에 대한 관심은 당연한 것이라 하겠다.

　　또한 서술자는 일본의 군사 제도에도 대상 인식의 세계를 확대해 가고 있다.

군사의 정예한 것   육해군 각각 있어
육군이 이십오만   해군이 십일만명
대신이 아들부터   평민의 자식가지
십구세 되던 해에   의례히 군정 박되
남의 집 맏아들과   신병있는 사람외에
군안에 실린 후에   학교에 연습 한 후
현역 사년 예비 삼년   후비 삼년 외비 삼년

<table>
<tr><td>십이년 사역후에</td><td>도로 놓아 보내어서</td></tr>
<tr><td>농사하고 장사함을</td><td>임의로 하다가서</td></tr>
<tr><td>나라에 큰일 있어</td><td>군사가 부족하면</td></tr>
<tr><td>몇 만명 몇 천명을</td><td>백성중에 뽑아내도</td></tr>
<tr><td>이왕에 익힌 기예</td><td>모두 다 일등 병정</td></tr>
<tr><td>이러므로 일본 백성</td><td>군사 복색 아니하고</td></tr>
<tr><td>장사하고 농사해도</td><td>속으로는 다 군사라</td></tr>
<tr><td>황태자의 존귀함과</td><td>황족의 친왕들도</td></tr>
<tr><td>교장의 기예 배울 때</td><td>군사와 한 가지로</td></tr>
<tr><td>존귀지별 전혀 없어</td><td>무단히 항례하니</td></tr>
<tr><td>그 뜻이 다름없어</td><td>병권의 중한 것을</td></tr>
<tr><td>신하를 안 주고</td><td>황족이 잡으려고</td></tr>
<tr><td>연골로부터 기예배워</td><td>대장지경 닦는다네.</td></tr>
</table>

〈대일본유람가〉

일본의 군사 제도에 대한 서술 부분이다. 군사력의 부족으로 나라를 빼앗긴 외교관으로서 일본의 군사 제도에 관해 자세히 서술하는 것은 당연한 일이라 할 수 있다. 육·해군의 구성과 신분의 차별이 없는 모병 제도, 그리고 현역과 예비군 제도를 상세하게 서술하는 것은 서술자의 의도가 무엇인가를 짐작할 수 있게 한다. 특히 서술자는 예비군 제도에 대해 큰 관심을 가지고 있다. 농사꾼과 장사꾼도 나라에 큰 일이 일어나면 모두 일등 군사의 역할을 하는 것에 대해 '장사하고 農事해도 속으로는 다 軍士라'고 감탄하고 있다.

한 국가의 힘을 군사력으로만 측정할 수 없는 것이지만, 신분의 차별없이 온 백성이 정예의 군사를 이룬다는 점과 황족까지도 기예를 배워 장교로서 군 복무에 임하는 일본의 군사 제도는 나라를 빼앗긴 외교관의 서술 의지를 불태울만한 요소임이 분명하다. 일본의 군사 제도에 대해 세세한 것까지 서술한 것에서 서술자의 서술 의도와 표현하고자 하는 목소리를 충분히 읽어낼 수 있을 것이다.

경찰 제도와 조세 제도, 군사 제도, 이 세 가지 제도 모두 국가 제도의 근간을 이루는 것들이다. 그리고 각각의 서술은 제도의 소개뿐 아니라, 제도의 운영 방법과 국가 사회적 효과를 서술하고 있어 서술자의 서술 의도를 파악할 수 있다.

일본의 발달한 제도와 문명에 대해 강한 서술 의지를 드러내는 서술
자이지만 나라를 빼앗긴 힘없는 국가의 신하로서 한계와 갈등을 은연
중에 나타낼 수밖에 없다.

이러한 문화에 대한 갈등은 자국 문화의 변화에서 좀더 구체적으로
드러난다. 빼앗긴 나라와 변화하는 문화에 대한 갈등은 정체성을 찾으
려는 서술자의 입장과 위치를 나타내는 요소이기도 하다.

경응의숙 학생들　　　　　백여인이 같이 나와
면면이 인사하니　　　　　본국 사람 반가운 중
일제히 삭발 하고　　　　　일본 복색 한 모양들
처음으로 당해 보니　　　　놀랍고 한심하다.
　　　　　　　　　　　　　　〈대일본유람가〉

동경에 도착하여 환영 나온 경응의숙 재학 중인 동포 유학생의 머리
깎은 모습을 보고 개탄하는 내용이다. 異國에서 本國 사람을 만나는 일
은 반가웁지만, 그들의 삭발 한 모습과 일본인 복장은 받아들일 수 없
는 것이 서술자의 의식이다. 일본의 문화를 받아 들이는 젊은 학생들에
대해 놀라움을 서술하지만 일본에 10여 개월 머물러 있으면서 서술자
는 이국적 문화를 받아들이는 데에 갈등을 일으키고 있다.

이러한 논의는 본국으로부터 단발령을 받고 개탄하고 번민하는 장면
에서도 계속 이어질 수 있다.

연파후 돌아오니　　　　　본국에서 전보 옴에
망망히 떼어 보니　　　　　대군주 폐하께서
시월 십칠일에　　　　　　단발을 하셨다니
이것이 어인 말가?　　　　한심하고 놀라운 마음
천지가 아득하여　　　　　어안이 벙벙하다.
우리나라　예의지방　　　　열성조 의관문물
오늘날 당하여서　　　　　거연히 없어지고
이적 금수 되는 모양　　　　이것이 무슨 말가?
만리 밖에 몸이 있어　　　　이 지경을 당했으니

도망질을 하려 한들   어디 가면 면해 보며
죽으면 면할 테나   칠십노친 시하로다.
〈 중   략 〉
처음으로 길에 나니   왜놈과 일반이라.
누가 알 것 아니로되   내 마음이 부끄러워
사람을 대하여서   거안하기 어렵도다.
〈대일본유람가〉

궁중에서 있었던 歲初宴에 참석하고 돌아와 高宗의 단발 소식과 단발령을 받고 놀라는 모습이 역력하다. 禮儀의 나라가 하루 아침에 夷狄禽獸의 나라가 되었다는 자탄은 단발령이 우리의 자의에 의해 이루어진 것이 아니고 타의에 의해 강요 받았다는 데에서 더욱 공감을 얻는다. 단발령은 문명 개화의 수순이 아닌 억압과 핍박의 수순이었던 만큼 우리 민족에게 뼈아픈 사건임이 분명하다. 그러므로 "옛날의 관습에 집착하는 마음이 이 지은이의 경우 얼마나 강하였던가를 더욱 자세히 알 수 있도록 해 주는 예는 일본에 머물고 있는 중 나라 안에서 임금님께서 단발령을 내리고 스스로가 본을 보이기 위해 머리 깎으셨다는 통보를 받고 홀로 고민하여 탄식과 자조를 서슴지 아니한 데에서도 엿볼 수 있다"[84]는 논의는 당시의 시대 상황을 좀더 면밀히 읽어야 할 필요성을 느낀다. 단발령의 소식을 듣고 죽음을 생각하는-결국 칠십 노모를 생각하고 실행하지 못하지만- 서술자의 의식에서 '옛날의 관습에 집착하는 마음'을 읽을 수도 있지만 외래(지배자)의 입김에 힘없이 무너지는 自國 문화에 대한 개탄과 그에 대한 갈등을 먼저 읽어내야 한다.

自國 유학생인 경응의숙 학생들의 일본식 머리와 복장을 보고도 개탄만 할 수밖에 없었다든가, 단발령을 접하고 죽음까지 생각하다가 결국 머리를 깎아야 했던 모습에서 힘없는 나라의 신하로서 가질 수밖에 없었던 갈등을 이미 목격하였다. 더욱이 민비시해 사건과 고종의 아관파천 소식도 본국으로부터 듣지 못하고 일본 신문의 호외에 의지할 수밖에 없어 자세한 본국의 상황을 몰라 어쩔줄 몰라 하는 모습에서 우

---

84) 崔康賢, 『韓國紀行文學硏究』, 一志社, 1982, 314쪽.

리는 힘없는 나라의 설움과 갈등을 간접적으로 체험하였다. 무너지는 自國 문화에 대한 번민과 갈등이 매우 심각하다는 것을 알 수 있다.

시간의 흐름 속에서 겪은 갈등으로 인한 자기 위치 확인 과정은 작품 곳곳에서 자조 섞인 이질감으로 표출되기도 한다.

<blockquote>

(가) 황제 이하 여러 백인　　　　면면이 중다받이
　　그 중에 일청이　　　　　　　관대 사모 품대로다.
　　내 모양 내가 보아도　　　　도리어 우스울 적에
　　저 사람들 속 마음에　　　　오죽이 비소하랴?

(나) 음식이 여러 가지　　　　　먹는 동안 지리한 중
　　저희끼리 즐거워서　　　　　술을 마냥 먹고
　　여러 사람 지껄여서　　　　　수작이 난만하되
　　언어를 불통하니　　　　　　답답하고 무미하여
　　꾸어 온 보릿지루　　　　　　내 모양 흡사하다.

</blockquote>

〈대일본유람가〉의 뒷부분이다. 작품의 앞 부분에서는 볼 수 없는 대조의 표현과 이질감의 표현은 일본 생활 중 서술자의 의식 변화와 자기 위치를 확인해 가는 과정이다. (가)는 천장절에 일본 황제의 초청으로 궁궐에 들어가 다른 사람들과 전혀 다른 복색을 한 자신을 보고 자기 모습에 대한 느낌을 서술한 것이다. 작품 앞 부분에서 경응의숙에 다니는 동포 유학생의 머리 깎은 모양과 일본 복장을 한 것을 보고 개탄한 것을 생각하면 서술자의 자기 인식이 매우 변화하였다는 것을 알 수 있다. '내 모양 내가 보아도 / 도리어 우스울 적에 / 저 사람들 속 마음에 / 오죽이 비소(鼻笑)하랴?'를 보면 서술자의 자기 인식이 변화한 것을 알 수 있다. 자기의 모습을 스스로 우습다고 한 것은 자기 부정의 출발이다. 이렇게 시작한 자기 부정은 상대의 속 마음까지도 예상하여 비웃을 거라고 서술하고 있다. 상대의 속마음을 꿰뚫어 예상한다는 것은 자기 부정의 극대화를 의미하는 것이고, 상대의 속마음이 과연 그런가를 떠나서 자기 부정이 더욱 심화되고 있다는 것을 읽을 수 있다.

그러나 서술자는 대조의 기법으로 표현된 자기 비하와 자기 부정의 극대화를 통해 표출한 이질감에만 빠져 있지는 않다. 위에서 서술한 바와 같이 서술자는 자기 비하와 자기 부정을 극복하기 위해 일본의 발달된 문명과 제도를 세세하게 관찰하고 서술하고 있다. 즉 자기 비하와 자기 부정을 극복하기 위해 일본의 발달된 문명과 제도를 본 받아야 한다는 것을 문맥에 그대로 드러내고 있다. 그러므로 그러한 서술들은 새로운 사실을 살핀다는 일반적 서술의 차원이 아니라 변화해야 할 지향점을 제시하는 강한 의도의 서술로 파악하여만 한다. 뿐만 아니라 서술자는 오랜 일본 생활에서 느끼는 자기와 自國에 대한 위치 상실을 自國 문화의 우월감을 작품 내내 유지하면서 극복하고 있다.

이렇게 자기 극복을 할 수 있는 이유 중의 하나는 작품의 곳곳에서 볼 수 있는 '신하된 도리'이다. 〈대일본유람가〉의 서술자는 일본 생활을 통해 점점 더 작아지는 자신과 自國을 확인하면서도 한 나라의 신하로서 가져야 할 자세를 잃지 않는다.

<table>
<tr><td>(가) 홍엽관 연회 배설</td><td>나도 또한 청했기로</td></tr>
<tr><td>아니 가지 못하여서</td><td>시각에 다달으니</td></tr>
<tr><td>배반을 성설하여</td><td>음식도 장커니와</td></tr>
<tr><td>여러 기생 가진 풍류</td><td>노래하고 춤추는 것</td></tr>
<tr><td>이 때의 조선 신자</td><td>풍류 듣고 기생보기</td></tr>
<tr><td>경황도 없거니와</td><td>마음에 황송하나</td></tr>
<tr><td>이 잔치 참례와서</td><td>기장지무 어찌할까?</td></tr>
<tr><td></td><td></td></tr>
<tr><td>(나) 정양헌의 연회배설</td><td>식부관이 청했기로</td></tr>
<tr><td>서기생 동행하여</td><td>시각에 다달으니</td></tr>
<tr><td>수없이 양요리를</td><td>풍부히 차렸으며</td></tr>
<tr><td>가진 풍류 두드리고</td><td>여러기생 춤추는 것</td></tr>
<tr><td>이때의 조선 신자</td><td>번번이 기악 놀음</td></tr>
<tr><td>피치 못해 참례 하나</td><td>마음에 불감하다.</td></tr>
<tr><td>엊그제 궁중 변란</td><td>놀이가 되는 말가?</td></tr>
</table>

(가)는 민비 시해 사건을 듣고 나서 홍엽관에서 벌어진 연회에 참석

하여 갈등하는 장면이다. 갖가지로 차려놓은 음식과 기생들의 풍류에도
불구하고 조선의 신하로서 번민하는 모습을 사실적으로 서술하였다. 직
무를 수행하기 위해 연회에는 참석했지만 國母의 상을 당한 신하로서
경황도 없고 마음도 황송하다 하고는 "기장지무(旣張之舞) 어찌할까?"
하여 신하된 자세를 유지하고 있다. (나)에서는 피치 못해 참석은 했지
만 즐겁지 않다고 서술자의 마음을 드러내고는 이러한 번민에서 한 걸
음 더 나아가 "엊그제 궁중변란/놀이가 되는 말가?"라고 자신을 꾸짖는
다. 음식이 훌륭할수록 풍류가 더 화려할수록 서술자의 신하된 자세는
더욱 확고하게 드러난다.

 그러나 〈대일본유람가〉의 서술자가 지닌 신하된 자세는 그 무엇도
할 수 없는 현실 상황에 막혀 행동으로 표현할 수 없고 갑갑하고 처량
한 자기 인식에 머물고 만다.

(가) 왕후 폐하 복위하심　　　　외부에서 전보오고
　　　거듭 또 전보 보니　　　　승하 반포 되었으니
　　　팔월의 변란일을　　　　　반신반의 하였더니
　　　정녕이 승하하심　　　　　오늘날 듣자오니
　　　신민의 망극함이　　　　　일배나 더하도다.
　　　허위를 배설하고　　　　　북향하여 망두한 후
　　　성복날 당하여서　　　　　천담복 성복하니
　　　국휼에 천담복이　　　　　마음에 황송하나
　　　전례가 이러하니　　　　　어찌할 수 있겠는가?
　　　이때에 각처 연회　　　　　청하는 곳 여럿이나
　　　국제로 못간다고　　　　　편지하여 사례한다.

(나) 이런 사단 저런 사단　　　　몇달에 한번씩을
　　　큰 일이 벌어져서　　　　　민심이 흉흉하니
　　　멀리 앉아 듣는 마음　　　놀랍기는 차치하고
　　　본국에 갈 마음이　　　　　날마다 절급한 중
　　　또 이렇듯 요요하니　　　　어느 때나 진정할까?
　　　마음대로 할 수 없어　　　　실로이 난감하다.

(가)에서는 왕후 폐하 복위 소식을 듣고 민비 시해 사건이 사실임을 알고는 모든 연회에 참석하지 않았음을 알 수 있다. 국제적인 일을 핑계로 연회에 참석하지 않는 일이 〈대일본유람가〉의 서술자가 할 수 있는 일일 뿐이었다. 오히려 '팔월의 변란 일을/반신반의 하였더니'에서 알 수 있는 것처럼 한 나라의 외교관이었으면서도 本國의 국내 사정에 대해 상세히 알지 못하는 처지에 있었음을 알 수 있다.

왕후 복위 소식을 듣고 나서야 반신반의하던 민비 시해 사건이 사실임을 알게 된 것이다. 민비 시해 사건이 있은 후 두 달이 지나서야 사실임을 인식하고 모든 연회에 참석하지 않는 것으로 신하된 도리를 대신할 수 있을 뿐이다. 실로 힘 없는 나라의 설움을 느끼게 하는 부분이다.

민비 시해 사건이 사실임을 인지하고 나서 나라와 신하에 대한 걱정이 더욱 강해진 것을 나타낸 부분이 (나)이다. 특히 (나)의 서술은 아관파천 소식을 듣고 나서 나라에 큰 일들이 벌어지는 것을 감지하고 난 다음의 서술이어서 더욱 나라와 백성에 대한 걱정이 앞서는 것이다. 그래서 고국으로 돌아 가고자 하는 마음이 강하게 일어나는 것이다.

그러나 이 서술에서도 아관파천의 자세한 사건 서술이 없다. 아관파천으로 인해 총리대신 김홍집, 농상공부대신 정병하, 탁지부대신 어윤중이 살해되었고 국내의 사정은 대외적으로 더욱 복잡해졌는데도 불구하고 이에 대한 서술이 전혀 없다.

아관파천에 대한 자세한 서술이 없는 이유도 앞서 살핀 바와 같이 다른 데에 있는 것이 아니라 본국과의 연락 방법이 전혀 없었기 때문으로 여겨진다. 민비 시해 사건이나 다른 사건과 마찬가지로 국내 사정을 일본 신문이나 호외를 통해 접할 수밖에 없었으므로 자세한 내용을 알 수 없었던 것이다.

신하된 자로서 나라와 백성을 염려하고 번민하는 서술자의 자세 뒤에는 힘없는 조국을 가진 외교관의 초라한 모습이 보이는 것 같아 쓸쓸할 뿐이다.

〈대일본유람가〉는 명치유신을 겪고 난 발전된 일본을 공사라는 외교관의 신분으로 10여 개월 머물면서 일본의 풍속, 제도, 문명 등 일본과 일본에서의 생활을 상세하게 서술한 기행가사이다. 서술자의 신분이 일본 주재 외교관이었으므로 일본에 대한 의도적이고도 자세한 서술을 이룰 수 있었다. 이러한 서술이 가능했던 가장 큰 이유는 나라를 생각하는 신하의 자세를 굳건히 유지했기 때문이다. 그러므로 〈대일본유람가〉는 개인의 논법으로 읽기보다는 사회적·국가적 차원의 논법으로 읽는 것이 마땅하다.

중국 사행기행가사의 서술자는 모두 서양인에 대한 경계심을 강하게 표현하고 있다.

큰길의 양귀즈들　　　　무상이 왕니ᄒ네
눈쌀은 움슷ᄒ고　　　　코마루는 웃둑ᄒ며
머리털은 발간거시　　　곱실곱실 양피갓고
키ᄅᆞᆯ은 팔척쟝신　　　의복도 고이ᄒ다
쁜거손 무어신지　　　　웃둑ᄒ 젼닙ᄀᆞᆺ고
입은거손 어이ᄒ야　　　두다리가 펑펑ᄒ냐
계집년을 볼작시면　　　더구나 홍괴코나
퉁퉁ᄒ고 커다ᄒ년　　　살쌀은 푸루죽죽
머리쳔의 ᄀᆞ튼거술　　뒤로길게 느려쁘고
ᄉᆞ미좁은 져구리의　　쥬룸업ᄂ 긴치마를
엉벗ᄒ여 휘두루고　　　헤젹헤젹 가는고나
삿기놈들 볼만ᄒ다　　　사오뉵셰 먹은거시
답팔답팔 발간머리　　　시노란 둥근눈쌀
원슝이 삿기들과　　　　쳔연이도 흡ᄉ홀사
졍녕이 즘싱이오　　　　ᄉᆞᆷ풍ᄌ 아니로다
져러틋 ᄉᆞ람요물　　　침노아국 되단말가
　　　　　　　　　　　　　　〈연행가〉

서양인들이 조선을 쳐들어 갈 것이라는 소식을 듣고 서둘러 本國으로 돌아갈 준비를 하면서 서양인에 대한 묘사를 아주 장황하게 서술하였다.

서양 남자를 양귀자(洋鬼者)로 표현하여 사람의 모습이 아님을 나타내고 있다. 동양인과는 사뭇 다른 서양 사람을 그대로 묘사하기 위해

'눈-코 – 머리털 – 귀' 그리고 입은 옷을 서술 대상으로 삼고 있다.

서양 여자와 어린 아이에 대한 지칭도 "계집년", "삿기놈"으로 표현하여 경계심을 가지고 비하하고 있음을 알 수 있다. 특히 "원숭이 삿기들과 천연이도 흡수홀사"라 하며 서양의 어린이를 원숭이 새끼와 비교하는 것으로 보아 서술자의 서양인에 대한 인식을 읽을 수 있다.

서양인에 대한 이러한 인식은 그들이 조국을 침략한다는 사실 때문에 더욱 부정적이고, 표현 또한 더욱 거칠어 진다고 할 수 있다.

중국은 서양에 의해 변화하는데 조선의 사신들은 서양인들에 대해 이질감과 강한 적개심을 갖는다. 이러한 적개심은 사행기행가사의 서술자들이 유가적 이념을 가지고 있는 조선의 관료이었기 때문이기도 하지만, 처음 접하는 서양의 문물과 관습이 당시 조선의 그것과는 상당한 거리가 있었기 때문이기도 하다.

놀음판을 차리는데　　　　삼십여인 서양계집
일제히 모여서서　　　　　웃통을 벗어 놓아
살을 다 드러내고　　　　　각국의 양인들이
삼사십명 늘어서서　　　　이놈의 계집 저놈이 끼고
저놈의 계집 이놈이 껴서　다 각각 상환하여
허리를 껴 안고서　　　　　사방으로 돌아다녀
뛰놀며 춤을 추니　　　　　망측하고 괴이한것
견융의 풍속이라　　　　　이 놀음이 좋다하고
해마다 한다 하데　　　　　오래 구경할 것 없어
총총이 돌아오다

〈대일본유람가〉

재일본 불란서 공사가 주최한 무도회에 참석하고 돌아 와 서술한 부분이다. 무도회에 처음 참석한 서술자에게 무도회는 "총총이 돌아"올 만큼 충격적인 경험이었다.

무도회를 "놀음판"이라고 표현한 데서 서술자의 부정적인 시각을 읽을 수 있고, "이놈 저놈, 이놈의 계집 저놈의 계집"이라는 지칭어에서 각 국의 공사들을 바라보는 시선이 곱지 않다는 것 또한 알 수 있다.

무도회 참석자들을 이렇듯 곱지 않은 시건으로 바라보는 이유는 여자들이 "웃통을 벗어 놓아 살을 다 들어"내었기 때문이고, "이놈의 계집 저놈이 끼고 저놈의 계집 이놈이 껴서" 서로 여자를 바꾸어 허리를 끼고 춤을 추기 때문이다. 더우기 기가찰 일은 "이 놀음이 좋다하고 해마다 한다"는 데에 있다. 그래서 작자는 무도회를 망칙하고 괴이한 犬戎의 풍속으로 규정 짓고 총총이 돌아 오고 만다.

당시 조선의 문화 상황으로는 서양식의 무도회를 이해할 수 없었음은 자명한 일이다. 그러므로 문화의 이질감에서 오는 생경감과 경직된 유교적 인식이라고 해석할 수도 있다. 그러나 휘황찬란한 시설과 갖은 요리를 풍성하게 차려 놓은 음식상, 듣기 좋은 풍악을 즐기지 않고 곧바로 돌아온 작자의 의식 밑바탕에는 상류사회의 사치스럽고 방탕한 생활을 경멸하는 마음이 자리 잡고 있다.

사행기행가사의 서술자들은 새로운 문물과 문화를 대상화하여 형상화하는 서술 태도를 일관되게 유지하는데, 새로운 대상을 서술하기 위해서 일정한 서술방식을 채택하고 있다.

<table>
<tr><td>(가) 셔산구경 다흔후의</td><td>가마니 싱각흐니</td></tr>
<tr><td>쳐음볼제 당황흐여</td><td>안광이 희미터니</td></tr>
<tr><td>자시보미 스치흠미</td><td>심계ᄌ연 방탕흐여</td></tr>
<tr><td>상쳥옥경 집죠화도</td><td>이러홀슈 바히업ᄃ</td></tr>
<tr><td>왕모요지 경죠티도</td><td>져러흐든 못하리라</td></tr>
<tr><td>아모리 명화로도</td><td>그리든 못흐겟고</td></tr>
<tr><td>아무리 구변잇게</td><td>말노 형용 다못흐리</td></tr>
<tr><td>신뉴년 회류이후</td><td>오히려 져러커든</td></tr>
<tr><td>그젼의 젼경시야</td><td>오죽히 쟝홀소냐</td></tr>
<tr><td>천하지물 허비흐고</td><td>빅셩인역 궁진흐여</td></tr>
<tr><td>쓸더업슨 궁ᄉ극치</td><td>이거시 무슴듯고</td></tr>
<tr><td>진시황의 아방궁은</td><td>쳔하로 지앙나니</td></tr>
<tr><td>젼감이 소소흐여</td><td>쳔이가 맛당토다</td></tr>
<tr><td></td><td>〈연행가〉</td></tr>
<tr><td>(나) 경궁요대 집 치례는</td><td>걸주의 망한 반데</td></tr>
</table>

이처럼 궁사 극치   외람치 아니할까?
〈대일본유람가〉

대상에 대한 서술 뒤에 몇 구로 작자 자신의 느낌을 표현하는 것은 모든 기행가사가 가지는 서술상의 특성이라 할 수 있다. 그러므로 기행가사의 서술 전개상의 특성은 '대상에 대한 객관적인 서술 + 대상에 대한 주관적인 느낌'으로 도식화할 수 있다. 대상의 선택과 형상화 방식도 작자의 주관적인 의식과 세계관을 이해할 수 있는 요소이지만 작자의 주관적인 느낌은 작자의 의식과 세계관을 직접적이면서 집약해서 파악할 수 있는 부분이다. 따라서 서술자의 주관적인 느낌을 서술한 부분을 좀 더 자세히 분석하면 서술자의 세계관과 의식을 살펴볼 수 있다.

(가)는 西山의 자연 풍경과 각종 樓와 臺를 보고 돌아와서 볼 때는 좋고 아름다웠지만 돌아와 생각하니 사치스럽다고 서술한 부분이다. 중국 고대 女仙인 서왕모가 살던 선경보다 사치하다고 하면서 진시황의 아방궁이 나라를 망하게 하는 요인임을 서술하고 있다.

(나)는 지공원(芝公園)을 찾아 건물과 덕천씨를 비롯한 여러 묘, 감실을 구경한 다음 작자 자신의 느낌을 표현한 부분이다. 그러므로 지공원에 대해 작자가 어떻게 의식하였는가를 구체적으로 알 수 있는 부분이다.

지공원의 화려함을 보고 작자는 중국의 걸왕과 주왕의 사치스러움을 떠올리고 그러한 사치스러움이 나라를 망하게 하는 요인임을 서술하고 있다. 지공원의 화려함과 사치스러움에 대한 작자의 생각을 중국의 역사를 들어 아주 간명하게, 그러나 강도 높게 말함으로써 작자의 주관적인 의식과 세계관의 한 단면을 드러내고 있는 것이다. 작자는 대상에 대한 자신의 생각을 독자에게 강조하여 전달하기 위해 "외람치 아니할까?"라고 설의법을 사용하고 있다.

사행기행가사의 서술자는 각기 정도의 차이가 있지만 異國의 발달한 문명이나 제도에 대해 관심을 가지고 서술하고 있다. 특히 〈대일본유람가〉의 경우 다른 사행기행가사와는 달리 1920년대에 발달한 일본에

10여 개월 머물면서 자국의 문명·제도에 비겨 본받을 만한 것들은 자세히 서술하고 있다. 뿐만 아니라 변화하는 自國 문화에 대해 심각한 갈등을 내보이기도 한다. 그러면서 사치한 문명에 대하여는 유학자의 의식을 내세워 경계해야 할 것이라고 서술하고 있다.

5.4 표류 중에 느낀 절망과 여정 : 표류기행가사

  현전하는 한문 표해 기록은 모두 6편이다.[85] 그러나 가사 형식을 빌어 표기한 것은 제주인 李邦翼(1756 - ?)이 쓴 〈표해가〉 뿐이다. 그러므로 〈표해가〉는 소중한 표류기행가사의 자료이다.

---

85) 현전하는 한문 표해록·표해가는 다음 6편이다. 손쉽게 살피기 위해 도표로 만들었다.

순번	지은 이	작품 이름	지은해	떠난 때 및 지명
1	최 보(崔 보:1454~1504)	표해록(漂海錄)	1488	1488. 윤 1. 3. 제주도
2	이지항(李志恒:영조조인)	표주록(漂舟錄)	1757	1756. 4. 13. 부산
3	장한철(張漢喆:1744~?)	표해록(漂海錄)	1771	1770. 12. 25. 제주도
4	이방익(李邦翼:정조조인)	표해가(漂海歌)	1797	1796. 9. 20. 제주도
5	문순득(文淳得:1777~1847)	표해록(漂海錄)	1805~18	1801. 12. ?. 우이도 (소흑산도)
6	최두찬(崔斗燦:1779~1821)	승사록(乘槎錄)	1818	1818. 4. 10. 제주도

순번	닿은 때와 곳	거친 곳(經由地)	동행인 수
1	1488. 6. 4. 의주	중국 절강성 영파부 - 북경 - 요동	43 인
2	1757. 3. 5. 부산	북해도 - 강호 - 대판 - 대마도	8 인
3	1771. 5. 8. 제주	유구 -청산도 - 서울	29 인
4	1797. 6. 4. 의주	중국 복건성 팽호부 -북경 - 요동 - 서울	8 인
5	1805. 1. 8. 소흑산	유구 - 필리핀 - 마카오 - 북경 - 요동 - 서울	6 인 중 2인
6	1818. 10. 2. 요동	중국 절동성 영파부 - 북경 - 봉황성	남녀 50여 인

또한 연암 박지원이 쓴 〈書李邦翼事〉가 있어 작가와 작품 내용 파악
에 좋은 근거가 되고 있다.

耽羅居人 李邦翼은　　　　世代로 武科로서
이몸에 이르러서　　　　　　武科出身 쏘 하엿다.
聖恩이 罔極하야　　　　　　忠壯將 職名 씌고
受由 어더 覲親하니　　　　丙辰 九月 念日이라
秋景을 사랑하야　　　　　　船遊하기 期約하고
茫茫大海 潮水頭에　　　　一葉漁艇 올라 타니
李有甫等 일곱 船人　　　　차례로 조찻고나.
　　　　　　　　　　　　　　　〈표해가〉

작품 서두에 자신의 신분·창작(표류) 연대·여행 동기 등을 상세히
서술하였다. 작품의 내용으로 보아 이방익은 武父임에 틀림없다. 그리
고 家系 역시 대대로 무인의 길을 걸어왔음을 알겠다. 창작연대 역시
병진년 9월이라 하였으니 작품의 첫 부분에 '正祖時人 李邦翼'이라 쓰
인 것과 관련지어 추정하면 정조 20년인 1796년이 확실하다.

여행 동기는 무과급제하여 宣傳官으로 있다가 忠壯將으로 승진하
여, 휴가를 얻어 覲親가던 중 높은 파도를 만나 표류하게 되었음을
알 수 있다.

〈표해가〉의 내용은 크게 두 부분으로 나눌 수 있다. 앞 부분은 갑자
기 큰 파도를 만나 15일동안 서해를 표류하며 겪은 고통과 절망을 서
술하였고, 뒷부분은 구조되어 중국을 여행한 부분이다. 뒷부분에서 집
에 돌아가고 싶어하는 마음을 서술한 부분을 제외한다면 〈표해가〉의 앞
부분과 뒷부분은 상당히 이질적이다.

슬프다 무삼 罪로　　　　　하직 업슨 離別인고.
一生 一死는　　　　　　　　自古로 列事로다.
魚腹 永葬함은　　　　　　　이 아니 寃痛한가.
父母妻子 우는 擧動　　　　생각하면 목이 멘다.
　　　　　　　　　　　　　　　〈표해가〉

앞부분에서는 표류에 대한 슬픔과 절망을 사실적으로 서술하고 있다. '泰山 갓흔 높흔 물결 하날에 다핫고나'로 표현할 정도로 높은 파도로 인해 뜻하지 않게 표류하게 되고 스스로 죽음을 예감한다. 가족들이 울 생각을 하니 슬프다고 하였지만, 그것은 다름아닌 자신의 죽음에 대한 서술자의 슬픔이다.

죽고 사는 것은 옛날부터 있는 일이라고 자못 여유도 부려보지만 "魚腹 永葬함은 이 아니 冤痛한가."하여 죽음에 대한 슬픈 마음을 드러낸다. 인간이 살고 죽는 것은 뜻대로 할 수 없는 것이지만 전혀 뜻밖의 표류를 당해 죽는구나 생각하니 슬픔이 더할 수밖에 없다.

五六日 지난 후에　　　　遠遠히 바라보니
東南間 三大島가　　　　隱隱히 솟아낫다
日本인가 짐작하야　　　　船具를 補緝하니
무삼 일로 바람 형세　　　　쏘 다시 변하는고
그 섬을 버서나서　　　　다시 못 보리로다
　　　　　　　　　　　　〈표해가〉

표류한 지 5·6일 정도 지나 멀리 섬이 보여 일본인가 하고 희망을 가져보지만 바람의 방향이 바뀌어 섬에 닿지 못하는 극도의 절망을 경험하기도 한다. 멀리 섬이 보이자 선구를 챙기는 등 육지에 내릴 꿈에 부풀었는데 바람의 방향이 바뀌어 섬에서 멀어지니 그때 느꼈을 절망은 가히 짐작할 수 있다. 서술자는 그러한 절망을 '다시 못 보리로다'라며 체념적인 어투로 표현함으로써 절망감을 절제하여 서술하고 있다.

바람의 방향이 바뀌는 것이야 사람의 힘으로 어쩔 수가 없지만 인간에 의해 생기는 절망과 어려움은 극복할 수 있다.

한 食頃 지낸 後에　　　　水伯이 오는구나.
메 비록 짐작하나　　　　저 七人은 모르고서
風浪에 놀랜 魂魄　　　　오히려 未定하야
저런 人物 쏘 만나니　　　　우리 生死 모를배라.
慰勞하야 내 이르되　　　　丁未歲 勅行時에

내 그째 武兼이라   侍衛에 드럿더니
中國人의 衣服制度   저러하데 念慮 마소.
                          〈표해가〉

　바다에서 해적을 만나는 일은 매우 위험한 것이다. 특히 표류로 지치고 탈진한 상태에서 해적을 만나는 것은 生死를 모를 정도로 절망적인 일이다. 그러나 서술자는 순간의 재치로 동행인들을 안심시키면서 절망을 극복하고 있다.

　15일간의 표류에서 살아 남을 수 있었던 것은 순간의 재치에 의해 위험을 피할 수 있었던 것도 하나의 요인이다. 그러나 더 큰 요인은 기적과도 같은 우연한 현상들이 있었기 때문이다.

죽기는 自分하나   飢渴은 무삼일고
明天이 感動하샤   大雨를 나리시매
돗대 안고 우러러서   落水를 먹음으니
                〈 중 략 〉
大洋에 飄湯하야   물결에 孚沈하니
하날을 부르지저   죽기만 바라더니
船版을 치난 소래   귀가에 들리거늘
물결인가 疑心하야   蒼黃이 나가 보니
자 넘는 검은 고기   船中에 뛰어 든다
                          〈표해가〉

　오랜 표류에서 무엇보다도 어려운 것은 목마름과 굶주림일 것이다. 목마름과 굶주림은 죽음에 이르게 하는 가장 주된 원인이다. 태양이 내리 쬐는 바다에서 겪는 목마름과 굶주림은 충분히 죽음에까지 몰아갈 수 있는 요인임에 틀림없다. 그러나 기적처럼 비가 내리고 고기들이 배 위에 뛰어올라 죽음을 면할 수 있었다.

　이처럼 앞부분이 표류에 의한 슬픔과 절망, 그리고 극복을 서술하고 있다면 뒷부분은 풍류자의 태도를 가지고 중국을 여행하는 매우 이질적인 서술을 하고 있다.

온갓 구경 다한 後에	本國으로 가라 하니
이 아니 즐거오냐	우슴이 절로 난다

〈 중 략 〉

어화 이내몸이	자鄕의 一賤夫로
海島中 죽을 목슴	天幸으로 다시 사라
天下大觀 古今遺蹟	歷歷히 다 보고서
故國에 生활하야	父母妻子 相對하고
쏘이날 天恩 입어	非分之職 하엿스니
運數도 奇異할사	轉禍爲福 되엿도다.
이벼슬 瓜滿하고	故土로 도라가서
父母게 孝養하며	지낸 實事 글 만들어
豪壯한 漂海 光景	後進에게 니르과져.
天下에 危險한 일	지내노니 快하도다.

〈표해가〉

　실컷 중국을 여행한 후에 본국으로 돌아라라 하니 가족에 대한 걱정도, 표류에 대한 슬픔과 절망도 다 잊고 기뻐하는 모습이 역력하다. 죽음의 갈림길에서 살아나 이제는 살아서 조국에 돌아갈 수 있다는 안도감이 풍류자적 자세를 갖게 했는지도 모른다.

　여행을 다 마친 후에는 표류에 대한 고통과 절망은 까마득하게 잊고, 전화위복으로 중국을 여행한 사실을 중시하고 있다. 즐거운 일도 마찬가지이지만 어려웠던 일도 시간이 지나면 잊혀지기 마련이다. 그러므로 서술자는 "天下에 危險한 일 지내노니 快하도다."라고 서술할 수 있는 것이다.

　〈표해가〉의 서술자도 역시 중국을 여행하는 부분에서는 중국행 사행 기행가사와 마찬가지로 모화사상을 드러내고 있다.

(가) 眼目이 眩悅하니	畫圖中이 아니런가.
서너 門 지나가니	高聲長呼 한 소래에
나오너니 그 누군가	前後擁衛 怳惚하다.
身上에는 紅袍 입고	불근 日傘 압헤 섯다.
端正하고 雄威할사	진실로 奇男子라.

(나) 臺灣府가 어대매뇨　　　　　　五日만에 다닷거라.
　　船艙 左右에는　　　　　　　　丹靑한 漁艇이요
　　長江 上下에는　　　　　　　　無數한 商船이라.
　　鍾기와 笙歌 소래　　　　　　　곳곳이서 밤 새오니
　　四月 八日 觀燈인들　　　　　　이갓흘길 잇슬소냐.

(다) 杜工部의 遷謫愁는　　　　　　古今에 머믈럿고
　　李靑蓮의 詩壇鐵椎　　　　　　棟梁이 부서젓다.
　　이 江山 장탄 말을　　　　　　넷글에 들엇더니
　　萬死餘生 이내 몸이　　　　　　오늘날 구경하니
　　쑴결인가 참이런가　　　　　　羽化登仙 아니런가.
　　十餘日 治療後에　　　　　　　澎湖府로 가라거늘
　　行裝을 收拾하야　　　　　　　밧겻해 나와 보니
　　華麗한 불근 수레　　　　　　　길가에서 待기한다.
　　　　　　　　　　　　　　　　　　　　〈표해가〉

　(가)는 중국 황제에 대한 서술 부분이고, (나)는 대만부에서 황홀한 밤풍경을 경험하고 나서 自國 관등놀이와 견주어 보는 부분이다. (다)는 중국땅을 오래전부터 소원했는데 이제 우연히 이루게 되니 신선이 될 것 같다고 서술한 부분이다. 모두 중국에 대한 사대사상을 기저에 두고 있다.

　〈표해가〉의 서술자는 중국을 여행하면서 경험한 대상들을 서술하고 있다. 이때의 어조와 논조는 중국행 사행기행가사와 많이 닮아있다.

　〈표해가〉의 노정은 대략 다음과 같다.

　제주 - 15일간 서해안 표류 - (중국) 팽호부 - 대만부 - 층성문 - 동연호 - 구강 - 소주부 - 호구사 - 칠성단 - 한산사 - 금산사 - 양주부 강동현 - 산동성 - 연경 - 조선관 - 산해관 - 만리장성 - 심양 - 압록강 - 의주부 - 임진강 - 연추문[86]

---

86) 연암 박지원이 쓴 〈書李邦翼事〉에서 이방익이 밝힌 노정은 다음과 같다.

澎湖·臺灣府·厦門·同安縣·泉州府·興化府·福淸·福寧·福建省城·

法海寺·黃津橋·閩淸縣·黃田驛·淸風館·金沙馹·南平縣·大王館·太平馹·建寧府·葉坊館·建陽縣·仁化館·西陽嶺·萬壽橋·寶華寺·浦城縣·浙江省·仙霞嶺·峽口站·江南省·衢州府·江山縣·齊河館·西安縣·浮江山·龍游縣·嚴州府·建德縣·子陵酌臺·銅爐縣·富陽縣·杭州府·北關大善寺·石門縣·嘉興府·蘇州府·寒山寺·姑蘇臺·銅邱寺·東洞庭·常州府·無錫縣·長州府·丹陽縣·近江府·瓜州府·楊州府·江都縣·金山寺·下信縣·高郵縣·懷府·懷縣·淸江阜·王家營·寶應縣·山陽縣·淸湖縣·桃源縣·桃源驛·山東省·炎城縣·李家庄·蘭山縣·牛城館·徐公店·杜庄店·蒙陰縣·新泰縣·楊柳店·太安府·長城館·齊河縣·禹城縣·德州府·景州府·河間縣·涿州府·娘琊縣·北京·

澎湖至臺灣 水路二日, 臺灣至廈門 水路十日. 廈門至福建省城 一千六百里, 福州至燕京 六千八百里, 燕京至我境義州 二千七百里, 義州至王京 一千三十里, 王京至康津 九百里, 耽羅北抵康津 南距臺灣 水路不論 合一萬二千四百里.

제 6 장

기행가사의 문학사적 의의

기행가사의 문학사적 의의를 논의하는 데 있어 크게 두 가지 차원을 고려해야 할 것이다. 첫째는 기행가사 내의 변모에 대한 논의이고 둘째는 '가사'라는 상위 갈래의 변모에 기행가사가 어떠한 영향을 끼치는가 하는 논의이다.

기행가사는 조선 초기부터 현재까지 꾸준히 창작되어 가사의 변모를 파악하는 데 상당한 장점을 가지고 있다. 특히 작자층이 벼슬아치·선비·사대부가의 아녀자들이 주류를 이루고 있어 논의가 산만하지 않다는 것이 가장 중요한 장점이다.

가사는 조선조의 독특한 환경 속에서 우리 민족 고유의 性情과 산문적인 시대 정신을 담아내기에 가장 효과적인 갈래이었다. 시조의 경우 주관적인 정서를 표현하기에는 적합하였으나 산문적인 시대 정신을 담아내기에는 부족한 점이 있다. 조선 후기 평민 시조들은 '사설시조'라는 변형을 창출하였지만, 시조는 시대 정신과 객관적인 정서를 담기에는 역시 한계가 있었다. 그러므로 시조는 前代의 향가나 고려속가와 같이 唱의 형태를 벗어나기 힘들었지만, 가사는 唱뿐 아니라 吟詠의 방식까지 발전한 우리만의 독특한 문학 양식이다.

가사는 다양한 소재와 복합적인 사상을 담으려는 문학 정신의 소산이었으므로 발생에서부터 개방성과 복잡성을 가지고 있었다. 그래서 갈래의 성격도 단일하지 않고 복합성을 띨 수밖에 없었다. 이러한 가사의 갈래적 특성은 漢詩·中國의 辭賦·民謠·鄕歌·景幾體歌·時調 등 다양한 양식에서 淵源을 찾는 논의들에서도 입증할 수 있다.

결국 가사는 어느 한두 양식의 영향으로 발생한 갈래일 수 없다. 이러한 관점에서 다음 논의는 관심을 끈다.

> 어느 한 시가의 형성은 종래의 단일적이고 획일적인 관점보다 오히려 전체적이고 複合的인 視覺에서 고찰되어야 한다. 더구나 吟詠爲主의 시가 형식을 지니면서도 唱調的인 律格을 지닌 가사문학 장르는 문학과 音律的인 측면을 아우르지 아니하고는 형성의 본질적 고찰이 되기 어렵다[87]

이는 가사문학 연구에 대한 종래의 시각에서 탈피하여 갈래의 특성과 형성에 대해 좀더 접근하려는 연구 태도의 필요성을 의미한다.

가사의 발생과 발전은 한글 창제와 밀접한 관련을 맺는다. 다양한 소재와 복합적인 내용을 표현하기 위해서는 우리말과 글이 필수적인 요소였다. 우리글이 만들어지지 않았다면 가사의 발생과 발전은 이루어질 수 없었을 것이다.

가사에 대한 이러한 논의의 중심에 기행가사를 둘 수 있다. 기행가사는 노정과 노정 사이, 공간과 공간 사이의 독립된 장면들이 노정과 공간의 이동으로 연결되어 있다. 때문에 각 장면들은 단일한 소재나 주제에 얽매이지 않아도 된다. 하나의 소재나 주제에 대해 노래하다가도 공간을 이동하면 얼마든지 다른 소재나 주제를 노래할 수 있다. 그러므로 가사의 특성인 다양성과 복잡성을 더욱 견고히 하는 데에 기행가사가 큰 역할을 하였다고 논의할 수 있다.

가사의 다양성과 복잡성은 가사가 내적 세계의 점검보다는 외적 세계를 지향하는 데 적합한 갈래임을 입증하는 것이다. 즉 가사는 주관적

---

85) 全壹煥, 『朝鮮歌辭文學論』, 啓明文化社, 1990, 56쪽.

인 정서나 이념을 확인하기보다는 대상에 대한 특수 체험을 표현하고 전달하기에 적합한 갈래이다. 그러므로 서술자의 시각은 대상에서 내면으로 향하고 있는 것이 아니라 내면에서 대상으로 향하여 있다. 따라서 文學史, 특히 詩歌史에서 기행가사는 독특한 영역을 확보하고 있다는 의의를 갖는다.

이런점에서 기행가사의 문학사적 의의의 핵심은 외연의 확대이다. 전기 가사들은 주로 자연을 대상으로 하지만, 기행가사는 자연을 포함해 역사·풍속·인물·지리·현실비판·제도 등 실로 다양하고 광범위하게 외연의 확대를 보이고 있다. 특히 사행기행가사의 경우 다른 가사에서는 찾아 볼 수 없는 異國的 요소들에까지 그 외연을 확대하였다. 기행가사가 가져온 외연 확대는 〈한양가〉·〈한양오백년가〉·〈팔도읍지가〉 등 후기의 풍물·역사·지리 등을 제재로 한 가사의 등장을 촉진하였다.

기행가사가 외연을 확대할 수 있었던 요인은 여행을 중심 제재로 하였기 때문이다. 반드시 그렇지는 않지만 여행의 길이만큼 작품의 길이도 길어졌다. 또한 기행가사가 독립된 장면들로 이루어졌다는 특성도 장편화의 한 요인이 되었다. 위에서 살핀 바와 같이 독립된 장면은 작품 전체의 일관된 정서나 주제에 얽매이지 않아도 되었으므로 가사의 장편화를 용이하게 하였다. 특히, 〈일동장유가〉의 경우 1764년에 8,243구라는 방대한 양으로 창작되어 가사의 장편화에 커다란 영향을 끼쳤다.

뿐만 아니라, 기행가사는 자신의 새로운 경험을 남에게 알리고자 하는 욕구에서 창작되었기 때문에 일찍부터 순 한글로 창작되었다. 〈일동장유가〉도 순 한글로 표기하였는 바 기행가사가 한글 의식의 확산에도 공헌을 하였다고 여겨진다. 또한 기행가사를 일찍부터 한글로 썼다는 것은 규방의 아녀자들에게 읽히기 위한 목적도 가지고 있다. 그러므로 아녀자의 교양물로도 중요한 가치를 갖는다. 사행기행가사의 경우 異國의 새로운 문명과 낯선 풍물을 전달함으로해서 많은 교양을 제공하였다.

기행가사는 외연의 확대와 동시에 내용의 다양화도 가져왔다. 여행 중에 본 일을 그대로 표현한다는 점에서 어느 한 곳에 집착하지 않아도 되었다. 이러한 기행 가사의 내용상 특성이 현실비판가사라든가 세태묘사가사와 같은 현실모순비판가사들의 창작에도 영향을 주었다.

외연의 확대와 내용의 다양화를 이루면서 기행가사는 기존의 3·4조나 4·4조로는 만족할 수 없었다. 따라서 전기의 기행가사인 〈관서별곡〉·〈관동별곡〉·〈출새곡〉 등 11편을 제외하면 거의 모든 기행가사들이 음수율의 파격을 가져온다. 정격가사의 경우에도 〈서정별곡〉·〈천풍가〉 등은 결사에서 변형을 보임으로 기행가사의 음수율은 파격이 일반적이라 할 수 있다. 기행가사의 파격이 조선 후기 가사의 파격에 영향을 주었는지 속단할 수 없지만 문학사 속에서 기행가사가 갖는 특성임에는 틀림이 없다.

기행가사는 여행을 통해 얻은 여러 가지 새로운 경험을 대상화 한 것이다. 그러므로 서술하고자 하는 내용이 많아지고 서술이 길어질 수밖에 없다. 이러한 요인 때문에 기행가사는 다양한 기술 방식과 일상생활의 대화체를 차용하게 되는데 이는 후기 가사들의 산문화경향에도 관계가 있다.

〈일동장유가〉의 경우 일기체 형식을 띠고 있어서 사건 중심 서술을 하는데 이는 서사성이라는 측면에서 매우 중요한 현상이다. 초기의 서정적 가사에서 후기의 서사적 가사로의 이행을 가져다 주는 역할을 하였을 뿐만 아니라, 대상을 객관적으로 관찰하고 분석적으로 인식하는 산문정신을 확산·정착하는 근대 정신의 저변을 형성하는 계기가 되었다.

기행가사는 현재시제와 일인칭 시점을 유지하는데, 이는 조선 후기 가사와 소설의 갈래 교섭에도 많은 영향을 주었다. 일반 가사나 시가도 일인칭 시점을 가지고 있으나, 이는 주관적 정서를 독백이나 방백처럼 처리하는 데 비해 기행가사는 다양한 대화와 산문적 성격 안에서 일인칭 시점을 쓰고 있으므로 가사와 소설이 갈래 교섭할 때 별 여과 장치 없이 교섭을 할 수 있었다. 그러므로 기행가사가 산문적 성격을 가지고 있음에도 꾸준히 현재시제와 일인칭 시점을 유지한다는 점이 소설과 가사의 갈래 교섭에 유리하게 작용하였을 것이다.

또한 기행가사가 산문적인 성격에도 불구하고 일인칭 시점을 유지하

는 것은 한국 소설의 일인칭 시점의 탄생과도 연관하여 생각할 필요가
있다. 고전 소설들이 3인칭 시점을 채택하고 있다는 점을 고려한다면
다양한 대화 방식과 기술 방식을 가지고 있는 기행가사가 일인칭 시점
을 가지고 있다는 것은 매우 특이한 점이다. 기행가사의 일인칭 시점으
로 밝혀진 가사의 일인칭 시점과 현대 소설의 일인칭 시점을 연관하여
고찰한다면 현대 소설의 일인칭 시점의 연원을 굳이 외국 소설의 영향
으로 파악하지 않고 우리 문학의 주체적인 발생으로 볼 수 있다는 보람
있는 결론에 도달할 것이다.

　가사를 소멸한 갈래로 보고 가사가 소멸한 이유를 개화가사의 음수
율 [4·4조] 이 갖는 경직성·평면적인 정보 전달성·작가와 독자의
분리·과도한 戲畫化의 비문학성을 들기도 한다.88) 이러한 논의는 가
사의 전반적인 성격과 문학의 본질을 구체적으로 제시했다는 데에 큰
의미가 있다. 그러나 앞에서 서술한 바와 같이 기행가사의 특성 - 기행
가사는 음수율의 경직성을 보이지 않고 있으며, 정보 전달에 얽매이지
않으며, 독자의 삶 속에 침투하여 널리 읽혔으며, 부분적인 희화화는
서술 전개의 변화에 국한되어 있다는 점 등을 좀더 세밀하게 분석하지
않아 아쉬운 감이 있다 하겠다.

　가사는 소멸한 갈래가 아니다. 김대행님의 주장처럼 가사는 문학적
한계 때문에 前代의 화려함을 잃은 것이 아니라, 새로운 시대 정신을
담기 위해 다양한 변모와 시도들이 진행되는 과정에서 일제 치하의 식
민지 정책에 의해 그 발전을 잠시 정지 당하고 있을 뿐이다. 더욱 애석
한 것은 해방 이후 가사의 전통을 이어가거나 발전 시키지 못하고 서
양의 시작법이 여과없이 들어와 우리의 전통 시작법이 단절되고 만 것
이다. 그러나, 다행스럽게도 많은 수의 가사 작자들이 창작의 열기를
지펴나가고 있다. 기행가사 역시 다양성과 복잡성을 잃지 않고 현대에
도 창작되고 있다.

　이러한 관점에서 가사의 근대적 성격을 기행가사를 중심으로 살필

---

88) 金大幸, 「歌辭의 終焉과 文學의 本質」(『古詩歌研究』第1輯, 全南古詩歌
　　研究會, 1993, 1 - 24쪽) 참조.

수 있다. 문학사, 특히 시가사에서 근대적 성격을 밝히려는 연구들은 매우 뜻 깊은 일이다. 이를 확대하면 현대문학의 뿌리가 서양문학의 유입에서 생긴 것이 아니라 우리의 고전문학에서 자생하였다는 결론에 도달할 수 있기 때문이다.

시가문학에서 근대적 성격을 찾으려는 최근의 논의는 주로 시조에 국한되어 있다. 시가문학은 정제된 형식을 특징으로 하기 때문에 시가의 근대적 성격은 형식, 즉 음수율의 해체에서 찾아야 한다며 사설시조를 예증으로 국문학의 근대성을 밝히려는 논의들이 그것이다.

그러나 조선조 시가문학의 두 축 중의 하나였던 가사를 통해서도 국문학의 근대적 성격을 밝히는 작업도 의미있는 작업일 것이다. 본고는 기행가사의 범주 내에서 연구를 진행하였으므로 기행가사를 통해 가사의 근대성을 논의하고자 한다.

국문학(가사)의 근대적 성격을 밝히는 작업은 형식과 내용면에서 동시에 이루어져야 한다. 기행가사의 내용은 이미 제4징에서 다루었으므로 이곳에서는 형식에 대한 논의만을 하기로 한다.

기행가사의 형식적 근대성은 크게 두 가지로 나누어 살필 수 있다. 첫째는 견고하게 유지하던 4음보의 해체이고 둘째는 의미 단락의 확대이다.

가사의 형식상 특성은 3·4, 4·4조와 4음보의 유지이다. 그러나 3·4, 4·4조의 음수율은 가사만이 갖는 특성이 아니며, 오히려 우리말의 조어법상 특징으로 보는 것이 일반적이다. 그러므로 가사의 형식적 특성은 4음보의 견고한 유지에서 찾을 수 있다.

그러나 후기의 기행가사들은 4음보에서 크게 벗어나고 있다.

<table>
<tr><td>헛부다 우리 인생
사라지면 그만이다
하루는 화전하고
또하루는 온천가세</td><td>풀입헤 이슬처럼

하루는 완해하고</td></tr>
</table>

〈여행기〉

후유후유 을나가서   상상봉 백화점은

          외롭게도 서서잇내   반월모양 백마강은
          부여를 바라보니
          싀여갈줄 모르느냐
          삼천궁여 떠러져서   수중고혼 대엿거든
          수천년 지난역사   백화정이 표시로다
          잠깐보기 악가워라
          게인사진 찍을적에   사진사 바뿌드라
                                              〈유람가〉

　이와 같은 4음보의 해체는 후기 기행가사의 일반적인 성격이다. 이
는 가사가 창이나 음영의 향유 방식에서 벗어나 읽기를 전제로 함과
동시에 前代의 견고한 형식보다는 내용의 자유로운 전개에 더 많은 비
중을 갖게 되었음을 나타내는 것이다.

　시가문학의 근대성을 인간 중심의 다양한 삶을 내용과 형식에 구애
됨이 없는 것에서 찾는다면, 후기 기행가사에 나타난 4음보의 해체와
평민 중심의 세계관에 의한 다양한 내용은 국문학의 근대적 성격을 가
늠하는 중요한 요소가 될 것이다.

　한편, 후기 기행가사는 전기 기행가사에 비해 의미 단락이 확대되는
경향을 보인다. 전기 기행가사는 4음보 단위로 2행 또는 3행이 하나의
의미 단락을 이루면서 아울러 각 의미 단락이 다른 의미 단락과 구별
될 정도로 독립성을 갖는다. 따라서 여러 행을 걸쳐가며 내용을 파악하
는 수고를 덜어주고 경쾌한 리듬으로 계속 뒤로 나아갈 수 있게 해주
는 것이다. 이처럼 2행 내지 3행 단위로 계속 이어지는 것이 행 결합
의 기본적인 방식임은 다른 작품들을 통해서 이미 지적된 바 있다.[89]

　전기 가사의 정점에 있다는 〈관동별곡〉을 보면 가사 리듬의 한 전형
을 볼 수 있다.

          江湖에 病이 깁퍼   竹林에 누엇더니
          關東 八百里에   方面을 맛디시니
          어와 聖恩이야   가디록 罔極하다

____

89) 윤덕진, 「가사의 형식 재고」(『매지논총』 11집, 1994.) 141쪽.

延秋門 드리다라   慶會南門 바라보며
下直고 물너나니   玉節이 압패 셧다
平邱驛 말을 가라   黑水로 도라드니
蟾江은 어듸메오   雉岳이 여긔로다
                              〈관동별곡〉

음수율은 3·4조를 중심으로 2·4, 4·4조를 병행하면서 똑같은 리듬의 지루한 반복을 해결하면서 동시에 변화있는 리듬감을 지닌다. 음보율 역시 4음보를 정확히 지켜 음악적 감각을 잃지 않고 있다. 그러면서 3행-2행-2행 단위로 의미 단락을 맺음으로써 내용 전달의 효과를 놓이고 있다.

그런데 후기로 오면 다음과 같은 면을 보여주고 있다.

댱셔로 스면ᄒ고   여러 번 면쳥ᄒ되
진정의 이 닉 ᄆ음   둥시히 못 일우니
이제는 할일업셔   가기로 완졍ᄒ니
은ᄌ 팔십오냥   스필 포목 십셕미와
슈화쥬 도포츠와   흑셔디 목ᄒᆡ츠롤
호조로셔 닉여쥬고   치힝을 지쵹ᄒ니
일신의 샹하의복   스졀노 마련ᄒ야
극진한 명쥬비단   션젼의 잡아다가
화려키로 위쥬ᄒ야   갓가지로 지어닉니
나라의셔 쥬신 거시   반남아 모ᄌ라니
예 빗너고 져긔 어더   간신이 출혀닉여
길ᄒ 날 밧고 바다   가기롤 임시ᄒ야
의외의 삼스신이   일시의 파딕ᄒ고
시로이 곳쳐나니   누고누고 ᄒ단말고
                              〈일동장유가〉

사건 전개를 담으면서 〈관동별곡〉에서 보여준 것과 같은 2행 내지 3행 단위로 끊는 맛이 줄어들었다. 의미 단락은 길어지면서 4음보 리듬을 어느 정도는 깨고 있고, 급박한 리듬이나 호흡이 사실상 산문에 접근하고 있다. 이러한 점은 경험적 현실에 충실하려는 데서 나타난 것이며, 서술자가 보고와 전달에 강한 의지를 갖고 있음을 의미한다.

후기 가사인 〈일동장유가〉는 내용면에서 사실상 산문이거니와 그 리듬 역시 내용에 따라 산문에 상당히 접근한 것이라 할 수 있다. 가사의 중요한 특징이라 할 수 있는 대구가 빈번히 사용되고, 의미의 구성 방식에서 독립성이 강한 부분들의 집적으로서의 모습은 상당히 간직하고 있지만,90) 그러한 부분들의 상황적 의미보다는 전체적인 사건 전개의 흐름이 강조되고 있는 것이다. 이렇게 되면 각 부분은 시처럼 천천히 음미하는 것이라기보다는 내용을 싣는 기능적인 비중으로 옮아가게 되는 것이다.91)

이상의 논의를 통해 기행가사의 국문학상의 올바른 자리매김과 더불어 국문학사적 의의가 어느 정도 밝혀졌으리라 믿는다.

---

90) 성호경, 『朝鮮前期詩歌論』, 새문사, 1988, 130쪽.
91) 서인석, 앞의 논문, 32- 33쪽 참조.

제 7 장

기행가사의 국어교육적 가치와
교수·학습 모형

7.1 인문학의 위기와 고전 문학 교육

'인문학의 위기'는 하루아침에 생겨난 것이 아니다. 경제 성장이 국가의 최우선 정책이 되면서부터 인문학의 위기는 이미 예고된 것이었다. 거기다, 최근 I·M·F를 거치면서 '돈'이 인간의 생명까지도 좌우하자 인문학에 대한 애정과 관심은 사라지고 경제 논리가 정치·사회·문화를 휩쓸고 있다.[92] 그뿐이 아니다. '컴퓨터'라는 문명의 이기는 전통적으로 교육의 매체가 되었던 책과 펜에게서 학생들을 격리시키며 인문학의 위기를 촉진하였다.

이제 인문학의 위기는 고전문학의 위기로 이어지고 있다. 그리고 고

---

92) 각 서점이나 언론 매체에서 발표하는 베스트셀러 목록을 살펴 보면 경제·경영에 관한 서적이나 컴퓨터 관련 서적 등 직업·직장에 관한 서적들이 강세를 보이고 있다.

전 문학의 위기는 교육 현장에서부터 빠르게 진행되고 있다. 이러한 현상에 대해 고전문학 연구자로서 좀 더 반성적 입장에 선다면, 인문학 위기의 발원지가 고전문학일지도 모른다는 생각이 든다. 고전문학 연구자들이 고전문학의 문학적 지평을 넓히는 데에는 나름대로 성과를 이루었지만, 그러는 사이에 학교 교육 현장에서 고전문학은 교사나 학습자에게 골칫거리로 취급당하고 있다.

이처럼 고전문학이 교사와 학습자들에게 외면당하는 이유 중에 하나는 고전문학 자체가 지니고 있는 특성도 작용하고 있다. 한창훈의 논의처럼 고전 문학 작품을 학습하기 위해서는 현대 문학 작품을 학습할 때와는 달리 "㉮ 텍스트에 관한 書誌的 이해·판단 ㉯ 텍스트 언어의 해독 ㉰ 갈래적 관습·장치·특성의 이해 ㉱ 작품과 관련된 사회적·문화적 요인, 환경 및 작자에 관한 이해" 등과 같은 별도의 과정을 겪어야만 한다.93) 실제로 학습자는 고전문학 작품을 해독하는 데에서부터 상당한 어려움을 겪고 있는 것이 사실이다.

그러나 과연 고전문학이 학교 현장에서 학습자의 흥미를 유발하지 못하고, 학습자로 하여금 고전문학은 어렵고 딱딱하다는 생각을 갖게 하는 요인이 바로 고전문학이 지니고 있는 여건 때문만은 아닐 것이다. 오히려 고전문학의 위기는 학습자의 학습 수준과 인지 발달 과정상의 특성을 충분히 고려하지 못한 '학습 목표'와 '학습 내용' 설정, 그리고 고전문학 작품 선정과 고전문학 작품을 다루는 교수·학습 방법에 문제가 있다고 생각된다.

이제, 고전문학 교육의 학습 목표, 학습 내용 및 활동, 교과서 체제 및 제도, 교수·학습 방법 등 교육 외·내적인 문제에 대해 전반적으로 고민해야 할 때가 되었다. 물론 고전문학 교육에 대해 이제까지 고민하지 않은 것은 아니다. '무엇을', '어떻게' 가르칠 것인가, 또는 '평가 방법'에 대한 논의는 최근 들어 지속적으로 이루어지고 있다.

그럼에도 불구하고 학교 수업 현장에서 고전문학에 대한 인식은 그

---

93) 한창훈, 「언어와 예술로서의 고전 문학과 교육」, 『문학교육학』, 태학사, 1999, 143쪽.

다지 개선되지 않고 있다. 그 이유는 무엇인가? 간단히 진단할 수 없으나, '연구자 - 교사 - 학습자' 간의 관계가 유기적으로 이루어지지 못하고 있는 것도 하나의 중요한 요인이라 할 수 있다.

연구자는 일선 학교의 학습 상황을 충분히 고려하지 않고 있다. 따라서 연구자의 연구물이 학교 교육 현장의 교사들에게 새로운 교육 내용과 교수·학습 방법을 제시해 주지 못하고 있다. 교사는 교사대로 고전문학 사유 방식의 근간이 되는 동양 철학이나 문학적 표현 양식에 대해 재교육의 기회를 갖지 못하고 있다. 뿐만 아니라, 학습자의 학습 동기 유발 방안이나 다양한 교수·학습 방법을 새롭게 창안할 수 있는 기회를 갖지 못하거나 정보를 원활히 제공받지 못하고 있다. 이 틈에서 학습자는 고전 문학을 단지 '현실 생활과 동떨어진 것', '접근하기 어려운 것', '쉽게 이해할 수 없는 딱딱한 것'으로 인식하고 있다.

인문학의 위기를 극복하기 위해서, 고전문학을 학교 교육에서 효율적으로 진행하기 위해서는 그동안 이루어졌던 고전문학 교육에 대한 깊은 반성이 전제되어야 한다. 특히 고전문학 교육이 학교 교육 현장에서 환영받지 못했던 이유 중에서 학습자의 수준과 취향을 고려하지 못했던 점과, 학습자 활동 중심의 수업이 아니라 교사의 지식 전달 위주의 수업 진행이 이루어졌던 점은 하루 속히 수정하거나 새로운 방안을 강구하여야 할 문제이다.

7.2 현행 고전문학 교육에 대한 반성적 접근

학교 교육 현장에서 고전문학이 제대로 교육 목표를 달성하고 있는가를 근원적으로 살펴 보기 위해 우선 조동일의 논의에 귀 기울 필요가 있다. 조동일은 "언문일치의 표현으로 전환되면서 새로운 글쓰기 방식이 요청될 때 서구적 문학관과 엘리트 의식을 가진 문학인들이 전통을 부정하는 바탕 위에서 미문(美文) 위주의 작문법을 심었다"고 주장하였다.94)

조동일의 주장을 '고전문학 교육과 언어 문화 전수 및 창달'이라는 개념으로 끌어 들여 해석하면, 우선 두 가지 의미를 발견할 수 있다. 첫째, 역사 진행의 과정 안에서 이루어져야 할 문화 전수가 일제 침략이라는 역사 상황 때문에 단절되었다는 것이고, 둘째, 현재 고전문학 교육의 출발이 민족의 전통과 역사, 통합된 사회 구조 안에서 논의되지 못하고 서구적 문학관을 가진 문학인들에 의해 무시되었다는 것이다.

결국 고전문학이 민족 공동체의 자산 형성 과정과 내용에서 제외되었고, 그 결과 고전문학 교육이 정신적·문화적 자산을 풍성하게 하는 실천과 행위가 되지 못했다는 것이다. 그리고 더욱 문제가 되는 것은 해방 후 출발한 현대 교육에서 학습자 중심의 교육이 강조되지 못하고 이와 동시에 활동 중심의 교수·학습이 진행되지 못한 점이다.

그 동안 학교에서 실시되었던 고전문학 교육의 몇 가지 문제점을 지적하면, 첫째 고전문학 작품에 대한 접근법이 고답적이었고, 해석의 방법이 복잡했다. 둘째 학습자의 상상력 표현과 창의적 활동을 허락하지 않았다. 셋째 교수·학습 내용이 현실 생활과 거리감이 있었다. 넷째, 고전문학 교육을 위한 독창적인 수업 모형이 개발되지 않았다 라고 정리할 수 있다.

좀 더 구체적으로 말한다면 고전문학 작품에 대해 생소한 느낌을 가지고 있는 학습자들에게 고전문학을 친숙한 것으로 인식시키지 못하고, 역사와 전통을 내세워 근엄한 자세로 수업에 임할 것을 강요하거나 자구(字句) 풀이와 뜻 암기에 치중한 수업을 진행하였다. 그러면서도 작품의 여러 해석 방법을 소개하여 학습자에게 혼란을 가져다주었다. 이런 교육 환경에서 학습자들은 고전문학을 '어렵고 혼란스러운 것'으로 인식하게 되었다.

이러한 현상은 앞에서 말한 바와 같이, 고전문학은 현대문학이나 다른 영역과는 달리 독특한 별도의 과정을 거쳐야 함에도 불구하고 '설명하기 - 시범 보이기 - 질문하기 - 활동하기'와 같은 일반적인 모형을

---

94) 조동일, 「작문의 난관과 과제」, 『국문학 이해의 길잡이』, 집문당, 1999. 253쪽.

고전 문학 교육에 그대로 적용하고 있는 것과 밀접한 연관이 있다. 즉, 작품 해독, 갈래의 형식·내용 특성 및 연원, 작품과 관련된 사회·문화 요인, 대표 작가와 작품, 국문학의 특질 안에서 이루어야 할 종합적 이해 등95) 고전문학 교육을 위한 별도의 과정을 일반적인 모형에 적용하려는 데에 문제가 있다.

교육 현장에서 이루어지고 있는 교수·학습의 방법도 고전문학을 학습자에게 친숙하게 하는 데에는 실패하고 말았다. 고전문학의 특성을 잘못 이해하여 암기식 수업을 진행하다보니 자연히 설명 위주의 교사 중심 수업이 되었고, 교사가 자구 풀이나 글의 내용 구조를 칠판에 판서하면 학습자들은 그것을 받아 적고 외우는 정체되고 수동적인 수업 형태가 계속 유지되었다.

그러다 보니 고전문학의 수업 내용은 자연히 현실의 언어생활과는 동떨어진 것이 되고 말았다. 개별 고전문학 작품의 학습 목적을 어디에 두느냐에 다르겠지만, 교육 현장에서 이루어지는 고전문학 학습을 통해 학습자들이 그것을 실재 생활에서 되새김하고 활용할 수 있는 것이 없다. 작품을 통해 배우는 '삶'이나 '앎', 구성·구조의 형식, 그리고 표현의 방식도 학습자가 살고 있는 현실-또는 현실을 살고 있는 학습자-에 아무런 도움이 되지 못하고 있다.

고전문학은 민족의 역사와 전통 속에서 정제되고 선택된 규범적인 내용과 형식을 갖추었음에도 불구하고 그 정제성과 규범성에 너무 경도되어 학습자에게 전달되다보니 고전문학은 이미 화석화(化石化)된 것으로 받아들여지게 된 것이다.

---

95) 중학교 국어 교육 과정에 나타난 '時調' 관련 학습 목표이다. 주5)에 밝힌 바와 같이 현행 중학교 국어 교과서에 가사 작품이 포함되어 있지 않아 동시대 시가 문학의 한 축을 이루었던 時調의 학습 목표를 참고하였다. 중학생에게 이러한 학습 목표 설정이 적절한 것인지, 관련 단원과의 긴밀성 여부에 관한 것도 문제가 되나 본고의 논의 내용과 거리가 있어 언급하지 않는다.

7.3 고전문학의 국어교육적 당위성

교육의 본질은 무엇일까? 서양에서는 자전거를 타는 일이 그 시대의 삶을 영위하는 데 꼭 필요한 일이라면 자전거 타는 법을 가르치는 것이 교육의 기본 목적이라고 하였다. 그러나 자전거 타는 법을 학생들에게 가르치는 것은 일종의 기능 교육에 해당한다. 그렇다면 기능을 가르치는 것이 교육이 본질이고 전부일 수 있을까?.

교육의 본질적인 기능은 학습자에게 역사의 진행 과정 속에 축적된 문화 전통을 전수하여 학습자가 사회 구성원으로서 삶을 영위하는 데 불편함이 없으며 동시에 학습자가 새로운 문화를 창달하는데 도움을 주고자 하는 것이다. 그럼으로 때로는 현실 세계에서, 그리고 기능적·물질적으로 쓸모가 없는 것처럼 보이는 것이라 하더라도 학습자의 세계를 바라보는 시각을 변화·확대시키고 정신적인 풍요와 삶의 행복을 가져다주는 것이라면 그 역시 교육의 내용으로 삼아야 한다.

현대 사회가 눈앞에 보이는 물질과 기능을 중심으로 가치 척도의 기준을 삼는다 하여도 물질과 기능만으로는 인간의 행복한 삶을 생성하거나 유지할 수는 없다. 사회가 아무리 변해도 인간이 살아가는 삶이기에 변하지 않는 그 무엇이 있다. 그것이 바로 현재적인 삶과 물질·기능의 바탕이 되고 인간의 존재 방식과 가치를 유지시켜 주는 정신 세계와 문화이다.

이러한 정신은 '국어 생활을 바르게 하고, 국어와 민족의 언어 문화에 대한 이해와 관심을 가지게 한다.'96)는 국어과 교육 목표에도 스며 있다. 이 때 '국어'는 지식의 개념에 국한되지 않고 일상적인 언어 생활의 활용성을 포함하고 있으며, '민족'은 현재적인 개념뿐만 아니라 역사적인 개념도 포함하고 있다. 즉, 역사 전개 과정에서 민족이 가꾸어 온 문화를 이해하고 그 이해를 바탕으로 새로운 문화를 창달할 수 있도록 하는 것이 국어과 교육 목표의 한 부분을 차지하고 있는 것이다.

위에 제시한 국어과 교육 목표를 분석하면 국어 교육이 지향하고 있

---

96) 교육부 고시 제1992-11호, 44쪽.

는 내용과 태도를 파악 할 수 있다.

첫째, '국어 생활을 바르게 하고'에서는 국어 교육의 목적이 일상적인 언어 생활을 바르게 하는 데 있음을 나타낸 것이다. 이는 국어 교육이 지향하는 것이 지식이나 이해에 머무는 것이 아니라 표현, 즉 일상적인 언어 생활을 올바르고 풍성하게 해주는 데 있음을 보여주고 있다.

둘째, '언어'를 중심으로 교육이 이루어져야 함을 나타내고 있다. 미술이나 그림 등과 같은 다른 예술 영역이 아닌 '언어'를 매개체로 한 결과물들을 대상으로 한다는 것을 명시하고 있다. '언어'를 매개체로 한 결과물들은 다른 매개체들에 비해 포괄적이면서도 구체적이라는 점에서 과거나 현재의 교육에서 중심이 되어왔다. 그 이유의 핵심에는 언어가 모든 문화적 요소를 포함하고 있기 때문일 것이다. 바로 이러한 점 때문에 국어를 '도구과목'이라고 하는 것이다.

셋째, '이해와 관심을 가지게 한다'에서는 국어 교육의 목표가 수업 시간에 완성되는 것이 아니라 학습자가 언어 생활, 언어 문화에 관심을 가지고 꾸준히 학습할 수 있는 동인을 마련해 준다는 태도가 들어 있다. 국어 교육에 대한 이러한 태도 변화는 상당히 바람직한 것이다. 이러한 태도 변화는 교육과 학습자에 대한 올바른 인식 변화를 바탕으로 이루어진 것이다. 즉 교육을 학교 교실에서 완성되는 것이 아니라 평생을 통해 추구해야 할 것으로 규정하고 있으며, 학습자를 지식 전달의 대상이 아니라 새로운 문화 창달의 주체자로 인식한 결과이다.

결과적으로, 개정한 국어과 학습 목표는 교육의 장을 학교 교실에서 일상 생활로 확대하였으며, 교육 기간을 평생으로 확장하였다. 뿐만 아니라 학습자를 수동적이고 피동적인 개체로 인식하지 않고 자발적이고 창의적인 개체로 인식하고 있다. 따라서 학습자는 평생동안 일상 생활의 언어사용에 관심을 가지며 새로운 언어 문화 창달에 자발적으로 참여하는 개체임을 확인한 것이다.

그러나 이러한 국어 교육의 목표가 교육 현장에서 제대로 수행되기 위해서는 '문화'에 대한 개념 규정과 '언어' -이 곳에서는 고어(古語)-, 또는 '언어 문화'의 교육적 필요성을 논의하여야 할 것이다.

우선, '문화'를 한 마디로 정의하기에는 어려움이 있지만 '삶의 총체'

라는 말로 대신할 수 있다. 문화의 정의가 이렇게 포괄적일 수밖에 없는 이유는 삶의 어느 한 모습이 문화일 수 없고, 문화의 속성상 역사와 전통 속에서 추상적인 관념의 형태로 존재하기 때문이다.97)

따라서 '문화'란 현재적이거나 개인, 또는 소집단에 의해 형성되는 것이 아니다. 가령, 현재 컴퓨터 공간에서 이루어지고 있는 '채팅'은 진정한 의미에서의 문화가 아니다. 진정한 문화란 역사의 진행 과정 안에서 이루어지고 축적되며, 구성원 개개인과 소집단 사이가 아닌 모든 사회 구성원이 참여한 사회 구조 속에서 생성되고 전달되는 것이다. 즉, 문화란 민족의 역사를 벗어나서는 생성되지 않으며, 문화 생성은 어느 한 개인이나 특정한 사조에 의해 제한 받지 않는다. 문화란 사회 구성원 공동의 자산이며, 사회 구성원의 정신적·물질적 자산을 더욱 풍성하게 하는 역사적 실천이자 행위이고 결과이다. 따라서 문화는 그 사회 구성원의 대상(세계)에 대한 인식과 사유 방식에 지대한 영향을 미치는 것이어야 한다.

다음으로 '언어'를 교육할 필요가 있는가에 대한 논의가 필요하다. 이러한 논의의 출발점에 서서 언어 교육을 언어사용 능력을 향상시키는 도구로만 인식하는 태도를 버려야 한다. 언어란 일상 생활에의 의사 소통의 매개로만 역할하는 것이 아니다. 언어란 의사 소통의 매개 이상의 가치를 지닌다. 언어란 그 언어를 사용하는 사회구성원(언중)이 지니고 있는 문화의 총체이다. 따라서 언어란 사회 구성원의 삶을 표현하는 도구로서만 기능하는 것이 아니라 사회 구성원의 삶을 조직하고 표현의 원리를 결정하는 방식으로도 기능한다. 뿐만 아니라 사회 구성원의 대상에 대한 인식을 결정하고 삶을 이끌어 나가는 역할을 한다.

따라서 언어를 교육한다는 것은 일상 생활의 언어사용을 풍성하게 할 뿐 아니라 그 언어를 사용하는 사회 구성원의 대상에 대한 인식 태도와 함께 삶의 질을 결정하는 요인이 되는 것이다. 즉 "교육을 통해 언어를 경험한다는 것은 객관적으로 존재하는 의미의 구조에 적응하는

---

97) 유형(有形) 문화재라 하더라도 눈으로 보는 물질적 형태가 그 문화재의 모든 것은 될 수 없다. 유형 문화재를 중요하게 보존하는 것은 그 유형 문화재 내면에 담겨져 있는 정신, 또는 정신 활동 때문이다.

것만이 아니라 그것을 수용하여 성장의 내용으로 삼으며 또한 그것으로 인하여 스스로 성장할 수 있게 함을 생산하는 것"이다.[98]

그러나 교육 현장에서 언어 교육은 제대로 수행되지 않고 있다. 단적으로 국어교육에서 古語에 대한 교육은 수행된 적이 없다. 古語 교육을 통해 古語의 생성 원리와 古語, 또는 古語의 생성 원리에 담겨져 있는 민족의 정신 세계와 민족이 가지고 있는 표현 방식에 대한 학습은 이루어지지 않고 있다. 이러한 상황에서 학습자에게 삶의 방식을 전수하는 것은 불가능하며, 더욱이 새로운 문화 창달을 기대할 수 없다.

이러한 논의를 바탕으로 고전문학의 교육적 당위성을 논할 수 있을 것이다.

일반적으로 볼 때, 고전문학은 두 가지의 교육적 속성을 갖는 것으로 이해된다. 하나는 오랜 시간을 걸쳐 전승해 오는 동안 끊임없이 향유되고 재해석되어 현재에도 일정한 정서적 영향력을 갖는 속성이다. 이는 고전문학이 심미적 가치를 계속 유지하면서 향유자의 삶의 체험을 확대하는 현재적 실체임을 말한다. 이는 '문학'에 중점을 둔 것으로 문학 교육의 목표로서의 의미를 갖는데, 학습자가 작품을 통하여 인간의 보편적인 삶에 대한 체험을 확대하고 자아를 실현하는 데 보탬이 된다고 보기 때문이다. 다른 하나는 '고전'에 중심을 둔 것으로, 당대의 삶의 모습을 담지하는 자료로서 문화의 원형을 보여준다는 사실이다. 이는 고전문학 교육이 역사적 사실에 기반하여 이루어져야 하며, 따라서 작품이 하나의 교육 자료로 기능한다는 것을 말해준다.[99]

고전문학을 '문학'과 '고전'으로 나누어 교육적 속성을 살핀 것이다. 우선 '문학'을 '삶의 체험을 확대하는 현재적 실체'로, 그리고 '고전'을 '문화의 원형을 담고 있으며 이를 보여주는 작용태'로 정의하고 있다.

---

98) 언어 교육에 대한 의의는, 이돈희 「언어적 경험의 교육」,(『교육적 경험의 이해』, 교육과학사. 1993.)을 참고할 수 있다.

99) 김중신,「고전시가의 문학교육적 자질」, 『문학교육의 이해』, 태학사, 1997. 247-250쪽(한창훈, 「언어와 예술 자료로서의 고전문학과 교육」, 『문학교육학』, 태학사, 1999 겨울호, 136쪽에서 재인용)

이를 '고전문학'의 속성 안으로 통합하면 '문화의 원형을 담고 있어 학습자에게 삶의 체험을 확대하는 실체로서의 속성을 담고 있는 것'이 바로 고전문학이라 할 수 있다.

이러한 논의를 조금 더 고전문학 교육의 필요성으로 끌어 들일 필요가 있을 것이다. 이상익은 조윤제, 김형규, 김용목이 제시한 고전문학 교육의 필요성을 다음과 같이 정리하였다.

> ○ 참다운 현실적, 민족적 생활을 하기 위하여
> ○ 건전한 민족의 역사를 창조하기 위하여
> ○ 문화사회에서 떳떳한 존재가 되기 위해서
> ○ 문학교육을 효과적이며 기능적으로 수행하기 위해서100)

이를 다시 정리하면 고전문학 교육의 필요성을 세 항목으로 나누어 살필 수 있다. 첫째, 민족 문화를 전승하여 떳떳한 문화인이 되기 위해서 둘째, 민족 문화의 창조적인 계승 발전을 위해 셋째, 문학의 내용과 형식을 이해하여 문학 교육을 효과적으로 수행하기 위해 등이다.

그러나 이러한 고전문학 교육의 필요성과 고전문학의 교육 목표는 학습자의 현실 생활과 밀접한 관련을 맺어야 한다. 즉, 학습자 일상 생활에서 언어를 사용하는 데 불편함을 겪지 않아야 하며, 오늘의 삶을 풍요롭고 행복하게 누릴 수 있도록하여야 한다. 그래서 학습자는 문학의 소비자가 아니라 문학을 창조하는 창조자로서 자리매김할 수 있도록 하여야 한다.

그렇다면 이제는 문학교육에서 '시가교육'으로 논의의 내용을 조금 더 구체화할 필요가 있다. 논의의 초점을 문학교육에서 시가교육으로 좁히는 일은 본 장에서 구체적으로 다룰 '기행가사의 교육적 필요성'에 더욱 가깝게 접근하는 일이기 때문이다.

우선 '시'를 가르쳐야할 필요성은 어디에 있는가?

---

100) 이상익, 「古典文學 왜 가르쳐야 하나」, (이상익 외, 『古典文學 어떻게 가르칠 것인가』, 집문당, 1994), 16쪽.

한 편의 시는 모름지기 단 하나의 주도적인 상상력만으로 이루어져 있지 않기 때문이다. 섬세한 발견과 날카롭게 대상의 본질을 길어 올리는 투사와 유추, 분리된 것을 결합하는 연상과 현실을 부정의 눈으로 확인하는 전복의 상상력들은 기실 한 편의 시에 긴밀하게 습합되고 용해된 채, 하나의 시적 세계를 튼실하게 엮어 나가고 있는 것이다. 그럼에도 이러한 분리는 상상력의 실체를 더욱 선명하게 들여다보기 위한 장치라는 점에서 놓칠 수 없는 이점들을 갖는다. 더욱이 상상력들은 동일한 깊이로 시적 세계를 구성하는 것이 아니라, 주도적인 상상력이 전면에 배치된 채 여타의 상상력들은 후경에서 마치 삼각형의 꼭지점을 위한 밑면과 옆면을 형성하는 것처럼 이루어져 있기 때문이다.[101]

김상욱은 시에는 하나의 상상력이 아닌 다양한 상상력들이 서로 다른 깊이로 내재하여 있다고 하였다. 이러한 상상력들은 탄탄한 삼각형 구조를 지니고 세계를 인식하는 틀을 이루고 있다. 뿐만 아니라 투사와 유추, 연상, 전복의 상상력들은 세계를 표현하는 방식으로도 작용한다.

이렇게 시가 지니고 있는 대상에 대한 투사와 유추, 연상, 전복의 상상력들은 문학의 본질이기도 하며 동시에 세계를 인식하고 세계를 재구성하는 능력으로 작용한다. 이러한 논의를 '문학 교육에서 시를 가르칠 필요성이 있는가?'에 대한 물음에 답하기 위해 정리할 필요가 있을 것이다.

우선 '시'를 가르쳐야 할 필요성은 문학 과목의 목표 (나)항, "작품의 수용과 창작 활동을 함으로써 문학적 감수성과 상상력을 기른다"[102]에서 찾을 수 있다. 즉 문학 교육의 한 내용을 이루고 있는 '문학적 감수성과 상상력'을 기르는 데 시, 시교육이 주도적인 역할을 수행할 수 있다는 것이다.

그리고 새로운 세기의 교육 목적으로 삼고 있는 '창의력 개발과 건전한 인성' 역시 시, 시교육을 통해 달성할 수 있다. 시를 통해 창의력을

---

101) 감상욱, 『시의 숲에서 세상을 읽다』, 푸른나무, 1996, 216~217쪽.
102) 교육부, 『제7차 교육과정 - 국어과 교육과정』, 교육부 고시 제 1997
    - 15호, 151쪽.

개발하고 건전한 인성을 육성할 수 있다는 것은 시가 지니고 있는 다양한 상상력과 그에 따른 다양하고 섬세한 세계에 대한 인식 태도를 주된 근거로 한다. 즉, 시적 상상력은 창의력의 주된 성분이 될 수 있고, 세계에 대한 폭넓고 본질적인 시적 인식 태도는 건전한 인성의 바탕이 된다는 것이다.

그러나 무엇보다 중요한 것은 문학 교육 현장에서 학습자 활동 중심의 교수·학습 방법에 시가 적합한 소재라는 것이다. 이는 시가 지니고 있는 특성들, 가령 상상력, 분리와 결합의 연상, 감수성, 비유와 유추 등의 세계 인식 방법과 표현 방식들이 다른 갈래의 문학 작품을 수용하고 이해하는 데 기초가 될 뿐 아니라, 45분 또는 50분 동안의 짧은 수업 시간을 통해 문학 교육의 목표를 이루어야 하는 수업 여건에도 시가 적합한 소재라는 것이다. 즉 짧은 수업 시간에 학습자 활동 중심의 수업을 이끌어 내기 위해서는 소설이나 희곡과 같은 산문보다는 활동 시간의 부담이 적은 시와 같은 운문이 강점을 지니고 있다는 것이다.

그렇다면 국어 교육에서 고전시가를 가르칠 필요가 있으며, 고전시가의 교육적 가치는 무엇인가?.

이에 대한 답변은 이제까지 논의한 '고전문학'과 '시' 교육의 필요성을 결합하면 될 것 같다. 논의의 반복을 피하기 위해 간단히 정리한다면, "대상을 인식하는 다양한 상상력과 다양한 표현력을 기반으로 민족 문화의 전통을 현실 생활 속에서 계승하고 새로운 문화를 창달하기 위하는 데 고전 시가는 국어 교육의 주도적인 역할을 한다"고 할 수 있다.

사실 고전 시가는 다른 문학 양식과는 달리 민족의 고유한 사상과 정서를 대립과 갈등이 아닌 비유와 함축으로 담아 내고 있으며, 민족 문화의 한 영역으로서 전통과 사상, 역사를 담고 있으므로 교육적 가치는 매우 높다고 할 것이다.

7.4 새로운 고전 문학 교육에 대한 발전적 논의

국어교육 역시 '무엇을', '어떻게' 가르칠 것인가의 문제로 집약될 수밖에 없다. 일반적으로 '무엇을'을 명제적 지식(knowing that)으로 '어떻게'를 방법적 지식(knowing how)이라 한다.103) 그러나 무엇을 가르칠 것인가는 다분히 추상적이고 포괄적이기 때문에 구체적인 논의가 어려워 교육의 수행적 측면을 강조할 수밖에 없다. 따라서 최근의 논의는 교육의 기능과 전략에 논의의 초점이 모아지고 있다.

그러나 방법적 지식은 기능론에 빠지기 쉬운 단점을 가지고 있다. 이에 이도영은 '조건적 지식'104)을 첨가하였다. '조건적 지식'은 '무엇을'과 어떻게'게 이외에 '언제', '왜'에 해당하는 지식이다. 즉 교수-학습하여야 할 내용을 언제, 왜 하여야 하는지에 대한 조건적 지식을 함께 가르쳐야 한다는 것이다.

하지만 이 또한 국어의 이해 능력과 표현 능력을 명쾌하게 가르치고 능력을 신장시킬 수 있는가에 대한 의문은 남는다.

'명제적 지식', '방법적 지식', '조건적 지식'은 모두 학습자에게는 하나의 정보 내지 명제의 형태로 전달되기 때문에 학습의 목적에 쉽게 도달할 수 없다. 이에 구체적인 실천의 맥락에서 반성과 연습을 통해 체득되며, 언어화가 불가능한 차원에 있는 암묵적 지식과 이와 비슷한 맥락에서 실제적 지식이라는 개념이 소개되었다. 실제적 지식이란 활동하는 동안 나타나는 여러 흥미나 호기심, 지적 열정 및 사고 방식을 포함하는 것으로 규정된다.105)

그러나 이러한 원리와 지식들이 실제 수업에서 활용되기 위해서는 특별한 처치가 있어야 한다. 실제 수업에서 학습자들이 이러한 원리와

---

103) 이를 선언적 지식과 절차적 지식이라고도 하고, 본질적 지식과 도구적 지식이라 구분하기도 한다.

104) 이도영, 「언어사용 영역의 내용 체계에 대한 연구」, 서울대학교 박사 학위논문, 1998. 참조.

105) 염은열, 앞의 책(2000). 161쪽.

지식을 체득하는 것을 바라는 것은 무리이며, 실제 수업에서 원리와 지식 중심의 수업은 학습자의 동기유발을 이끌어내지 못할 것이 분명하기 때문이다.

문제는 실제 수업을 통해 학습자들에게 가르칠 내용에 대해 흥미를 갖게 하여 학습 동기를 유발하고, 지식의 이해나 수행 활동을 통해 머리 속에 저장되고, 다음 학습과 일상 생활에서 올바른 이해와 표현을 할 수 있도록 하는 것이다.

가령, 정철의 〈관동별곡〉을 학습하기 위해서는 학습자에게 〈관동별곡〉에 대해 관심을 갖도록 유도하여 동기유발을 하고, 〈관동별곡〉 작품에 대한 지식이나 가사문학에 대한 지식을 설명을 통해 지식으로 받아들이게 한 다음 〈관동별곡〉의 내용을 이해하고 감상하게 한다. 이러한 수업 과정을 통해 〈관동별곡〉과 가사문학에 대한 이해를 지식, 지식구조화하여 다른 가사 작품과 문학 전반에 대한 이해를 높이고 일상 생활의 언어 생활을 풍성하게 한다.

이러한 수업 모형과 수행은 지금까지 학교 교육에서 일반적으로 이루어진 교육 형태이다. 그러나 교사의 '설명하기'와 '시범 보이기'에도 불구하고 학습자가 수업 내용에 흥미를 갖지 못하거나 '설명하기', '시범 보이기' 자체에 대해 거부 반응을 일으키는 수가 있다.

특히 고전문학 작품을 학습하는 경우 이러한 양상은 두드러지게 일어난다. 그 동안 고전문학은 암기식, 주입식 교육으로 말미암아 학습자들에게 동기를 유발하거나 애착을 가지고 이해와 표현 활동에 참가할 수 있는 기회를 제공하지 못하였다. 따라서 학습자들은 고전문학을 '딱딱한 것', '어려운 것', '재미없는 것'으로 인식하여 고전문학을 학습하는 데 거부감을 가지고 있다.

이러한 현상은 곧 '인문학의 위기', 특히 '고전문학의 위기'로 이어져 고전문학의 위상을 떨어뜨리고 말았다. '고전문학의 위기'가 고전문학의 본질과 기능에 의한 것이라면 어쩔 수 없는 일이겠지만 학습 내용의 선정과 교수·학습의 방법에 문제가 있는 것이라면 이는 시급히 시정되어야 할 일임이 분명하다.

새로운 고전 문학 교육을 위한 발전적 논의는 국어 교육의 본질과 특성에서 출발할 수 있다. 즉, 국어 교육에서 가장 본질이 되는 것은 '이해'와 '표현'이므로 효과적인 이해와 표현 방법을 터득하고 이를 일상 생활에서 활용할 수 있도록 하는 것이 새로운 국어 교육의 출발점이라는 것이다. 그러나 한 가지 중요한 것은 이해와 표현은 서로 다른 영역임에도 불구하고 일정한 지식(앎)을 바탕으로 한다는 점에서는 동일한 조건을 갖으며, 활동을 통해 목표에 구체적으로 도달할 수 있다는 점에서 서로 관련을 맺는다는 것이다.

김대행106)은 지식, 지식적 구조는 원리적 성격을 띰으로써 그 원리의 터득이 삶의 여러 국면에서 두루 활용될 수 있고, 동시에 구조로서의 면모를 지니는 본질적 지식을 가르칠 내용을 제안하였고 구체적인 표현 현상으로부터 구조화된 지식을 추출하고자 시도하였다. 그러나 지식을 어떻게 가르쳐야 하는지107) 명확하게 밝혀졌다고 보기에는 어렵다.

오히려 이해와 표현을 중시하는 국어 교육에서는 지식, 지식 구조의 획득을 전면으로 내세우기보다는 이해와 표현이라는 활동을 전면에 내세우고 활동을 통해 원리를 체득함으로써 그 결과가 지식, 또는 지식 구조가 되도록 하여야 할 것이다.

국어 교육은 이해와 표현을 본질로 삼기 때문에 특성상 활동이 강조된다. 구체적인 활동이 없이는 이해와 표현은 의미가 없기 때문이다. 특히 적극적이고 능동적인 학습자로 육성하기 위해서 이해와 표현의 주체가 되어 '활동'하는 일은 매우 의미 있는 일이다. 국어교육은 학습자가 실제 생활에서 이해의 힘을 높이고 이를 바탕으로 실제적으로 말하

---

106) 김대행, 『국어교과학의 지평』, 서울대학교 출판부, 1995. 참조.
107) 지식을 어떻게 가르쳐야 하는가도 중요하지만, 지식이 무엇인가에 대한 논의도 필요하다. 즉 동양에서는 지식을 '앎과 정서의 복합체'로 인식하고 있는 반면, 서양에서는 '논리적인 앎과 과정'을 지식으로 인식하고 있다. 따라서 서양에서는 지식을 쌓아가는 과정과 결과를 교육의 중요한 요소로 삼았다면, 동양에서는 깨달음을 통해 얻는 앎을 교육의 덕목으로 삼았던 것이다. 지식에 대한 시각 차에 의해 서양 교육은 지식을 쌓는 것을 중시한 반면 동양 교육에서는 세계를 올바로 인식하고 인화(人和)적인 삶을 영위하는 것을 목적으로 삼아떤 것이다.

고 쓰는 일을 수행하는 것을 목표로 삼기 때문에 더욱 그렇다.

'활동' 중심 교육은 6차 교육과정에서부터 특히 강조되었다. 활동을 교육 내용으로 삼는 것은 구체적인 활동을 통해 기능이나 능력을 체득함으로써 실제적인 행위를 수행할 수 있다는 것을 가정한 것이다.

그러나 '열린교육', '학습자 중심 교육', 또는 '수준별 학습'으로 대변되는 '활동' 중심의 교육은 학습자에 대한 이해를 소홀히 함으로써 심각한 문제점에 봉착되고 말았다.

'활동'을 '교사에게 질문하기', '정보수집하기', '경험이야기하기', '친구들과 토론하기' 등으로 인식하여 수업에 적용하고 있다. 사실 활동 중심의 수업은 학습자에게 동기유발을 부여한다. 그러나 이재승[108]에 의하면 실제 수업에서는 활동과 지식(앎)을 연결하지 못하는 경우가 많고, 활동은 왕성하게 하는데 활동을 통해 무엇을 배웠는지 확신하지 못한다고 한다. 따라서 활동을 지식화 할 수 있는 내용이 구안될 필요가 있음을 보여준다.

지식, 또는 지식의 구조를 가르치는 일이 중요하고 또는 그것이 교육이 지향해야 할 목적일 수 있으나 명제화된 지식의 가르침만을 교수·학습 방법으로 강조하다보면, 재현의 심리 욕구와 실험 정신이 가장 강한 학습자들에게 동기를 유발할 수 없으며 적극적이고 능동적인 학습을 기대하기 어렵다.

따라서 지식, 지식의 구조를 전면에 내세울 것이 아니라 그 원리를 구현하고 있는 문학 작품을 먼저 제시하고 문학 작품을 학습 자료로 이해와 표현 활동을 수행하는 과정에서 원리를 직접 체득하게 하고 체득한 원리를 바탕으로 지식을 구조화 할 수 있도록 도와줄 필요가 있다. 즉 이해와 표현을 위해 지식, 지식 구조를 먼저 설명하는 것보다는 작품을 학습 자료로 글쓰기와 말하기를 먼저 수행하여 학습자들이 지니고 있는 언어·문학에 대한 지식과 능력을 이끌어 내는 교수·학습 방법이 먼저 필요하다.

그렇다면 제시된 고전 문학 작품은 분석해야 될 학습 자료로 기능하

---

108) 이재승, 「과정 중심의 쓰기 교재 구성에 관한 연구」, 한국교원대학교 대학원 박사학위논문, 1999. 참조.

기 보다는 읽기와 쓰기(이해와 표현)의 체험으로서 기능하게 될 것이고, 수업 모형 역시 '활동하기(쓰기 · 말하기를 포함한 활동) - 토론하기 - 질문하기 - 설명(정리)하기'의 모형으로 바뀌게 될 것이다. 이와 같은 변화가 일어나면, 고전문학 작품과 학습자의 활동에 의해 표현된 창작물이 동시에 학습 자료가 될 것이고, 교사에 의해 주입된 지식보다 학습자 활동에 의한 지식이 확고한 지식 구조화를 이룰 수 있을 것이다.

교육부에서 고시한 '국어과 교과 과정 해설' 중에서 문학 영역의 목적과 성격을 보면 이러한 관점 변화의 필요성이 분명해진다. 문학 영역의 목표를 살펴보면 "문학 작품의 감상 활동과 표현력 및 이해력의 신장을 위한 학습 활동이 유기적인 관계를 맺으면서 통합적으로 이루어질 수 있도록 하였다"라고 명시되었다. 이를 분석하면 문학 작품을 교육하는 목적으로는 '감상활동' · '표현력' · '이해력'을 신장하는 데 있고, 교수 · 학습 방법은 이것들이 '유기적인 관계'를 맺으면서 '통합적'으로 이루어지는 것, 이루어질 것을 요구하고 있다.

읽기(이해)와 쓰기(표현)가 별개의 것이 아니고 적극적인 읽기는 쓰기와 통하고 쓰기는 읽기에서 얻은 앎을 바탕으로 한다는 관점에서 위와 같은 명시는 매우 바람직한 것이라고 할 수 있다. 그러나 교과서 체제가 읽기와 쓰기 영역을 따로 구분하고 있고 이에 따라 학습 활동이 각 영역의 활동으로 제한되어 있는 점, 그리고 수업 시수의 부족으로 이해와 표현의 유기적으로 관계를 맺으면서 통합적으로 이루어질 수 없다는 점은 문제가 아닐 수 없다. 따라서 교과서 체제를 여섯 개의 영역으로 구분하여 편집할 것인가의 문제와 학습 활동을 통합적인 활동이 될 수 있도록 구안하는 점, 그리고 수업 시수의 문제들이 다시 폭넓게 이루어져야 할 것이다.

문학 교육에서 이해와 표현, 그리고 감상 활동이 유기적이고 통합적으로 이루어지기 위해서 그 동안 간과되었던 교수 · 학습의 주체에 대한 올바른 인식도 필요하다.

7.5 학습자 활동 중심의 문학 교육

7.5.1 학습자 활동 중심 교육의 개념과 가능성

지금까지 이루어진 고전 문학 교육의 문제점은 학습자 중심 교육과 활동 중심 교육의 '부재'로 요약할 수 있다. 그렇다면 효율적인 고전문학 교육을 위해 '학습자'와 '활동'의 개념을 점검하고 학습자 활동 중심의 고전문학 교육이 가능한지를 면밀히 살펴야 할 것이다.

논의 전개를 위해 과거의 문학 교육(활동)을 추론해 보자. 가령, 기행가사를 읽는 학습자는 작품을 해석하고 그를 바탕으로 작품을 이해하고 감상한 다음, 작품의 형식을 견고히 하거나, 이해·감상의 내용을 바탕으로 자신의 사상과 정서를 담은 새로운 작품을 창작하였을 것이다.[109]

이를 다시 '작품의 이해와 감상 → 새로운 작품 창작'으로 요약할 수 있다. 이는 학습자가 주체적으로 작품을 이해·감상하였다는 것을 의미하고, 동시에 새로운 작품 창작을 통해 이전의 작품 영역을 확대하는 과정을 거쳤음을 의미한다.

이러한 과정은 단선적이 아니라 복선적으로 이루어진다. 즉, 작품의 이해와 감상을 통한 새로운 작품 창작은 단 한번에 이루어지는 것이 아니라 새로운 작품 창작이 완성될 때까지 '작품의 이해와 감상 → 작품 창작 → 작품의 이해와 감상 ……'이 끊임없이 반복된다는 것이다.

이러한 복선적인 활동을 통해 학습자는 원(原)작품을 반복하여 읽는 과정에서 작품에 대한 이해와 감상의 폭을 넓히고 깊이를 더하는 것이다. 결국 학습자는 원작품을 전범으로 삼아 내용 조직과 표현 방식을 견고히 하면서 동시에 원작품의 이해와 감상을 자신의 활동으로 이루어 내는 것이다. 교육의 목적이 '문화 전수와 새로운 문화 창달'에 있음을

---

109) 〈관동별곡〉이 〈관서별곡〉의 영향을 입어 창작되었다든지, 그 외 많은 작품들이 앞 작품과 일정한 영향 관계에 있다는 연구 결과에 비추어 이는 단순한 가정이나 추론이 아닐 것이다.

상기한다면 이와 같은 과정은 매우 효율적인 방법으로 받아들일 수 있다.

'문화 전수'는 명제화된 지식으로만 이루어질 수 없고, 또한 명제화된 지식 전달만이 문화 전수의 유일한 방법이라는 주장은 설득력이 없다. 다시 말해서 고전 문학 작품의 운율, 갈래적 특성, 한국문학 안에서의 역할과 특질, 대표 작가와 내용 등과 같은 지식을 전달했다 해서 고전 문학 작품을 이해하고 감상할 수 있는 것은 아니라는 것이다.

학습자에게 명제화된 지식을 잘 정제하여 전달한다 하여도 학습자는 주관적 상상력과 선이해(pre-underst and)를 거치게 된다. 교사의 의도와는 달리 학습자는 지식을 전달받으면서도 주관적으로 상상하고 이해 이전에 자신의 생각(선이해)을 작동한다. 그리고 이것은 문학 교육, 문화 전수와 새로운 문화 창달에 매우 중요한 요소이다.

이제까지 고전문학 교육은 학습자의 주관적 상상력과 선이해 과정을 인정하지 않았고, 이것이 고전 문학의 위기로 이어졌다고 해석할 수 있다. 고전 문학 교육에서 가장 경계하여야 할 것은 해석의 지평을 닫는 것이다. 모든 문학 교육이 그러하지만, 특히 고전문학 교육에서는 고전 문학의 세계와 학습자의 세계가 서로 자유롭게 만날 수 있는 환경을 만들어야 한다. 이러한 '지평의 융합(fusion of horizons)'이야말로 고전의 세계를 넓힘과 동시에 학습자의 세계를 넓히는 요소가 될 것이다.

효율적인 교수·학습을 위해, 읽기(이해와 감상)는 글쓰기(표현)와 연계했을 때 완성된다는 견해110)나 '적극적인 읽기 = 쓰기'111)라는 주장은 설득력 있게 받아들여지는데, 이는 읽기를 통해 습득된 지식이나 이미지는 거의 추상적인 관념으로 내재하기 때문이다. '이해(듣기, 읽기)'는 '표현(말하기, 쓰기)'와 같은 "활동"을 수반하였을 때 구체적인 앎이 되거나 일상 생활에서 수행될 수 있다.

---

110) 한철우·천경록 역, 『독서지도방법』, 교학사, 1996. 참조.
111) 김동환(「비평적 에세이 쓰기」, 『문학과 교육』 제4호, 한국문학교육학회, 1999)은 독자는 글을 읽으면서 끊임없이 새로운 각 편을 만들며 읽는 점에 주목하여 적극적 읽기는 바로 쓰기라고 주장하며, 적극적 읽기의 방식으로 비평적 글쓰기나 메타적 글쓰기를 제안하였다.

7.5.2 학습자 수준과 취향

교수·학습의 주체는 교사가 아니라 학습자이어야 한다는 인식은 일찍부터 있어왔고 6차 교육 과정에서부터 강조되어 왔다. 그리고 7차 교육 과정에서는 '수준별 수업'을 표방한 바, 이는 학습자 중심의 교육을 더욱 구체화하고 확대한 것이다. 그럼에도 불구하고 학습자에 대한 이해 부족이 진정한 학습자 중심의 교수·학습을 어렵게 하는 요인이 되고 있다.

이러한 요인의 배경에는 현대 사회의 매체 변화와 그에 따른 사회 변화를 감지하지 못하고 있으며, 매체 변화가 가져온 의사 소통 구조의 변화를 이해하지 못하는 것이 자리 잡고 있다. 그리고 학습자를 아직도 제도권 교육의 틀 안에 갇혀 있는 존재로 파악하고 있기 때문이다.

컴퓨터를 중심으로 한 매체 변화는 사회의 의사소통 구조를 '일방적 작용으로서의 의사소통 구조'에서 '교류로서의 의사소통 구조'로 변화시켰다[112]. 현재를 살고 있는 학습자들은 교사에 의해 일방적으로 이루어지는 수업 형태보다는 '학생과 학생', '교사와 학생'의 상호 교류적인 수업 형태에 긍정적인 반응을 나타낸다. 즉 '교사 → 학생'의 일방적인 수업 방식보다는 '학습자 ↔ 학습자', '교사 ↔ 학습자' 형태의 수업 형태를 선호하는 것이다[113]

이러한 현상은 학습자들의 인지적 발달 특성과 밀접한 관련이 있다. 효율적인 논의를 위해 중학교에 다니는 학습자를 중심으로 살펴보면, 일반적으로 중학생들은 '구체적 조작기'를 완성하면서 '형식적 조작기'로 넘어가는 특성을 보인다.

---

112) 졸저, 『읽기 교육의 이론과 실제』, 2000, 역락. 2장 참조.
113) 물론 이러한 활동의 결과가 지식, 지식 구조의 파악으로 이어져야 한다는 점에서 교사의 역할은 지속적으로 중요한 것이다. 즉 학생들의 활동을 정리하고 평가하며 그것을 수업 목표와 관련 짓고 수업 내용을 학습자에게 지식, 지식 구조로 남기기 위해서는 교사의 역할이 더욱 증대된다고 하겠다.

중1(12세) : 구체적 조작 후기 - 69.8%
중2(13세) : 구체적 조작 후기 - 51.1%, 형식적 조작 전기 -
48.8%
중3(14세) : 구체적 조작 후기 - 47.4%, 형식적 조작 전기 -
52.2%[114]

또한 이 시기의 학습자는 정열적인 실험 정신과 활동력을 보이며, 자신을 독립적인 존재로 정립하는 데 큰 관심을 보인다. 수동적인 학습보다는 적극적이고 능동적인 학습 참여를 선호한다. 가설을 세우기를 좋아하고 세운 가설을 검증하기 위해 실험을 수행하고 실험에 참가하는 것에 흥미를 갖는 특성을 갖는다.

이 시기의 상상력은 하나의 가능성이나 결과를 도출하는 데 만족하지 않고 또 다른 가능성이나 결과를 도출하기 위해 탐색하는 수준으로 발달한다. 이 시기의 상상력을 '조응적 상상력'이라 하는데, 조응적 상상력은 '하나로 말하여 다른 것을 의미하는' 방법을 분석적으로 재구성하는 수준의 상상력을 의미한다.

이 시기 학습자들이 이러한 수준의 상상력을 갖는 배경에는 '자아 정체성' 획득을 위한 강렬한 욕망이 내재해 있다. 다시 말하면 앞 시기에서부터 시작한 자아 정체성 획득을 더욱 구체화·내면화하기 위하여 현실 사회를 깊이 탐색하여 비판적 의식을 키우기도 하고, 다른 사람의 삶을 모습을 들여다보고 삶의 진정한 의미와 방향을 찾기 위하여 숨겨져 있는 사실들이 지니고 있는 상징성이나 아이러니, 역설적인 의미들을 파악하고 파악해내기 위해 집중하고 골몰하는 특성을 지닌다. 따라서 이 시기에 갖는 인지 발달, 즉 조합적 사고력·추상적 이해력·조응적 상상력 등은 모두 삶과 삶을 살아가는 사람들의 사는 모습을 더욱 구체적으로 파악하기 위한 본능이라고 할 수 있다.

즉, 중학생들은 어떠한 사실을 주입 받기보다는 사실을 대상으로 능동적인 해석과 실험 등 활동하기를 좋아하고, 답이 하나인 것보다는 다

---

114) 한종하 외 「중등학생의 지적 정의적 발달 특성 조사 연구」 한국교육개발원연구보고서, 1982, 69쪽.

양한 가능성과 결과를 도출하는 데 관심을 보인다는 것이다. 그리고 '자아 정체성'을 높이기 위해 다른 사람의 삶을 구체적으로 파악하여 비판도 하고 모방도 한다는 것이다. 이러한 특성 때문에 이 시기의 학습자는 무한한 세계를 탐색하고 구현할 수 있는 인터넷 사용을 즐기고, 정지되어 있고 평면적인 형태의 자료보다 동영상이나 입체적인 형태의 자료를 더욱 선호하는 것이다.

7.6 기행가사의 창작 원리

본 절에서는 기행가사를 중학생들에게 교육할 가치가 있는 가를 밝히기 위해 기행가사에 대한 이해를 높이기 위한 장으로 삼았다. 기행가사에 대한 이해는 여러 각도에서 접근할 수 있으나, 본 절에서는 기행가사의 창작 원리를 밝히는 방법을 채택하였다. 이는 기행가사 창작 원리가 기행가사를 이해하고 감상하는 핵심 요소이며 학습자 활동 중심에 더욱 효과적이라는 생각 때문이다.

기행가사는 '여행'이라는 내용을 '가사'라는 양식을 빌어 형상화한 것이다. 필자는 기행가사를 "작자가 여행자라는 인식을 가지고 여행 동기와, 목적지를 중심으로 한 여행의 구체적인 노정(路程)과 대상에 대한 감회, 여행 후의 소감을 가사 형식으로 노래한 작품"115)이라고 정의한 바 있다.

7.6.1 노정에 따른 구성의 원리

기행가사의 내용적 요소 중에는 '노정(路程)'이 가장 중요하다. 목적이나 목적지가 없는 여행은 있을 수 있어도 여정이 없는 여행은 성립하지 않기 때문이다. 노정이 중요하다는 말은 곧 여행 중에 보고, 듣고, 경험한 인물·사물·풍속·역사 등을 대상으로 하여 그에 대한 인

---

115) 졸저, 『기행가사연구』, 한남대학교 대학원 박사학위논문, 1996. 18쪽.

식을 형상화하는 것이 기행가사의 창작 원리이기 때문이다. 따라서 여행의 노정은 곧바로 노정 중에 만나는 대상을 의미한다.

모든 여행은 반드시 되돌아오는 것이 특색이다. 되돌아오지 않는 여행은 이민이나 망명일 뿐 여행은 아니다. 그러므로 여행을 내용 요소로 하는 기행가사는 여행의 과정을 구성과 내용 구조로 삼는다. 즉 공간적 구성을 바탕으로 '① 출발 동기 및 행장 → ② 목적지까지의 노정과 대상에 대한 느낌 → ③ 목적지에서의 구경과 삶에 대한 생각 → ④ 돌아오는 길의 노정과 대상에 대한 느낌 → ⑤ 여행 후 느낌과 창작 배경'의 내용 구조를 갖는다.

그러나 기행가사가 초기부터 이러한 5단계의 내용 구조를 가졌던 것은 아니다. 전·중기의 기행가사는 ④를 생략한 4단계[116]나 ②와 ④를 생략한 3단계의 내용 구조를 가지고 있다[117]. 기행가사가 여행의 과정을 그대로 담아 5단계의 내용 구조를 보이기 시작한 것은 〈영삼별곡 (1704)〉에서부터 자리를 잡기 시작하였다. 그리고 후기 기행가사는 오히려 노정에 따른 5단계 구성을 확고히 하였다.

그러나 몇 단계가 원형인가를 살피는 일은 중요하지 않다. 오히려 기행가사 작품에 나타나는 3단계·4단계·5단계를 모두 구성의 원리를 받아들이고 학습자가 표현 활동을 할 때 자신의 경험과 형상화할 내용에 맞는 구성을 자유롭게 선택하도록 유도하는 것이 중요하다.

7.6.2 장면 독립의 원리

기행가사의 내용 구조를 살펴보면, 대상에 대한 표현과 느낌이 하나의 장면을 이루고 그것은 각기 다른 장면들과 독립되어 있다는 것을 알게 된다. 즉 기행가사의 하나의 대상에 대한 장면은 시의 '연'이나 일반 서사물의 '문단(文段)'과 같은 단위의 역할을 한다고 할 수 있다.

---

116) 최강현(『한국기행문학연구』, 일지사, 1982. 15쪽)은 4단계를 기행가사의 구조적 특질로 살폈다.

117) 전·중기의 기행가사가 4단계와 3단계 구성을 갖는 이유는 졸고, 앞의 논문 참조.

그리고 독립된 장면과 장면의 연결은 '도라 드러', '올나가니', '빗기지 나' 등과 같은 동사를 사용하여 공간 이동을 표현함으로써 이루어진다.

感松亭 도라 드러   大洞江 ᄇ러보니
十里波光과 萬重烟柳는   上下의 어릐엇다
春風이 헌스ᄒ야   畵船을 빗기 보니
綠衣紅裳 빗기안자   섬옥수로 綠綺琴 니이며
晧齒 丹脣으로   采蓮曲 보르니
太乙 眞人이 蓮葉舟 트고   玉河水로 ᄂ리는 둧
셜미라 王事 靡固ᄒ둘   風景에 어이 ᄒ리
練光亭 도라 드러   浮碧樓에 올나가니
綾羅島 芳草와   錦繡山 烟花는
봄비슬 쟈랑ᄒ다

〈관서별곡〉

'감송정(感松亭) 도라드러'는 앞 장면과 연결하는 공간 이동이다. 즉 '감송정'은 묘사의 대상이거나 느낌을 불러일으키는 대상이 아니라 장면 과 장면을 이어주는 역할을 할뿐이다. 표현 대상은 '대동강'이다. 대동 강 물결과 버드나무의 어우러짐을 이전의 독서 경험에서 체득했던 표현 내용을 사용하여 형상화하고 있다. 그리고는 "셜미라 왕사(王事)미고 (靡固)ᄒ둘 風景(풍경)에 어이 ᄒ리"로 작자의 주관적인 생각·느낌을 서술하고 있다.

그리고는 시나 일반 산문에서 볼 수 있는 그 어떠한 구분 장치를 하 지 않고 바로 '練光亭 도라 드러 浮碧樓에 올나가니'로 공간 이동과 아 울러 변화된 작자의 위치를 서술하고 있다. 이를 바탕으로 기행가사의 독립된 장면의 창작 원리를 살펴보면 다음과 같다118).

㉮ 공간 이동과 작자의 위치 - 짧은 여정

---

118) 일기 형태의 후기 기행가사에서는 공간의 이동보다 바뀐 날짜(시간), 대상만이 아닌 사건을 서술하기에 이와 같은 원리에서 벗어난 부분도 있다. 그러나 기행가사들은 일반적으로 이 원리에 의해 창작되고 있다.

㉯ 대상 확인과 대상에 대한 서술 – 독서 체험에 의한 표현(典故)
㉰ 작자의 느낌과 감회 – 주관적인 정서

한 편의 기행가사는 이러한 독립된 장면들이 모여서 이루어진다. 즉 독립된 장면의 원리가 기행가사 전편의 창작 원리가 될 수 있고, 독립된 장면 하나하나는 나름대로 교수·학습의 단위가 될 수 있다. 따라서 기행가사의 독립 된 장면들은 표현 활동의 단위가 될 수 있다.

7.6.3 현재 시제의 원리

앞 절에서 기행가사의 독립된 장면은 공간 이동에 의해 전개된다고 논의하였는데, 이 공간 이동은 시간의 흐름을 밑바탕으로 한다. 문학 감상은 시간 체험에 기반을 둔 공간 체험이라는 말로 바꿀 수 있다. 서술자 내지 화자의 시간 체험이며, 그와 동일시된 독자의 시간 체험이자 공간 체험이기도 하다.

작자의 시간 관념은 작품 안에서 주로 시제로 실현된다. 그러므로 시제를 검토하는 일은 작자의 시간 관념을 파악하는 효과적인 방법이다. 작자는 시간 관념에 의해 작품 속의 시간을 실현하고 독자는 작품 속에 실현된 시간을 통해 작자의 시간 관념을 읽어낸다. 작품 속의 시제를 통해 작자의 시간과 독자의 시간은 동일한 시간을 갖는다. 다시 말하면 독자는 작품 속에 실현된 시제를 통해 독자의 읽기 시간을 획득하는 것이며 이는 곧 작자의 주관적인 시간과 동일한 시간을 공유한다는 것을 의미한다.

연경 만리예　　　　류샥을 치힝ᄒ야
지월 초삼일에　　　　북궐의 하직ᄒ고
갈 길을 도라보니　　　　구름 밧긔 하ᄂ로일시
군명이 지즁ᄒ니　　　　슈고를 헤아리랴
모화관 사디ᄒ고　　　　홍졔원 드러오니
서교의 젼별ᄒᆞᆯ 졔　　　　친구ㅣ가 만좌ㅣ로다
〈연행별곡〉

〈연행별곡〉은 여행을 다 마치고 지은 것으로 판단된다. 그러나 작품의 시제는 "하직ᄒ고/도라보니/하놀일시/사디ᄒ고/드러오니/홀 제/만좌ㅣ로다" 등 모두 현재 시제를 사용하고 있다. "갈 길을 도라보니"에서 '도라보니(돌아 보니)'는 과거 회상의 느낌을 풍기기도 하지만 작품 해석상 '가야 할 길을 고개를 돌려 바라보니'로 풀이하여야 하므로 시제는 역시 현재 시제이다.

이러한 현재 시제 서술 방식은 〈연행별곡〉에서 뿐만 아니라 모든 기행가사들에게서 공통적으로 나타난다. 물론 제한된 몇 군데에서는 과거 회상 시제를 쓴 곳이 있다. 그러나 그것은 작품의 서사나 결사 부분, 그것도 작품 전체의 노정이나 전개와는 관계없는 여행 전·후의 상황을 말하고 있을 뿐이다. 오히려 기행가사의 회상시제는 현재 시제로 서술된 작품의 주된 내용과 여행을 더욱 현실감 있도록 하는 기재로 쓰이고 있다.

기행가사가 일관된 현재 시제로 서술되고 있는 것은 현실감 · 현장감을 주려는 작자의 의도와 관련이 있다. 작자는 독자로 하여금 그 누군가가 여행을 다녀오고 쓴 기록물을 읽고 있다고 생각하기보다는 지금 여행을 하고 있다는 생각을 갖도록 의도적으로 현재 시제를 사용하고 있는 것이다. 그럼으로 해서 독자는 작자와 함께 여행을 떠나고 여행의 경험을 더욱 쉽게 공유하는 것이다.

기행가사에 사용된 현재 시제는 실제 여행 시간과 독자의 읽기 시간을 일치시킴으로써 작품에서 나타내려고 하는 작자의 의도를 명확하게 전달하는 표현 장치이다.

7.6.4 일상적인 의사 소통 방식의 원리

시가 문학은 일상적인 의사 소통 구조와는 거리가 있다. 특히 시가 문학에서 대화체는 아주 제한되어 사용되어 왔다. 상고시대의 시가, 향가, 고려가요, 경기체가, 시조 등 고전 시가 문학에서 대화체가 전혀 사용되지 않은 것은 아니지만 단지 몇 개의 작품에서 그것도 아주 한정되어 사용되었을 뿐이다. 그리고 대화 형식도 다양하지 않아 두 인물이 서로 대화를 나누는 경우는 극히 드물다. 그러므로 시가 문학에서 대화체를 사용하는 것은 독특한 의미를 담고 있다고 해도 과언이 아니다.

그러나 기행가사 작품에 실현된 대화 방식은 이전의 시가 문학에서 볼 수 없을 정도로 다양하다. 우선 발화 상대가 무정물이 아닌 유정물, 즉 인물과 인물간의 대화가 작품에 과감히 구사된다. 뿐만 아니라 다양한 대화 방식을 갖는다. 이전의 시가 작품에서 볼 수 있는 대상에 대한 일방적인 대화뿐만 아니라, 상대의 일방적인 대화, 발화자와 상대의 직접·간접 대화 등 다양한 유형의 대화 방식이 작품 안에서 이루어진다. 그리고 한 유형의 대화 방식도 여러 층위를 가지며, 대화 방식과 층위는 복합적으로 나타난다.

첫째, 서술자가 서술자에게 발화를 한다. 이는 독백을 의미하는 것이 아니라, 서술자가 자신을 객체화하여 발화를 하는 경우를 말한다. 독백은 다른 시가 문학에서도 사용되는 의사 소통 방식이다. 그러나 다른 시가 문학이 작자 자신의 정서를 드러내기 위한 것이라면 기행가사에서 사용되는 독백은 자신의 상황을 각성하거나 대상에 대한 주관적 평가를 내리기 위한 것이다.

둘째, 현실의 인물이 서술자에 일방적으로 발화를 한다. 이 방식은 서술자가 현재 처해 있는 상황이라든가 서술자의 능력 – 이 밖에도 서술자 자신에 대한 모든 것 – 을 독립적으로 드러내면서 강조하기 위한 서술 의도를 가지고 있다.

셋째, 서술자가 짧게 묻고 발화 상대자가 길게 대답하는 대화 방식이 있다. 이러한 대화 유형은 서술자의 현실 인식을 드러내거나, 서술자가 알지 못하는 사실을 표현하고자 할 때 주로 사용하는 대화 방식이다.

넷째, 서술자와 발화 상대자의 직접 대화가 대등하게 이루어지는 유형이다. 대등한 직접 대화는 서술 전개의 기능도 가지고 있으며, 서술자가 자신의 목소리로 느낌이나 이념을 내세우기보다는 발화 상대자의 대화 내용을 비판하면서 서술자의 느낌이나 이념을 내세울 때 즐겨 사용되는 대화 방식이다.

이처럼 기행가사가 일상적인 의사 소통 방식을 갖는 것은 기행가사가 지니는 1인칭 시점과 관련이 있다. 기행가사는 가사 문학의 하위 갈래이므로 일관되게 1인칭 시점을 지니는데, 1인칭 시점은 상대의 처한 상황이나 감정·사상·이념을 직접적으로 기술하지 못하는 단점을 가지고 있다. 다른 시가 문학은 주관적인 감정이나 정서를 드러내는 것을 표현 의도로 하였기 때문에 1인칭 시점이 지닌 표현상의 단점을 느끼지 못했지만, 기행가사의 작자들은 대상과 내용을 다양하게 형상화하기 위해 1인칭 시점이 가지고 있는 단점을 극복해야만 했다. 그 극복 방법이 바로 일상적인 의사 소통 방식을 채택하는 것이다.

결국 기행가사에서 실현되고 있는 다양한 형식의 대화는 기행 가사가 갖는 다양성을 담기 위한 쓰기 전략이다. 초기의 가사나 일반 시가는 주관적 정서 표출을 목적으로 하지만 기행가사는 확대된 대상과 내용에 대한 객관적 관심의 증대로 과감하게 일상적인 의사 소통 방식을 창작 원리로 삼고 있는 것이다.

7.7 기행가사의 문학 교육적 가치

기행가사의 문학 교육적 가치는 형식 요소인 가사 문학이 가지고 있는 문학 교육적 가치와 여행을 내용 요소로 하는 기행가사의 문학 교육적 가치로 나눌 수 있다.

가사 문학의 문학 교육적 가치는 우선 가사 문학이 서정성과 서사성을 모두 가지고 있다는 것이다. 대상에 대한 정서적인 표현을 주로 하는 서정성과 대상에 대한 경험과 관찰, 대상과의 갈등을 담는 서사성을 동시에 지니고 있다. 그리고 다른 사람에게 알리고 적극적으로 읽어주기를 바라고 있어 기록성과 보고성도 지닌다. 이는 가사 문학이 작품 감상과 표현 활동에 매우 다양하게 활용될 수 있음을 의미한다. 중·고등학생들이 중심이 되는 고전 문학 교육의 학습자들은 다양한 욕구와 표현 양식을 가지고 있는데, 가사 문학은 이러한 학습자들의 특성을 모두 포용할 수 있다.

뿐만 아니라 문학 갈래 중 일상 생활의 언어 생활에 가장 효과적으로 영향을 미칠 수 있다. 7.6에서 살핀 바와 같이 가사 문학은 다양한 표현 방식과 서술 방식을 가지고 있기 때문에 일상 생활의 언어 능력 향상에 크게 도움을 줄 수 있다.

이렇듯 일상어와 일상적인 의사 소통 방식을 채용하고 있는 가사 문학은 인터넷 통신상의 새로운 언어를 사용하는 학습자들에게 전통적인 언어사용의 기회를 제공할 수 있고, 동시에 인터넷 통신상의 언어 체계가 가지고 있는 부정적인 측면에 대한 반성의 기회를 줄 수 있다.119)

기행가사가 여행을 내용 요소로 하기 때문에 갖는 독특한 문학 교육적 가치를 정리하면 다음과 같다.

첫째, 구체적이고 다양한 대상을 소재로 할 수 있다. 염은열은 대상 인식 방법에 기반하여 표현할 내용을 생성하고 있는 표현 유형을 "대상에 대한 즉물적(卽物的) 인식의 질서화"라고 하였다.120) 즉, 기행가사는 추상적인 대상을 형상화하는 것이 아니라 구체적인 대상을 다양하게 선택하여 형상화할 수 있어 이해와 표현 활동에 손쉽게 접근할 수 있게 한다.

둘째, 구성과 내용 구조가 복잡하지 않다. 기행가사는 여정에 의한 공간 이동을 구성의 바탕으로 삼기 때문에 글의 구성이나 내용 구조를 이해하고 표현하는 데 수월성을 가지고 있다. 공간을 이동하며 보는 순서대로 대상을 형상화하였기 때문에 구체적 조작기의 중학생들이 어렵지 않게 이해와 표현을 수행할 수 있다.

셋째, 기행가사는 다른 가사 작품에 비해 일상 생활의 의사 소통 구조와 동일한 언어를 사용하고 있음으로 일상 언어로 이해하고 표현할

---

119) 다음 7. 8의 활동을 통해 학습자들이 고어와 고전적인 표현 방식에 매우 흥미를 가지고 있음을 학인할 수 있었다.

120) 염은열은(『고전문학과 표현교육론』, 역락, 1999. 51쪽) 이외에 '대상에 대한 관념적(觀念的) 인식의 구조화', '대상에 대한 주정적(主情的) 인식의 투사'를 내용 생성 유형으로 제시하였다. 본고에서는 중학생의 인지 발달 단계에서 '대상에 대한 즉물적 인식의 질서화' 중심의 교수·학습이 가장 효율적이라고 생각된다.

수 있다. 따라서 '국어 발전과 민족의 언어 문화 창달에 이바지할 수 있는 능력과 태도를 기른다'는 국어과 학습 목표를 충실히 구현할 수 있는 자료로서의 가치를 지닌다. 단지, 기행가사 작품을 자료로 학습할 때 古語(古語)를 교사나 참고서를 통해 해독하는 과정만을 거칠 것인가 아니면 학습자의 표현 활동을 통해 체득하게 하는 과정을 거치는가에 따라 교육적 효과가 달라질 것이다.

넷째, 기행가사는 전·중기의 작품과 후기의 작품이 서로 다른 표현 양식을 보이기 때문에 학습자의 수준에 따라 다양하게 학습 자료로 삼을 수 있다. 전·중기의 작품은 대상과 거리를 두고 이전의 독서 체험에서 획득한 관념적 표현을 하고 있다면, 후기 작품은 대상을 작자의 인식 안으로 끌어들여 관찰하고 원리를 자세히 묘사하거나 설명하고 있으므로 학습자의 수준과 학습 목표에 따라 다양하게 선택할 수 있다는 것이다.

다섯째, 일반적으로 고전문학이 그렇듯이 가치 있는 체험을 기록하고 있기 때문에 대상에 대한 작자의 체험과 주관적인 느낌·평가를 통해 '삶'에 대한 인식을 변화시킬 수 있다. 교육의 기본 목적이 새로운 사회 구성원에게 삶의 총체로서의 문화를 전수하고 새로운 삶으로서의 문화 창달이라는 점을 상기할 때, 여행 중에 경험한 다양한 대상과 인물·사건 등 선조들의 사실적인 삶과 삶의 자세를 감지할 수 있도록 한다는 것은 매우 중요한 교육적 가치일 것이다.

7.8 기행가사 교수·학습 방법의 한 예

그러나 문제는 실제 수업을 통해 학습자들에게 가르칠 내용에 대해 흥미를 갖게 하여 학습 동기를 유발하고, 지식·지식 구조를 이해나 수행 활동을 통해 머리 속에 저장하고, 다음 학습과 일상 생활에서 올바른 이해와 표현을 할 수 있도록 하는 것이다.

본 장의 목적 상 효율적인 논의를 위해 본 절에서는 기행가사가 인지 발달 과정상 '구체적 조작기'에 있는 중학생들에게 적절한 고전문학 학습 자료가 될 수 있다는 앞의 논의를 바탕으로 '쓰기'와 '말하기' 등 표현 활동을 통해 교수·학습 방법의 한 모형을 제시할 것이다.

이러한 논의의 배경에는 고전 문학 작품을 학습함에 있어 '무엇을', '어떻게' 가르칠 것인가도 중요하지만, 고전 문학 텍스트를 '왜', '어느 수준의 학습자'121)에게 가르칠 것인가도 중요하다는 인식이 깔려 있다. 그럼으로 해서 학습자의 흥미와 동기를 유발하고, 인지 발달 과정에 적합한 활동을 통해 기행가사, 나아가 고전 문학을 이해·표현하고 선조들의 삶의 모습과 표현 양식을 체득하여 새로운 문화 창달과 풍부한 언어 생활에 영위하는 데 기초가 되고자 한다.

이러한 고전 문학 교육 목표에 접근하기 위해 중학생을 대상으로 한 학습자 활동 중심의 기행가사 수업 모형을 창안하면 다음과 같다.122)

(1) 동기 유발 단계 〔학급 활동〕
　㉮ 기행가사 읽기(어려운 한자어는 현대어로 풀어준다 - 교사)
　㉯ 산문으로 된 기행문 읽기 (자료 - 교사 선정, 혹은 학습자 글 선정)
　㉰ 여행 경험 이야기하기, 또는 '학교↔집'·'학교 안'의 경로 이야기하기
　　(학급을 단위로 교정을 거닐면서 교정 안의 여러 대상을 파악하는 것도 좋다)
　㉱ 신문·(여행)잡지 등에 소개된 여행지 및 노정 파악하기
　㉲ 위 항목 중 하나를 선택하여 여행지도 그리기

(2) 기초 단계 〔개별 활동〕

---

121) 7차 교육 개정에서부터 '수준별 교육'을 강조하고 있지만 우리 교육 현장에서 '수준별 교육'이 당장 이루어질 것이라고 기대하기는 어렵다. 따라서 본 장에서는 '수준별 교육'을 '어느 학년', 즉 초·중·고 어느 학년에서 교육할 것인가를 나타내는 의미로 사용하였다.

122) 사용한 번호 중 '(1)·(2)·(3)…' 활동 순서이나, '㉮·㉯·㉰…'는 순서와 관계가 없다. 학습자의 수준이나 학습 목표에 따라 선택할 수 있고 또는 순서를 바꿀 수 있다. 이 곳에 소개한 활동 모형은 여러 가지 모형 중 기본적인 모형의 한 예이다.

㉮ (1)의 단계에서 활동한 내용 중 가장 기억에 남는 부분을 짧은 글로 표현하기
㉯ (1)의 단계에서 표현하고 싶은 노정을 정하고, 떠오르는 낱말을 이어 글로 표현하기
  * 노정을 좇아 장면 독립의 원리 의해 표현하기

(3) 심화 단계
  ㉮ (2)의 글을 압축하여 3 또는 4자, 4음보로 정리하기 [개별 활동]
  ㉯ (2)의 글과 다른 점 이야기하기(산문과 운문의 차이점 알기)
    [모둠별 활동 후 - 교사 정리]
    * 가사 형식(운율) 이해하기, 현재 시제로 표현하기

(4) 발전 단계
  ㉮ (3)의 결과물을 기행가사의 창작 원리에 맞춰 기행가사 짓기
    [개별 활동]
  ㉯ 기행가사 창작 원리(특성)에 대해 토론 · 질문하기
    [모둠별 활동 후 - 교사 정리]

(5) 정리 단계
  ㉮ 자신이 지은 기행가사 발표하기 [학급 · 모둠별 활동]
  ㉯ 다른 학생이 지은 작품을 읽고 잘된 점과 잘못된 점 토론하기
    [학급 · 모둠별 활동]
  ㉰ 다듬기 [개별 활동]

(6) 추후 활동 단계
  ㉮ 또 다른 기행가사 읽으며 이해 · 감상 능력 높이기
    [학급 · 모둠별 활동 - 교사, 학습자 자료 준비]
  ㉯ 시조(時調)와 다른 점 이야기하기 [모둠별 활동 후 - 교사
    정리]
  ㉰ 관련 학습 활동 및 관련 주제 토론하기 [학급 · 모둠별 활동]

이러한 교수 · 학습 모형으로 수업을 진행하면 '학습 동기 유발하기 -
학습자 중심의 표현 활동하기 - 토론하기 · 질문하기 - 교사 정리하기 -

추후 활동하기'의 과정을 거치게 된다. 이러한 모형은 과거의 '교사 중심 교육', '명제화된 지식 설명하기', '암기 위주의 평가'에서 벗어날 수 있다. 즉, 학습자가 표현 활동을 거치면서 스스로 작품의 창작 원리를 경험하게 되고, 동시에 작품과 갈래 특성을 체득할 수 있다.

물론, 좀 더 다양한 교수·학습 모형이 개발되어야 하고, 학습자 수준과 학습 상황에 따라 수행 과정의 변화를 구체적으로 구안하여야 할 것이다. 뿐만 아니라 활동 후 학습자의 반응과 교사의 의견을 참고하여 더욱 효율적인 고전 문학 교육의 토대를 마련하여야 할 것이다.

다음은 위와 같은 교수·학습 모형으로 수업한 결과물이다.[123]

《학습자 활동 예문1》

보문산	전망대올라	대전야경	바라보니
여기저기	반짝이는	불빛이	가득하네
별빛과	불빛들의	빛평선이	끝이없다
지옥시험	어떻허나	생각만이	가득한데
불빛속의	많은사람	생각들이	궁금하다
부ㄲ러운	내생각	한없이	작았구나
고개들어	이세상	넓게넓게	바라보니
마음이	편해진다	세상또한	고요하다
오를때는	몰랐건만	내려오는	발걸음이
한없이	가볍도다	날씨또한	포근하다

《학습자 활동 예문1》은 학습자가 자신의 생활 주변을 돌아 보고 대상을 인식하고 대상을 통해 자신의 현재 생각을 점검하고 자신의 생각이 작았음을 반성하고 반성을 통해 자신의 심리 상태를 변화하는 내용 구조를 보여주고 있다. 이를 간단히 도식화 하면 '공간 이동 → 대상 인식 → 자신의 심리 상태 점검 → 또 다른 대상 인식 → 자신의 심리 상태 반성 → 달라진 심리 상태에 의한 대상 확인 → 공간 이동'

---

123) 동기 유발 단계에서 〈관서별곡〉, 〈관동별곡〉, 〈일동장유가〉를 각각 한 부분씩 읽어주고 각 단계를 거친 후 얻은 학습자의 글임.

과 같다.

'보문산 전망대 올라'는 공간 이동을 나타냄과 동시에 현재 서술자의 위치이다. 서술자는 현 위치에서 대상(대전 야경)을 확인하고 서술 대상으로 선정한 다음 '불빛이 가득하다'고 인식하고는 '빛평선이 끝이없다'로 주관적으로 서술 표현하고 있다. 그리고 끝이 없이 펼쳐진 빛평선을 바라보며 '지옥시험 어떻하나'의 상념에 빠져 있는 자신의 심리 상태를 점검한다. 그러나 이러한 심리 상태는 고정된 것이 아니라 불빛 속에는 많은 사람들이 자신의 삶을 열심히 충실하게 살고 있을 것이라는 유추 연상을 통해 자신의 생각이 한없이 작았음을 반성한다. 이러한 반성은 고개를 들어 세상을 넓게 바라보게 동인이 되고 그 결과 마음이 편해지는 심리 변화를 이끌어 낸다. 세상을 넓게 바라보니 마음이 편해지는 것뿐만 아니라 그 동안 복잡하고 시끄럽게만 여겨지던 세상이 고요하게 느껴지는 것이다. 이러한 심리 상태의 변화와 세계 인식 태도의 전환은 보문산 전망대에 오를 때와는 전혀 다르게 '오를 때는 몰랐건만 내려오는 발걸음이 한없이 가벼움'을 경험하게 되는 것이다. 그러면서 동시에 느끼지 못했던 날씨의 포근함까지 느끼게 된다.

한 편의 기행가사라 볼 수는 없지만 기행가사의 독립된 한 장면으로는 손색이 없다. 공간 이동을 통해 대상을 선정, 확인하고 대상을 인식하는 과정에서 자신의 현재 심리 상태를 표출하고 대상과의 교감 속에서 자신의 심리 상태뿐만 아니라 세계를 바라보는 시각을 넓혀가고 있다.

이처럼 기행가사 창작 활동을 통해 기행가사의 창작 원리를 직접 체득하고 주변 대상에 대한 관심과 인식의 범위를 확대할 수 있으며 대상과의 관계 속에서 자신의 심리나 세계에 대한 시각을 넓히고 변화시킬 수 있다. 이와 동시에 느끼지 못했던 세계를 자기 안으로 끌어들여 자신의 것으로 느끼게 된다.

《학습자 활동 예문2》

달래강   굽이돌아   열두대를   바라보니

높은절벽	세찬물살	세상풍파	씻기는듯
임전무퇴	조상의 넋	가슴에	새겨두고
탐금대로	도라드러	우룩얼굴	마주하니
은은한	가야금소리	가슴속에	울리우고
마음을	다비우고	푸른물결	바라보니
세상풍파	어데가고	단잠이	찾아오네
바야흐로	추풍낙엽	건드리면	떨어질세라
발걸음도	고요히	오솔길	내려오네

《학습자 활동 예문2》는 학습자가 〈관서별곡〉, 〈관동별곡〉을 읽고 예전에 여행에서 얻었던 경험과 느낌을 표현한 것이다. 학습자의 배경 지식을 이끌어내는 것이 교수·학습을 효율적이고 효과적으로 수행하는 방법임을 감안한다면 기행가사 작품을 통해 학습자의 이전 경험을 이끌어 내는 것은 기행가사, 또는 가사를 학습하는 효율적이고 효과적인 방법일 것이다. 따라서 기행가사 작품을 제시하고 가사 문학이나 작품에 대한 원리나 지식을 강요하는 것보다 학습자의 경험을 이끌어 내는 것이 먼저일 것이다. 그리고 이 경험들을 제시한 기행가사를 전고로 삼아 학습자의 경험을 표현하는 것은 새로운 고전문학 교육을 위한 하나의 대안이 될 수 있다.

《학습자 활동 예문2》의 학습자는 제시된 기행가사 작품을 나름대로 읽고 이해한 다음 과거에 자신이 여행 중에 경험했던 사실을 이끌어 내고 있다. 이 예문 역시 '공간 이동 → 대상 선정과 대상 표현 → 공간 이동 → 대상에 대한 역사적 이해와 주관적 정서 → 자신의 심리적 변화 → 공간 이동'의 내용 구조를 가지고 있다.

예문에서 서술자의 위치는 '열두대가 보이는 곳 → 탄금대 → 내려오는 오솔길' 등으로 바뀐다. 첫 번째 위치에서 서술자는 높은 절벽의 세찬 물결에서 임전무퇴의 조상의 넋을 느끼고 있으며 두 번째 위치에서는 탄금대에 서려 있는 역사적인 인물인 우륵을 떠올리고 '은은한 가야금 소리'를 듣고 있다. 대상에 동화되어 마음을 비우자 세상풍파가 다 물러남을 경험하게 된다. 이러한 대상에 대한 인식과 대상과의 동화를 통해 서술자는 새로운 경험을 하게 되고 새로운 세계에 눈뜨게 되는 것이다.

《학습자 활동 예문2》는 과거의 여행 경험을 서술하면서도 일관되게 현재 시제를 사용하고 있다. 현재 시제를 사용하는 것은 서술자의 생각과 정서를 사실성 있게 드러내기 위한 기법으로 현장감과 현실감을 준다. 모든 기행가사가 그러하듯이 위 예문 역시 현재 시제를 사용하여 여행의 시간, 서술자의 창작의 시간, 독자의 읽기 시간을 일치시키고 있다.

《학습자 활동 예문3》

광안리에	도착하여	넓은바다	바라보니
붉은해와	푸른바다	조화중에	조화로다
한켠에는	조각배가	둥실둥실	떠다니고
그위에는	갈매기가	정신없이	날고있고
해변가에	사람들이	목숨걸고	수영하네
해변가를	고독하게	폼잡고서	걷다보니
어느사이	해는지고	보이는건	해그림자
이런곳에	머문동안	밥안먹고	배부르네
장관중에	장관일세	장관중에	장관일세

《학습자 활동 예문3》의 특징은 4·4조를 정확하게 지키고 있는 것이다. 시가 언어의 정제이고, 정서와 생각을 절제된 언어로 노래한 표현물이라는 점에서 정형의 음수율에 의한 표현 활동은 효율적인 학습의 한 방법이라고 할 수 있다. 자신의 정서와 생각을 정제된 언어로 표현하는 일도 쉽지 않겠지만 그 정제된 언어를 글자 수 4자를 지켜 표현하는 일 역시 학습자에게 쉬운 활동이 아니다. 그러나 이러한 활동을 통해 학습자는 가사 또는 기행가사에 대한 이해와 감상의 폭을 넓힐 수 있다.

위의 예문들이 한 편의 가사로서 문학적 수준이 높다고 할 수 는 없을 것이다. 그러나 가사 문학, 기행가사에 대한 지식과 古語 해석, 문학사적 가치 등을 지식 구조 가르치기에서 조금만 벗어난다면 위와 같은 활동은 학습자에게 학습 동기를 유발하고, 학습자의 경험과 사전 지식을 충분히 활용하고, 학습자 중심의 이해와 감상을 이룰 수 있을 것이다.

또한, 이와 같은 활동 결과물을 모아 한 편의 기행가사를 완성할 수도 있다. 즉, 모둠별로 일정한 공간을 경험하게 하고 각각 일정 공간을 독립된 장면으로 완성한 다음, 차례대로 모아 한 편의 기행가사를 완성하는 것이다. 또한 체험학습의 과제물이나 소풍, 졸업여행 등 학교 생활 속에서 소재와 대상을 찾아 개인별로 한 편의 기행가사 창작을 유도할 수 있다. 이러한 창작 활동을 통해서 기행가사, 나아가 고전 문학에 대한 이해와 감상의 폭을 넓히고 깊이를 더할 수 있다.

유의할 점은 기행가사라 하여 먼 곳을 여행한 내용으로 지으라고 강요할 필요는 없다. 오히려 일상 생활과 주변 사람들의 삶에 관심을 갖도록 유도하고 그것을 소재나 대상으로 삼는다면 원만한 일상 생활을 영위하는 데에도 도움이 될 것이며, 건전한 인성 개발의 효과를 얻을 수 있을 것이다.

7.9 소 결

이상으로 기행가사의 국어 교육적 의의를 탐색해 보았다. 논의의 전개를 위해 고전 문학 교육의 문제점, 학습자 활동 중심 교육의 가능성을 바탕으로 하여 기행가사를 중학생에게 가르쳤을 때 가장 효율적이라는 점과 학습자 활동 중심의 교수·학습 방법의 한 예를 살폈다.

기행가사는 형상화할 대상이 구체적이어서 구체적 조작기에 있는 중학생의 활동을 손쉽게 이끌어 낼 수 있을 뿐만 아니라, 일상적인 것 중에서 가치 있는 체험을 기록한 것이므로 '삶'에 대한 인식과 자세를 스스로 변화시킬 수 있다. 아울러 교사 설명이 아닌 학습자 활동 중심의 수행 과정을 통해 전통 문화를 직접 체득하게 하여 이해를 높이고 새로운 문화를 창달에 기여할 수 있을 것이다.

중요한 것은 고전 문학을 교육함에 있어 '무엇을', '어떻게' 가르치느냐 하는 것도 중요하지만, '왜', '언제(어느 수준의 학습자에게)' 가르쳐

야 효율적인 교육이 이루어질 것이냐 하는 것을 심도 있게 논의하여야
한다는 것이다. 따라서 구체적인 고전 문학 작품 하나 하나의 가치와
특성을 살펴 어느 수준의 학습자에게 어떻게 가르쳐야 국어 교육의 목
표를 종합적이고도 유기적으로 달성할 수 있는가에 대한 연구가 활발히
진행되어야 한다.

 7. 8의 학습자 예문을 통해 확인할 수 있었던 것처럼 지식·지식 구
조 획득을 전면에 내세우기보다는 표현 활동을 전면에 내세우고 표현
활동을 통해 창작 원리를 체득함으로써 그 결과가 지식 또는 지식 구
조가 되는 교수·학습 방법을 강구하여야 할 것이다. 이러한 교수·학
습 모형은 교과서에 수록되어 있는 작품을 학습 자료로 글쓰기와 말하
기를 먼저 수행하여 학습자들이 지니고 있는 언어·문학에 대한 지식과
능력을 이끌어 냄으로써 학습자의 동기를 부여하고 학습자의 특성을 적
극적으로 활용함으로써 교육 효과를 극대화 할 수 있을 것이다.

 결국, 학습자의 사전 경험·지식을 적극적으로 이끌어내고 학습자의
활동을 적극 유도하는 교수·학습은 추상적인 관념과 이미지로 내재하
기 쉬운 지식을 구체적인 앎이 되거나 일상 생활의 언어사용에 실질적
인 도움을 줄 것이다. 뿐만 아니라 역사와 전통 속에서 정제되고 선택
된 규범적인 내용과 형식을 문학 작품 속에서 경험함으로써 새로운 문
화 창달에도 일조할 수 있을 것이다.

 고전문학 교육을 활성화하기 위해서는 아직도 해결하고 고민해야 할
문제들이 산적해 있다. 학습 목표도 다시 점검해야 하고, 지금의 교육
과정이나 교과서 체제가 과연 고전 문학을 올바르게 이해·감상하는 데
최선의 것인가 하는 것도 고민하여야 한다. 뿐만 아니라 '학습 활동'·
'단원의 마무리'의 질문 유형과 내용이 과연 학습자의 능동적인 활동을
이끌어내고 지식을 더욱 공고히 할 수 있는가 하는 것도 깊은 논의가
필요하다.

제 8 장

결 론

　이상의 고찰에서 얻은 결과를 다음과 같이 요약 정리하여 결론을 삼으려고 한다.

　1. 기행가사는 여행 체험을 바탕으로 하지만 실제 여행과 작품화한 여행은 다르다. 이러한 점을 감안하여 기행가사의 정의를 "작자가 여행자라는 인식을 가지고 여행 동기, 목적지를 중심으로 한 여행의 구체적인 노정과 대상에 대한 감회, 여행 후의 소감을 가사 형식으로 노래한 작품"으로 내리고 113편의 작품을 선정하였다.

　2. 이 113편의 작품을 여행 동기와 서술자의 심리 상태에 따라 ① 觀遊紀行歌辭 ② 流配紀行歌辭 ③ 使行紀行歌辭 ④ 漂流紀行歌辭 등 네 가지 유형으로 분류하였다.

　3. 관유기행가사란 '작자가 自意나 他意〔王命〕에 의해 국내 여행 중에 경험한 자연과 그 지방의 역사·풍속·명승지를 풍류적 시각으로 형상화한 기행가사를 말한다. 총 113편의 기행가사 중 97편이 관유기행가사로 기행가사 유형 중 작품 수가 제일 많을 뿐 아니라 초기의 기행가사가 대부분 관유기행가사이므로 기행가사의 일반적 유형이라 할 수 있다.

따라서 기행가사의 통시적 변모 양상을 밝히기에 적합한 유형이다. 조선 초기부터 영조 이전의 작품들은 사대부만을 작자층으로 하면서 유가적 이념에서 크게 벗어나지 못하고 있다. 자연을 노래하면서도 순수 자연을 노래하기보다는 자연에 유교적 도를 담아내고 있다. 그러나 영조 이후의 작품들은 인간의 삶에 좀더 깊은 관심을 가져 평민들의 생활상을 그려내거나, 서정의 극대화를 보여 순수한 여행 서술에 중점을 두는 경향을 보인다.

4. 유배기행가사란 작자가 죄를 입어 他意에 의해 국내 지역에 유배 가는 도중이나 유배지에서, 산천을 대상으로 한 느낌이나 유배 생활의 고통을 형상화한 기행가사를 말한다. 유배기행가사의 서술자는 여행자의 심리를 가질 수 없다. 물론 〈북천가〉의 경우 간신들의 모함으로 유배를 가게 되었다는 의식이 강하여 자신의 유배를 오히려 임금의 마음을 편하게 하는 일로 인식하고 호쾌한 풍류자가 되어 유배 생활을 즐긴다. 그러나 〈북천가〉는 개별적 특성을 가진 작품이며, 일반적으로 유배자는 여행자가 될 수 없다. 따라서 유배가사 중 유배의 노정이 드러나 있고, 노정 중에 대상을 통해 서술자의 감회와 느낌을 서술한 작품만을 유배기행가사로 처리하였다. 유배기행가사에 속하는 작품은 〈북관곡〉 등 모두 6편이다.

5. 사행기행가사란 왕명에 의해 특수한 임무를 띤 신하가 異國을 여행하면서 여행 중에 보고·듣고·경험한 바를 형상화한 기행가사이다. 사행기행가사는 여행 목적지에 따라 중국과 일본으로 나눌 수 있다. 다른 유형의 기행가사는 목적지에 의해 나누는 것이 무의미하지만 사행기행가사는 목적지에 따라 주제 양상이 확연히 구분됨으로 중국 사행기행가사와 일본 사행기행가사로 나누어 고찰하였다.

중국 사행기행가사로는 〈북천가〉를 포함해 모두 6편인데 그 중 〈조천곡〉은 아직 미발견 작품이어서 연구 대상에서는 부득이 제외하였다. 일본 사행기행가사는 〈일동장유가〉와 〈대일본유람가〉 두 편이고, 미국 사행가사가 1편이다. 이로써 본고에서 다룬 사행기행가사는 모두 9편 중 8편이다.

6. 표류기행가사란 바다를 여행 중에 자의와는 전혀 관계없이 자연

재해에 의해 표류를 하고, 표류 상황과 느낌을 표현한 기행가사이다. 표류기행가사는 〈표해가〉 한 편뿐이다.

7. 기행가사는 여행 체험을 작품화 하였지만 문학적 절정의 효과와 감동을 극대화하기 위해 대부분 귀로가 생략되거나 극히 축소된 4단계 전개 방식을 갖는 것을 확인하였다. 아울러 기행가사의 4단계 [출발 동기 및 행장 - 목적지까지의 노정과 대상에 대한 느낌 - 목적지에서의 구경과 삶에 대한 생각 - 여행 후의 느낌과 창작 배경] 전개 방식을 다른 가사와 비교해 기행가사만이 갖는 독특한 특성임을 밝혔다.

8. 기행가사는 공간과 공간 사이의 독립된 장면들로 이루어지고 그 장면들은 서술자의 공간 이동에 의해 전개되는 특성을 가지고 있다. 따라서 각 장면들은 단일한 소재나 일정한 주제에 얽매이지 않아도 되므로 가사의 다양성과 복잡성이라는 근원적 갈래 특성의 중심에는 기행가사가 있음을 논의하였다.

9. 기행가사는 대화체를 과감하게 사용하고 있음을 살폈다. 기행가사에 실현되고 있는 다양한 형식의 대화는 가사가 갖는 다양성을 담기 위한 쓰기 방식이며, 초기의 가사나 일반 시가는 정서 표출을 목적으로 하지만 기행가사는 확대된 대상과 내용을 담기 위해 과감한 대화체를 사용한 것으로 그 이유를 밝혔다.

10. 기행가사의 실제 여행 시간과 작품화 시간이 일치하지 않는 것을 확인하는 것과 아울러 작품 [여행] 의 현실감과 현장감을 주기 위해 현재 시제를 일관되게 사용하고 있음을 밝혔다.

11. 기행가사는 다양한 대화체를 사용하면서도 1인칭 시점을 유지하고 있음을 살폈다. 1인칭 시점은 기행가사만이 갖는 특성이 아니라 시가 문학이 갖는 일반적인 특성으로 조선 후기에 소설과 가사가 서로 교섭하는 중요한 요소가 된다.

12. 기행가사는 서술자가 무엇을 대상으로, 무엇을 말하려고 하는가에 따라 다양한 기술 방식을 갖는 것을 확인하였다. 관유기행가사와 유배기행가사는 일반적으로 자신의 이념을 담기 위해 자연을 대상으로 선택하고 그에 따라 주관적 묘사 방식을 주로 사용하고 있다. 사행기행가사는 중국 사행기행가사의 경우에는 웅장하고 화려한 중국 문화를 대상

으로 주로 객관적 묘사 방식을 사용하고 있으며, 일본 사행기행가사는
〈일동장유가〉의 경우 일기체 형식을 채택하여 서사적 설명을 〈대일본유
람가〉의 경우에는 발달한 문명을 주 서술 대상으로 하기 때문에 분석적·
주관적 설명 방식을 주된 기술 방식으로 사용하고 있음을 확인하였다.

13. 기행가사는 내면 세계의 점검보다는 외부 세계를 지향하고 있
다. 이를 통해가사는 주관적인 정서나 이념을 확인하기보다는 대상에
대한 특수 체험을 표현하고 전달하기 적합한 문학 양식으로 발달하였음
을 논의하였다. 아울러 내부에서 외부(대상)로 향하는 서술자의 시선이
후기 가사의 일반적인 시선임도 논의하여 기행가사가 국문학에서 독특
한 영역을 차지하고 있음을 살폈다.

14. 서술자의 현실 인식에 따라 대상의 선택이나 서술 시각이 다름
을 살폈다. 관유기행가사의 경우 영조 이전의 작품들은 자연을 주된 대
상으로 하여 대상을 일정한 거리에 두고 관조하면서 이념을 내세우는
경향이 짙다. 그러므로 서술자의 시선은 외부에서 내부로 향하고 있으
며 대상을 주관적이고 관념적인 눈으로 바라보고 있다. 그러나 영조 이
후의 작품들은 시대 정신에 가지고 현실의 삶을 대상으로 선택하여 대
상과 서술자 사이의 거리를 좁혀 일상적인 삶의 모습을 담아내고 있다.
따라서 서술자의 시선은 내부에서 외부로 향하고 있으며, 대상을 객관
적이고 사실적인 눈으로 바라보고 있음을 확인하였다.

사행기행가사의 경우 초기 작품인 〈연행별곡〉·〈서정별곡〉은 異國의
사물보다는 自國의 자연을 서술하는 데 치중하고 있으나, 국가적 위기
에 빠져드는 후기에는 異國의 사물에 대해 보다 깊은 관심을 가지고
서술하고 있다.

특히 나라를 빼앗길 위기에 직면해 있던 시기에 창작된 〈대일본유람
가(1902년)〉는 일본의 선진 문명과 발달한 각종 제도에 대해 깊은 인
식을 가지고 세밀하게 서술하고 있다.

15. 여행 동기에 의한 유형별 주제 양상을 살폈다.

① 관유기행가사는 일정한 거리를 유지하며 자연과 삶을 관조하면서
어느 특정한 이념이나 종교에 빠지지 않고 삶의 진실을 모색하는 특성
을 가졌다. 때로는 자연에 삶의 모습을 빗대기도 하고, 술과 신선에 기

대기도 하고, 공자나 맹자 또는 현인·충신들의 삶의 모습에서, 또는 불교의 이념 속에서 다양하게 삶의 진실을 찾아가는 것을 주제로 하고 있다. 그러나 후기 작품들은 서정의 극대화를 이루며 이념과 삶에 대한 관념을 철저히 배재하고 여행 자체에 몰두한다. 자연을 대상으로 서술하는 부분에서 이따끔 도선적 풍취를 나타내기도 하지만 그것은 작품 전체의 유기적 관계에서 드러나는 것이 아니라 단어나 어구에 국한된 표현일 뿐이다.

② 유배기행가사는 유배의 성격에 따라 그 주제를 달리한다. 유배는 크게 비정치적 유배와 정치적 유배로 나눌 수 있다. 비정치적 유배를 간 유배기행가사는 자신이 지은 죄에 대해 깊은 회한과 반성을 바탕으로 유배의 좌절과 고통을 서술함으로써 유배에서 풀려 날 것을 소망하는 것으로 주제를 삼고 있다. 정치적 유배를 간 유배기행가사는 자신에게 죄가 없음을 말하면서 임금과의 관계를 굳건하게 지키는 선비로서의 기개를 잃지 않거나 풍류 자연을 만끽하며 호방한 기질로 유배를 극복하는 양상을 보이고 있다.

③ 사행기행가사의 경우 중국 사행기행가사와 일본 사행기행가사로 나누어 살폈다. 중국 사행기행가사의 경우 명나라에 대한 존숭의식과 아울러 청나라에 대한 멸시의 시각을 담고 있으면서 모화사상을 드러낸다. 중국에 대한 모화사상은 조선 사대부들이 갖는 유학적 풍토와 깊은 관련을 맺고 있다. 일본 사행기행가사는 일본에 대해 문화적 우월의식을 드러낸다. 일본의 문화를 '야만의 풍속'이라든지 '夷敵·禽獸·개똥·개돗' 등의 용어를 사용하여 下類 민족으로 깎아 내리면서 동시에 自國 文化에 대한 優越意識을 갖는다.

중국이나 일본을 사행한 사행기행가사들은 공통적으로 청나라나 일본에 대해 적개심을 품고 있으며, 이와 동시에 그들에게 침략을 당하거나 나라를 빼았긴 自國의 역사에 대한 반성을 수반하고 있다.

④ 표류기행가사인 〈표해가〉는 크게 두 부분으로 나뉜다. 전반부는 배를 타고 여행하다가 뜻하지 않게 폭풍우를 만나 망망대해에 표류하면서 삶에 대한 절망과 기적을 통한 구조를 내용으로 한다. 반면 후반부는 중국에 도착하여 융숭한 대접을 받고 왕을 만나 고국으로 돌려보낼

것이라는 말을 듣고는 유쾌한 여행자가 되어 중국을 여행한 내용이다. 그러므로 후반부는 중국 사행기행가사와 닮은 점이 많다. 표류기행가사의 특성은 전반부에 있다 할 것이니 다른 해양문학과 비교 고찰하는 데에 좋은 자료가 될 것이다.

16. 기행가사는 조선 초기부터 현재까지 꾸준히 창작되면서 문학사상 큰 영향을 끼치고 있다는 것을 살폈다. 가사의 다양성과 복잡성은 그것을 효과적으로 담아낼 수 있는 우리글이 있기에 가능했다. 그러므로 가사의 발생은 한글 창제와 깊은 관련을 맺고 있으며 향유층의 확대로 인한 작자와 독자의 관계가 풍부해졌다는 의의를 갖는다. 연행문의 경우 한글로 기록된 것은 거의 가사 형식을 띠고 있다는 것을 보아도 기행가사와 한글, 기행가사와 독자층의 확대는 좀더 세밀하게 연구되어야 할 것이다.

가사문학의 통시적 변모를 기행가사가 주도하는 바 크다. 특히 여행 노정을 중심으로 독립된 장면들로 이루어졌으므로 가사의 장편화를 주도하였다. 특히 〈일동장유가〉의 경우 1764년에 8,243구의 방대한 분량으로 창작되어 가사의 장편화에 끼친 업적이 실로 막대하다. 또한 순국문으로 표기하여 가사의 보급과 한글 의식의 확산에도 많은 영향을 주었다.

기행가사는 외연의 확대를 가져왔다. 초기의 가사가 자연을 주 대상으로 하였다면 기행가사들은 자연을 포함해 역사·풍속·인물·현실 상황·제도 등 실로 다양한 외연을 가지고 가지고 있다. 특히 사행기행가사의 경우 다른 가사들에서는 찾아 볼 수 없는 異國的 요소들까지 그 외연을 확대하였다.

17. 기행가사의 면모를 통해 국문학(가사)의 근대적 성격을 밝혔다. 기행가사의 형식적 근대성은 제4장에서 내용적 근대성은 제5장에서, 다루었다.

특히 시가문학의 근대성은 형식의 자유로움에서 찾아야 한다는 최근의 연구 논의를 좇아 기행가사의 형식이 어떠한 근대적 성격을 지니는지 살폈다.

가사의 형식적 특성은 4음보의 견고한 유지에서 찾을 수 있다. 그러나 후기의 기행가사들은 4음보에서 크게 벗어나고 있다. 이는 가사가 창이나 음영의 향유 방식에서 벗어나 읽기를 전제로 함과 동시에 前代의 견고한 형식보다는 내용의 자유로운 전개에 더 많은 비중을 갖게 되었음을 나타내는 것이다.

시가문학의 근대성을 인간 중심의 다양한 삶을 내용과 형식에 구애됨이 없는 것에서 찾는다면, 후기 기행가사에 나타난 4음보의 해체와 평민 중심의 세계관에 의한 다양한 내용은 국문학의 근대적 성격을 가늠하는 중요한 요소가 될 것이다.

한편, 후기 기행가사는 전기 기행가사에 비해 의미 단락이 확대되는 경향을 보인다. 전기 기행가사는 4음보 단위로 2행 또는 3행이 하나의 의미 단락을 이루면서 아울러 각 의미 단락이 다른 의미 단락과 구별될 정도로 독립성을 갖는다. 따라서 여러 행을 걸쳐가며 내용을 파악하는 수고를 덜어주고 경쾌한 리듬으로 계속 뒤로 나아갈 수 있게 해주는 것이다.

그러나 후기의 기행가사의 의미 단락은 길어지면서 운문적 호흡은 약화되고 사실상 산문에 접근하고 있다. 이러한 점은 시대 정신에 의해 경험적 현실에 충실하려는 데서 기인한 것이며, 서술자가 報告와 傳達에 강한 의지를 갖고 있음을 의미한다.

18. 그리고 시가적 특성과 산문적 특성을 동시에 가지고 있으면서 후기에는 산문적 성격을 강화하여 조선 후기의 산문(특히 소설)의 발달에도 영향을 끼친 점들이 기행가사가 갖는 문학사적 특성이다. 아울러 조선 후기에 이르러 이용후생적 정신으로, 특히 규방의 아녀자들에게 많은 교양을 제공한 것도 기행가사가 지니는 의의가 될 것이다.

19. 끝으로 기행가사의 국어 교육적 의의를 탐색해 보았다. 기행가사는 구체적 조작기에 있는 중학생들의 고전 문학 텍스트로 활용되었을 때 학습자의 인지적 발달 과정에 적합하고, 그에 따라 학습자의 흥미와 동기를 유발하며 효율적인 감상과 표현 교육이 이루어질 수 있을 것이다. 이는 기행가사가 복잡하지 않은 공간 이동에 의한 구성을 가지고 있으며, 다양한 대상을 표현하고 있어 구체적 조작에 능력이 있고 실험 정신이 강한 중학생들의 활동을 불러일으키기에 적합함을 밝혔다.

특히, 기행가사는 조선 초기부터 현재까지 오랜 동안 창작되면서 시대와 시대 정신을 반영하면서 다양한 변화를 보이기 때문에 학습자의 학습 수준에 맞게 학습 목표를 세우는 데에도 편리하며, 학습 목표에 따른 교수·학습 내용도 다양하게 구안·수행할 수 있다는 장점을 가지고 있다.

그리고 기행가사는 일상적인 것 중에서 가치 있는 체험을 기록한 것이므로 고전 문학 교육을 통해 학습자의 '삶'과 '앎'에 대한 인식과 자세를 스스로 변화시키고 아울러 문화를 전수하고 새로운 문화를 창달에 기여할 수 있어 국어 교육의 목표를 실현하는 데에도 매우 유리한 문학 갈래임을 논의하였다.

기행가사는 현대에도 계속 창작되고 있다. 그러므로 가사를 이미 소멸된 갈래로 인식하기보다는 오히려 기행가사를 통해 가사의 본질을 밝히는 작업과 현대문학(특히 시가문학)에 가사를 어떻게 수용하고 발전시킬 것인가를 심각하게 논의하여야 할 것이다.

다른 가사들이 내용과 형식의 경직성으로 인해 소멸되었다면 기행가사가 갖는 다양성과 다체로운 서술 방식들이 가사의 본질이며, 이러한 가사의 특성들이 현대문학에 어떻게 녹아 있는지 또는 가사의 특성을 현대문학에 어떻게 접목하여야 국문학의 발전을 이룰 수 있을 것인지를 좀더 세밀하게 연구하여야 할 것이다.

參考文獻

〈資料〉

南判尹遺事〈木〉
岐峯集〈木活〉
松江歌辭〈木〉 李選本(校) 星州本
頤齋詠言〈寫〉
耽肱集〈木〉
北關曲〈寫〉
存齋歌帖〈寫〉
歌詞〈寫〉
玉所稿〈寫〉
明村遺稿〈石〉
贈參議公謫中詩歌〈寫〉
晚隱集
日東壯遊歌〈寫〉(校) 日東壯遊歌
北征錄(表題 : 適宣)〈寫〉
鴻罹歌〈寫〉
扶餘路程記〈寫〉
龜溪集〈寫〉
樂府〈寫〉
恬窩遺稿〈石〉
만언ᄉ〈寫〉(校) 만언ᄉ
北遷歌〈寫〉
鳳萊別曲〈寫〉
金剛別曲〈寫〉
北行歌〈寫〉
燕行歌〈寫〉
관동팔경유람가〈寫〉
宮中雜錄〈寫〉, 금강산완경록
金剛山遊山錄〈寫〉
忘老却愁記〈寫〉
丹山別曲〈寫〉, 複寫本

더일본유람가〈寫〉
雅樂府歌集〈寫〉, 樂府, 歌集
만언스〈寫〉

〈著書〉

강전섭, 『한국고전문학연구』, 대광사, 1982.
高敬植 · 金濟鉉 共著, 『時調, 歌辭論』, 예전사, 1988.
國語國文學會 편, 『歌辭選』, 大提閣, 1976
___________, 『북한의 국어국문학연구』, 지식산업사, 1990.
___________, 『국어국문학 40년』, 집문당, 1992.
_______, 『한국고전의 비교문학적 고찰』, 『동양문학』 3, 1988.
權寧徹, 『규방가사각론』, 형설출판사, 1986.
_______, 『규방가사 1』, 한국정신문화연구원, 1979.
권오만, 『개화기 시가 연구』, 새문사, 1988.
琴基昌, 『韓國 詩歌의 硏究』, 형설출판사, 평양, 1992.
김기영, 『금강선 기행가사 연구』, 아세아 문화사, 1999.
김기탁, 『서경가사 연구』, 학문사, 1989.
김동욱, 『韓國歌謠의 硏究 · 續』, 선명문화사, 1975.
_______, 『한국가요의 연구 · 歌辭포함』, 1975.
金文基, 『서민가사연구』, 형설출판사, 1983.
김대행, 『국어교과학의 지평』, 서울대학교 출판부, 1995.
김봉군, 『문장기술론』, 삼영사, 1988.
金思燁, 『李朝時代의 歌謠硏究』, 大洋出版社, 1956.
김상욱, 『시의 숲에서 세상을 읽다』, 푸른나무, 1996.
김열규, 『韓國文學史』, 탐구당, 1983.
김열규 · 조동일 · 소재영 · 황패강 編, 『古典文學을 찾아서』, 문학과 지성사,
        1976.
김영수, 『한국문학의 맥락』, 일지사, 1988.
김영철 · 박진태 · 이규호 共著, 『한국시가의 재조명』, 형설출판사, 1984.
김준영, 『韓國古典文學史』, 형설출판사, 1982.
김준영, 최삼룡 공편, 『古典文學集成』, 螢雪出版社, 1983
김태길 편, 『수필문학의 이론』, 춘추사, 1991.

金聖培, 朴魯春·李相寶, 丁益燮 共著, 『註解歌辭文學全集』, 集文堂, 1981
김태준·황패강·조동일 외, 『임진왜란과 한국문학』, 민음사, 1992.
金學成, 『韓國古典詩歌의 硏究』, 원광대학교 출판부, 1980.
김학성·권두환 編, 『古典詩歌論』, 새문사, 1984.
류연석, 『韓國歌辭文學史』, 국학자료원, 1994.
朴晟義, 『韓國文學背景硏究』, 현암사, 1972.
______, 『國文學通論-國文學史』, 선명문화사, 1975.
______, 『國文學硏究史』, 『韓國現代文化史大系 Ⅱ』, 고려대학교 민족문화연구
   소, 1976.
______, 『松江·蘆溪·孤山의 詩歌文學』, 현암사, 1984.
______, 『韓國歌謠文學論과 史』, 집문당, 1986.
朴堯順, 『韓國詩歌의 新照明』, 탐구당, 1984.
______, 『玉所權燮의 詩歌硏究』, 探求堂, 1987
박철희, 『韓國詩史硏究』, 일조각, 1979.
백영 정병욱선생 환갑기념논총간행위원회 편, 『한국시가문학연구』, 신구문화사,
   1983.
보리스 우스펜스키, 김경수 역, 『소설구성의 시학』, 현대소설사, 1992.
서울대 가람문고, 『아악부가집』
서원섭, 『歌辭文學硏究』, 형설출판사, 1979.
______, 『歌辭文學論』, 형설출판사, 1983.
蘇在英, 『壬丙兩亂과 文學意識』, 한국연구원, 1980.
소재영·김태준 編, 『여행과 체험의 문학』, 민족문화문고간행회, 1987.
슈탄젤, 김정신 역, 『소설의 이론』, 문학과 비평사, 1990.
신상철, 『수필문학의 이론』, 삼영사, 1986.
申潤祥, 『韓國文學의 精神分析』, 청록출판사, 1985.
沈載完, 『校注 日東壯遊歌』, 詩文學社, 1972. 12
______, 『日東壯遊歌·燕行歌·萬言歌·北遷歌』, (『韓國古典文學』 10) 普成文化
   社, 1978
______, 『韓國古典文學』 10, (日東壯遊歌, 燕行歌) 』普成文化社, 1978. 11, 49-51
염은열, 『고전문학과 표현교육론』, 역락, 2000
윤석창, 『가사문학개론』, 깊은샘, 1991.
尹弘老, 『韓國文學의 解釋學的 硏究』, 일지사, 1976.
이기백, 『한국사신론』, 일조각, 1986.
李能雨, 『古詩歌論攷』, 선명문화사, 1966.

______, 『歌辭文學論』, 일지사, 1977.

이동영, 『조선조 영남시가의 연구』, 형설출판사, 1984.

______, 『가사문학논고』, 부산대학교 출판부, 1987.

______, 『歌辭文學論攷』, 釜山大學校 出版部, 1987.

李民樹 校注, 『日東壯遊歌』, 探求新書, 1981

李相寶, 『李朝歌辭精選』, 精硏社, 1965.

______, 『韓國歌辭文學의 硏究』, 螢雪出版社, 1975.

______, 『韓國詩歌의 硏究』, 螢雪出版社, 1975.

______, 『韓國歌辭選集』, 集文堂, 1979.

______, 『한국고전시가연구·속』, 태학사, 1984.

______, 『17세기 가사전집』, 교학연구사, 1987

______, 『18세기 가사전집』, 민속원, 1991

______, 『조선시대의 시가연구』, 이회문화사, 1993.

이상익 외, 『古典文學 어떻게 가르칠 것인가』, 集文堂, 1998.

李石來 校杜, 『紀行歌詞集』, 新丘文化社, 1976.

______, 『紀行歌辭集』, 신구문화사, 1976.

李載萬, 『韓國古典文學의 思想的 硏究』, 등용출판사, 1976.

林基中, 『역주해설 조선조의 가사』, 성문각, 1979

______, 『歷代歌辭文學全集』, 제1권-제10권, 동서문화원, 1987

______, 『歷代歌辭文學全集』, 제11권-제30권, 여강출판사, 1988

______, 『한국가사문학연구사』, 이회, 1998.

임형택, 『한국문학사의 시각』, 창작과 비평사, 1984.

장덕순, 『國文學通論』, 신구문화사, 1963.

______, 『韓國文學史』, 탐구당, 1968.

______, 『韓國古典文學의 理解』, 일지사, 1973.

______, 『한국수필문학사』, 새문사, 1992.

全圭泰, 『韓國文學의 通時的 硏究』, 지문사, 1981.

______, 『歌辭文學論註』, 명문당, 1988.

全壹煥, 『朝鮮歌辭文學論』, 啓明文化社, 1990.

정기철, 『읽기 교육의 이론과 실제』, 역락, 2000

鄭炳昱, 『韓國古典詩歌論』, 신구문화사, 1977.

______, 『韓國古典의 再認識』, 홍익사, 1979.

鄭炳昱·李石來共編, 『古典文學精選』, 影印文化社, 1976.

정병욱 외 4인 편, 『한국고전문학정선』, 아세아문화사, 1985.

정옥자, 『조선후기 역사의 이해』, 일지사, 1994.

鄭益燮, 『湖南歌壇硏究』, 민문고, 1989.

정재호, 『한국가사문학론』, 집문당, 1984.

조동일, 『한국문학통사 1-5』, 지식산업사, 1988.

______, 『한국시가의 전통과 율격』, 한길사, 1982.

______, 『한국문학의 갈래 이론』, 집문당, 1992.

조윤제, 『朝鮮詩歌史綱』, 박문출판사, 1937.

______, 『국문학사』, 동국문화사, 1959.

______, 『韓國文學史』, 탐구당, 1979.

崔康賢, 『韓國紀行文學硏究』, 一志社, 1982.

______, 『한국고전수필강독』, 고려원, 1983.

______, 『歌辭文學論』, 새문社, 1986.

______, 『한국수필문학신강』, 서광학술자료사, 1994.

崔斗植, 『韓國詩史文學硏究』, 太學社, 1987.

崔珍源, 『國文學과 自然』, 성균관대학교 출판부, 1986.

______, 『韓國古典 詩歌의 形象性』, 성균관대학교 출판부, 1988.

한철우 · 천경록 역, 『독서지도 방법』, 교학사, 1996.

한국고전소설위원회 편, 『한국고전소설론』, 새문사, 1994.

黃浿江, 『壬辰倭亂과 實記文學』, 일지사, 1992.

황패강 · 김용직 · 조동일 · 이동완 編, 『韓國文學硏究入門』, 지식산업사, 1982.

〈論文〉

강전섭, 「香山別曲의 作者에 對하여」, 『語文學』 32호, 韓國語文學會, 1975.

______, 「金剛別曲(丙辰本)에 對하여」, 『韓國學報』, 10輯, 1978.

______, 「李邦翼의 「漂海歌」에 대하여」, 『한국언어문학』 20, 한국언어문학회, 1981.

______, 「『金剛別曲』의 作者에 對하여」, 『국어국문학』 87, 국어국문학회, 1982.

______, 「해석 김재찬의 〈기성별곡〉에 대하여」, 『동양학』 19, 단국대학교 동양학연구소, 1989.

高敬植, 「〈關西別曲〉과 〈出關詞〉」, 『국어국문학』 36, 국어국문학회, 1967.

______, 「關東續別曲」, 『慶熙文選』, 慶熙大學校 刊, 1962.

______, 「鄭松江과 조이재의 關係」, 『국어국문학』 36, 국어국문학회, 1974.

高淳姬, 「19세기 현실비판가사 연구」, 이화여자대학교 박사학위 논문, 1990.

권영철, 「내방가사연구」, 『논문집』 71, 효성여자대학교, 1971.

______, 「扶餘路程記研究」, 『國文學研究』, 제4집, 曉星女大 國語國文學研究室, 1973.

______, 「扶餘路程記 研究」, 『國文學研究』 4집, 曉星女大 國語國文學研究室, 1973.

______, 「北行歌에 대하여」, 『國文學研究』 5집, 曉星女大 國語國文學研究室, 1975.

권오만, 「開化期의 詩歌 研究- 그 現實認識·文體·形態를 중심으로」, 서울대학교 박사 학위 논문, 1988.

김갑기, 「素材로 본 松江文學」, 『한국문학연구』 9, 동국대학교 한국문학연구소, 1986.

김국소, 「日東壯遊歌 研究」, 『명지어문학』 8호, 명지대학국어국문학회, 1976.

金基卓, 「敍景歌辭研究」, 영남대학교 박사학위 논문, 1988.

金大幸, 「詩歌 傳統論 序說」, 『雪苔 朴堯順先生華甲紀念論叢』, 1987.

———, 「歌辭의 終焉과 文學의 本質」, 『古詩歌研究』第1輯, 全南古詩歌研究會, 1993.

金東旭, 「關西別曲 攷異」, 『국어국문학』 30, 국어국문학회, 1965.

김동환, 「비평적 에세이 글쓰기」, 『문학과 교육』 제 4호, 한국문학교육학회, 1999.

金炳國, 「장르論的 관심과 歌辭의 文學性」, 『현상과 인식』 4, 한국인문사회과학원, 1977.

金聖培, 「明村 朴淳愚의 金剛別曲」, 『天涯梁柱東博士 華宴紀念 論文集』, 1963.

______, 「明村 朴淳愚의 金剛別曲」, 국어국문학회 편, 『歌辭文學研究』, 정음사, 1979.

金時鄴, 「北遷歌 연구(研究)」, 『成大文學』 19집, 1976.

金永萬, 「曹友仁의 歌辭集 이齊永言-梅湖別曲·自悼詞·出塞曲·關東續別曲-」, 『語文學』 10, 韓國語文學會, 1963.

金永秀, 「韓國詩의 脈絡研究」, 『月山 任東權博士頌壽紀念論文集』, 집문당, 1986.

———, 「朝鮮 初期 詩歌論 研究」, 연세대 박사논문, 1989.

金英淑, 「韓國歌辭文學에 나타난 自然-動植物을 中心으로-」, 『논문집』 21, 서울대학교, 1989.

김일근, 「申會友齋作 「丹山別曲」의 作者攷」, 『국어국문학』 95, 국어국문학회,

1986.

金正柱, 「朝鮮朝 流配詩歌의 研究-歌辭와 時調를 中心으로-」, 韓南大學校 박사
　　　　논문, 1994.

김주곤, "유배가사에 나타난 충절의식 양상", 『영남어문학』 16, 영남어문학회,
　　　　1989.

김학동, 「개화기 시가의 전개」, 『현대문학』 404, 현대문학사, 1988.

金學成, 「歌辭의 장르性格再論」, 『정병욱선생 환갑기념논총(합본)』, 신구문화
　　　　사, 1982.

______, 「가사의 실현화 과정과 근대적 지향」, 『近代文學의 形成過程』, 문학과
　　　　지성사, 1983.

朴相洙, 「豊菴朴權의 西征別曲", "國語國文學論文集』 9·10집, 東國大學校, 1975.

朴魯春, 「歌辭 燕行歌(丙寅燕行錄)」, 『문리학총』 5, 경희대학교, 1962.

朴堯順, 「호남의 시심고」, 『호남문화연구』 4집, 전남대, 1966.

______, 「詩人 玉所, 그 未知의 작품세계」, 『문학사상』 16, 1974.

______, 「玉所權燮의 未發表歌辭 寧三別曲外 時調65首」, 『文學思想』 통권16호,
　　　　1974.

______, 「玉所研究」, 『한국언어문학』 14, 1976.

______, 「근대문학기의 여류가사의 일고찰」, 『가사문학논고』, 형설출판사, 1977.

______, 「湖南地方의 女流歌辭研究」, 『가사문체연구』, 정음사, 1979.

______, 「權燮과 그의 詩歌」, 『韓國詩歌의 新照明』, 探求堂, 1984.

______, 「慶州觀覽記攷」, 『한남어문학』 15, 한남대학교, 1989.

______, 「歌辭傳統의 現代的 發現狀研究」, 『논문집』 21, 한남대학교, 1991.

______, 「具康과 그의 詩歌」, 『韓國古典文學新資料研究』, 한남대학교 출판부,
　　　　1992.

박준규, 「〈八域歌〉에 대하여」, 『韓國語文學』 제1집, 1965.

박지홍, 「蓬萊別曲 研究」, 『港都釜山』 4호, 1968.

朴喆熙, 「韓國詩歌의 持續과 變化研究」, 영남대학교 박사논문, 1979.

朴熙秉, 「조선후기 歌辭의 일본체험, 〈일동장유가〉」, 『白影 鄭炳昱先生 10週忌
　　　　追慕論文集 한국고전시가작품론』, 집문당, 1992.

백정기, 「日東壯遊歌 研究-시대적 배경과 작자의 의식을 중심으로-」, 中央大學
　　　　校 碩士學位論文, 1994.

서영숙, 「여성가사에 투영된 작가와 독자의 관계」, 『고전문학연구』 6, 한국고
　　　　전문학연구회, 1991.

______, 「조선후기 인물중심 가사의 서술방법 연구」 『국어국문학』, 112, 국어

국문학회, 1994.

徐元燮, 「歌辭文學硏究」, 『美人曲系歌辭의 比較硏究』, 螢雪出版社, 1983.

______, 「歌辭文學硏究」, 『續思美人曲系歌辭』, 螢雪出版社, 1983.

徐鐘文, 「고전문학의 자료와 방법론」, 『국어국문학 40년』, 집문당, 1992.

蘇在英, 「18世紀의 日本體驗-日東壯遊歌를 中心으로-」 『논문집』 18, 숭실대학교 인문과학연구소, 1988.

______, 「18世紀 日本體驗」, 東方文學比較硏究會 編, 『衝擊과 造化』, 國學資料院, 1992.

송재소, 「조선후기 가사의 한 특징」, 『백영 정병욱선생 환갑기념논총』, 신구문화사, 1982.

申載弘, 「〈北遷歌〉의 풍류와 체면」, 『白影 鄭炳昱先生 10週忌 追慕論文集 한국고 전시가작품론』, 집문당, 1992.

安春根, 「鴻罹歌考」, 『文學思想』 45호, 文學思想社, 1976.

呂增東, 「19세기 한국문학연구의 방법론」, 『국어국문학』 72·73, 국어국문학회, 1976.

柳年錫, 「開化後期 歌辭文學 考察」, 『논문집』 9, 순천대학교, 1990.

柳在泳, 「晩隱黃전의 避疫歌」, 『圓光文化』 7호, 1968.

柳海春, 「〈南征歌〉의 構造와 時間現象」, 『문학과 언어』 12, 1991.

______, 「17世紀 歌辭에 나타난 선비의 性格變化」, 『문학과 언어』 12, 1991.

윤석창, 「"耽羅別曲硏究」, 『명지어문학』 2, 명지대학교, 1983.

李能雨, 「歌辭와 自由詩」, 『월간문학』, 1970.

이도영, 「언어사용 영역의 내용 체계에 대한 연구」, 서울대학교 박사학위논문, 1998.

이돈희, 「언어적 경험의 교육」, 『교육적 경험의 이해』, 교육과학사, 1993.

이동숙, 「내방가사연구-경신신유노정기와 종반송별을 중심으로 한 기행내방가사-」, 『한국문화연구원논총』 제24호, 이화여대, 1974.

李東英, 「유인복의 北行歌」, 安東文化 4집, 1974. 10

______, 「歌辭文學과 儒敎思想」, 『국어국문학』 26, 국어국문학회, 1963.

李東燦, 「歌辭의 텍스트 상호관련성과 '여러목소리' 現象」, 『韓國文學論叢』 12, 한국문학회, 1991.

李秉岐, 「思美人曲과 續思美人曲에 대하여」, 『국어국문학』 15호, 1956.

李炳基, 「〈關西別曲〉, 〈關東別曲〉, 〈關東續別曲〉의 形態的 考察」, 『國語文學』 17, 전북대학교, 1975.

이병원, 「癸丑日記의 文體論的 硏究」, 『국어국문학』 96, 국어국문학회,

李相寶, 「〈關西別曲〉硏究」, 『국어국문학』 26호, 1963 - 岐峰集本.

______, 「관서별곡 연구」, 『국어국문학』26, 국어국문학회, 1963.

______, 「李倪의 百祥樓別曲」, 『韓國歌辭文學의 研究』, 螢雪出版社, 1974.

______, 「鄭澈의 松江歌辭」, 『韓國歌辭文學의 研究』, 螢雪出版社, 1974.

______, 「燕行別曲」, 『시문학』52호, 시문학사, 1975.

______, 「燕行別曲」, 『詩文學』제52호, 시문학사, 1975.

______, 「장풍에 놀란 물결」(원제:西征別曲), 『文學思想』, 통권33호, 文學思想社, 1975.

______, 「절도유배의 한」, 『文學思想』45호, 文學思想社, 1976.

______, 「李沃의 淸淮別曲」, 『韓國文學』, 제102호, 1982.

______, 「白光弘의 關西別曲」, 『韓國古典詩歌研究・續』, 太學社, 1984.

______, 「李沃의 淸淮別曲」, 『韓國古典詩歌研究 續』, 太學社, 1984.

______, 「18世紀 歌辭의 연구」, 『성곡논총』21, 1990.

이상택, 「當爲와 現象의 거리」, 『창작과 비평』3, 1977.

______, 「開化期 敍事歌辭試攷」, 『가사문학연구』, 정음사, 1979.

______, 「금강산 기행가사 〈東遊歌〉」, 『韓國古典詩歌作品論2』, 白影鄭炳昱선생 10週忌追慕文集 刊行委員會, 集文堂, 1992.

李石來, 「紀行歌辭集, 燕行歌 註釋」, 『신구문고』, 신구문화사, 1976.

李成厚, 「日東壯遊歌 研究」, 효성여자대학교 박사학위 논문, 1989.

______, 「日東壯遊歌의 實學的 考察」, 『어문학』53, 한국어문학회, 1992.

이우경, 「「東溟日記」의 여행과정과 표현 이미지 분석」, 『국어국문학』96, 국어국문학회.

______, 「朝鮮朝 日記文學 研究」, 이화여자대학교 박사논문, 1989.

李源周, 「「歌辭」의 형식에 대하여」, 『白江 徐首生博士 還甲紀念論叢, 韓國詩歌研究』, 형설출판사, 1981.

李鍾國, 「松江의 國文詩歌 研究」, 전북대학교 박사학위 논문, 1990.

이종묵, 「〈관동별곡〉을 읽는 재미」, 『白影 鄭炳昱先生 10週忌 追慕論文集 한국고전시가작품론』, 집문당, 1992.

李鐘出, 「〈天風歌〉解題」, 『韓國言語文學』제4집, 1966.

______, 「魏世寶의 「金塘別曲」攷」, 『국어국문학』34・35합본호, 국어국문학회, 1967.

______, 「위백규의 가사 〈자회가〉에 대하여」, 『4대논문집』제4집, 조선대학교, 1973.

이주영, 「〈연행가〉 고」, 『白影 鄭炳昱先生 10週忌 追慕論文集 한국고전시가 작

품론』, 집문당, 1992.

이주홍, 「관서별곡」, 『국어국문학』 13, 국어국문학회, 1957.

이재승, 「과정 중심의 쓰기 교재 구성에 관한 연구」, 한국교원대학교 대학원 박사학위논문, 1999.

李鎭浩, 「新文學期 歌辭文學의 研究」, 명지대학교 박사학위논문, 1989.

李泰極, 「歌辭槪念의 再考와 장르考」, 『국어국문학』 27, 국어국문학회, 1964.

______, 「歌辭의 內容考 특히 그 儒家性에 대하여」, 『趙潤濟博士 回甲紀念論文集』, 1964.

이혜순, 「18세기 후반 조선통신사의 일본인식」, 『鶴山 趙種業博士 華甲紀念論叢東方古典文學研究』, 1990.

이혜화, 「海東遺謠」 所在 歌辭考, 『국어국문학』 96, 국어국문학회, 1986.

林基中, 「西行錄解說 紀行文學史의 新紀元」, 『文藝中央』 가을호, 中央日報社, 1978.

______, 「燕行歌辭의 研究」, 『韓國文學研究』 제10집, 東國大學校, 1987.

張德順, 「紀行文學으로서의 日東壯遊歌」, 『국어국문학』 24, 국어국문학회, 1961.

______, 「日東紀行의 "日東藏遊歌"」, 『現代文學』 통권95호, 1962.

______, 「宋疇錫 作 北關曲」, 『현대문학』 110, 현대문학사, 1964.

______, 「北關曲」, 『현대문학』, 통권110호, 1984.

張成鎭, 「개화가사의 서술구조와 현실인식」, 경북대학교 박사학위 논문, 1992.

장정수, 「敍事歌辭特性研究」, 고려대학교 석사논문, 1989.

전규태, 『韓國古典文學의 比較文學的 方法』, 『동방문학』 2, 동양문학사, 1988.

______, 「한국고전의 비교문학적 고찰」, 『동양문학』 3, 1988.

정기철, 「기행가사연구」, 한남대학교 대학원 박사학위논문, 1996.

丁益燮, 「龜溪 朴履和의 歌辭고」, 『韓國言語文學』 第2輯, 1964.

鄭在鎬, 「歌辭文學에 나타난 自然觀-鳥獸類」, 『국어국문학』 72·73, 국어국문학회, 1976.

______, 「가사문학에 나타난 근대적 성향」, 『정신문화연구』, 정신문화연구원, 1983.

______, 「歌辭文學 生成論」, 『민족문화연구』 20, 고려대 민족문화연구소, 1987.

鄭惠媛, 「歌辭의 장르적 性格」, 『韓國文學史의 爭點』, 집문당, 1986.

조규익, 「단시조·장시조·가사의 일원적 질서모색(1)-화자·청자의 존재 양상 및 그 역할을 중심으로」, 『숭실어문』, 숭실대학교, 1987.

조동일, 「국문학에 나타난 금강산의 의미」, 『茶谷 李樹鳳先生 回甲紀念 古小說

　　　　　研究　論叢』, 1988.
주종연, 「歌辭의 장르考(2)」, 『국어국문학』 62·63합본호, 국어국문학회, 1973.
崔康賢, 「北征歌小考」, 『語文論集』 1호, 1966.
　　　, 「未發表 關北歌辭北征歌」, 『풀과 별』 제6호, 풀과별社, 1972.
　　　, 「금강에 살으리-금강산가」, 『시문학』 제73호, 1977.
　　　, 「使行歌辭小考-燕行歌와 日東壯遊歌를 중심하여」, 『성봉 김성배 박사
　　　　화갑기념논문집』, 1977.
　　　, 「使行歌辭 小考-燕行歌와 日東藏遊歌를 중심하여」, 『성봉 임성배 박사
　　　　회갑기념논문집』, 1977.
　　　, 「八道歌와 국토예찬」, 『詩文學』 72호, 詩文學社 , 1977-(이본)-
　　　, 「紀行歌辭의 研究史考」, 『홍대논촌』 10, 홍익대학교, 1978.
　　　, 「봉닉쳥긔(蓬萊淸奇)」, 『시문학』, 81·82·83호, 1978.
　　　, 「경신 신유 노정기 소고」, 『홍익어문』 1호, 홍익대학교, 1981.
　　　, 「未發表 歌辭 도희가소고」, 『高鳳』 25호, 경희대학교, 1981.
　　　, 「韓國海洋文學研究」, 『성곡논총』 12집, 1981.
　　　, 「鴻罷歌의 지은이에 대하여」, 『한국언어문학』 20, 한국언어문학회,
　　　　1981.
　　　, 「漂海歌의 지은이를 살핌」, 『語文論集』 23호, 고려대학교, 1982.
　　　, 「영·정조 시대의 가사문학론」, 『국어국문학』 76,
　　　, 「조선말 外交官의 본유신일본」-〈日本遊腎歌〉-『문학사상』 38·39호
　　　, 「未發表 金剛山遊山錄을 살핌」, 『千峰 李能雨博士 七旬紀念論叢』,
　　　　1990.
崔美汀, 「국문학에 나타난 자연관의 역사적 고찰」, 『韓國學論叢』 15, 계명대학
　　　　교 한국학연구소, 1988.
최원식, 「歌辭의 小說化 傾向과 封建主義의 解體」, 『창작과 비평』 4, 1977.
최태호, 「鄭松江의 文學研究」, 인하대학교 박사학위 논문", 1987.
한창훈, 「언어와 예술로서의 고전문학과 교육」, 『문학 교육학』, 태학사, 1999.
홍유표, 「日東壯遊歌에 나타난 對日觀」, 『東國大學校』, 1984.
홍재휴, 「北行歌考」, 『韓國敎育研究』 2집, 전주교육대 國語敎育研究會, 1973.
　　　　『靑春』 1호, 靑春社, 1914 -"녯글 새맛"本?, pp.144-152.

附錄 : 紀行 歌辭 資料 總攬

〈觀遊紀行歌辭〉

작 품 명	출 전	영인 · 인쇄	자료와 관련된 논문
關西別曲	岐峰集 · 雜歌	李相寶, 韓國歌辭選集, 集文堂, 1979. 崔康賢, 「歌辭文學論」, 새문社, 1986. 林基中, 歷代歌辭文學全集, 제7권, 동서문화원, 1987.	李相寶, 「〈關西別曲〉研究」(『국어국문학』 26호, 1963) – 岐峰集本 ＿＿＿ 「〈白光弘의 關西別曲」, (『韓國古典詩歌研究續』 太學社, 1984) 金東旭, 「〈關西別曲〉攷異」(『국어국문학』 30호, 1965) – 岐峰集本·雜歌本 비교
關東別曲	松江歌辭(李選本·關西本·星州本)·松江別集追錄	李相寶, 「韓國歌辭選集」, 集文堂, 1979, (李選本) 金聖培外 3人, 「註解歌辭文學全集」, 集文堂, 1961 (星州本) 林基中, 「歷代歌辭文學全集」, 제1권, 제6권, 동서문화원, 1987. 成均館大學校 大東文化研究院 「松江全集」. 崔康賢, 『기행가사자료선집』, 國學資料院, 1996.	李相寶, 「鄭澈의 松江歌辭」, 『韓國歌辭文學의 研究』, 螢雪出版社, 1974) (이외 상당 수의 논문이 있음)
出塞曲	頤齊永言	李相寶, 『韓國歌辭選集』, 集文堂, 1979. 李相寶, 『17세기 가사전집』, 교학연구사, 1987.	金永萬, 「曹友仁의 歌辭集 이齊永言–梅湖別曲·自悼詞·出塞曲 ·關東續別曲–」, (『語文學』 10, 韓國語文學, 1963
關東續別曲	頤齊永言	李相寶, 『韓國歌辭選集』, 集文堂, 1979 李相寶, 『17세기 가사전집』, 교학연구사, 1987.	高敬植, 「關東續別曲」 (『慶熙文選』, 慶熙大學校 刊, 1962) 金永萬, 「曹友仁의 歌辭集 이齊永言」–(『語文學』 10집, 1963)
숑양별곡 (崧陽別曲)	筆 寫	『만언ᄉ』 崔康賢, 『기행가사자료선집』 1, 國學資料院, 1996	姜銓燮 「〈崧陽別曲〉의 作者摸索, 『古典文學研究』 6집, 韓國古典文學研究會, 1991
봉내곡	筆 寫 (金東旭藏)	『韓國歌辭資料集成』 8, 太學社, 1997	金起堂, 「樊泉 金在華의 봉내곡 研究」, 『韓國言語文學』 第42輯, 1998.
天風歌	三足堂歌帖	李相寶 『17세기 가사전집』, 교학연구사, 1987.	李鐘出, 「〈天風歌〉解題」, (『韓國言語文學』 제4집, 1966)
녕삼별곡 (寧三別曲)	王所稿(花枝本)	朴堯順, 『王所權燮의 詩歌研究』, 探求堂, 1987	朴堯順, 「王所權燮의 未發表歌辭 寧三別曲外 時調65首」, (『文學思想』 통권16호, 1974.1) 「權燮과 그의 詩歌」, (『韓國詩歌의 新照明』, 探求堂, 1984)

香山別曲	筆寫(李周洪藏)	金聖培外 3人, 「註解歌辭文學全集」, 集文堂, 1961. 林基中, 「歷代歌辭文學全集」 제20·30권, 여강출판사. 1987. 정렬모편주, 「歌辭全集」, 朝鮮文學藝術總同盟出版社. 1964.	姜銓燮, 「香山別曲의 作者에 對하여」 (「語文學」 32호, 韓國語文學會, 1975.2) 李周洪, 「資料 關西別曲」 (「국어국문학」 13집, 국어국문학회, 1957)
金塘別曲	三足堂歌帖		李鐘出, 「魏世寶의 〈金塘別曲〉」, (「국어국문학」 34·35합본호, 국어국문회학회, 1967 李鐘出, 「위백규의 가사 〈자회가〉에 대하여」, (「4대논문집」 제4집, 조선대학교, 1973)
피역가 (避疫歌)			柳在永, 「晩隱黃전의 避疫歌」 (「圓光文化」 7호, 1968.7)
금강별곡(1)	明村遺稿	李相寶, 「韓國歌辭選集」, 集文堂, 1979. 林基中, 「歷代歌辭文學全集」 제7권, 동서문화원, 1987. 崔康賢, 「기행가사 자료선집」1, 國學資料院. 1996	金聖培, 「明村 朴淳愚의 金剛別曲」 (「天涯梁柱東博士 華연紀念 論文集」 金聖培, 「明村 朴淳愚의 金剛別曲」 (「歌辭文學研究」, 정음사, 1979) 池鍾玉, 「明村 朴淳愚의 歌辭改―間竹亭歌壇을 中心으로―」, 「論文集」 第 9輯 제1號, 木浦文學, 1988
단산별곡 (丹山別曲)			
북정가 (北征歌)	滴 宜 (국립도서관)		崔康賢, 「北征歌小考」, (「語文論集」 1호, 1966) 崔康賢, 「未發表 關北歌辭北征歌」, (「풀과 별」 제6호, 풀과별社, 1972)
낭호신사 (良湖新詞)	筆 寫	李相寶, 「韓國歌辭選集」, 集文堂, 1979.	丁益燮, 「龜溪 朴履和의 歌辭고」 (「韓國言語文學」 第2輯, 1964)
(扶餘路程記)	歌辭集	부여노정기권영철, 「규방가사」 1, 한국정신문화연구원, 1979. 崔康賢, 「韓國紀行文學研究」, 一志社, 1982. 林基中, 「歷代歌辭文學全集」 제11권, 여강출판사, 1988.	권영철, 〈扶餘路程記研究〉(「國文學研究」 제4집, 효성여자대학교, 국어국문학연구실, 1973) 崔康賢, 「경신 신유 노정기 소고」 (「홍익어문」 1호, 홍익대학교 1981.12) 이동숙, 〈내방가사연구―경신신유노정기와 종반송별을 중심으로 한 기행내방가사 ―〉(「한국문화연구원논총」 제24호, 이화여대, 1974.8)

北塞曲	北塞曲 (筆寫本)		『鄉土研究』10호, 鄉土研究會刊行, 1991 朴堯順,〈具康과 2의 詩歌〉(『韓國古典文學新資料研究』, 한남대학교 출판부, 1992, 44~78쪽)
도산별곡 (陶山別曲)	蘆溪集 영고축관高	金聖培外 3人,『註解歌辭文學全集』, 集文堂, 1961.	李東英,「趙星臣의 歌辭」(『歌辭文學論攷』, 螢雪出版社, 1977) ______,「趙星臣의 歌辭」(『歌辭文學論攷』, 釜山大學校 出版部, 1987)
(어당)금강별곡 (2) (병진본)	筆寫本 (姜銓燮藏)	林基中,『歷代歌辭文學全集』제22권, 여강출판사, 1987. 이상보,『18세기 가사선집』, 민속원, 1991	姜銓燮,「金剛別曲(丙辰本)에 對하여」『韓國學報』10輯, 1978) ______,「金剛別曲의 作者에 對하여」,『국어국문학』87, 국어국문학회, 1982
교주별곡 (交州別曲)	筆寫	『鄉土研究』제10집 崔康賢,『기행가사자료선집』1, 國學資料院, 1996	姜銓燮,「南湖具康의 北塞曲에 대하여『韓國學報』69호, 一志社, 1992. 겨울 朴堯順,『韓國古典文學新資料研究』, 韓南大學校出版部, 1994. 徐奉植,「北塞曲解題」,『鄉土研究』제10집, 忠南鄉土史研究會, 1991. 崔康賢,「기행가사 북새곡(北塞曲)을 살핌」,『勤齋梁淳珌博士華甲紀念語文學論叢』, 제 주대학교, 1993. ______,「가사작가 휴휴(休休) 구강(具康)을 살핌」,『慕山學報』4집, 慕山學術研究所, 1993.
금강곡(金剛曲)	筆寫	崔康賢,『기행가사자료선집』1, 國學資料院, 1996	
총석가(叢石歌)	筆寫	崔康賢,『기행가사자료선집』1, 國學資料院, 1996	
지헌금강산유산록	筆寫 (崔康賢藏)	최강현,『기행가사자료선집』1, 국학자료원, 1996	崔康賢,「미발표 금강산유산록을 살핌」, 1855년作 필사.(관유, 금강산) 박희현 (1814-1880), 1230 『千峰 李能雨博士七旬記念論 叢』, 1990
동유금강녹	筆寫 (文忠祠藏)		金起塋,「建庵 權韠의 동유금강녹연구」,『語文研究』제29집, 1997. 1868년作 권숙 (1846-1896), 1485구
蓬萊別曲	筆寫本 (李周洪藏)		박지홍,〈蓬萊別曲 研究〉(「항도부산(港都釜山)4호, 1968.10)

도희가	관동장유가 (關東張遊歌)	林基中, 『歷代歌辭文學全集』, 제10권, 동서문화원, 1987.	崔康賢, 「未發表 歌辭 도희가소고」(「高?」 25호, 1981.2) 경희대학교
관동신곡	筆 寫 (秦東赫藏)	崔康賢, 『기행가사자료선집』1, 國學資料院, 1996	秦東赫, 「새 자료 관동신곡연구」, 『論文集』, 第27輯, 建國大學校, 1993.
금강산기행가		『回甲記念 隱村內房歌辭集』, 금강출판사, 1971	朴堯順, 「近代 文學期의 歌辭攷」, 『崇田語文學』第4輯, 崇田大 國語國文學會, 1975.
경주유람기	筆寫本	權寧徹, 『규방가사』1, 한국정신문화연구원, 1979.	
호남기행가	筆寫本		박요순, 「호남지방의여류가사연구」, (「가사문체연구」, 정음사, 1979) _____, 「호남지방의 여류가사」, (「국어국문학」 48)
동유가 (東遊歌)	筆寫本 (하버드대학교연 경도서관소장)		李相澤, 〈금강산 기행가사 '東遊歌'〉(白影鄭炳昱선생 10週忌追慕論文集刊行委員會, 『韓國古典詩歌作品論2』, 集文堂, 1992, 783~791쪽) 조세형, 「후기 기행가사 동유가의 작자 의식과 문체」, 『先淸語文』 第21輯, 서울大 師範大學 國語敎育科, 1993.
금강산가 (金剛山歌)	長篇歌辭 (고려대)	林基中, 『歷代歌辭文學全集』, 제7권, 동서문화원, 1987.	崔康賢, 〈'금강에 살으리'-금강산가〉 (「시문학」제73호(1977.8) 제 75호 (1977.10))
關東張遊歌	筆寫本 (서울대)	林基中, 『歷代歌辭文學全集』, 제6권, 동서문화원, 1987. 崔康賢, 『기행가사자료선집』, 國學資料院. 1996	조윤제, 「국문학사」, 동국문화사, 1959 崔康賢, 「韓國紀行文學研究」, 一志社, 1982
이부인기행가ᄉ	筆寫本	林基中, 『歷代歌辭文學全集』, 제16권, 여강출판사, 1988.	
宗班途別	筆寫本		李鍾淑, "內房歌辭研究-정신신유노정기와 종반송별을 중심으로한 紀行內房歌辭" (『韓國文化研究員論叢』 제24호, 이화여대 한국문학연구원, 1974
金剛山遊山錄 (1)	筆寫本 (연세대)	林基中, 『歷代歌辭文學全集』, 제7권, 동서문화원, 1987. 崔康賢, 『기행가사 자료선집』1, 國學資料院. 1996	

金剛山遊山錄 (2)	樂府(고려대) (金剛山遊覽歌 의 이본)	林基中, 『歷代歌辭文學全集』, 제7권, 동서문화원, 1987. 崔康賢, 『기행가사 자료선집』 1, 國學資料院. 1996	
金剛山遊山錄 (3)	筆 寫 (林基中藏)	林基中, 『歷代歌辭文學全集』 34, 亞細亞文化社, 1998.	
箕城別曲	筆寫本 (李周洪藏)	金聖培外 3人, 『註解歌辭文學全集』, 集文堂, 1981. 林基中, 『歷代歌辭文學全集』, 제7권, 동서문화원, 1987.	李周洪, 「資料關西別曲」(「국어국문학」 13호, 1955.4) 崔康賢, 「韓國紀行歌辭文學硏究」, 一志社, 1982
金剛山遊覽歌	筆 寫 (朴堯順藏)		
蓬萊淸奇	筆寫本 (李周洪藏) 樂府(고려대)	崔康賢, 「韓國古典隨筆講讀」 _____, 「韓國隨筆文學신강」, 서광학술자료사, 1994. 崔康賢, 『기행가사 자료선집』 1, 國學資料院. 1996	崔康賢, 「봉니쳥긔(蓬萊淸奇)」 (「시문학」, 81호, 1978.4, 82호, 83호(1978)
香山錄	木版本 (국립도서관)	金聖培外 3人, 『註解歌辭文學全集』, 集文堂, 1981. 林基中, 『歷代歌辭文學全集』, 제20권, 동서문화원, 1988.	
仙樓別曲	筆寫本	金聖培外 3人, 『註解歌辭文學全集』, 集文堂, 1981. 정렬모편주, 『歌辭全集』, 朝鮮文學藝術總同盟出版社, 1964.	
계묘년 여행기	筆寫本	權寧徹, 『규방가사』 1, 한국정신문화연구원, 1979	
4형제완유가	筆寫本	權寧徹, 『규방가사』 1, 한국정신문화연구원, 1979.	
슈곡가	筆寫本	權寧徹, 『규방가사』 1, 한국정신문화연구원, 1979.	

유림기록가	筆寫本	權寧徹, 『규방가사』 1, 한국정신문화연구원, 1979.
여행기	筆寫本	權寧徹, 『규방가사』 1, 한국정신문화연구원, 1979.
노정가	筆寫本	權寧徹, 『규방가사』 1, 한국정신문화연구원, 1979.
금오산 채미정유람가	筆寫本	權寧徹, 『규방가사』 1, 한국정신문화연구원, 1979.
청양산유람가	筆寫本	權寧徹, 『규방가사』 1, 한국정신문화연구원, 1979.
유람가	유람가 (金文基藏筆寫本)	林基中, 『歷代歌辭文學全集』, 제27권, 여강출판사, 1988.
世界一週歌	樂府(上)	林基中, 『歷代歌辭文學全集』, 제13권, 여강출판사, 1988.
水原陵辛行歌 (1)	樂府(上)	林基中, 『歷代歌辭文學全集』, 제13권, 여강출판사, 1988.
水原陵辛行歌 (2)	樂府(二)	林基中, 『歷代歌辭文學全集』, 제13권, 여강출판사, 1988.
평안도 묘향산유산록	金剛山歌	林基中, 『歷代歌辭文學全集』, 제18권, 여강출판사, 1988.
회셔노정긔	筆寫本	林基中, 『歷代歌辭文學全集』, 제20권, 여강출판사, 1988.

경주괄남긔김문	金文基藏 (筆寫本)	林基中, 『歷代歌辭文學全集』, 제21권, 여강출판사, 1988.	
금강산유람록	금강산유람록 (金文基藏筆寫本)	林基中, 『歷代歌辭文學全集』, 제22권, 여강출판사, 1988.	
금강산완상록	筆寫 『향산별곡』 (金東旭藏)	『韓國歌辭資料集成』8, 太學社, 1997	
금강산뉴산록	筆寫 (金東旭藏)	『韓國歌辭資料集成』8, 太學社, 1997	
금강산유산녹		趙鍾業, 「금강산유산녹 解題」, 『百濟研究』제16집, 忠南大 百濟研究所, 1985	趙鍾業, 「금강산유산녹 解題」, 『百濟研究』제16집, 忠南大 百濟研究所, 1985
금강산유산녹	筆寫 (姜銓燮藏)		
금강산완경녹	筆寫 (林基中藏)	林基中, 『歷代歌辭文學全集』 34, 亞細亞文化社, 1998.	277
금강손유산녹 직경이라	筆寫 (林基中藏)	林基中, 『歷代歌辭文學全集』 34, 亞細亞文化社, 1998.	569
동유긔	筆寫 (精神文化研究院藏)		
동유녹	筆寫 (精神文化研究院藏)		
금강유산가	영천군 임고면 대환동 후동댁藏		

금광(강)유람가	筆 寫	『규방가사집』 I, 韓國精神文化硏究院. 1979.	
금강산완경록 (1)	筆寫本 (鄭炳昱藏)	鄭炳昱·李石來共編, 「古典文學精선」(影印文化社, 1976.9) 林基中, 『歷代歌辭文學全集』, 제7권, 동서문화원, 1987. 崔康賢, 『기행가사 자료선집』1, 國學資料院. 1996	崔康賢, 「韓國紀行歌辭文學硏究」, 一志社, 1982
금강산완경록 (2)	宮中雜錄 (국립도서관)	崔康賢, 『기행가사 자료선집』1, 國學資料院. 1996	
靑鶴洞歌	枕肱歌 (木板本)	林基中, 『歷代歌辭文學全集』, 제10권, 동서문화원, 1987. 李相寶 『17世紀 歌辭全集』, 교학연구사, 1987. 金聖培外 3人, 『註解歌辭文學全集』, 集文堂, 1981.	
皆岩歌	筆寫本	金聖培外 3人, 『歌辭文學全集』, 集文堂, 1961.	
北塞曲	北塞曲(筆寫本)		『鄕土硏究』 10호, 鄕土硏究會刊行, 1991 朴堯順,〈具康과 2의 詩歌〉(『韓國古典文學新資料硏究』, 한남대학교 출판부, 1992, 44~78쪽)
금강손유람가	筆 寫	李善玉, 「금강산유람기」, 『韓國語文學硏究』, 第13輯, 梨花女大 文理大學 國語國文學會, 1973.	李善玉, 「금강산유람기」, 『韓國語文學硏究』, 第13輯, 梨花女大 文理大學 國語國文學會, 1973.

〈流配紀行歌辭〉

작품명	출 전	영인 · 인쇄	자료와 관련된 논문
北關曲	思譜集略, 北關曲	李相寶, 『韓國歌辭選集』, 集文堂, 1981, 367. 張德順, 「北關曲」〈현대문학〉1984. 2월, 통권110호. 李相寶 『17세기 가사전집』, 교학연구사, 1987.	
萬言歌	國立圖書館本 (古書 19773號) 古典文學精選 (筆寫本)	金聖培外 3人(朴?春李相寶, 丁益燮), 『註解歌辭文學 全集』, 集文堂, 1981. 정렬모, 『歌辭選集』, 朝鮮文學藝術總同盟出版社, 1964. 林基中, 『歷代歌辭文學全集』, 제10권, 동서문화원, 1987. 沈載完 校注, 「日東壯遊歌·燕行歌·萬言歌·北遷歌」, 普文化社, 1978.	
續思美人曲	歌詞(筆寫本)	李相寶, 『18세기 가사선집』, 민속원, 1991. 金聖培外 3人, 『註解歌辭文學全集』, 集文堂, 1981. 정렬모, 『歌辭선집』, 朝鮮文學藝術總同盟出版社, 1964. 林基中, 『歷代歌辭文學全集』 제13권, 여강출판사, 1988.	徐元燮, 「歌辭文學研究」("思美人曲系歌辭의 比較研究", 螢雪出版社, 1983) 李秉岐, 「別思美人曲과 續思美人曲에 대하여」(『국어국문학』 15호, 1956) 徐元燮, 「歌辭文學研究」("續思美人曲系歌辭", 螢雪出版社, 1983)
鴻罹歌	筆寫本(安春根藏)	李相寶 『18세기 가사선집』 민속원, 1991. ____, 「韓國古典詩歌研究續」太學社, 1984. 林基中, 『歷代歌辭文學全集』 제20권, 여강출판사, 1988.	安春根, 「文學思想」 45호, ("鴻罹歌考", 文學思想社, 1976) 崔康賢, 「〔鴻罹歌〕의 지은이에 대하여」, (『韓國言語文學』, 제20집, 1981) 崔康賢, 「韓國海洋文學研究」, (『성곡논총』 12집, 1981) 李相寶, 『질도유배의 한』, (「文學思想」, 45호, 文學思想社, 1976)

北遷歌	北遷歌(筆·崔康賢藏)	정렬모, 『歌辭선集』, 朝鮮文學藝術總同盟出版社, 1964. 金聖培外 3人, 『註解歌辭文學全集』, 集文堂, 1981. 沈載完校注, 日東壯遊歌·燕行歌·萬言歌·北遷歌, 普成文化社, 1978. 林基中, 『歷代歌辭文學全集』 제24권, 여강출판사, 1988.	金時鄴, 「北遷歌 연구(研究)」, (「成大文學」 19집, 1976)
채환지적가 (蔡宦再謫歌)	筆寫	김영수, 『韓國學報』 46호 최강현, 『기행가사자료선집』 1, 국학자료원, 1996	金榮洙, 「蔡宦再謫歌」, 『韓國學報』 46호, 一志社, 1987. 봄.

〈使行紀行歌辭〉

작 품 명	출 전	영인·인쇄	자료와 관련된 논문
朝天曲(1.2)	(象村稿芝峰類說) 미 발 견		
燕行別曲	歌辭選(고려대)	李相寶 『17세기 가사전집』, 교학연구사, 1987. 沈載完, 『韓國古典文學』 10, (日東壯遊歌, 연행가), 普成文化社, 1978.	李相寶, 燕行別曲, (〈詩文學〉제52호, 시문학사, 1975. 崔康賢, 「韓國紀行歌辭文學硏究」, 一志社, 1982. 林基中, 『燕行歌辭의 研究』, (「韓國文學研究」, 제10집, 東國大學校, 1987), 45-95
西征別曲	筆寫本(朴永九藏)	李相寶 『17世紀 歌辭全集』, 교학연구사, 1987. 沈載完 校注, 『韓國古典文學』 10, (日東壯遊歌, 燕行歌), 普成文化社, 1978.11, 49-51	李相寶, 『장풍에 놀란 물결』(원제:西征別曲)(「文學思想」 통권33호 pp. 423~426, 文學思想社, 1975. 朴相洙, 「기菴朴權의 西征別曲」(「國語國文學論文集」 9·10집, 東國大學校, 1975.11)
西行錄	筆寫本(林基中藏)		林基中, 「西行錄解說 紀行文學史의 新紀元」(「文藝中央」 1978 가을호, 中央日報社, 1978.

燕行歌	筆寫本(陶南本) 國立圖書館所藏 (筆 洪淳萬藏)	정렬모, 『歌辭選集』, 朝鮮文學藝術總同盟出版社, 1964. 李石來 校柱, 『紀行歌詞集』 新丘文化社, 1976) p.42 『野談』 6권 12호, 野談社, 1940. 林基中, 『歷代歌辭文學全集』, 제14권, 제26권, 여강출판사, 1988. 김준영, 최삼룡공편, 「古典文學集成」 螢雪出版社, 1983. 林基中, 「역주해설 조선조의 가사」 성문각, 1979.	崔康賢, "使行歌辭小考-燕行歌와 日東壯遊歌를 중심하여", 성봉 김성배 박사 회갑기념 논문집, 1977, 1761-780.
北行歌	筆寫本(李東英藏)	李東英, 〈유인복의 北行歌〉(安東文化 4집, 1974.10)	홍재걸, 「北行歌攷」 (「韓國敎育研究」 2집, 전주교육대 國語敎育研究會, 1973) 權寧徹, 「北行歌에 대하여」 (「國文學研究」 5집, 曉星女大 國語國文學研究室, 1976)
日東壯遊歌	筆寫本 가람본(李秉技藏·現 서울대 소장) 淵民本(李家原藏)	林基中, 『歷代歌辭文學全集』 제16권, 여강출판사, 1988. 沈載完 校注, 「日東壯遊歌·燕行歌·萬言歌·北遷歌」, 普成文化社, 1978. 沈載完, 「校注日東壯遊歌」 詩文學社, 1972.12. 李民樹 校注, 「日東壯遊歌」 探求新書, 1981.	김국소, 「日東壯遊歌研究」 (「명지어문학」 8호, 명지대학국어국문학회, 1976)(연세대학교 교육대학원 석사학위논문, 1977) 장덕순, 「日東紀行의 「日東藏遊歌」」 (「現代文學」 통권95호, 1962.11) 백정기, 「日東壯遊歌 研究-시대적 배경과 작자의 의식을 중심으로-」 (中央大學校 碩士學位論文, 1994) 홍유표, 「日東藏遊歌에 나타난 對日관」 (東國大學校, 1984) 張德順, 「韓國 古典 文學의 이해」 金南秀, "日東藏遊歌의 작자 및 背景研究", 建國大學校 碩士學位論文, 1976, 60-74 崔康賢, "使行歌辭 小考-燕行歌와 日東藏遊歌를 중심하여", 성봉 임성배 박사 회갑 기념논문집, 1977, 761-780

對日本遊覽歌	筆寫本(李胤求藏) 國立圖書館藏		崔康賢,「조선말 外交官의 본유신일본」-〈日本遊覽歌〉-(「文學思想」 38·39호)
서유가(西遊歌)	筆寫	金漢弘,『海遊歌』, 金漢弘先生遺稿發刊委員會, 1996 최강현,『기행가사자료선집』1, 국학자료원,1996	朴魯淳, 「海遊歌(一名 西遊歌)의 세계인식, 『韓國學報』 64집, 一志社, 1991. 가을. 金漢弘, 『海遊歌』, 金漢弘先生遺稿發刊委員會, 1996

〈漂流紀行歌辭〉

작 품 명	출 전	영인 · 인쇄	자료와 관련된 논문
漂海歌	樂府(고려대)	서울대 가람문고 「雅樂府歌集」	康賢,「韓國海洋文學硏究」(『성곡논총』 12집,1981) ______,「漂海歌의 지은이를 살핌」,(「語文論集」 23호,고려대학교,1982) ______,「八道歌와 국토예찬」,(「詩文學」 72호,詩文學社1977)-(이본)- 강전섭,「이방익의 「漂海歌」에 대하여」(「韓國言語文學」 제20집,1981) 「靑春」 1호,(靑春社,1914)-「넷글 새맛」欄 p.144-152.

찾아보기 - 인명

◈ 저자 소개

정기철(鄭圻喆)

문학박사 / 한남대 국문과

〔최근 3년간 논문·저서〕

- 논문 -
·『독립신문』소재 개화가사 연구(1999)
·「청산별곡」5·6연의 뒤바꿈 문제에 대한 연구(2000)
·기행가사의 국어교육적 의의(2000)
·시조 교육의 문제점과 학습자 감상 활동 유형(2000)
·사회 변화와 의사소통(2000)

- 저서 -
·인간관계론과 스피치커뮤니케이션(호서, 1999)
·읽기 교육의 이론과 실제 (역락, 2000)
·현대 가사문학의 양상과 국어교육적 의의(근간)

- 편저 -
·실용한자 학습교본(역락, 2001)

한국 기행가사의 새로운 조명

◈ 인쇄 2001년 3월 25일 ◈ 발행 2001년 4월 6일
◈ 저자 정기철 ◈ 발행인 이대현
◈ 편집 이태곤·이은희 ◈ 표지디자인 홍동선·안혜진
◈ 발행처 역락출판사 / 서울 성동구 성수2가 3동 277-17
　　　　　성수아카데미타워 319호(우 133-123)
◈ TEL 대표·영업 3409-2058 편집부 3409-2060 팩스 3409-2059
◈ 전자우편 yk3888@kornet.net / youkrack@hanmail.net
◈ 등록 1999년 4월 19일 제2-2803호
◈ 정가 12,000원
◈ ISBN 89-88906-90-X-93810 ◈ ⓒ역락출판사, 2001